ロビン・フッドの愉快な冒険　目次

読者のみなさまへ 10

プロローグ 13

第一部

第一章 ロビン・フッドと鋳掛屋(いかけや) 35

第二章 ノッティンガムの弓試合 59

第三章 ウィル・スタトレイ、善(よ)き仲間たちに助けられる 78

第二部

第一章 ロビン、肉屋に化ける 96

第二章　リトル・ジョン、ノッティンガムの町の市へいく　118
第三章　リトル・ジョン、長官の館で暮らす　131

第三部

第一章　リトル・ジョンとブライズの皮なめし屋　155
第二章　ロビン・フッドとウィル・スカーレット　175
第三章　粉屋のミッジの陽気な冒険　193

第四部

第一章　ロビン・フッドとアラン・ア・デール　223
第二章　ロビン、フォウンテン修道院の修道僧と出会う　252
第三章　ロビン・フッド、真の恋人たちを結婚させる　281

第五部

第一章　ロビン・フッド、悲しみに沈む騎士に手をさしのべる　302

第二章　リーのリチャード卿がエメットに借金を返した話　333

第六部

第一章　リトル・ジョン、裸足の修道僧になる　359

第二章　ロビン・フッド、物乞いになる　387

第七部

第一章　ロビンと仲間たちが、フィンスベリーでエレノア王妃の御前で弓を射った話　420

第二章　ロビン・フッドの追跡　454

第八部

第一章　ロビン・フッドとギズボーンのガイ　486
第二章　リチャード王、シャーウッドの森にくる　515

エピローグ　546

解　説　三辺 律子　564
年　譜　582
訳者あとがき　586

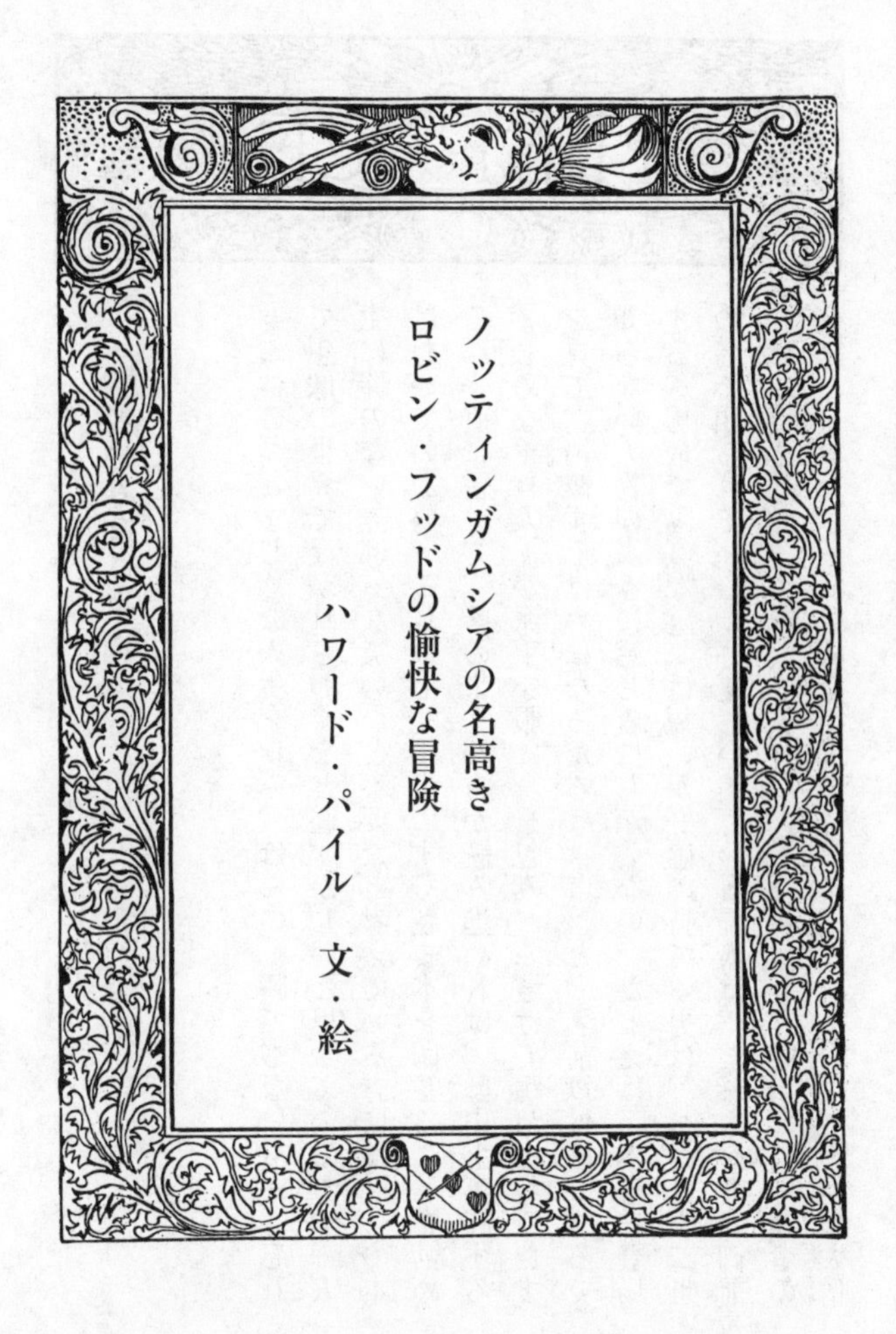

ノッティンガムシアの名高き
ロビン・フッドの愉快な冒険

ハワード・パイル　文・絵

読者のみなさまへ

こつこつとまじめな人生を歩み、ほんの一瞬でもなにもかも忘れて想像の世界で浮かれさわぐなど恥ずかしいと思っている方や、人生に罪のない無邪気な笑いなど不要だと考えている方には、この本はむいていない。これ以上読まずにすぐさま本を閉じることを勧める。率直に言って、そのような方が読み進めれば、歴史上実在するまじめな善き人々が派手な服に身を包み、ふざけて跳ねまわるさまを見て、憤慨するはめになるだろう。きっと、名前以外は、まるで知らない人物のように感じるにちがいない。たとえば、本書に登場する、勇敢で陽気な、気は短いが好感の持てる男は、ヘンリー二世の名で知られている。心優しい美しい貴婦人は、だれもがその御前では頭を垂れるエレノア王妃だ。でっぷりしたからだに聖職者の豪華なローブをまとった悪玉は、よき民からヒヤフォードの大僧正(じょう)どのと呼ばれているし、むっつり顔の気難しい男は、ノッティンガムの長官閣下だ。そして中でも、緑の森をさまよい、素朴な戯(たわむ)れに加わり、陽気な宴(うたげ)を長官と共にした、長身の陽気な人物こそは、プランタジネット王家の誇る偉大なる獅子心王(ししんおう)リチャードその人なのだ。そのほかにも、騎士に、修道士、貴族に、市民、自由農民、小姓(こしょう)、貴婦人、若い娘、地主、物乞(ものご)い、行商人など、陽気な上にも陽気な日々を送っている者たちがおおぜい登場する。彼らを結びつけているのは、歌いながら暮らす陽気な者たちを詠ったバラッド(を切ったり貼(は)ったりつなぎ合わせたりした数行)にすぎない。

この物語では、ふだんはまじめでたいくつな人々が、花やらなんやらで飾りたて奇抜な服に身を包み、もはやだれだかわからなくなる。そして舞台となるのは、よく知られた名を持つ国だ。ここでは、冷たい霧に意気消沈することもないし、背中を濡(ぬ)らすのは、雄ガモのつややかな羽根にはじかれるようなにわか雨だけだ。花は枯れることがなく、小鳥たちはつねに歌い、街道を旅すれば、だれもが愉快なできごとに出合

1　エールは高い温度で上面発酵、ビールは低い温度で下面発酵でつくられる。

い、(頭を朦朧とさせたりしない)エールやビール[1]やワインが小川を流れている。

この国は、妖精の国ではない。では、どこか? ここは、想像から生まれた国だ。しかも、飽きたら、ぱっと消すことのできる、じつに心地よい場所なのだ。そう、本を閉じれば消え去り、傷ひとつ負わずに日々の生活へもどっていくことができる。

さあ、なにものにも縛られない国とのあいだにかかっている幕をあげよう。親愛なる読者よ、さあごいっしょに。いらしてくださるとはありがたい、では、どうぞお手を。

プロローグ

ロビン・フッドと王の森林官たちとの対決。仲間たちが彼のもとに集まったいきさつ。ロビンが、かの有名な右腕リトル・ジョンを得たときの冒険。

むかし、善き王ヘンリー二世[1]が陽気なイングランド[2]を治めていたころ、ノッティンガムの町にほど近いシャーウッドの森の奥にぽっかりと空いた緑の地に、ロビン・フッドという有名なおたずね者が暮らしていた。彼ほど巧みに灰色のガチョウの羽根のついた矢を射る者はいなかったし、彼と共に緑

---

1 プランタジネット家初代イングランド王国国王。在位一一五四年―一一八九年。獅子心王リチャードの父。

2 イギリス人のノスタルジアのこもった自国の呼称。のどかな田園で暮らす国という中世に作られたイメージ。

の木陰を気ままに歩きまわる陽気な百四十人の男たちほどの強者もいなかった。彼らは、シャーウッドの森の奥深くで、足りないものも心配事もなく、弓や棒術試合に明け暮れ、国王の持ち物である鹿を食っては、十月に醸造した濃いエールで流しこむ陽気な日々を送っていた。

ロビンだけではなく仲間たちも法を破り追われている身だったので、世間とは離れて暮らしていたが、周囲の村の人々からは愛されていた。というのも、ロビンのもとに助けを求めにいって、空手で帰された者はいなかったからである。

では、これから、ロビン・フッドがどういういきさつで法に背くことになったのかをお話ししよう。

ロビンが、筋骨たくましい勇敢な十八歳の若者だったころ、ノッティンガムの長官が弓試合を開くとのお触れを出した。ノッティンガムシアでもっともすばらしい射手には、ほうびとしてエールの大樽が与えられるという。それを聞いたロビンは言った。

「よし、ひとつ、おれもいって、恋人の美しい瞳の前で弓を引き、上等な濃いエールを手に入れてやろうじゃないか」そして、すっくと立ちあがり、丈夫なイチイの弓と長さ一ヤール[3]の太矢を二十本ほど持つと、ロックスレイの町からシャーウッドの森を

若きロビン、弓試合へいく

抜け、ノッティンガムへ向かった。

陽気な五月の夜明けだった。生け垣は青々と生い茂り、花が牧草地を彩っている。イバラの生け垣にそって咲いているのは、斑の入ったヒナギク、黄色いキンポウゲ、色白のサクラソウ。リンゴの花が咲き誇り、小鳥たちは美しい声で歌い、夜明けのヒバリのさえずりに、ウタツグミやカッコウが加わる。若い男女が甘美な想いを胸に見つめ合い、おかみさんたちは忙しそうに真っ白なシーツを緑鮮やかな草の上で干している。心地よい森の中を、ロビンは小径にそって進んでいった。緑は目にまぶしく、木の葉が風にそよぎ、小鳥たちは力いっぱい歌っている。ロビンは口笛を吹きながら、恋人のマリアンの輝く瞳のことを考えていた。このような季節には、若者

3　〇・九一四メートル。長弓の矢の長さ。

は、おのずと心から愛する娘のことを考えるものなのだ。

そんなふうに足取りも軽く進んでいくと、オークの大木の下に森林官たちがすわっているのに出くわした。全員で十五人ほどが、巨大なパイを囲んで楽しげに飲み食いしている。それぞれ、パイを手づかみで口へ運び、そばに置いてある樽から泡だつエールを注いで、大きな角の杯でのどへと流しこむ。みな、リンカーンの町で染めた深い緑の服を身につけたなかなか見栄えのする姿で、美しい枝を広げた木の下の草地にすわっていた。するとひとりがパイをほおばったまま、ロビンに呼びかけた。

「おい、そこのガキ、ちっこい弓とけちな矢を持ってどこへいこうっていうんだ？」

ロビンはむっとした。若者というのは、ガキあつかいされるのをいちばん嫌うのだ。

「いいか、この弓と矢は、おまえたちのものなんかに負けはしないぜ。それに、おれは今からノッティンガムの弓試合にいくところなんだ。ノッティンガムシアの長官どのがお触れを出したのさ。屈強の強者たちと弓の腕を競うんだ。ほうびに上等なエールがひと樽出るんでね」

すると、角の杯を持っている男が言った。「ほほう！　聞いたか⁉　おやおや、ぼうず、唇についた母ちゃんのお乳が乾いてもいないのに、ノッティンガムの射的場で猛者どもと競うというのか。二ストーンの弓をひくのがせいぜいのくせに！」

「二十マルク賭け[4]ようじゃないか」怖れを知らぬロビンは言った。「おれが、聖母さまのお導きで、六十ロッド[5]先の的に当てられるかどうか」

それを聞いて、男たちは大笑いし、ひとりが言った。「大きく出たな、こぞう。でかい口をたたきやがって！　このへんに的になりそうなものがないからだろう」

別の男も調子を合わせるように言った。「大方、エールはお乳で割って飲むんだろうよ」

それを聞いたロビンは、怒り狂った。「いいか、よく聞け。あそこの空き地の端に鹿の群れがいるだろう。軽く六十ロッドは離れている。あの中でいちばん立派な雄鹿を殺したら、二十マルクはおれのものだ」

「おう、やってみろ！」最初に声をかけてきた男がさけんだ。「ほら、ここに二十マルクある。聖母さまのお助けがあろうがあるまいが、おまえがしとめられないほうに賭けてやる」

4　当時の通貨単位のひとつ。一マルク＝三分の二ポンド（十三シリング四ペンス）。硬貨としては存在せず単位として存在した。

5　一ロッドは約五メートル。

ロビンはイチイの弓を持ち、先端を足の甲で支え、手際よく弦を張った。そして、一ヤールの長さの太矢をつがえ、弓をかかげると、灰色のガチョウの羽根が耳元にくるまで引き絞る。次の瞬間、弦がビュンッと鳴り、矢は北風にのって飛ぶハイタカのように飛んでいった。堂々たる雄鹿が高く跳ねあがり、そのままばたりと倒れた。心臓からドクドクと血が流れ出し、緑の小径がみるみる赤く染まった。

「どうだ！」ロビンはさけんだ。「お気に召したか？　賭け金はおれのものだ。おまえたち全員で三百だ」

森林官たちはかんかんになった。中でも、最初にしゃべって賭けに負けた男は怒りを爆発させた。

「いいや。きさまなどにやる金はない。すぐさま出ていけ。さもないと、聖人さまの名にかけて、二度と歩けなくなるまでぶちのめしてやる」

別の男が言った。「わかってんのか。きさまは王さまの鹿を殺したんだぞ。慈悲深い君主にして国の王であられる陛下の法律によって、きさまの耳はそぎ落とされるんだ」

「つかまえろ！」三人目がさけぶ。

「やめろ」四人目が言った。「いかせてやれ。まだ年端もいかないガキじゃないか」

ロビン・フッドはひと言も言わず、怒りに顔をゆがめて森林官たちを見すえた。それから、くるりときびすを返すと、森の草地へ向かって大またで歩きだした。しかし、胸の内は煮えくりかえっていた。若い血は熱く、たぎるのも早い。

さて、最初にロビンに声をかけた男は、そこでやめておけばよかったのだ。けれども、若造にしてやられたのと、がぶ飲みした濃いエールのせいで、頭に血がのぼった男は、いきなりなにも言わずにがばと立ちあがると、弓をひっつかんで、矢をつがえた。「おい、きさまの足を急がしてやる」そして、ロビンに向けてヒュッと矢を放った。

森林官の頭がエールでぐるぐる回っていたのは、幸いだった。さもなければ、ロビンが次の一歩を踏み出すことはなかっただろう。矢は、ロビンの頭から十センチもないところをかすめていった。次の瞬間、ロビンはふりかえって、矢をつがえた。

「おれの弓をバカにしやがって。その目で確かめるんだな!」

矢はまっすぐ飛んでいった。男はギャッと悲鳴をあげてうつぶせに倒れ、矢筒(やづつ)から矢がバラバラとこぼれ落ちて、ガチョウの羽根のついた矢柄が心臓の血に染まった。

森林官たちがぼうぜんとしている間に、ロビン・フッドは緑の森の奥に逃げこんだ。あとを追ってきた者もいたが、仲間の死に怖れおののいていたので、深追いはしなかった。ほどなく、男たちはもどって、仲間の遺体をかつぎあげ、ノッティンガムの町まで運んでいった。

一方、ロビン・フッドは森の中を走りつづけた。さっきまでの喜びや明るい気持ちは消え失せ、胸の奥がきりきりと痛んだ。人を殺してしまったのだという思いが、心にずしりとのしかかる。

「なんてことだ！　おれをけしかけるから、おまえの女房は悲しみに暮れることになったんだぞ！　おまえがあんなことを言わなければ、いや、おれと出会いさえしなければ、いや、こんなことになるまえに、おれの右の人さし指が切り落とされていれば、よかったんだ！　一時の衝動のために、長い苦しみを背負うことになるとは！」

このさなかに、古い格言が頭をよぎった。「済んでしまったことはしかたがない、一度割れた卵は元にはもどらない」

こうして、ロビンは緑の森で暮らすことになった。それからというもの、森が彼の家となり、ロックスレイの町で若者たちと過ごした幸せな日々がもどることは二度となかった。なぜなら、今やロビンは人を殺しただけでなく、密猟のかどでおたずね者となり、彼を王の法廷へ引っ立てた者には二百ポンドの賞金が与えられることになったからだ。

ノッティンガムの長官は、自らの手で悪党ロビン・フッドを捕まえ、裁きの場に引きずり出してやろうと誓った。理由はふたつあった。ひとつは、二百ポンドがほしかったからであり、もうひとつは、ロビン・フッドが殺した森林官は長官の親戚だったからである。

ロビン・フッドがシャーウッドの森に身を潜めてから一年たったころには、似たような境遇の者たちが彼のまわりに集うようになっていた。町を追放された理由はいろいろで、冬のあいだ、飢えのあまり、鹿を殺したところを森林官に見つかり、なんとか逃げて耳をなくさずにすんだ者もいた。親から受け継いだ土地を追い出され、畑を召しあげられてしまった者や、大貴族や金持ちの修道院長や有力な郷士に財産を奪われた者もいた。理由はそれぞれだが、みな、不正や抑圧から逃れてシャーウッドの森にやってきたのだった。

こうして、一年のあいだに、ロビン・フッドのもとには百人ちょっとの屈強の男たちが集まり、ロビンを頭に選んだ。ロビンはたとえ相手が大貴族や修道院長や騎士や郷士であれ、奪われたものを奪い返すことを誓い、そういった連中が貧しい人々から搾り取った不法な税や小作料、本来ならとられるはずのない罰金なども取り返し、困ったり苦しんだりしている人々に返してやった。さらに、決して子どもを傷つけず、娘だろうと女房だろうと未亡人だろうと、女に乱暴を働かないという誓いを立てた。そんなわけで、人々もだんだんと、ロビンたちにひどい目にあわされることはないとわかってきた。それどころか、貧しい家族が困っているときに、ロビンたちは金や食べ物を恵んでくれるのだ。やがて、人々はロビンと陽気な仲間たちを口々に褒め称え、シャーウッドの森のロビン・フッドやその冒険の物語をさまざまに語るようになった。ロビンのことを自分たちの仲間だと思うようになっていたのだ。


ある気持ちのよい朝のことだ。ロビン・フッドが目を覚ますと、木々で小鳥たちが楽しげに歌っていた。仲間たちも起きあがり、笑いさざめきながら小石の上を流れていく茶色い小川の、ひんやりとした水で顔を洗った。それから、すぐに、ロビンは言った。

「もう十四日のあいだ、なんの気晴らしもしてないぞ。これからすぐに、冒険を探しに出かけようじゃないか。おまえたちはこの森で待っていてほしい。ただし、よく耳を澄ましているんだぞ。いよいよというときがきたら、角笛を三度吹く。そうしたら、すぐに助けにきてくれ」

そう言い残すと、ロビンは緑の葉の生い茂る森のなかをどんどん進んでいった。やがて森外れまでくると、今度はわき道に入ったり、またもどったりしながら、草深い渓谷(けいこく)や森の周辺を足のおもむくままに歩きまわった。木陰の細い道では、胸の豊かな美しい娘と言葉を交わし、別れたあと今度は、きれいなご婦人がのんびりと馬を進めてきたので、帽子を軽く持ちあげてあいさつすると、ご婦人も魅力的な若者にしとやかにおじぎを返した。太った修道僧が荷かごをつけたロバにまたがってやってきたと思えば、お次は、気高(けだか)い騎士が槍(やり)と盾(たて)を持って現われた。鎧(よろい)が太陽の光を反射してぴかぴか光っている。そのうしろから、緋色(ひいろ)の服に身を包んだ小姓(こしょう)。さらには、かっぷくのいいノッティンガムの市民が重々しい足取りでゆっくりとやってくるのにも出会った。こうしてさまざまなものを目にしたというのに、冒険はやってこない。ついにロビンは森のまわりを巡っている道に出た。わき道を下っていくと、大きな川が現われた。川底に小石がゴロゴロしているのが見え、丸太を渡した狭い橋が架かっている。ロビンが橋のほうへ近づいていくと、むこう側から背の高い男がやってきた。それを見たロビンが足を速めると、むこうも同じように足を速める。どちらも、自分こそが先に渡ろうというのだ。

ロビンは大声で言った。「さあ、下がってもらおうか。強い者が先に渡るのだ」

「断る」男も大声で答える。「そういうことなら、そっちこそ下がれ。強いのは、まちがいなくこのおれだからな」

「そんなことはすぐに知れること。そこで待っていろ。さもなくば、聖エリフリダ[6]の聡明なひたいにかけて、ノッティンガムのやり方を見せてやる。その肋骨のあいだに、一ヤールの矢が突き刺さることになるぞ」

「ならば、おまえが弓の弦に触れたら最後、皮膚が物乞いのぼろマントのようになるまでぶちのめしてくれるわ！」

「ロバみたいなおしゃべりやろうだな」と、ロビン。「ミカエル祭のガチョウの丸焼きを前にした短衣の修道僧[7]が祈りを唱えるより早く、おまえの高慢な心臓をこの矢で射貫いてやる」

「そういうおまえは、臆病者並みのおしゃべりだ。おまえはイチイの弓でおれの心臓を狙っているが、おれのほうはサンザシの棒一本のほか、なにも持たずに、戦おうというのだからな」

「いいか、おれの心臓にかけて、これまで臆病者呼ばわりされたことは一度もない。よし、この忠実なる弓と矢を置こう。おまえが待てるなら、今から棍棒を切ってきて、おまえの勇気を試してやる」

「もちろんだとも、喜んで待とうじゃないか」男は言って、巨軀をサンザシの棒にあずけ、ロビンを待った。

ロビンはいそいで森の中に分け入り、オークの若木から割れ目のないまっすぐな枝を二メートルほど切り取ると、よけいな小枝を切り落としながらもどった。そのあいだ、見知らぬ男は棒に寄りかかって口笛を吹きながら、あたりをきょろきょろ見まわしていた。ロビンは棒の形を整えつつ、こっそり男のようすをうかがった。男の頭からつま先までじっと観察する。これほどからだが大きくがっしりした男に会うのは初めてだ。ロビンも背は高いが、男のほうが頭ひとつぶん高い。二メートル以上あるだろう。ロビンの肩幅も広いが、男のはさらに手のひらの幅二つぶん広い。腰回りも、少なく見積もっても一メートル以上はありそうだ。

「だとしても、おまえさんをしこたまぶん殴ってやるからな」ロビンは独りごち、それから声に出して言った。「よし、できたぞ。太い頑丈な棒だ。待たせたな、怖れずにかかってこい。どちらかが、殴られて川に落ちるまでだ」

「のぞむところだ!」男は大声で言うと、手に持った棒を頭の上でぐるぐると回した。風を切る音が響きわたる。

6 アングル族の古王国マーシアの王オファの娘。

7 修道院の門で接客する者。

アーサー王の円卓の騎士ですら、この二人ほど手強い相手と戦ったことはなかっただろう。ロビンはすばやく橋の上に躍りあがり、男の前にすっくと立った。胴を打つと見せかけ、次の瞬間、男の頭に一撃を食らわす。これが当たっていれば、男はあっという間に川に転がり落ちただろう。しかし、男はすかさず避け、お返しに同じくらい強烈な一撃を繰り出した。ロビンも同じく、すばやい動作で避ける。二人はたがいに一ミリたりとも引かず、一時間ほど打っては打たれを繰り返し、しまいには全身打ち身だらけになって骨までギシギシいいだしたが、「降参だ!」とさけぶなど思いもよらず、橋から落ちる兆しもない。時折、休みを取り、たがいに、こんな六尺棒の使い手にはお目にかかったことがないぞとひそかに舌を巻いた。しかしついにロビンが男の肋骨に一発お見舞いし、男の上着から、陽射しに温められた湿ったわらぶき屋根のように湯気があがった。鋭い一打に、男は橋から落ちかけたが、髪の毛一本の差で踏みとどまった。そして、すぐさま体勢を立て直すと、すばやく棒を繰り出し、ロビンの脳天に一発食らわした。頭から血が噴きだし、かっとなったロビンは相手に向かって力いっぱい棒を振り下ろした。しかし、男はかわし、ふたたびロビンを殴りつけたので、今度こそはロビンも九柱戯のピンのように頭から川へドボンと落ちた。

「おやおや、こぞう、どこへいった?」男はあたりに響きわたるような声で笑った。

ロビン・フッド、橋で見知らぬ男に出会う

「流れに飲まれ、ぷかぷか漂ってるさ！」ロビンはどなり返した。自分のみじめな姿を思うと、笑わずにはいられなかった。そして、なんとか立ちあがると、小魚が怯(おび)えて右往左往するなかをバシャバシャと岸まで歩いていった。

「手を貸してくれ」ロビンは岸までいくと、大声で言った。「おれにも、あんたのような勇ましい不屈の魂が必要らしいな。六尺棒でしたたかな一打をお見舞いする力もだ。おかげで、おれの頭は暑い六月のハチの巣みたいにブンブンいってるよ」

そして、角笛を口にあてて吹くと、森の向こうまで美しい音(ね)が響きわたった。「おまえさんはまったく、でかくて勇敢な男だよ。ここからカンタベリーの町のあいだに、おれをこんな目にあわせるやつは、おまえさんだけだ」

男は笑いながら言った。「あんたこそ、その棒術の腕からして、勇敢で度胸のある男にちがいねえ」

そのとき、葉や枝がガサガサと音を立て、深緑の服に身を包んだ四十人の男たちが、ウィル・スタトレイを先頭にしげみの中から躍り出てきた。

ウィルがさけんだ。「お頭、これはどういうことです？　頭のてっぺんから足のつま先まですっかりずぶ濡(ぬ)れじゃありませんか」

「いや、実のところ、そこにいるでかい男に川へたたき落とされたんだ。しこたま殴られてな」ロビンはおもしろそうに言った。

「ならば、やつも同じ目にあわせてやるぞ！　さあみんな、かかれ！」

ウィルと二十人ばかりの仲間たちは、見知らぬ男に襲いかかった。しかし、ふいをついたにもかかわらず、男はすでに身構えていて、棒を右へ左へと打ち下ろし、最後には多勢に無勢、抑えつけられたものの、何人かが頭の傷をさするはめになった。

「そこまでだ、ひかえろ！」ロビンはあんまり笑ったので、脇腹がまた痛み出した。

「彼は、うそのない立派な男だ。手を出してはならん。それでだ、勇敢なお人よ、おれのところにきて、仲間にならないか？　毎年、深緑の服を三着に、俸給として四十マルク、手に入ったものはみんなで山分けだ。とろけるような鹿肉を食い、強いエールを好きなだけ飲み、おれの右腕となるんだ。おまえさんのようにすばらしい棒の使い手は見たことがないからな。さあ、どうだ！　おれの陽気な仲間たちに加わるか？」

「どうかな」男はむっとして言った。さんざん地面に転がされて頭にきていたのだ。

「あんたのイチイの弓と矢の腕が六尺棒とたいして変わらねえなら、おれの国じゃ、強者とはとうてい呼べん。しかし、あんたらのなかで、おれよりうまく射ることのできる者がいりゃあ、仲間になることを考えようじゃないか」

「なるほど、おまえさんも一筋縄ではいかない、なかなかの悪党だな。しかし、これまでだれにも頭を下げたことのないおれが、おまえさんには下げようじゃないか。スタトレイ、真っ白い木の皮を指の幅四つぶん切り取って、八十メートル先にあるあのオークの木に貼りつけてくれ。さあて、灰色のガチョウの羽根のついた矢であの的をみごと射貫いて、腕前を見せてくれ」

「ああ、いいとも、受けて立とうじゃないか。しっかりした弓と太矢をくれ。もし当たらなければ、おれの服をはぎ取って、青くなるまで弓の弦でムチ打つんだな」

そして、男はロビンの弓に次いで丈夫な弓を選び、灰色のガチョウの立派な羽根のついた、節ひとつないまっすぐな矢を取ると、的のほうへ進みでた。仲間たちがすわったり寝そべったりしながらじっと見つめるなか、男は弦を頰まで引き絞り、すばやく矢を放った。矢は森の中をまっすぐ飛んでいって、的の真ん中を貫いた。「よし！　考え直すなら今のうちだぜ」男は言った。ロビンの仲間たちも、拍手を惜しまなかった。

「確かにすばらしい一矢だ。とはいえ、考え直すことはない。運命の分かれ道だな」

そして、ロビンはしっかりした弓を手にとって、細心の注意を払って矢をつがえると、いとも楽々と矢を放った。矢はまっすぐ飛んでいって、男の矢柄に突き刺さり、男の矢は粉々になって飛び散った。仲間たちは立ちあがって、頭の腕を褒(ほ)めそやした。

「聖ウィズオールドさま[8]のイチイの弓にかけて、みごとな腕前だ」男はさけんだ。

「これほどの腕は見たことがない。これから一生、家来としてあんたに仕(つか)えようじゃないか。アダム・ベル[9]ですら、あんたのようにはいかねえだろうな」

「では、今日からすばらしい仲間が加わったということだな。ところで、おまえさんはなんて呼ばれている?」

「生まれた地では、ジョン・リトルと」

冗談の大好きなウィル・スタトレイが口を開いた。「いやいや、小さなお人(リトル)よ、その名前は気に入らないな。ひとつ、おれが名付けようじゃないか。確かにおまえさんはチビで、骨も筋肉もいかにも細っこい。だからこれからは、リトル・ジョンと名を改めたらどうだ、このおれが名付け親になろうじゃないか」

ロビン・フッドと仲間たちもこれには大笑いしたので、しまいにはジョンはすっかり機嫌を悪くして、ウィル・スタトレイに向かって言った。

8　サクソンの聖人。
9　多くのバラッドで歌われている弓名人の三人のうちのひとり。

「これ以上、おれのことをバカにしたら、骨の髄まで痛めつけてやるぞ。一瞬のうちにな」

「やめろ、友よ」ロビンが割って入った。「ぴったりの名前に免じて、怒りを収めろ。これからは、リトル・ジョンと呼ばせてもらおう。おまえの名はリトル・ジョンだ。さあ、陽気な者たちよ、この立派な赤ん坊に名前がついた祝いの宴(うたげ)を準備しようじゃないか」

　そこで、一同はふたたび森の中へ入っていった。きた道を逆にたどって、森の奥の彼らの住(す)み処(か)までもどると、木の皮や枝を使って建てた小屋が現われた。甘い香りのイグサを広げ、ダマジカの革をかけた寝床もある。頭上にオークの枝が広がる、緑の苔(こけ)の上がロビン・フッドの指定席で、宴となると、腕自慢の仲間たちと浮かれ騒ぐのだ。果たして残っていた仲間たちがそこにいて、太った鹿を二頭しとめてきたところだった。そこで、全員で大きな火をたき、鹿がこんがり焼きあがると、大樽に穴をあけた。たちまち、エールの泡が溢(あふ)れだす。こうして宴の用意が整うと、男たちはみな腰を下ろし、ロビン・フッドはリトル・ジョンを自分の右側にすわらせた。これからは、ジョンがロビンの右腕となるのだ。

　ごちそうを食べ終わると、ウィル・スタトレイが口を開いた。「さあ、みんな、そろそろ骨と皮ばかりのチビの赤ん坊に洗礼を授けるときではないかな？」

「いいぞ！　いいぞ！」男たちが大声でさけび、森じゅうに笑い声がこだまする。

「ならば、七人の代父が必要だな」ウィル・スタトレイは言って、仲間たちの中から屈強の男たちを七人選び出した。

リトル・ジョンはあわてて立ちあがった。「聖ドゥンスタン[10]の名にかけて、おれに指一本触れようもんなら、後悔することになるぞ」

しかし、仲間たちは問答無用でジョンに飛びかかり、暴れるジョンの手足をしっかりと押さえつけた。そして、ジョンを運んでいき、仲間たちは見物しようとまわりを取り囲んだ。頭が禿げているために神父役に選ばれた男が、縁いっぱいまでなみなみとエールが注がれた杯を持って前へ進みでた。「だれがこの赤ん坊を育てるのか？」

神父役の男はまじめくさってたずねた。

「わたくしめでございまする」ウィル・スタトレイが答える。

「して、名前はなんと呼ぶ？」

「リトル・ジョンと呼びまする」

10　カンタベリーの大司教を務めた聖人。

「では、リトル・ジョン」ニセ神父は言った。「これまでは、おまえは生を受けてはいなかった。しかし、今、この世に生まれ、これからは本当の生を生きていくのだ。かつて、生まれる前はジョン・リトルと呼ばれていたであろうが、こうして生を受けた今、リトル・ジョンがおまえの名前となる。わたしがここに洗礼を授けよう」そう言って、ニセ神父はリトル・ジョンの頭にエールをじゃあじゃあとかけた。

茶色いエールが、リトル・ジョンのひげをつたって鼻やあごからしたたり落ち、ジョンがエールがしみた目をしばたたかせるのを見て、仲間たちはゲラゲラ笑ってはやしたてた。最初はかっかしていたリトル・ジョンも、みんながあまりに楽しそうなので、怒りも収まり、しまいにはみんなといっしょに笑いはじめた。すると、ロビンはかわいい赤ん坊を引きよせ、頭のてっぺんから足のつま先まで真新しい深緑の服で包んでやり、立派な弓を授けた。こうして、ジョンは仲間の一員となったのである。

これが、ロビン・フッドがおたずね者になり、やがて陽気な仲間たちが集まって、ついには右腕となるリトル・ジョンを手に入れたいきさつだ。プロローグはこれでおしまい。次は、ノッティンガムの長官が三度ロビン・フッドを捕まえようとして、三度失敗した話をしよう。

第一部

ノッティンガムの長官がロビン・フッドを破滅させてやると誓ったいきさつ。そして、三度実行を試みたが、三度とも大失敗した話。

第一章　ロビン・フッドと鋳掛屋（いかけや）[1]

ロビン・フッドの首に賞金の二百ポンドが賭（か）けられたいきさつはお話ししたし、ノッティンガムの長官が必ずや自分の手でロビンを捕まえようと誓った話もした。二百ポンドがのどから手が出るほどほしかったからであり、殺された男が親戚筋（しんせきすじ）のものだったためでもある。さて、ノッティンガムの長官は、ロビンがシャーウッドの森にどれだけの手下を従えているかも知らず、

1　鍋ややかんなどの鋳鉄製品を修理する職人。

いつも法を破った者たちにしているように、召喚状をつきつけてやればいいと考えた。そこで、ロビンに召喚状を持っていった者に、エンジェル金貨八十[2]枚を与えるというお触れを出した。けれども、ノッティンガムの町の人々は、長官よりロビン・フッドのことをよく知っていたから、剛胆なおたずね者に召喚状を突きつけるなんてちゃんちゃらおかしいと笑い飛ばした。そんなことをすれば、脳天をかち割られるだけだとわかっていたのだ。なので、だれも引き受けようという者は現われなかった。そのまま二週間が過ぎ、名乗りをあげる者がいないとわかると、ノッティンガムの長官は言った。「ロビン・フッドに召喚状を突きつけた者にたっぷりほうびを取らせようと言っているのに、だれも申し出ないとは、驚きだ」

　すると、そばにいた家来が言った。「ご主人さま、ご主人さまはロビン・フッドのまわりに集っている者どもの力をご存じないのです。ロビン・フッドは、長官だろうと王さまだろうと、召喚状なんてこれっぽちも気にしやしません。本当のことを申し上げて、だれもこの役目を引き受けはしないでしょう。脳天をたたき割られて、骨を折られるのが関の山ですから」

「なんと、ノッティンガムの者どもはそろいもそろって臆病者ということか。このノッティンガムシアに、国王陛下の召喚状に従わぬ者がいるなら、そいつの顔を拝ん

ノッティンガムの長官、リンカーンへ使者を送る

でやろうではないか。聖エドマンド聖堂の名にかけて、四十キュービット[3]の高さに吊るしてやる！　ノッティンガムの者どもがだれ一人、八十エンジェルを手に入れようとしないなら、別の町で勇敢な者を探してやる」

そして、ノッティンガムの長官は信頼を置いている伝令を呼んで、リンカーンの町へ馬を走らせ、長官の命をうけ、賞金を手にしようと名乗り出る者を探せと命じた。伝令はその日の朝のうちに、役目を果たさんと出発した。

太陽の光がぎらぎらと照りつけていた。白い道は、丘や谷を越え、はるか先まで伸びている。道に埃が立てば、伝令ののどにも入りこむ。なので、道のりの半分ほどまできたあたりで、前方に〈青猪亭〉が見えてきたとき、伝令は

2　中世イギリスで用いられた、天使の図柄が刻印された金貨。
3　一キュービットは約五十センチメートル。

ほっとした。宿屋はいかにも魅力的で、まわりを囲むオークの木が涼しげな影を落としている。伝令はしばらく休もうと馬からおり、渇いたのどを潤すためにエールを一杯注文した。

　枝を広げたオークの木陰の草地に、楽しげな一行が腰を下ろしていた。鋳掛屋がひとり、はだしの修道僧が二人、深緑の服を着た森林官が六人ほどいて、しゅわしゅわ泡立っているエールをがぶがぶと飲み、古き良き時代の陽気なバラッドを歌っている。森林官たちが大声で笑い、歌の合間に冷やかしを言うと、そろいもそろって黒い子羊の毛のようにくるくると巻いたひげを生やした大柄な修道僧たちが、いっそう大きな声で笑うといった具合だ。しかし、いちばん大きな声で笑っていたのが鋳掛屋で、歌もだれよりもうまかった。オークの木の枝から、仕事道具の金槌と袋が下がっている。そして、そのそばには彼の手首の太さほどもあり、先が節くれ立っている立派な六尺棒が立てかけてあった。

「こいよ！」森林官のひとりが、くたびれた伝令に声をかけてきた。「いっしょに一杯やろうじゃないか。おい、亭主！　全員に新しいエールを持ってこい」

　伝令は喜んで男たちのところへいって、すわった。手も足もくたびれきっていたし、エールは美味いことこのうえない。

「ところで、そんなに急いで、どんな知らせを運んでるんだ？　どこへ向かってるんだい？」

伝令はおしゃべり好きで、うわさ話に目がなかった。しかも、エールですっかり気が緩んでいたので、ベンチの端にゆったりと腰を下ろすと、すっかりくつろいで、宿屋の亭主が入り口に寄りかかり、おかみさんがエプロンの下に手を入れて立っている横で、今回のいきさつをしゃべり始めた。ご丁寧(ていねい)に事の発端から、ロビン・フッドが森林官を殺したこと、法から逃れて緑の森に隠れたこと、以来、森の中で暮らして国王の鹿(しか)を狩り、太った修道僧や騎士や領主の金を巻きあげていること、そのため、人々はロビン・フッドを怖(おそ)れてワトリング街道やフォックス街道すら通らないことまで、ぺらぺらとしゃべった。さらには、偉大なるノッティンガムの長官が伝令に土曜の夜ごとに六ペンスを、陛下の肖像の刻印された金で支払い、ミカエル祭にはエール、クリスマスの時期には太ったガチョウをくださるのだと言い、その長官が国王の召喚状を悪党に突きつけてやろうとしたが、当のおたずね者には法を守ろうという気などさらさらなく、国王のだろうが長官のだろうが召喚状など気にもかけないのだ、と話して聞かせた。ノッティンガムの町じゃ、みんな、脳天をかち割られ、骨をへし折られるのを怖れて、召喚状を届けようという人間が現われないから、リンカーンの町で召喚状を突きつける勇気を持った者を見つけるためにこのおれが遣わされたのさ、と伝令は言った。だからおれは今こうして、あんたたちみたいなすばらしい若者と席を共にし、これまで味わったことのないようなエールを飲んでるってわけさ、と。

男たちはその話を、目をまんまるくし、口をあんぐりと開けて、聞いていた。というのも、彼らにとって、これはなかなかのうわさ話だったのだ。そして、伝令が話し終わると、陽気な鋳掛屋が口を開いた。

「いかにも、おれはバンブリーって町の出身だが、ノッティンガムはもちろん、標的のシャーウッドの森にも、おれに勝る六尺棒の使い手はいねえ。ハートフォードの町の有名な市で、イーリーのサイモンってイカれたやろうを、レスリーのロバート卿と奥方の前でぶちのめしてやったのは、このおれさまさ。そのロビン・フッドとかいうやろうのことは聞いたこともないが、愉快そうな若造じゃないか。だが、いくらそいつが強くても、おれさまのほうが強いのはまちがいねえ。いくらずる賢くたって、おれさまのほうが上だ。粉屋の娘ナンの輝く瞳にかけてもいい。〈棍棒使いのワット〉の名にかけて、つまりは、おれのお袋の息子、平たく言えば、おれの名にかけて、〈棍棒使いのワット〉と呼ばれるおれが、その屈強の悪党に会いにいってやろうじゃねえか。そして、われらが輝けるヘンリー国王陛下の印章や、ノッティンガムの長官どの召喚状を鼻にも引っかけなきゃあ、さんざっぱら打ちのめして、指の先も足の先も二度と動かせなくしてやる！　よし、おまえらも聞いたな？　一勝負といこうぜ」

「あんたは、まさにおれの探してた男だ！　共にノッティンガムの町までもどろうじゃないか」伝令は大声で言った。

「いいや」鋳掛屋はおもむろに首を横にふった。「おれはだれかに連れられていったりしねえ。自分でいきてえときにいくんだ」

「いやいや、ノッティンガムシアには、あんたをむりやりいかせるようなやつはいないよ。あんたみたいに勇敢な男をな」

「そうさ、おれさまは勇敢だ」

「まったくだ」伝令は言った。「あんたは勇敢な若者さ。いいかい、われらが長官どのは、ロビン・フッドに令状を突きつけた者には、ピカピカの金貨で八十エンジェルを与えるとおっしゃってる。まあ、それくらいのはした金じゃ、たいしたことはないだろうがな」

「そういうことなら、いっしょにいこうじゃないか。おれの袋と金槌と六尺棒を取ってくるから、待っててくれ。そのロビン・フッドとやらに会って、王さまの令状を無視できるか見てやらあ」そこで、勘定を支払うと、鋳掛屋は伝令のおいぼれ馬の横に並び、ノッティンガムへ向かった。

それからしばらくたった、ある晴れた朝、ロビン・フッドはひとつようすを見てやろうとノッティンガムの町へ向かった。街道脇（わき）のデイジーの甘いにおいが漂う草むらを歩きながら、ロビンの目と考えはあちこちにさまよった。腰には角笛を下げ、弓と矢を背負い、手に持ったがんじょうなオークの棒をくるくる回しながら、ぶらぶらと歩を進めていく。

そんなふうにして木陰の道を歩いていくと、向こうから鋳掛屋が陽気に歌いながらやってくるのが見えた。袋と金槌を背負い、手にはたっぷり六尺はあるがっしりした棒を持っている。

エンドウ豆の季節、猟犬どもが
角笛を聞いて、雄鹿（おじか）をしとめ
子どもらは、麦笛を吹きながら
羊の見張りをし――

「よう、相棒！」ロビンは声をかけた。

　おいらは、イチゴ摘みにいった——

「よう！」ロビンがもう一度大声で言う。

　木々の生い茂る美しい森の——

「おい！　耳が聞こえないのか？　相棒！」

「ずうずうしくも、おれのすてきな歌を邪魔するやつはだれだ？」鋳掛屋は歌をやめて、言った。「よう、相棒だかどうだか知らんが、一言言わせてもらおう。相棒だってほうが、互いの身のためだがな。相棒じゃないなら、てめえはやっかいなことになるぜ」

「なら、相棒ってことにしようじゃないか」ロビンは陽気に言った。「やっかいごとっていうのは、やっかいだし、おまえさんのオークの棒はぞっとしねえしな。だから、いい相棒になろう」

「ああ、なら、そうしよう」鋳掛屋は言った。「てめえの舌があんまり早く回るから、おれのあわれな頭じゃろくすっぽついていけねえ。もっとわかりやすく話してくれないか、おれは単純な男なんでね」

「で、どこからきたんだね、勇士どの？」ロビンはたずねた。

「バンブリーだ」と、鋳掛屋。

「なんと！　今朝、悪い知らせを聞いたばかりだ」

「ほう！　本当かい？」鋳掛屋は身を乗り出してたずねた。「どうか手短に話してくれないか？　っていうのも、見ての通り、おれは鋳掛屋で、仕事上、そういった話には飢えてんだよ。坊主（ぼうず）が金に飢えてるのと同じさ」

「そういうことなら、話そうじゃないか。だが、覚悟を決めてくれよ、なにしろ悲しい話なんでな。こういうことさ。二人の鋳掛屋が大量のエールを飲んだかどでさらし台にさらされてるらしい」

「てめえの知らせなど、流行病（はやりやまい）にやられちまえ、この卑劣な犬っころめ」鋳掛屋は言った。「おれの仲間のことを悪く言いやがって。だが、確かに悲しい話だ、二人の屈強の男がさらし台にさらされてるんじゃな」

「いいや、おれが言ってるのはそういうことじゃない。おまえさんは勘違いしてるぜ。この知らせが悲しいのは、二人がさらし台にいるってことじゃなくて、にもかかわらず、ほかの鋳掛屋連中は野放しでうろうろしてるってことさ」

「聖ドゥンスタンの白目の皿にかけて、そんなふざけたことばかり言うんなら、てめえの皮膚が真っ青になるまで殴ってやるぞ。だが、エールを飲んだらさらし台だっていうなら、このおれもてめえに一打を食らわせてる場合じゃないな」

ロビンは大声で笑うと、言った。「うまいこと言ったな、鋳掛屋、うまいぞ！　あ、おまえさんの頭は、エールみたいだ。酸っぱくなったときみたいに、ぶくぶく泡だってるぜ！　しかし、おまえさんの言うとおり、おれもエールが大好きなんだ。だから、おれの仲間といっしょに〈青猪亭〉の看板がかかってるところへこないか。おまえさんが見かけ通りの大酒飲みなら——予想が裏切られるってことはなさそうだが——この広いノッティンガムシアで注がれた中でも最高の自家製エールで、のどをうるおしてやろうじゃないか」

「そうくるなら、ふざけたことばっかり言ってるが、あんたは立派な男にちがいないよ。気に入ったた。その〈青猪亭〉とやらにいっしょにいかなかったら、おれは異教徒だ」

「おまえさんの知ってることを教えてくれ」ロビンは鋳掛屋と並んで歩きながら言った。「鋳掛屋っていうのは、情報の宝庫だからな」

「あんたのことは兄弟みてえに気に入ったよ、楽しいやつじゃねえか！　だから、特別に教えてやるよ。おれはずる賢い男だがな、知恵っていう知恵をかき集めなきゃならねえ重大な任務を果たしにいくところなのさ。実はな、このへんじゃ、ロビン・フッドとか呼ばれてる大胆不敵なおたずね者を探しにいくところなんだ。この袋の中には、令状が入ってる。羊皮紙にくっきりと書かれててな、でっかい真っ赤な印章が押されてる、正真正銘の法律の文書さ。そのロビン・フッドとかいう野郎に会ったら、やつの細っこいからだに突きつけてやるつもりさ。で、もしもやつが従わなかったら、やつのあばらがアーメンって言うまで、こてんぱんにやっつけてやる。あんたはこのへんの人間だから、もしかしてそのロビン・フッドって野郎を知ってたりしないかい？」

「ああ、ちょっとはな」ロビンは言った。「それも、今朝会ったばかりさ。だが、鋳掛屋、やつはずる賢くてけしからん泥棒だってうわさだぜ。おまえさんのその令状に気をつけな。じゃないと、やつに盗まれるかもしれないぞ」

「やってみやがれってんだ！　やつもずる賢いかもしれないが、おれだってずる賢い。今ここで堂々とやっつけてやるぜ！」鋳掛屋は重い棍棒をぶうんと回してみせた。「で、どんなやつなんだい？」

「おれにそっくりだよ」ロビンは笑いながら言った。「背の高さも体格も年齢もちょうど同じだ。それに、おれと同じで青い瞳をしてる」

「まさか。あんたはまだほんのひよっこじゃないか。てっきりひげを生やした大男だと思ってたがな。ノッティンガムじゅうの男どもが怖れてるんだから」

「確かに、やつはおまえさんほど年取っても、がっしりしてもいない。だが、六尺棒に関してはかなりの腕前だって評判だぜ」

がっしりした体格の鋳掛屋は言った。「かもしれん。だが、おれには勝てっこねえ。なにしろ、ハートフォードで行われた棒試合でイーリーの町のサイモンを倒したのはこのおれさまなんだからな。陽気な若者よ、もしあんたがやつを知ってるって言うなら、やつのところへ連れてってくれないか？　その悪党に令状を突きつけてやったら、ピカピカの金貨を八十枚もらえることになってんだ。案内してくれりゃあ、そのうち十枚をあんたにやるよ」

「お安いご用だ。だが、まず令状が本物かどうか、見せてくれ」

「そいつはできねえ。たとえ兄弟のあんたの望みでもな。おたずね者に突きつけてや

ロビンと鋳掛屋、〈青猪亭〉にて

るまでは、だれにも見せるわけにはいかねえんだ」

「なら、仕方ない。おれに見せないって言うなら、ほかにだれに見せるんだかわからないがな。さあて、〈青猪亭〉まできたぞ。さっそく入って、亭主のエールをいただこうじゃないか」

ノッティンガムシアじゅうを探しても、〈青猪亭〉ほどすてきな宿屋はないだろう。美しい木々がまわりを囲み、クレマチスが蔓を這わせ、スイカズラが甘い香りを放っている。ここのビールほどいいビールはないし、ここのエールほどぶくぶく泡立っているエールもない。冬になって、北風が吠え、生け垣に雪が吹き寄せると、〈青猪亭〉の暖炉では火が赤々と燃えさかる。そんな時期には、農民やあたりの田舎に住む連中とパチパチと音を立てている暖炉を囲み、炉辺でエールに焼きリンゴがぷかぷか浮いているのを眺めながら、陽気な冗談を言い合うことができる。森が雪で覆われるころになると、ロビンやリトル・ジョン、ウィル・スタトレイ、ドンカスターの若いデイヴィッドらロビンの仲間たちが集まることは、よく知られていた。亭主はといえば、舌をぺらぺら動かさず、歯の先に出るより先に言葉を飲みこむことをちゃんと心得ていた。自分のパンのどっち側にバターを塗ればいいか、ちゃんとわかっているわけだ。ロビンと仲間たちは上客で、勘定をツケにしたりせずその場で支払った。というわけで、ロビン・フッドと鋳掛屋が入っていって、大きな声でエールを大ジョッキで二杯注文したところで、亭主はこのおたずね者と知り合いだというそぶりひとつ見せはしなかった。

「ここで待っていてくれ」ロビンは鋳掛屋に言った。「亭主がちゃんとした樽からエールを注ぐかどうか見てくるから。十月醸造のいいエールがあるんだよ、タムワースの町のウィズホールドが醸造したやつがな」そう言って、ロビンは中に入っていって、イギリス産のエールにフランダース産の強い酒をたっぷりと混ぜるよう、亭主に耳打ちした。亭主は言われたとおりにして、ジョッキを二人のところに運んできた。

鋳掛屋はエールをぐいぐいと一気飲みすると、言った。「聖母マリアにかけて、そのタムワースのウィズホールドとかいう男は、正統なサクソンの名前に恥じない最高のエールを作るやつにちがいねえ。こんな最高の泡立ちのエールが、棍棒使いのワットさまの唇を通ったのは初めてだぜ」

「飲め飲め、兄弟」ロビンはそう言う一方で、自分は唇をほんの少し湿らせただけだった。「おい、亭主！　もう一杯同じものを持ってきてくれ。さあ、陽気な友人、そろそろ歌の時間だぞ」

「よし、じゃあ一曲、お気に入りのあんたのために歌おうじゃないか。こんなすげえエールを飲んだのは、初めてだからな。聖母マリアにかけて、頭までシュワシュワいいだしそうだ！　ちょいと、おかみさんも聴きにこないか。おれの歌を聴いてくれ。おら、そこのかわいらしい娘っこも。きらきら輝く目に見られてると、特別うまく歌えるんだ」

そして、鋳掛屋は、古き善きアーサー王の時代のバラッド『サー・ガウェインの結婚』を歌い出した。ガウェイン卿の物語なら、読んだことがある方もいるかもしれない。むかしのどっしりとした英語で語られる、王に尽くす気高い騎士の歌に、みな聴き惚れた。しかし、歌の最後までたどり着かないうちに、鋳掛屋はろれつが回らなくなり、頭がぐらぐらしはじめた。エールに混ぜた強い酒のせいだ。最初は舌がもつれるだけだったのが、次第に歌詞が不明瞭になり、頭が右へ左へと揺れはじめて、ついにぐっすりと眠りこんでしまった。二度と目を覚ますことはないんじゃないかというくらいだ。

ロビン・フッドは声を出して笑うと、器用な指先で鋳掛屋の袋からすばやく召喚状を抜き取った。「鋳掛屋よ、確かにおまえさんはずる賢い。だが、まだまだ、このずる賢い大泥棒ロビン・フッドさまにはかなわないようだな」

それから、ロビンは宿屋の亭主を呼びよせると言った。「さあ、これが今日、お楽しみに協力してくれたお礼の十シリングだ。このご立派なお客さんの面倒をよく見てやってくれ。目を覚ましたら、もう一度十シリングを請求してもかまわないぞ。やつに持ち合わせがなければ、やつの袋と金槌と、それでも足りなければ上着を代わりにもらっておけ。おれにちょっかいを出しに緑の森にやってきた者は、こういう目にあうってことだ。二回請求できるってときにしない宿屋の亭主はいないってわけさ」

それを聞いて、亭主は、そりゃあ「魚に泳ぎ方を教える」ってもんですよ、と言わんばかりににんまりと笑った。

鋳掛屋は、日も沈もうというころまでぐっすりと眠っていた。そして、森のはずれの影が長くなるころにようやく目を覚ました。最初、上を見て、それから下を見て、次に東を見て、西を見て、風でバラバラになった麦わらのようにぐちゃぐちゃの頭をなんとかはっきりさせようとした。まず浮かんだのは、陽気な連れのことだったが、姿が見あたらない。それから、頑丈な棍棒のことを思い出したが、これはちゃんと手の届くところにあった。それからようやく、召喚状と、そいつをロビン・フッドに突きつけて手に入れる金貨八十枚のことを思い出した。袋の中に手を突っこんだが、紙切れ一枚入っちゃいない。鋳掛屋は怒りにかられて飛び起きた。

「おい、亭主！　おれといっしょにきた、あの悪党はどこへいきやがった？」

「悪党ってどいつのことですかい、閣下?」「閣下」と呼んで、うまくこの場を丸く収めようとしたのだ。「悪党なんていませんでしたよ。シャーウッドの森であの男のことを悪党と呼ぶ者はおりません。閣下といっしょの、がっしりした若者なら見ましたがね、てっきり閣下とは知り合い同士だと思ってましたよ。このへんじゃ、あの男のことを知らない者はほとんどいませんのでね」

「このおれが、てめえの豚小屋でキイキイわめいている豚どもを知ってるわけがねえだろう? いったいてめえがよく知ってるっていうあの男は、だれなんだ?」

「閣下がおっしゃっているがっしりした若者は、この辺じゃロビン・フッドと呼ばれてますよ。ほかならぬ――」

「なんだと、聖母さま!」鋳掛屋はかんかんになって、怒り狂った雄牛のような太い声でどなった。「てめえは、正直者の職人であるおれが、あのやろうと入ってきたのを見ていたくせに、あのやろうがだれだか、教えなかったのか! あのやろうの顔を知ってたのに⁉ そのごろつき頭をぶち割ってくれるわ!」そして、鋳掛屋は六尺棒を手に取ると、この場で一発食らわせてやらんばかりの勢いで亭主をにらみつけた。

「かんべんしてください!」亭主はひじで頭をかばった。「あなたさまがロビン・フッドのことを知らないなんて、わたしにわかるわけないでしょう?」

「おれさまが忍耐強い男だったことに感謝するんだな。てめえの禿げ頭は見逃してやる。その代わり、二度とお客を騙すんじゃねえ。ロビン・フッドって悪党のことは、今すぐ探し当ててやる。やつの脳天をぶん殴れなかったら、この棒は薪にして、二度と男は名乗らねえ」そう言うと、鋳掛屋はなんとか気を落ち着けて、出ていこうとした。

「待ってください」亭主は鋳掛屋の前に立ちふさがって、ガチョウの群れを追うガチョウ番のように両手を広げた。金のこととなると、とたんに大胆になるのだ。「お勘定をお払いいただくまでは、ここからお出しするわけにはいきませんよ」

「なに、やつは払わなかったか？」

「一ファージングも、もらっちゃいません。今日は、十シリング分のエールをお飲みになったんですよ。ええ、お払いいただくまでは、お出しできませんよ。じゃなきゃ、長官どのにお知らせするまでさぁ」

「しかし、あいにく持ち合わせがねえんだよ、相棒」鋳掛屋は言った。

「わたしは相棒なんかじゃありませんよ。十シリングも踏み倒されるとあっちゃ、とても相棒じゃいられませんからね！　さあ、きっちり支払っていただきましょうか。ないとおっしゃるなら、あなたさまの上着と袋と金槌をいただきましょう。それだって、十シリングには足りませんがね。わたしは大損ですよ。いいですか、一歩でも動いたら、中で飼ってるでかい犬をけしかけますからね。おい、メイクン、このお方が一歩でも足を前に出そうもんなら、すぐさまドアを開けてブライアンを放せ」

「待ってくれ」国を旅して回っている鋳掛屋は、犬というのがどういうものかよく知っていた。「必要なものはやるから、おとなしくおれをいかせろ。疫病(えきびょう)に取りつかれやがれ！　だがな、亭主、あの卑怯者(ひきょうもの)をとっ捕まえたら、やつに利子つきで払わせてやるから待ってろ！」

そう言って、鋳掛屋はブツブツ独り言を言いながら、森のほうへ大またで歩いていった。亭主とあっぱれなおかみさんとメイクンは、鋳掛屋の後ろ姿を見送り、姿が見えなくなると大笑いした。

「ロビンとおれとで、身ぐるみ剝(は)いでやったよ」亭主は言った。

そのころ、ロビン・フッドは森を抜けてフォッス街道へ向かっていた。今夜は満月で明るいから、なにかこれはというものに出合えそうだというわけだ。手にはオークの棍棒を持ち、脇には太い角笛を下げ、口笛を吹きながら森の道を歩いていく。一方、向こうからは、鋳掛屋が雄牛のように頭を振り回し、ブツブツ独り言を言いながらやってきて、曲がり角のところでいきなり鉢合わせした。二人ともしばし立ち尽くした後、ロビンが言った。

「おやおや、美声の小鳥どの、エールはお気に召したかな? また歌を聴かせてもらえるのかい?」ロビンは高らかに笑った。

鋳掛屋は苦虫をかみつぶしたような顔でロビンをにらみつけていたが、ようやく口を開いた。「ここで会ったが百年目だ。今から、てめえの骨をガタガタいわせてやる。それができなきゃ、てめえの足で首を踏んづけられたって文句は言わねえ」

「はっきり言って、そいつは無理だな」ロビンは明るく言い放つと、棍棒を握りしめて、身構えた。すると、鋳掛屋も両手にぺっぺっと唾を吐きかけ、棍棒をつかんで、まっすぐ向かってきた。そして、二回、三回と棍棒を振り下ろしたが、すぐに相手がかなりの腕前だと気づいた。ロビンは鋳掛屋の攻撃を軽くかわして受け流し、鋳掛屋があっと思うより先にあばらに一発お見舞いした。そして、大声で笑ったので、鋳掛屋はますます怒り狂い、渾身の力をこめて棍棒を振り下ろした。ロビンもふたたび一回、二回とかわしたが、三打目を受け止めたとき、棍棒が折れてしまった。「クソ、ただではすまさんぞ、裏切り者の棍棒め」ロビンは棒を放り投げた。「ここぞというときに折れるとは、けしからんやつだ」

「さあ、降参しろ。もはや捕まったも同然だ。降参しねえなら、てめえの脳天をプディングみたいにぐちゃぐちゃにしてやる」

しかし、ロビンは返事をせず、角笛を口にあてて高らかに三回、吹き鳴らした。

「おい、勝手に笛でも吹いてろ。だが、おれといっしょにノッティンガムまできてもらうぞ、長官どのがてめえに会いたがっておいでだからな。さあ、降参するのか、それともそのきれいな頭をぶち割ってやろうか?」

「しかたなしに酸っぱいエールを飲むことはあるがな、これまで傷もあざも作らずに降参したことなど一度もない。どう考えたって、今、降参なんてするもんか。おい! わが陽気な者どもよ! 早くこい!」

すると、森の中から、深緑の服を着たリトル・ジョンと六人のがっしりした男たちが飛びだしてきた。

「どうしました、お頭(かしら)?」リトル・ジョンが言った。「あんなに大きな音で角笛を鳴らすとは、どうなさったんです?」

「そこにいる鋳掛屋がおれをノッティンガムに連れていって、絞首台(こうしゅだい)から吊るそうって言うのさ」

「ならば、すぐさまやつを吊るしてやろうじゃないか」リトル・ジョンはさけんで、手下たちといっせいに襲いかかり、鋳掛屋を取り押さえた。

「いやいや、そいつには指一本触れるな。なかなか勇敢な男だからな。商売は鋳掛屋で、生まれながらにして剛胆者だ。しかも、みごとなバラッドを歌うときてる。なあ、善き男よ、おれの陽気な仲間の一員にならないか？　深緑の服を一年に三着、俸給として四十マルク、手に入ったものはみんなで山分けし、緑の森で面白おかしく暮らすんだ。シャーウッドの森が甘美な影を落としているところには、不運などやってこないからな。褐色の鹿をしとめ、鹿肉と甘いカラス麦のパンにチーズと蜂蜜のごちそうを食う。どうだ、いっしょにこないか？」

「ああ、もちろんだ、仲間に入れてもらうよ。おれは、面白おかしい暮らしが大好きなんだ。それに、あんたのことも気に入ったよ、お頭。あんたにはあばらをしこたま打たれたし、まんまと騙されたけどな。あんたは、力でも頭でもおれより一枚上手だ。だから、あんたに従って、真の手下になることにするよ」

　こうしてロビンたちは森の奥深くへともどっていった。それからというもの、鋳掛屋は森で暮らし、日々美しいバラッドを歌って聴かせた。かの有名なアラン・ア・デールが仲間に加わるのは、そのあとのことだ。アランの美声の前には、ほかの者たちの声などワタリガラスのしわがれ声のようだったが、それはまた別の物語になる。

第二章　ノッティンガムの弓試合

ロビンを捕らえることに失敗した長官は激怒した。悪い知らせというのは常にそうだが、大胆不敵なおたずね者に召喚状を突きつけようなどとまぬけなことを考えた長官を、みなが笑っているといううわさは、本人の耳にも届いていた。なによりもそうやってバカにされるのは我慢ならない。そこで、長官は言った。「われらがめぐみ深き国王陛下にこの件をお知らせせねば。陛下の法が、反逆者どもにねじ曲げられ、軽んじられているとな。あの裏切り者の鋳掛屋についても、引っ捕らえたあかつきには、ノッティンガムシア一高い絞首台から吊るしてやる」

そして、家来たちに、ロンドンへいって国王陛下に謁見する準備をするよう命じた。

命を受けて、長官の館は慌ただしさに包まれ、みながそれぞれの用事であちこちへと走り回る一方で、ノッティンガムの町では、供の兵たちの鎧を作ったり直したりする鍛冶場（かじば）の火が、夜空にきらめく星のように赤々と輝いた。こうした作業は二日間続き、三日目にようやく旅の準備が整った。そして、さんさんと照る太陽の下、長官の一行はノッティンガムの町を出発し、フォッス街道を抜け、さらにワトリング街道へ向かった。こうしてまるまる二日間歩きつづけた後、ついに大いなるロンドンの尖塔（せんとう）や高い塔が見えてきた。一行が進んでいく先では、大勢の人々が立ち止まり、光り輝く鎧や派手な羽根飾りや衣装を目を丸くして眺めた。

ヘンリー王と美しきエレノア王妃はロンドンに宮殿をかまえ、絹やサテンやビロードや金糸の衣装に身を包んだ貴婦人や、勇敢な騎士や、飾り立てた廷臣たちに囲まれていた。そこへ、長官の一行がやってきて、謁見を申し出た。

長官はひざまずいて、「お願い事があってまいりました」と言った。

「願いごととは？　そなたの望（のぞ）みを聞かせよ」王は言った。

「おお、わが陛下よ。われらが善きノッティンガムシアのシャーウッドの森に、ロビン・フッドと申す大胆不敵なおたずね者が住んでいるのでございます」

「確かにそやつの振る舞いはこの王の耳にも届いておる。われらに刃向かう生意気な悪党だとな。しかし、なかなか愉快な男だとも聞いておるぞ」

「しかしながら、慈悲深い陛下、お聞きください。わたくしは、陛下の印章のついた

ノッティンガムの長官、王の御前に出る

召喚状をある猛者に託し、やつのもとに送ったのでございます。ところが、やつはその男をめった打ちにして、召喚状を盗んでしまいました。やつは陛下の鹿を殺し、あるまじきことに、大いなる街道においても、陛下の臣下の者たちから盗みを働いているのでございます」

「だから、なんだというのだ」王は激怒して言った。「余になにをしろというのだ？　そなたは武器を持った兵士や廷臣どもを引き連れてきたではないか。にもかかわらず、おのれの領土の、鎧もつけておらぬ悪党どもの一団すら、捕らえることができないのか？　そなたは余が任命した長官ではないか。ノッティンガムシアでは余の法は通用しないと？　余の法を破り、そなたを冒瀆する悪党に対抗することができないと申すのか？　出ていけ。とっとと立ち去り、自分の頭で考えるのだ。自分で計画を立てよ。いちいち余を煩わすな。よいか、長官、余の王国内で法が破られることは許さん。もし守らせることができぬと言うなら、そなたはもはや長官ではない。心してかかれ、さもないと、ノッティンガムシアの盗賊どもと同様そなたも痛い目にあうことになるぞ。ひとたび洪水となれば、籾殻だけでなく穀粒も一掃することになろう」

　こうして長官は、重い心を抱えてすごすごと引き返すことになった。自分の着飾った家来たちを見て、長官は心底後悔した。王の怒りに触れたのは、これほどの兵を持ちながら、法を守らせることもできないからなのだ。重い足取りでノッティンガムへ向かいながら、長官は狂わんばかりだった。ひと言もしゃべらず、家来たちのほうもだれ一人、話しかけようとはしない。長官は道すがら、ロビン・フッドを捕らえる策略を考えつづけた。

「そうか！」ついに長官はぴしゃりと腿をたたいた。「思いついたぞ！　みなの者、馬を進めろ。一刻も早くノッティンガムの町へもどるのだ。いいか、よく聞け。二週間と経たぬうちに、極悪人のロビン・フッドをノッティンガムシアの牢に放りこんでくれるわ！」

長官はどんな策略を思いついたのか？

ユダヤ人が袋の中の銀貨ににせものが混じっていないか、一枚ずつ調べるときのように、長官は悲しみに沈んだ道中に次々と考えを巡らせ、ひとつひとつ切れ味を確かめたが、どれにも弱点があった。しかし、ついにロビンの大胆不敵な気質に思いが及び、彼がしょっちゅうノッティンガムの城壁の中へやってくることを思い出したのだ。

「そうか。ロビンのやつをノッティンガムの町の近くまでおびき寄せることができれば、やつを見つけて、引っ捕らえ、二度と逃がさずにすむにちがいない」すると、稲妻がひらめくように名案が浮かんだ。弓試合の大会を開催し、豪華な賞品を用意すれば、血気盛んなロビン・フッドは射的場に引きよせられてくるにちがいない。この案を思いついて、思わず「そうか！」と腿をぴしゃりとやったわけだ。

そこで、長官は無事ノッティンガムにもどるとすぐに、東西南北へ使者を送り、町から村からあらゆる地方に、弓の大試合が開かれることを触れて回った。長弓を引ける者ならだれでも参加でき、賞品は純金の矢であることが告げられた。

ロビン・フッドは最初この知らせを聞いたときは、今で言うリンカーンの町にいたが、すぐさまシャーウッドの森へもどってきて、仲間たちを呼び集めた。

「いいか、みなの者、今日、リンカーンで聞いた知らせだ。われらが友人ノッティンガムの長官が弓試合を開くそうだ。ノッティンガムシアの隅々にまで、使者が触れ回っている。賞品はきらめく黄金の矢だ。おれとしては、仲間のだれかに矢を勝ち取ってほしい。もちろん美しい品だからでもあるが、われらが愛しい友人の長官がくれようというのだからもらわぬ手はない。ゆえに、みな、弓と矢を手に取り、的を射にいこうではないか。お祭騒ぎが待ち受けているにちがいない。どうだ？」

すると、ドンカスターのデイヴィッドが口を開いた。「どうか、お頭、聞いてください。今ちょうど、〈青猪亭〉のわれらが友人イードムのところからもどってきたところなんですが、そこでも同じ知らせを耳にしました。イードムの言うところでは、長官の家来の〈傷のあるラルフ〉から聞いたそうです。今度の弓試合は、お頭をおびき寄せるためにあの卑怯者(ひきょうもの)の長官が考えついたんです。やつが罠(わな)を仕掛けたんです。ですから、お頭、どうかいかないでください、悪党の長官がお頭を騙(だま)そうとしてるのは、まちがいありません。緑の森から出ないでください。さもないと、おれたちが悲しみ嘆くことになりますから」

すると、ロビンは言った。「ふむ、おまえは賢い若者だ。耳をそばだて、口を閉じていれば、知恵の回る抜け目ない森の男になるだろう。しかし、大胆不敵なロビン・フッドと百四十人の優(すぐ)れた射手(いて)が、ノッティンガムの長官に怖(おそ)れをなしたなどと、イングランドじゅうでうわさされてもいいのか？　いいや、そんなことは許さぬ。デイヴィッドよ、おまえの話を聞いて、おれはますますその賞品がほしくなってしまったぞ。だが、うわさ好きのスワントホールドじいさんはなんて言ってたかな？　『あわてる男は舌をやけどし、目を閉じているおろか者は穴に落ちる』じゃなかったか？　短衣じいさんの言う通り、策略には策略で応(こた)えなきゃならない。いいか、それぞれ、短衣の修道僧や、田舎の小作人、鋳掛屋や、物乞(ものご)いに身をやつすんだ。だが、必要になったときのために、いい弓と幅広の刀は持っていけよ。弓試合に出て、その黄金の矢を勝ち取り、緑の森の枝にぶら下げて、みなで楽しもうではないか。どうだ陽気な者ども、計画はお気に召したかな？」

すると、みな喜んで、口々に「賛成だ！」とさけんだ。

弓試合の日、ノッティンガムの町はまさに壮観だった。町から見下ろす緑の草地には、ずらりとベンチが並べられ、上の段には騎士や貴婦人、領主とその夫人、金持ちの商人とその妻たちといった、身分の高い人々がすわっている。的に近い、リボンや吹き流しや花輪で飾られているさらに一段高い台の上が、ノッティンガムの長官と奥方の席だった。射的場の幅は歩幅にして四十歩ほどあり、片側に的が、もう片方の側には縞模様の帆布のテントが建てられ、竿の先で色とりどりの旗や吹き流しがはためいている。中にはエールの樽が置かれ、のどの渇きを潤したい射手が自由に飲んでいいことになっていた。

身分の高い人々の向かいが貧しい人々の席で、手すりが設けられて的に近づけないようになっていた。まだ早いのに、すでにベンチは身分の高い人々で埋まりつつある。小さな二輪馬車に乗り、または、馬たちをクルベット[1]で走らせ、手綱につけた銀の鈴を鳴らしながら、次々と到着する。彼らといっしょに、貧しい人々もやってきて、手すりのそばの草地にすわったり寝転んだりしはじめた。大きなテントの中には射手たちが三々五々に集まり、それぞれ大声でこれまでいちばんいい射的の自慢をしたり、弓を矯めつ眇めつ見て、弦をつまんで引っぱったり、すり切れている箇所がないか探したりしている。片目をつぶって矢軸がまっすぐかどうか、曲がったところがないか、確かめている者もいる。このような試合で、このような賞品がかかっているときに、矢になにかあってはならないからだ。ノッティンガムの町にこれほどまでの強者が集まったことは、いまだかつてなかった。イングランドでももっとも優れた射手たちが、この大試合にやってきていたのだ。長官お抱えの第一射手である赤帽子のジル、リンカーンのディッコン・クルクシャンク、タムワースからきたデルのアダム。アダムは六十歳を過ぎていたが、かくしゃくとして力に溢れ、若い盛りにはウッドストックのあの有名な試合で、誉れ高い射手のデルのクリムを負かした男だった。ほかにも、バラッドで歌い継がれてきたような長弓の名手たちが勢ぞろいしていた。

　ベンチが領主や貴婦人、市民やその夫人で埋まると、とうとう長官その人が奥方を伴って入場してきた。乳白色の馬にふんぞりかえってまたがり、奥方は茶色の雌の小馬に乗っている。頭には紫のビロードの帽子をかぶり、同じ紫のローブは豪華なオコ

1　前脚をあげ、地面につく前に後ろ脚を軽くジャンプさせる乗馬の高等技術。

ジョの毛皮で縁取られ、胴着と長靴下は海緑色の絹で、先の尖った黒いビロードの靴は金の鎖で留められている。首にも金の鎖をさげ、襟元で赤みがかった金の台にはめこまれた大きなざくろ石が輝いていた。奥方は、ハクチョウの羽根に縁取られた青いビロードのドレスを着ている。そんな二人が並んで入ってくるさまは華々しく、身分の高い人々の向かいに群がっている者たちは一斉に歓声をあげた。長官と奥方は、長い鎖かたびらをつけ、槍を持った兵が控えている自分たちの席へと向かった。

席に着くと、長官は式部官に銀の角笛を吹くように命じた。式部官が笛を三回吹き鳴らすと、ノッティンガムの灰色の城壁から威勢のいいこだまが返ってきた。それを合図に、射手たちは自分たちの位置まで進み出て、観客は声を限りに自分たちのひいきの射手の名前をさけびはじめた。「赤帽子!」「クルクシャンク!」「おい、レスリーのウィリアム!」一方、貴婦人たちは絹のスカーフをふって、それぞれの射手が力を尽くせるように応援した。

式部官が前に進みでて、大きな声で試合のルールを説明した。

「それぞれ、印の付いたところから矢を射ること。的までは百五十メートルある。まずそれぞれが一本ずつ射て、的に近かった者十人が次の試合に進む。今度は二本ずつ射て、三人を選ぶ。そして、三人は三本ずつ射て、もっとも的に近かった者が賞品を手にすることとなる」

長官は身を乗り出して、射手たちの中にロビン・フッドの姿がないかと目を凝らした。だが、ロビン・フッドや仲間たちの深緑の服を身につけている者は見当たらない。

「だとしても、やつはきているかもしれない。ほかの者たちに紛れて見すごしているのかもしれん。十人が射る番になったら見てみよう。やつがその中にいることは、まちがいないからな」

射手たちはひとりずつ矢を放っていった。その日、人々は、いまだかつて見たことのないようなすばらしい弓試合を目にすることになった。六本の矢が的の中心にあたり、そのうち四本は黒点の内側で、外側は二本だけだった。最後の矢が放たれ、的を貫いたとき、どっと歓声があがった。みごとな技だった。

こうして十人の射手たちが残された。その中の六人は、国じゅうに名の知られた名手で、集まった人々のほとんどは彼らを知っていた。すなわち、赤帽子のジルバート、デルのアダム、ディッコン・クルクシャンク、レスリーのウィリアム、クラウドのヒューバート、ハートフォードのスウィジンだ。あとは、ヨークシアからきた男が二人と、ロンドンからきたという青い服の背の高い男、それから、緋色のぼろぼろの服を着て、片方の目に眼帯をつけた男だった。

「さてと」長官は、横に立っている兵に言った。「あの十人の中にロビン・フッドはいるか？」

「いいえ、いないようです、閣下。六人はよく知られた者たちでございます。ヨークシアの男たちのうちひとりは、あの悪党にしては背が高すぎますし、もうひとりは低すぎます。ロビンのひげは黄金のような色ですが、あそこの緋色のぼろを着た物乞いのような男のひげは茶色ですし、そもそも片目が見えておりません。青い服の見知らぬ男ですが、ロビンのほうが肩幅が七、八センチほど広いように思います」

長官は腹立たしげに腿をたたいた。「ならば、あの悪党めはごろつきだというだけでなく臆病者というわけだな。立派な者たちの前に姿を見せることもできぬのだから」

短い休憩の後、十人のがっしりとした男たちは前へ進みでて、ふたたび矢を射た。それぞれが二本ずつ射たが、そのあいだはみなひと言も発せずに、息さえ止めて、矢の行方を見守った。しかし、最後の射手が矢を放つと、大きな歓声があがり、観客は見事な試合に興奮して帽子をぽんぽんとほうり投げた。

「聖母マリアに誓って、これまで四十年のあいだ、これほどすばらしい長弓の名手たちを目にしたのは初めてでございます」八十歳を超えたデルの老アームヤス卿が言ったほどだ。

こうして十人の中から三人が残った。ひとりは赤帽子のジル、もうひとりが緋色のぼろを着た見知らぬ男、最後のひとりはタムワースからきたデルのアダムだった。観客はみな、大声で声援を送った。「おーい、赤帽子のジル！」「タムワースのアダム！」しかし、緋色の見知らぬ男の名を呼ぶ者は、ひとりもいなかった。

「さあ、ジルバート、よく狙え」長官はさけんだ。「おまえの矢が的の中心に一番近ければ、賞品のほかに銀百ペニーを授けよう」

「力を尽くします」ジルバートはゆるぎない口調で言った。「精一杯やるよりほかありません。今日は死ぬ気で臨むつもりにございます」ジルバートは幅の広い羽根のついた滑らかな矢を抜き、手際よく弓弦につがえると、慎重に引いて、ぱっと放った。矢はまっすぐ飛んでいって、的の中心からわずか指一本分それたところに突き刺さった。「ジルバート！　ジルバート！」観客はみなジルバートを褒め称えた。長官も両手を打ち合わせて「なんとも鋭い一矢だ！」とさけんだ。

次に、ぼろを着た見知らぬ男が進みでた。男が矢をつがえるために肘をあげると、腕の下側に黄色いつぎが当てられているのが見えた。しかも、片目で狙いを定めると、それを見た人々は大笑いした。男はイチイの弓をすばやく引くと、さっと矢を放った。

あっという間の出来事で、弓を引いてから矢を放つまで、息を吸う間もなかったが、矢はジルバートの矢より穀粒二つ分ほど、中心に近いところに突き刺さった。

「天のあらゆる聖人の名にかけて、実にすばらしい腕前だ！」長官はさけんだ。

次にデルのアダムが慎重に狙いを定めて射ると、矢は見知らぬ男の矢のすぐそばに突きたった。またすぐに三人は矢を放ち、今度もまた、三本とも的の中心に当たったが、今回はデルのアダムの矢が一番中心から遠く、またもや一番近いのはぼろを着た見知らぬ男の矢だった。そして、またしばらく休憩を取ったあと、いよいよ三射目に入った。今回、ジルバートは細心の注意を払い狙いを定め、慎重に距離を測ると、さっと矢を放った。矢はまっすぐ飛んでいった。どよめきで旗が揺らめき、古い灰色の塔の屋根からコクマルガラスとミヤマガラスがカアカア鳴きながら飛び立った。というのも、矢は中心の点のすぐ横に突き刺さったのだ。

「よくやったぞ、ジルバート！」長官は大喜びでさけんだ。「これで賞品はおまえのものだ。堂々と勝ち取ったのだ。さあ、ぼろを着たならず者よ、できるものならあれよりもすばらしい矢を射てみよ」

見知らぬ男はひと言もしゃべらずに位置についた。観客は静まりかえり、だれ一人声も発さず、息すら止めて、男がどんな腕前を見せるかを見守る。一方の男はやはりひと言も発さぬまま、弓を片手にじっと立ち尽くした。そして、五数えるほどの間をあけて、弓をきりきりと引き絞った。そして、一瞬、手を止めた後、ぱっと放した。矢はまっすぐ飛んでいった。ジルバートの矢から灰色のガチョウの羽根がぱっと散る。羽根は日の光を浴びながらひらひらと舞い落ち、見知らぬ男の矢は、ジルバートの矢のすぐとなり、的の真ん中に突き刺さっていた。だれもひと言も発さない。歓声をあげる者もいない。ただただあっけにとられて、そばにいる者たちと顔を見合わせるだけだった。

「なんと」やがてデルのアダムが深く息を吸いこむと、首をふりふり言った。「四十年以上、弓を射てきて、それなりの腕前を披露(ひろう)したこともあったが、今日はもはやこれ以上射るまい。だれだか知らぬが、あの見知らぬ男にかなう者はいないからな」そして、それ以上なにも言わずに矢を矢筒(やづつ)にもどし、弓の弦を外してしまった。

それを見て、絹とビロードに身を包んだ長官は高座からおり、ぼろを着た男が頑丈な弓に寄りかかって立っているところへ歩いていった。観客は、驚くべき一矢を放った男をひと目見ようと前へ詰めかけた。「さあ、善き男よ、賞品を受け取るがよい。正々堂々と勝ち取ったのだからな。そなたの名前はなんという？　どこからまいったのだ？」

「ティオットデールのジョックと呼ばれております、あっちのほうからきやした」男は言った。

「ならば、われらが聖母の名にかけて、ジョックよ、おまえはこれまで見た中で最も優れた射手だ。どうだ、わしに仕えないか。そうすれば、おまえが身につけているそのぼろよりいい上着と、上等な食事に、上等な飲みもの、クリスマス休暇のたびに八十マルクが支給されるぞ。おまえは、今日、顔を見せなかったあのならず者のロビン・フッドなどよりも、はるかに腕がいい。どうだ、わしに仕えるか？」

「いや、けっこうでさ」見知らぬ男はぞんざいな口調で言った。「おれは自分にしか、仕えねえ。イングランドのだれのことも、主と仰ぐつもりはない」

「ならば、去れ。疫病にやられてしまうがよいわ！」長官は怒りに震えた声でどなった。「無礼者め、本当なら、打ちのめしてやりたいところだ」長官はさっと背を向けると、大またで歩き去った。

その日、シャーウッドの森の奥深く、堂々たる大木のまわりには、さまざまな者たちが集まった。はだしの修道僧が二十人あまり、鋳掛屋のかっこうをした者が数人、妙にがっしりした物乞いや、田舎の作男の姿もある。そして、苔の上にすわっているのは、あの、緋色のぼろを着て眼帯をつけた男だった。手には、弓試合の賞品の金の矢が握られている。話し声や笑い声が響きわたる中、男は眼帯を外し、緋色のぼろをはぎとった。すると、下から深緑の服が現われた。「眼帯と服は簡単だが、クルミの汁で染めた髪とひげはそうすぐには元にもどらないだろうな」それを聞いて、みなはますます大声で笑った。長官の手から賞品を勝ち取ったのは、ほかならぬロビン・フッドだったのだ。

森の宴がはじまり、まんまと長官をだましてやったと皆で笑い、変装して試合に出かけた者たちがそれぞれの冒険談を語ってきかせた。しかし、宴が終わると、ロビン・フッドはリトル・ジョンをわきへ呼んで言った。「長官が『おまえは、今日、顔を見せなかったあのならず者のロビン・フッドなどよりも、はるかに腕がいい』と言ったときは、心底腹が立った。やつの手から黄金の矢を勝ち取ったのがだれかってことを、教えてやらないと気がすまない。おれはやつの思っているような臆病者ではないってことをな」

リトル・ジョンは言った。「お頭、おれとウィル・スタトレイであのでっぷり太った長官のところへいって、やつが思ってもいなかったような方法でそいつを教えてやりますよ」

その日、長官はノッティンガムの町にある彼の館の大広間で食事をしていた。広間の長い食卓には、八十人余りの兵士や館に仕える者や奴隷たちがずらりと並び、料理に舌鼓を打ち、エールを飲みながら、今日の弓試合のことを話している。長官は、上座の一段高くなっている天幕の下に、奥方と共にすわっていた。

「今日の試合に悪党のロビン・フッドがやってくるにちがいないと思っていたが、まさかこんな臆病者だったとはな。しかしながら、公然とわしに刃向かったあの無礼ならず者は、いったいどこのどいつだ？　なぜあのとき打ち据えてやらなかったのだろう？　だが、やつには、あのぼろ服だけではない、なにかが備わっておった」

長官が言い終わるか終わらないかのうちに、食卓になにかが落ちてきた。大きな音に、近くにすわっていた者たちはなにごとかと立ちあがり、やがて兵士の一人が勇気を奮い起こして、落ちてきた物を拾いあげて長官のところへ持っていった。どうやら先を鈍らせた矢のようだ。立派な灰色のガチョウの羽根がついており、先端近くに上質な紙が巻かれている。長官は紙を開いて、さっと目を走らせた。ひたいの血管が浮きあがり、怒りで頬が真っ赤に染まる。というのも、巻紙にはこう書かれていたのだ。

美しきシャーウッドの森の者たちより
本日のご親切に感謝を捧ぐ

すばらしい賞品を授けてくださったのだから
陽気なロビン・フッドの手に

「どこから飛んできたのだ⁉」長官は大きな声でどなった。
「窓の外からでございます、閣下」矢を長官に渡した兵士は答えた。

第三章　ウィル・スタトレイ、善き仲間たちに助けられる

法でも策略でもロビン・フッドに勝てないと悟った長官はすっかり当惑し、独りごちた。「なんておろかなことをしてしまったのだ！　陛下にロビン・フッドのことなどお伝えしなければ、このようなややこしいことにはならなかったのに。今となっては、やつを引っ捕らえぬかぎり、陛下のお怒りに触れることになる。最初は法を、そして次に策略を用いたが、両方失敗してしまった。あとは、力に訴えるしかない」

このように考えた長官は、指揮官たちを呼び集め、自分の考えを伝えた。「それぞれ鎧に身を固めた兵士を四人連れて、別々の地点から森へ入り、ロビン・フッドを待ち伏せしろ。相手が多勢の場合は角笛を吹き、笛の音を聞いた者たちはすぐさま駆けつけるのだ。そうすれば、緑の服のならず者を捕らえることができるだろう。最初にロビン・フッドを見つけて、生死を問わずわが元に連れてきた者には、ほうびとして銀貨で百ポンドをとらせよう。

そして、やつの仲間を生きていようが死んでいようが引っ捕らえてきた者には、四十ポンドを与える。勇気をふるい、知恵を働かせるのだぞ」

こうして、総勢三百人の兵士たちが、ロビン・フッドを捕まえるためにシャーウッドの森へ向かった。指揮官たちはみな、自分こそが大胆不敵なおたずね者を見つけるか、それが無理でもせめて仲間を捕らえたいと思っていた。こうして七日と七晩のあいだ、指揮官たちは森の中を探し回ったが、深緑の服を着た者はただのひとりも見つからなかった。というのも、〈青猪亭（あおじしてい）〉の忠実なるイードムが前もって、ロビン・フッドの元に知らせをもたらしていたのだ。

最初、その知らせを聞いたとき、ロビンは言った。「長官が力には力をというのなら、血が流れ、争いがもたらされ、長官にもわが仲間たちにも悲しみが降りかかることになるだろう。血と戦いは望まぬ。立派な男が命を失い、女や女房たちが悲しむような事態は招きたくない。おれは一度、人を殺した。二度とそのようなことはしたくない。あのときのことを考えると、今でも胸がきりきりと痛むのだ。ゆえに、シャーウッドの森に身を隠すことにしよう。それが、みなにとってよいだろう。だが、自分や仲間の身を守る必要が生じれば、そのときは弓と剣を取り、力の限り戦え」

それを聞いて、仲間の多くは首をふりふり、ひそかに考えた。「これで、長官はおれたちを臆病者だと思うだろう。国じゅうの者たちが、戦いを怖れたといっておれたちを笑い者にするにちがいない」しかし、声に出して言う者はおらず、みな言葉を飲みこんで、ロビンに命じられたとおりにした。

こうして七日と七晩のあいだ、ロビンたちはシャーウッドの森の奥深くに隠れ、そのあいだ一度も姿を見せることはなかった。八日目の朝、ロビン・フッドは仲間たちを集めて言った。「長官の家来どもがどうしているか、そろそろだれか探ってきてはくれないか？　いくら連中でも、いつまでもシャーウッドの森にいるはずはないからな」

たちまち、どっと大きな声があがった。みなが弓を高く掲げ、われこそはとさけぶのを見て、手下たちの勇ましさにロビン・フッドの胸は熱くなった。「勇敢で忠実な者たちよ、おまえたちはまさに猛者の集まりだ。しかし、全員いくわけにもいかないから、一人だけ選ぼうと思う。ウィル・スタトレイがいいだろう。雄狐のような狡猾さにかけては、並ぶ者がいないからな」

ウィル・スタトレイは跳びあがって、笑いながら手をたたいた。全員の中から一人選ばれたのが、心底嬉しかったのだ。「ありがとうございます、お頭。必ずやつらの情報を持ち帰ります。できなければ、今後一切、狡猾なスタトレイとは呼ばないでください」

そして、スタトレイは修道僧の僧衣に身を包み、その下の、すぐに手をかけられるところに切れ味のいい幅広の剣を下げた。こうして準備が整うと、スタトレイは冒険を求めて出発した。森のはずれまできて、さらに街道に出ると、二回ほど、兵士たちを引き連れた指揮官を見かけた。しかし、どちらのときも、スタトレイは右や左へ避けずに、頭巾を目深にかぶり直すと、瞑想しているかのように手を組んでやり過ごした。やがて〈青猪亭〉の看板の下までやってきた。「よき友人のイードムなら、いろいろ情報を教えてくれるにちがいない」

中へ入っていくと、長官の兵士たちが酒を飲んで大騒ぎしていた。そこで、スタトレイはだれにも話しかけずに離れたベンチにすわり、杖を持ったまま、祈っているかのように頭を深く垂れた。そうやって、亭主が連中から離れるのを待っていたが、イードムはスタトレイに気づかなかった。てっきりくたびれきった貧しい修道僧だと思っていたので、修道僧のことはあまり好きではないが、声をかけたり追い出したりせずにそのままずわらせておくことにしたのだ。「足の悪い犬を戸口から追い出すような心ないことはしたくないからな」

しかたなくそうやってスタトレイがすわっていると、宿屋で飼われている大きな猫がやってきて、膝にからだをこすりつけたので、手のひらの幅のぶんだけ僧衣がずりあがってしまった。スタトレイはすかさず元にもどしたが、指揮官は深緑の服がのぞいたのを見逃さなかった。しかし、その場ではなにも言わず、心の中でひそかに考えた。「あれは、修道僧などではないな。正直者なら、僧服など着て歩きまわらないし、泥棒なら、あんな無駄なことはしないはずだ。ということは、やつはロビン・フッドの一味にちがいない」そこで、ややあって、指揮官は言った。

「おお、聖なるお方、渇いたのどを三月のビールで潤してはいかがです?」スタトレイは黙って首を横に振った。自分の声を知っている者がいるかもしれないと思ったのだ。しかし、指揮官はなおも言った。「聖なる神父どの、こんな暑い日にどちらへ?」

「カンタベリーへ巡礼にいくのじゃ」声を悟られないよう、ウィル・スタトレイはしわがれ声で言った。

すると、なおも指揮官は言った。「ならば、教えてください、神父どの。カンタベリーへ巡礼にいくときは、僧服の下に深緑の服を着ていくものなんですかね? は、笑わせるわ! おまえは盗人だな、ロビン・フッドの一味にちがいない! いいか、聖母マリアにかけて、手だろうと足だろうと少しでも動かしたら最後、この剣で貫いてやる!」

そして、さっと剣を抜いて、ウィル・スタトレイに躍りかかった。不意を突くつもりだったが、スタトレイはすでに僧服の下で剣をしっかり握りしめ、指揮官が襲いかかるよりも早く、ひらりと剣を抜いた。かっぷくのいい指揮官は力をこめて剣を振り下ろしたが、それが最後の一撃となった。というのも、スタトレイは楽々と受け流し、逆に相手に渾身（こんしん）の一撃を食らわせたからだ。そして、すぐさま逃げようとしたが、指揮官は傷口から血を流し、ふらふらになりながらも、倒れこむように両腕でスタトレイの膝に抱きついた。ほかの兵士たちもいっせいに襲いかかり、スタトレイは応戦したが、兵士の一人に振り下ろした剣は鋼鉄のかぶとにあたり、刃が深く食いこんだものの、相手を殺すには至らなかった。指揮官は気を失いそうになりながらも、スタトレイを引きずりたおし、それを見た兵士たちはふたたび襲いかかって、一人がスタトレイの脳天に一発お見舞いした。頭から血が噴き出し、目に流れこんで、スタトレイはよろめき、どうっと倒れた。兵士たちはいっせいにその上に飛びかかり、果敢に抵抗しつづけるスタトレイをなんとか押さえつけると、丈夫な麻の縄で身動きできないように縛りあげてしまった。ついにスタトレイを捕らえたのだ。しかし、二人の男にとっては、つらい日となった。指揮官は深手を負い、かぶとに一撃を受けた兵士も、この有名な戦い以前の状態にもどるまで、何日もベッドで過ごさなければならなかったからだ。

ロビン・フッドは、ウィル・スタトレイのことを案じながら緑の木の下で待っていた。すると、森の小径(こみち)の向こうから仲間が二人、〈青猪亭〉のふくよかな娘メイクンをはさむようにして走ってくるのが見えた。それを見て、ロビンの心は沈んだ。よくない知らせだとわかったのだ。

「スタトレイが捕まりました」ロビンのところまでやってくると、男たちは言った。

「その悲しい知らせをもたらしたのは、そなたか?」ロビンは娘にたずねた。

「ええ、全部見ていたんです」メイクンは猟犬から逃げてきた野ウサギみたいにハアハアと荒い息をつきながら答えた。「しかも、かなりの傷を負っていると思います。頭のてっぺんにするどい一撃を受けて。あの人たちはスタトレイを縛って、ノッティンガムの町へ連れていきました。店を出るときに、明日、絞首台(こうしゅだい)にぶら下げることになるって言ってるのを聞いたんです」

「そんなことはさせん。もしそうなれば、たくさんの者たちが苦い実を噛(か)む思いをし、みながなげき悲しむことだろう!」

そして、角笛を口に当て、大きな音で三回吹き鳴らした。すると、ただちに彼の手下たちが森のあちこちから集まってきて、百四十人がロビンを囲んだ。

「みなの者、聞いてくれ！　愛する仲間のウィル・スタトレイが、よこしまな長官の家来どもに捕まってしまった。弓と剣を取り、スタトレイを救い出すのだ。この命をかけても、連れもどすぞ。スタトレイもおれたちのために命をかけたのだからな。みなの者、そうだろう？」すると、全員が声をそろえてさけんだ。「そうだ！」

ロビンはふたたび口を開いた。「この中に命を危険にさらしたくないという者がいれば、シャーウッドの森に残ってくれ。無理強いはしたくない。明日、必ずウィル・スタトレイを連れもどす。そうでなければ、おれもやつといっしょに死ぬまでだ」

すると、勇敢なリトル・ジョンが言った。「お頭は、この中に、仲間が窮地に陥ったときに命をかけないようなやつがいるとお思いですかい？　いるとしたら、おれの知らないやつが紛れこんでいたってことだ。そんなやつがいたら、緑の服をはぎ取って、この陽気な森からたたきだしてやる。そうだな、みんな！」

全員がいっせいに答えた。「おう！」友を救うのに、命を危険にさらすことを厭う者などいなかったのだ。

そこで翌日、ロビンたちはシャーウッドの森を出発した。念には念を入れ、いつもとはちがう道を使い、二、三人の部隊に分かれて、ノッティンガムの町の近くの草深い谷でふたたび落ち合うことにした。待ち合わせの場所に全員が揃うと、ロビンは言った。

「ここにしばらく身を潜め、知らせを待とう。われらの友ウィル・スタトレイを長官の手から取りもどすなら、慎重に抜け目なくやらなきゃならないからな」

ロビンたちが隠れているあいだに、日が昇り、暑くなってきた。土埃の舞う街道には旅人の姿もない。すると、ノッティンガムの灰色の城壁に沿って伸びている街道の向こうから、年老いた巡礼者がのろのろとやってくるのが見えた。ほかに人の姿が見えないのを確認すると、ロビンは若いわりに抜け目のないドンカスターのデイヴィッドを呼んで言った。「デイヴィッド、城壁の横を歩いている巡礼者に話しかけてみろ。やつはノッティンガムの町のほうからきたからな、スタトレイのことをなにか知っているかもしれん」

そこで、デイヴィッドは前へ進みでて、巡礼者のところまでいくと、挨拶して言った。「おはようございます、聖なるお方。ウィル・スタトレイがいつ絞首台に吊るされるか、ご存じですか？ わざわざ遠くから、ならず者が吊るされるのを見にきたもんでね、見逃したくないんですよ」

「恥を知れ、若者よ！ 自分の命を守ろうとしただけの立派なよき男が首を吊られようとしているときに、そのようなことを言うとは！」巡礼者は怒りにまかせて、杖で地面を打った。「なんと嘆かわしいことだ！　今日、日が沈むころ、彼は吊るされる。ノッティンガムの大いなる城門から八十ロッドの、三本道が出合うところでな。長官は、今回の刑をノッティンガムシアじゅうのおたずね者への見せしめにするつもりなのじゃ。もう一度言うが、実に嘆かわしいことだ。ロビン・フッドと仲間たちはおたずね者かもしれぬが、金持ちや力の強い者や不正直な者からしか盗らず、シャーウッドの近くに住む貧しい未亡人や子だくさんの小作農で、ロビン・フッドから大麦粉をもらわなかった者はいないのだから。スタトレイのような勇敢な若者が死ぬのを見たら、この胸が張り裂けてしまう。巡礼に出る前は、このわしもサクソンの戦士だったのじゃ。強者の手が、残酷なノルマン人や、金袋をずっしりと膨らませていばりくさった修道院長にまんまと一発食わせるのを、この目で見てきた。スタトレイの主人が、手下が危険にさらされていることを知れば、敵の手から救い出すだろうに」

「ああ、その通りだとも。ロビンと仲間たちがこの近くにいれば、なんとしてでもスタトレイを窮地から救い出すに決まってるさ。よきご老人よ、ご無事でな。そして、信じてくれ。万が一スタトレイが死ぬようなことになっても、必ず仇討ちはなされるからな」

そして、デイヴィッドは老人に背を向け、足早に歩き去った。巡礼の老人はその後

年老いた巡礼者、ウィル・スタトレイの運命を伝える

ろ姿を見ながら、呟いた。「あの若者は、絞首刑を見にきた田舎者などではない。もしもロビン・フッドがそんな遠くないところにいるのなら、今日は立派な行いが見られるじゃろうて」そして、まだブツブツとなにか呟きながら、巡礼者はまた街道を進んでいった。

ドンカスターのデイヴィッドはロビン・フッドに、巡礼者が言っていたことを伝えた。ロビンは仲間たちを呼び集めて言った。

「さあ、このままノッティンガムの町へ乗りこんで、見物客の中に紛れるんだ。だが、お互い仲間の姿は常に目に入るようにしておけ。スタトレイと見張りの兵士たちが壁の向こうから出てくるまでに、なるべくそっちまで近づいておくんだ。必要なとき以外、手は出すな。流血の事態は避けたい。だが、相手を倒すとなったら、思いきりいけ。一度ですむようにな。シャーウッドにもどってくるまでは全員いっしょにいるんだ。だれ一人、はぐれぬようにな」

太陽が西の空に沈みかけるころ、城壁のほうからラッパの音が聞こえてきた。ノッティンガムの町はにわかにざわめき、通りに人々が溢れた。というのも、この日、あの有名なウィル・スタトレイが絞首刑に処せられることを知っていたからだ。ほどなく城門が大きく開き、光り輝く鎖かたびらに身を包んだ長官に率いられて、大勢の兵士たちがガチャガチャと鎧を鳴らしながら出てきた。ちょうど真ん中あたりに、首に縄をつけられたウィル・スタトレイの姿が見える。荷車に乗せられたスタトレイの顔は、傷と失血のため昼間の月のように真っ青で、金色の髪は血のりでべっとりと固まって額にかかっている。城から出てくると、スタトレイは顔をあげ、それから下を見たが、哀れみや同情を浮かべた顔は見えても、知っている顔は見当たらなかった。スタトレイの心は鉛のように沈んだが、それでも堂々と言い放った。

「長官どの、剣をくれ。このように傷は負っているが、この命と力の続く限り、戦おうではないか」

「だめだ、よこしまな悪党め」長官はふり返って、ウィル・スタトレイをまっすぐねめつけた。「剣など渡さん。恥ずべき盗人にふさわしい、賤しい死を遂げるがよい」

「ならば、せめてこの手の縄を解き、素手で戦わせてくれ。武器はいらぬ。賤しくも首を吊られて死ぬような目にはあわせないでくれ」

すると、長官はカッカと笑った。「腹が据わったやつかと思いきや、怖じ気づいたか? せいぜい懺悔するがいい、悪党め。今日、三つの街道の出合うところでおまえは絞首台に吊るされ、国じゅうの者の目に晒されて、死肉食らいのカラスどもの餌になるのだ!」

「卑劣なやつめ！」ウィル・スタトレイは歯をぎりぎりと鳴らした。「臆病者！　わが主人がおまえと相まみえるあかつきには、今日の恨みを晴らしてくれようぞ！　おまえは、わが主人や勇者たちの蔑みの的になるだろう。勇ましい強者たちが、あざけりをもっておまえの名を口にしているのは知っているか？　おまえのような情けない卑怯者には、一生かかっても勇敢なロビン・フッドを取り押さえることなどできぬわ！」

「ほう！」長官はかんかんになって言った。「果たしてそうかな？　おまえが主人と呼ぶ男がわしを笑い者にしていると？　わしのほうこそ、おまえを笑い者にしてやるわ。みじめな男め！　吊るした後、四つ裂きにしてやるからそう思え」そして長官はそれ以上ひと言も言わずに、馬に拍車をかけた。

ついにスタトレイたちは町の大きな城門までやってきた。門の先には美しい景色が広がり、青々とした丘や谷のはるか向こうに、シャーウッドの森の外れがぼんやりとかすんで見える。西日に照らされた野原や畑、あちらこちらで赤々と輝いている農家や家畜小屋、夕暮れの歌を歌う小鳥たちの美しい声や、丘から聞こえてくる羊たちのメエメエという鳴き声、夕日に輝く空を飛んでいくツバメたち。そうしたものを見たり聞いたりしているうちに、ウィル・スタトレイの胸はいっぱいになって、塩辛い涙で視界がぼやけた。涙を見せて見物人に情けないやつとは思われまいと、スタトレイはうつむき、そのまま荷車は門をくぐり、城壁の外に出た。そこでふたたび顔をあげたスタトレイは、心臓がビクンと跳ねるのを感じ、喜びがこみあげた。というのも、シャーウッドからきた愛する仲間たちの顔がちらりと見えたのだ。さっと周囲に視線を走らせると、四方に見慣れた顔が見え、見張りの兵たちのほうへじりじりと迫ってきているではないか。そして次の瞬間、スタトレイの頬が一気に上気した。集まった群衆の中に、紛れもない主人の顔が見えたのだ。ロビン・フッドと仲間たちがきているのだ。だが、自分と彼らのあいだにはまだ、兵士たちがいる。

「さあ、下がれ！」長官は、四方から押しよせてくる人々に向かって大きな声で命じた。「ごろつきども！　押すな。下がれと言ってるだろうが！」

すると、どなり声やさけび声があがり、一人の男が兵士たちを押し分け、荷車まで近づいてきた。スタトレイが見ると、騒ぎの元はほかならぬリトル・ジョンだった。

「おい、おまえ、下がれ！」リトル・ジョンにひじで押しのけられた兵士がどなった。

「そっちこそ、下がりやがれ」リトル・ジョンは兵士の横っ面を殴りつけた。兵士は、肉屋にやられた雄牛のようにドウッと倒れた。リトル・ジョンは荷車に飛びのった。

「ウィル、死ぬなら、友人たちに別れを言ってからにしてくれ。おまえが死なななきゃならないなら、おれも死ぬ。おまえのような仲間はほかにいないからな」そして、短剣を一振りしてスタトレイの手足の縛めを断ち切ったので、スタトレイは荷車から飛び降りた。

「なんと、あそこにいる悪党は謀反人ではないか！　やつを捕まえろ、逃がすな！」

そう言って、長官はリトル・ジョンへ向かって馬を走らせ、馬上で立ちあがると、力いっぱい剣をふりおろした。しかし、リトル・ジョンはすばやく馬の腹の下にかがみ、剣はヒュッと音を立ててジョンの頭上を通りすぎた。

「すまんが、長官どの」リトル・ジョンはふたたび顔をあげると、さけんだ。「長官どのの名誉ある剣をお借りせねばならん」そして、長官の手からさっと剣を奪い取った。「ほら、スタトレイ！　長官どのがおまえに剣を貸してくださったぞ！　おれと背中を合わせ、身を守るんだ。助けはすぐにくる！」

「やつらを倒せ！」長官は怒り狂った雄牛のように吠えた。そして、怒りにまかせ、武器を持っていないことも忘れて、背中合わせに立っている二人に襲いかかった。

「下がれ！」リトル・ジョンが言うのと同時に、かん高い角笛の音が響きわたり、長矢が長官の頭の横をかすめた。次の瞬間、あちこちでいっせいに戦いが始まり、ののしり声や悲鳴、うめき声に、鉄のぶつかる音が鳴りわたり、夕日に剣が閃いて、何十本もの矢が空を飛んだ。だれかが「助けて！」とさけび、「やつを救え！」という声が響きわたる。

「反逆だ！」長官は大声でわめいた。「退却だ！　退却しろ！　でないと、全員やられるぞ！」そして、長官は馬の手綱を握り、群衆をかき分けて退却しはじめた。

ロビン・フッドと仲間たちは、望めば、長官の兵士の半分を殺めることもできただろう。しかし、ロビンたちは兵士たちを追い散らし、後ろから数本矢を射かけただけで、そのまま逃がしてやった。

「待て！」ウィル・スタトレイは逃げていく長官の後ろ姿に向かってさけんだ。「一対一で戦う勇気がないなら、勇敢なるロビン・フッドを捕らえることなど、かなわぬぞ」しかし、長官は答えもせず、馬の背にぴたりと伏せ、さらに拍車をかけた。

ウィル・スタトレイはリトル・ジョンのほうをふりかえり、彼の目をじっと見た。そして、涙をハラハラと流し、大声をあげて泣いて、友の両頰にキスをした。「おお、リトル・ジョンよ、わが真の友人よ。世界中のだれよりも愛する友よ！　おまえの顔を二度と拝めないと思っていた。今度会うときは、天国だと」リトル・ジョンも同じく、言葉もなくハラハラと涙を流した。

ロビン・フッドは仲間たちを集め、ウィル・スタトレイを真ん中にしてずらりと並ばせると、嵐の吹き荒れた場所から乱雲が去っていくように、ゆっくりとシャーウッドの森へもどっていった。しかし、あとには十人ほどの長官の兵士たちが倒れていた。深い傷を負った者もいれば、軽くすんだ者もいたが、だれにやられたのかわかっている者はいなかった。

こうしてノッティンガムの長官は三度、ロビン・フッドを捕らえようとして、三度失敗した。しかも、三度目は、もう少しで命を失うところだったから、すっかり縮みあがった。「あの連中は国王や役人はおろか、神をも怖れない。命をなくすくらいなら、今の地位を失うほうがましだ。もう二度と、やつらに手を出すまい」そして、長官は自分の館に閉じこもり、一歩も外へ出ようとしなかった。しばらくのあいだ、ずっと鬱々と暮らし、だれにも話しかけることはなかったという。この日に起こったことを恥じていたからであった。

第二部

ロビンが肉屋に変装し、長官に借りを返した話。さらに、ノッティンガムの大弓試合のある市の日、リトル・ジョンに降りかかった有名な冒険と、ジョンが長官の家来となったいきさつについて。

第一章　ロビン、肉屋に化ける

こうした冒険のあと、長官が三度も自分を捕らえようとしたことを知って、ロビン・フッドは言った。「機会を見て、われらが長官どののところへ出向いて、ひとつやり返してやろうではないか。近いうちにやつをシャーウッドの森へ招いて、楽しい宴(うたげ)を催すのもいいかもしれないぞ」というのも、ロビンは領主や地主、または太った修道院長や僧正(そうじょう)を捕まえては、緑の森に連れてきて、たっぷりごちそうを振る舞ってから、財布の中身を軽くしてやっていたのだ。

しかし、ロビンと仲間たちはしばらく人前に姿をさらさず、シャーウッドの森で静かに暮らしていた。役人たちを激怒させたあとだから、ほとぼりがさめるまでノッティンガムの周辺には姿を現わさないほうがいいだろうと考えたのだ。町へいかなくても、森の中での生活はじゅうぶん楽しいものだった。弓試合では、森の草地に立つ柳の木に花輪をかけて的にし、仲間をからかったり笑ったりする声が頭上を覆う枝々まで響きわたった。というのも、的に当て損ねた者は一発殴られる決まりで、もし殴るのがリトル・ジョンの場合、不運な射手は必ずぶっ倒れる羽目になったからだ。ほかにも、レスリングや棒試合が行われ、彼らはこうして日々力と技を磨いていた。

一年近くそんなふうに暮らしているあいだも、ロビンは折に触れて、どうやって長官に仕返ししてやろうかとあれこれ思い巡らしていた。そしてついに、森に閉じこもっているのに飽き飽きしたロビンは、丈夫な棍棒を手に取り、冒険を求めて出発した。浮き立つ心を抱えぶらぶらと歩き、やがて森の外れに出た。さらに、日の当たる街道をのんびりと進んでいくと、向こうから、元気のいい若い肉屋が、立派な雌馬に引かせた頑丈そうな新しい荷馬車に乗ってやってくるのが見えた。荷台にはところせましと肉がぶら下がっている。肉屋は楽しそうに口笛を吹きながら馬車を走らせている。市にいく途中で、天気は爽やかで空気はかぐわしいとなれば、どうしたって上機嫌になるに決まっている。

「やあ、おはよう、陽気なお方。ずいぶんとまた楽しそうだな」

「ああ、その通り」陽気な肉屋は答えた。「そうじゃない理由なんてないだろ？　肺も手足もぴんぴんしてるんだから。しかも、ノッティンガムシア一かわいらしい恋人がいるときてる。来週の木曜日にロックスレイの町で結婚することになってるのさ」

「なるほど」ロビンは言った。「おまえさんは、ロックスレイの町からきたのか。このへんじゃ、ピカ一の美しい町だってことはよく知ってるよ。生け垣のひとつひとつから、小石の上をおだやかに流れていく小川や、その中を泳いでる鮮やかな色の小魚の一匹一匹にいたるまで知りつくしてるんだ。おれの生まれ育った場所だからね。ところで、そんなにたくさんの肉を積んで、どこにいくんだい？」

「ノッティンガムの町の市場まで、牛肉と羊肉を売りにいくのさ。ところで、ロックスレイの出身だっていうおまえさんは、だれなんだい？」

「人には、ロビン・フッドって呼ばれてるよ」

「そりゃなんと！」肉屋は大声をあげた。「その名前ならよく知ってるよ。あんたの見事な仕事っぷりが詩に詠われたり物語で語られているのも、何度も聞いた。だが、このおれから巻きあげるのは、やめてくれよ。おれは正直者で、男だろうと女だろうとひどい目にあわせたことなんか一度もねえ。おれは罪のない、いい男なんだ。あんたにだって面倒ひとつかけたことはないだろう？」

「もちろんさ、おまえさんみたいな陽気な男から盗ったりしないさ！　ただの一ファージングだって、いただきはしないよ。おまえさんみたいにハンサムなサクソン男は大好きなんだ。しかも、そいつがロックスレイの町からきた上に、来週の木曜にきれいな娘と結婚するとなりゃね。だが、ひとつ相談がある。おまえさんのその肉と馬と荷馬車をまとめて売るとしたら、いくらになるんだい？」

「肉と荷馬車と雌馬をひっくるめて、四マルクだ。ただし肉がぜんぶ売れたらの話だがな」

それを聞いて、ロビン・フッドは腰帯から財布を引っぱりだした。「この財布の中に六マルク入ってる。おれは今日一日、肉屋のふりをして、ノッティンガムの町で肉を売ってみたいんだ。だから、六マルクとひきかえにおまえさんのその服もまとめて売ってくれないかい？」

「あんたの正直な頭の上に、あらゆる聖人さまのお恵みが降りそそぎますように！」

肉屋は喜んでそうさけぶと、荷馬車から飛び降りて、ロビンが差しだした財布を受け

ロビン、肉屋の肉を買う

取った。

「そいつはちがうよ」ロビンは声をあげて笑いながら言った。「おれのことを好いてくれるやつも、幸運を祈ってくれるやつもいるが、正直者って呼ばれたのは初めてだ。さあ、おまえさんの恋人のところへもどって、おれからも甘いキスを届けてくれ」そう言って、ロビンは肉屋のエプロンを着け、荷馬車に乗りこむと、手綱（たづな）を持って、ノッティンガムの町へ向かった。

ノッティンガムの町に着くと、ロビンは市場の肉屋の集まっているところまでいって、いちばんよさそうな場所を陣取った。それから、店台の上に肉を並べ、大包丁と鋼砥（かなど）を取り出し、カンカンとたたき合わせながら陽気な声で歌いはじめた。

　さあ、お嬢さん、おかみさん、いらっしゃい
　おれから肉を買っとくれ

本当なら三ペンス
でも、一ペニーにまけとくよ

おれの売ってる子羊は
斑(ふ)の入った美味(おい)しいヒナギクとあまーいスミレ、
きれいな小川のほとりに生(は)えたスイセンだけで
育った子羊

牛肉はヒースの茂った高原から
羊肉はみどりの谷間から
母のミルクで育った子牛は
乙女の額(ひたい)のように真っ白さ

さあ、お嬢さん、おかみさん、いらっしゃい
ほうら、おれから肉を買っとくれ
本当なら三ペンス

でも、一ペニーにまけとくよ

こんなふうに楽しげなようすで歌うものだから、そばにいた者たちはみな、あっけにとられて足を止めた。ロビンは歌いおわると、ますます大きな音で大包丁と鋼砥を打ち合わせ、力強くさけんだ。「さあ、買うのはどちらさんだい？ どちらさんだね？ この店には、四つの値段があるんだ。太った修道僧や神父が相手のときは、三ペンスの肉も六ペンスだ。連中のような客はお断りなのさ。かっぷくのいい役人には三ペンス。買ったって買わなくたって、かまわないからね。ふくよかなおかみさんなら、三ペンスのところ一ペニーだ。大歓迎のお客さんだよ。だが、いかした肉屋が好きだって言ってくれるきれいな娘さんなら、キス一回でじゅうぶん。いちばんのお客さんだからね！」

みんな、目を丸くしてロビンを見つめ、笑いながら集まってきた。ノッティンガムの町じゅうを探しても、こんな売り方にはお目にかかったことがない。しかも、実際、売る段になると、肉屋は言ったとおり、ほかの肉屋では三ペンスで売っている肉を、おかみさんや娘には一ペニーで売り、未亡人や貧しい女がきたときにはただでくれてやった。そして、快活な娘がやってきてキスをすると、本当に一ペニーも請求しないのだ。娘たちは次々とやってきた。というのも、肉屋の目は六月の空のように青く、笑い声は陽気で、一オンスたりともごまかさなかったからだ。そんなわけで肉は飛ぶように売れ、おかげでまわりの肉屋は商売あがったりだった。

そこで、肉屋たちは集まって相談しはじめた。「あいつは泥棒にちがいない。荷馬車と馬と肉は、盗んだものだ」しかし、こう言う者もいた。「いや、わざわざ盗んだものを、あんなふうにぱっぱと手放しちまう泥棒がいるか？ おおかた父親が土地を売って、金があるうちは浮かれ暮らそうっていうどら息子だろう」こちらの意見の者のほうが多かったので、ほかの者たちもだんだんとそう思うようになった。

そこで、何人かでぞろぞろとロビンのところへ出向くと、先頭にいた者が挨拶をして言った。「さてと、兄弟、おれたちはみんな、同じ商売の仲間だ。だから、ひとついっしょに飯でもどうだい？ というのも、今日、ノッティンガムの長官どのから肉屋組合の集会所で宴会をしないかと言われているんだ。料理も飲み物もたっぷり出るからな、おれの見たところじゃ、おまえさんも気に入ると思うぞ」

「肉屋の誘いを断るやつなど、呪われろってね！」ロビンは陽気に言った。「もちろん、ごいっしょしようじゃないか。それも、早けりゃ早いほどいいってことさ！」こうして、肉がぜんぶ売れるとすぐにロビンは店を閉め、肉屋たちと組合の集会所へ向

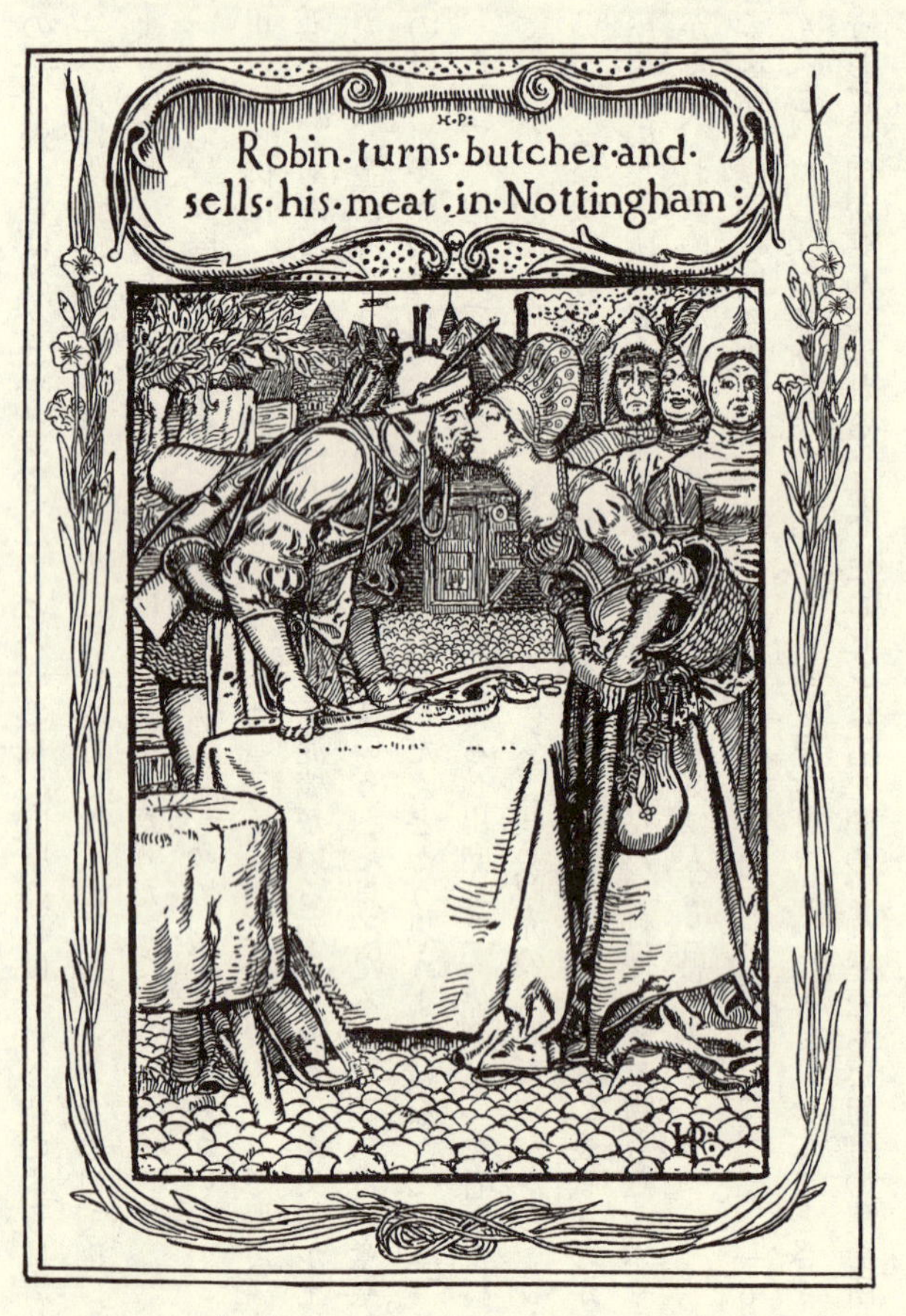

ロビン、肉屋に扮し、ノッティンガムで肉を売る

かった。

ノッティンガムの長官はすでに盛装して、席に着いていた。まわりを肉屋がずらりと囲んでいる。ロビンの冗談に笑いながら市場の連中が入っていくと、長官のそばにいた者がささやいた。「今きた威勢のいい若者は、頭がちょいとやられてるんですよ。本当なら三ペンスで売れる肉を一ペニーで売っちまったんですから。しかも、キスをした娘には、ただでやっちまったんですよ」すると、別の者が言った。「おおかた、どこかのどら息子で、土地を売った金を面白おかしく使っちまおうってことにちがいありません」

長官はさっそく、肉屋の服を着た若者を、よもやロビン・フッドとは知らずに呼びよせ、自分の右側にすわらせた。というのも、長官は金持ちのどら息子が大好きだったのだ。相手のポケットを軽くして、自分の大事な財布の中身を増やせるかもしれないとなれば、なおさらだ。そこで、長官はロビンのことをおおいに持ちあげ、だれよりも多く共に話し、共に笑った。

食事の用意が整うと、長官はロビンに食前の祈りを唱える役を命じた。そこで、ロビンは立ちあがり、祈りはじめた。「天の恵みが、われわれみなの上に、そして、ここにある上等な肉と上等な酒の上にもありますように。そして、肉屋が全員、おれのような正直者でありますように」

　それを聞いて、みんなが笑った。長官はひときわ大きな声で笑うと、独りごちた。

「確かにこやつはとんでもないどら息子だ。ことによると、やつが湯水のように使ってる金の一部をちょうだいできるかもしれんぞ」そして、ロビンに向かって言った。

「実に楽しい若者だ。すっかり気に入ったぞ」長官はロビンの肩をたたいた。

　すると、ロビンも負けずに大声をはりあげて笑った。「ええ、長官どのが陽気な若者をお好きなのは、わかってますよ。なにしろあの陽気なロビンを弓試合に招いて、気前よく黄金の矢をやっちまったんですからね」

　それを聞いて、長官は苦虫をかみつぶしたような顔になり、肉屋たちも顔色を変え、ロビンだけが笑っている横でそっと片目をつぶりあった。

「さあさあ、酒を注いでくれ！」ロビンは大きな声で言った。「陽気に騒げるだけ騒ごうじゃないか。人間なんてもんは塵にすぎないし、人生は短い。いずれ虫どもに食われるんだ。うわさ好きのスワントホールドじいさんが言うとおりさ。だからこそ、命のあるあいだは、陽気に過ごさなきゃな。さあ、長官どの、しけた顔をしちゃいけませんよ。いずれロビン・フッドを捕まえるかもしれないじゃないですか？　いいマームジ酒[1]の量をちょいと減らして、腹の脂肪を落とし、脳みそから埃を払えばね。

陽気にいきましょう！」

長官はふたたび笑ったが、冗談が気に入ったわけではなさそうだった。肉屋たちは
「おいおい、あんなふうに浮かれ騒ぐやつは見たことがない。今に長官を怒らせるぞ」

と言い合った。

「さあ、どうした！　陽気にいこうじゃないか。いやいや、ふところ具合のことなんざぁ、考えなくていい! 今日の勘定は、たとえ二百ポンドになろうと、このおれが支払おうじゃないか! だから、唇を結んだり、人さし指を財布に突っこんだりしないでくれよ。肉屋だろうが長官だろうが、今夜のごちそうには一ペニーも払わせないぜ！」

「やはりおまえは陽気な若者だ」長官は言った。「さぞかしたくさんの角の生えた家畜やら広い土地やらを持っておるのだろう、そんなふうに金払いがいいところを見るとな」

「ええ、おっしゃるとおり！」ロビンはまた大きな声で笑いながら言った。「兄弟とおれとで五百頭以上持ってるんでね、おれが肉屋にでもならないことには、一頭も売

1　マデイラ酒の中でも特に強い甘口葡萄酒(ぶどうしゅ)。

れないんですよ。土地のほうは、どのくらい持ってるか、執事に聞いたこともないからなあ」

それを聞いた長官は目を輝かせ、ひとりでクックと笑った。「なるほど、若者よ。家畜が売れないというのなら、おまえから買ってくれる者を探してやってもよいぞ。そうだな、わしが買ってやってもよい。わしは陽気な若者が大好きだからな、若者の人生を楽にしてやりたいのだ。して、家畜はいくらほどで売るつもりなのだ？」

「そうだなあ、少なくとも五百ポンドの値打ちはあるはずだ」

「それはないだろう」長官は、いかにも考えているかのようにおもむろに否定した。「おまえのことを気に入ったから、ここはひとつ、手を貸してやろうではないか。だが、五百ポンドはあまりにも大金だ。そんな手持ちの金はない。だが、五百頭ぜんぶで三百ポンド払おう。ぜんぶ本物の銀貨と金貨でだ」

「そいつは、あまりにケチくさい！　それだけの家畜がいれば、七百ポンドはするのはご存じでしょう。それだって少ないくらいだ。髪も白くなって、片足を墓に突っこんでるお方が、やんちゃな若者の愚かさにつけこもうってことですかい？」

長官は顔をゆがめ、ロビンをにらみつけた。「いやいや、そんな酸っぱいビールを飲んだみたいな顔でおれをにらむのはやめてくださいよ。いいですよ、おっしゃるとおりにしましょう。おれも兄弟も金がいりますんでね。おれたちゃ、楽しい毎日を送ってるし、金がなきゃ、楽しい毎日は送れねえ。だから、今回はそれで取引いたしましょう。ただ、ひとつだけお願いがあるんです。長官どのご自身に三百ポンドを持ってきていただきたいんだ。こんなに値切るお方は信用できないんでね」

「いいだろう、わしが持っていこう」長官は言った。「おまえの名は？」

「ロックスレイのロバートっていうもんです」ロビンは大胆にも言った。

「ならば、ロックスレイのロバートよ、これからおまえの家畜を見にいこう。だが、まず事務官に、おまえが家畜を売ることを約束する書類を作らせよう。家畜と引き替えでないと、金を渡すわけにはいかぬからな」

それを聞いて、ロビンはまた笑った。「それならそれでもいいですよ」そして、手のひらで長官の手をぴしゃりとたたいた。「兄弟たちも、金が手に入って喜ぶでしょう」

こうして取引は成立した。肉屋たちは、あんな卑怯（ひきょう）な手口で、気の毒などら息子から金を巻きあげるとは、と長官の悪口を言い合った。

昼過ぎに、長官は馬にまたがり、石畳の中庭の出口でロビン・フッドと落ちあった。ロビンは馬と荷馬車を二マルクで商人に売り払っていたので、馬に乗った長官の横を走って、町の外へ向かった。二人は、まるでむかしからの友人のように笑ったり冗談を言ったりしながら、土埃（つちぼこり）の舞う街道を進んでいった。しかしそのあいだも、長官は心の中で「ロビン・フッドのことでわしをバカにした代償は大きいぞ、若造め。四百ポンドだ、愚か者めが」と独りごちていた。今回の取引は少なくともそれくらいの儲（もう）けになると見積もっていたのだ。

こうして二人はとうとうシャーウッドの森の外れまでやってきた。そのあたりまでくると、長官は先を見たり、うしろを見たり、右を見たり、左を見たりしはじめた。口数も少なくなり、笑い声も途絶えた。「天と聖人さまが、おたずね者のロビン・フッドからわれらをお守りくださるよう、祈ろう」

ロビンは大声で笑った。「心配はいりませんよ、安心してください、おれはロビン・フッドのことはよく知ってるんだ。おれと同様、今日はロビン・フッドも長官に手を出したりしませんよ」

それを聞いた長官は、ロビンに疑いの目を向け、心の中で呟（つぶや）いた。「図々（ずうずう）しいおたずね者と知り合いとは、気に入らぬ。早くシャーウッドの森から離れたいものだ」

しかし、二人はさらにうっそうとした森の奥へ奥へと入っていった。長官はますます口数が少なくなっていく。そして、道が急に曲がるところまできたとき、目の前を褐色の鹿の群れが軽やかに横切っていった。すると、ロビン・フッドは長官の近くへ寄り、指をさした。「あれが、おれの角の生えた家畜どもですよ、長官どの。お気に召しましたかね？　太っていて立派でしょう？」

とたんに長官は手綱をグイッと引いた。「この森にくるのではなかった。おまえといっしょにいるのはごめんだ。おまえはおまえで好きなところへいくがよい。わしはわしの好きにさせてもらう」

けれども、ロビンは笑って、長官の手綱をつかんだ。「だめですよ、もうしばらくいてください。角の生えた立派な家畜の持ち主である、おれの兄弟たちに会ってもらいたいんです」そう言いながら、ロビンは角笛を口に当て、三度吹き鳴らした。すると、すぐさま小径の向こうから、リトル・ジョンを先頭に百人のがっしりした男たちが駆けつけてきた。

「お頭、なにかご用でしょうか？」リトル・ジョンが言った。

「おい、今日の宴におれがお連れした、ご立派な客人が目に入らぬか？　まったく、恥を知れ！　おまえたちの目の前にいらっしゃるのは、敬愛すべき閣下、ノッティンガムの長官どのであられるぞ！　長官どのの手綱をお持ちしろ、リトル・ジョン、なにしろ今日は、われらと宴を共にするためにおいでくださったのだから」

すると、手下たちはにやにやしたりおどけたりせずに、畏れ入ったふうに帽子を脱いだ。そして、リトル・ジョンが乗馬の手綱を取り、ロビンは帽子を手にしたまま、ほかの者たちもいっしょにぞろぞろと森のさらに奥深くへ向かって歩きはじめた。

長官はひと言もしゃべらず、いきなり夢から覚めたかのようにきょろきょろまわりを見まわしていたが、やがて自分がシャーウッドの森の奥へ向かっていることがわかると、がっくりと肩を落とした。「今、持っている三百ポンドは奪われるにちがいない。それだって、命を取られなければの話だ。わしは何度もやつらの命を奪おうとしたのだからな」しかし、ロビンの手下たちはみな、おとなしく慎ましやかに振る舞い、命や金を脅かすようなことは一切言ってこない。

こうして、ついに堂々たるオークの大木が枝を広げているところまでやってきた。ロビンはその下の苔の上にすわり、自分の右隣に長官をすわらせた。「さあ、者ども、用意を整えろ！　最高級のものをお持ちするんだぞ。閣下に肉とワインだ。今日、閣下はノッティンガムの集会所でおれにごちそうしてくださったんだ。なのに、空っぽの腹でお帰りいただくわけにはいかないからな」

宴のあいだも、金のことはまったく話に出なかったので、長官は少しずつ元気を取りもどしはじめた。「さては、ロビン・フッドは金のことをすっかり忘れてしまったにちがいない」

　こうして、パチパチと明るい火が燃え、鹿肉と太った肥育鶏を焼くうまそうなにおいが漂い、たき火の横でパイを温めているあいだ、ロビン・フッドはまさに王さまのように長官をもてなした。まず、数組の男たちが六尺棒を持って進みでて、見事な試合を披露した。棒をすばやく振りおろしてはかわすようすに、威勢のいい競技が大好きな長官は、自分がどこにいるのかも忘れて、「よく打った！　すばらしいぞ、そこの黒ひげの男！」などとさけんだ。その黒ひげの男こそ、召喚状を持たせてロビンのもとに送りこんだあの鋳掛屋だとは、まったく気づいていなかった。

　次に、仲間たちの中でも特にすぐれた射手たちが、百四十歩の距離に吊るされた花輪を的に、鮮やかな手つきで矢を放ちはじめた。ところが、長官はむすっと黙りこんでしまった。ノッティンガムの町での、今では有名になった弓試合の一件がまだ記憶に生々しかった上に、ロビンが勝ち取った金の矢がすぐうしろに吊るされていたからだ。それに気づくと、ロビンはすぐに弓試合を切りあげ、何人かを選んで、陽気なバラッドを歌わせて、ハープを演奏させた。

　音楽の後、何人かの者たちが緑の草の上に布を広げ、立派なごちそうを並べた。そのあいだに、別の者たちがマームジ酒と黒ビールの樽に穴を開け、壺に注いで、角杯と共に布の上に置いた。そして全員が腰をおろすと、楽しい宴が始まった。おおいに食べ、飲んでいるうちに、日は傾き、木の葉のあいだから半月が青白く輝きはじめた。やがて長官は立ちあがって言った。「善き者たちよ、今日のこの楽しい宴の礼を言おう。ノッティンガムシアにおける陛下の代理人であるわしをもてなすことで、偉大なる国王陛下への敬意を示したのだ。しかし、もはや影が長くなってきたようだ。闇が訪れるまえにいとまを告げねばならん。森で迷わぬようにな」

するとロビンと仲間たちもいっせいに立ちあがった。「敬愛する閣下、もういかねばならぬとおっしゃるなら、しかたありません。しかし、ひとつだけ、忘れていらっしゃることがあるようです」

「いや、なにも忘れてなどいないぞ」しかし、そう言いながらも、長官の心は沈んだ。

「いや、忘れていらっしゃる。われわれはこの緑の森で陽気な宿を営んでいるのです。われらが客となった方には、勘定を払ってもらわなければなりません」

それを聞いて長官は笑ったが、その笑い声はうつろに響いた。「なんと、陽気な若者たちよ。われらは今日、共に楽しいときを過ごした。言われなくとも、このすばらしいもてなしに、二十ポンドを支払うつもりでおったぞ」

「いえいえ」ロビンは重々しく言った。「そのような粗末なもてなししかしなかったとなれば、われらの恥でございます。陛下の代理人ともあろう方に、三百ポンドのもてなしの価値すらないと見なされたともなれば、二度とこの顔をさらすことができませぬ。皆の者、そうであろう⁉」

「もちろんですとも！」仲間たちは大きな声で答えた。

「三百ポンドだと！」長官はどなった。「おまえたちのみすぼらしい料理など、三百ポンドどころか、三ポンドの値打ちもないわ！」

「おやおや」ロビンは重々しい声で言った。「そのような威勢のいいことはおっしゃらぬほうがいいですぞ、閣下。今日、ノッティンガムの町ですばらしいごちそうを振る舞ってくださった長官どのに、おれは心からの好意を抱いております。しかしながら、ここにいる者たちがみな、同じというわけではありませぬ。向こうにウィル・スタトレイがいるのがお見えだと思いますが、やつは閣下のことをあまりよく思っておりません。あそこのがっしりした二人は、閣下はご存じないでしょうが、ちょっと前にノッティンガムの町の近くであったけんか騒ぎで怪我をしましてね。いつのことだかは、おわかりだと思いますよ。ひとりは片腕にひどい怪我を負いましたが、今ではすっかりまた使えるようになってますからね。長官どの、助言をお聞きになったほうがいいでしょう、これ以上、なんやかんや言わずに勘定を払ってしまったほうがいい。

でないと、痛い目にあうことになるかもしれませんよ」

ロビンの話を聞いているうちに、長官の赤らんだ頬は真っ青になり、長官は黙りこくって地面を見つめ、下唇をグッと噛みしめた。それからのろのろと膨らんだ財布を取り出すと、目の前の布の上にぽんと放った。

「リトル・ジョン、財布を取れ」ロビン・フッドは言った。「中身を確かめるんだ。われらが長官どのを疑うわけではないが、万が一、勘定が足りないようなことになれば、長官どのだってお嫌だろうからな」

リトル・ジョンは金を数え、銀貨と金貨できっかり三百ポンド入っていることを確かめた。ぴかぴか光る金がカチン、カチンと音を立てて木の皿に落ちるたびに、長官は自分の血が滴り落ちるように感じ、ようやく数え終わった銀貨と金貨が山となっているのを見ると顔を背け、黙って馬にまたがった。

「これほどの客人がいらしてくださったとは、なんと名誉であることよ！　だいぶ遅くなったから、若い者をひとりつけて、森を出るところまでご案内いたしましょう」

「いやいや、その必要はない！」長官は慌てて言った。「帰り道くらい、助けなどなくともわかる」

「ならば、このロビン・フッドが自ら、案内いたそう」ロビンは馬の手綱を取ると、森のいちばん太い道まで案内した。そして、別れぎわにこう言った。「では、さらばだ、長官どの。次に哀れなどら息子から財産を巻きあげようってときには、シャーウッドの宴を思い出すんだな。馬を買うときには、まず口の中を見ろっていうのは、われらがスワントホールドじいさんが言ってるとおりさ。では、あらためてさらばだ」そう言って、ロビンが馬の尻をパシンと叩いたので、馬は長官を乗せて走りだした。

こうして長官は苦い後悔を味わうことになった。ロビン・フッドによけいなちょっかいを出したせいで、みんなの笑い者になった上、金をふんだくろうとして逆にふんだくられた顚末はバラッドになり、国じゅうで歌われることになった。欲の皮をつっぱらせ、浅知恵を働かせると、ときに痛い目にあうものなのだ。

第二章　リトル・ジョン、ノッティンガムの町の市へいく

　さて、ノッティンガムの町で開かれた弓試合でリトル・ジョンに降りかかった愉快な冒険の話をしよう。リトル・ジョンが、かの町の棒試合でリンカーンのエリックをやっつけ、その後、長官の家来となって料理人と出会ったいきさつもお話しするので、お耳を拝借。

　ノッティンガムの長官がシャーウッドの森でもてなしを受けてから、春がすぎ、夏もすぎ、甘美な十月がやってきた。空気はひんやりとすがすがしく、作物は収穫され、ひな鳥たちも羽根が生えそろい、ホップは摘まれ、リンゴは熟した。時というのは、いろいろなことをうやむやにするものであり、長官が買おうとした角の生えた家畜の話も、もう人の口にのぼらなくなっていたが、本人はいまだに苦々しく思っており、ロビン・フッドの名前を聞くのも耐えがたかった。

　十月と共に、ノッティンガムの町で五年ごとに催される大きな市(いち)の時期が到来した。近くからも遠くからも国じゅうから人々が訪れる。こういったときのいちばんの呼び物は、弓試合だ。イングランドじゅうを見まわしても、ノッティンガムシアの強者(つわもの)ほどの長弓の名手はいない。しかし、今年、長官は市のお触(ふ)れを出すのを長いことためらっていた。ロビン・フッドと仲間たちがくるのを怖(おそ)れたのだ。最初は、市を取りやめにするほうに傾いていたのだが、そんなことをすれば、ロビン・フッドを怖れたと笑い者になるにちがいない。そこで思い直し、最終的に、ロビンたちがほしがらないような賞品にすればいいのだと思いついた。これまでは、賞金十マルクか、エールの大樽(おおだる)を賞品として出すのが慣(なら)わしだったが、今年は優勝者には太った雄(おす)の子牛二頭が与えられることになった。

　長官のお触れを聞いて、ロビン・フッドは腹を立てて言った。「おのれ、長官め、そんな賞品など、田舎の羊飼いくらいしかほしがらぬわ！　ノッティンガムの町で弓試合に出るのがなによりも楽しみだったのに、今回は、勝ったところでなんの得にもなりはしない」

　すると、リトル・ジョンが言った。「いや、しかし、聞いてください、お頭(かしら)。ちょうど今日、ウィル・スタトレイとドンカスターのデイヴィッドと三人で〈青猪亭(あおじしてい)〉へいったところ、今回の市のうわさを耳にしたんです。それによると、あの長官めはシャーウッドの仲間たちが市にこないよう、わざとおれたちがほしがらないような賞品にしたらしいんです。ですから、お頭、お頭がいいとおっしゃるなら、このおれが出かけていって、強豪たちと競ってけちな賞品でも勝ち取ってこようかと思うんですが、いかがでしょう？」

「やめておけ、リトル・ジョン。おまえは信頼できるやつだが、スタトレイのようなずるさに欠けている。おまえの身になにか起こるようなことは、なにをひきかえにしても避けたい。どうしてもいくというのなら、変装していけ。おまえを知っている者がいるかもしれないからな」

「お頭がそうおっしゃるなら、そうしましょう。この緑の服の代わりに緋色の服を着ようと思います。さらに頭巾もかぶって、茶色い髪とひげもかくしますよ。そうすりゃあ、だれにもおれとはわからんでしょう」

「それでも、おれは反対だがな。だが、それがおまえの望みなら、いかせてやろう。それらしく振る舞うようにしろよ。おまえはおれの右腕だからな、おまえの身になにかあるのは耐えられないんだ」

こうしてリトル・ジョンは緋色の服に身を包み、ノッティンガムの町の市へむかった。

市のあいだ、ノッティンガムの町は浮き立つ。町の城門の前の草っぱらにはずらりと屋台が並び、色とりどりのテントが張られ、吹き流しや花輪が飾られて、身分の高い者も低い者もノッティンガムシアじゅうから見物客が訪れる。あるテントでは陽気な音楽に合わせて人々が踊り、別の店ではエールやビールがたっぷりとふるまわれ、また別の店では菓子や大麦糖が売られている。野外では、競技が行われ、吟遊詩人が低い音でハープをかきならしながらむかしの物語のバラッドを歌い、かと思えば、おがくずをまいたリングでレスリングの死闘が繰り広げられる。しかし、いちばんの人だかりは、一段高くなった台のまわりで行われている、腕自慢の男たちの棒試合だった。

リトル・ジョンは市が開かれている場所に到着した。長靴下から上着から頭巾に挿した羽根まで、すべて緋色だ。頑丈なイチイの大弓を肩にかけ、質のよい太い矢の入った矢筒を背負っている。これだけの大男が歩いてくると、みなふり返って眺める。肩幅はそこにいるだれよりも手のひら一つ分は広く、背も頭一つ分高い。娘たちは娘たちで、こんなすてきな若者は見たことがないと、ちらちらと視線を送った。

まずリトル・ジョンは強いエールを売っている屋台へいって、ベンチの上に立ちあがり、近くで飲んでいる者たちに呼びかけた。「ここにいる若い衆よ！　この強者と一杯飲んでくれるやつはいないか？　さあ、おのおの方、ぜひ！　陽気にやろうじゃないか。こんなすてきな天気だし、エールはのどをぴりぴりさせてくれる。さあ、飲もうぞ飲もう！　そこの強者も、そっちの強者も。だれにも、一ファージングたりとて払わせないぜ。だめだ、ほら、そこの物乞いどの。そこの陽気な鋳掛屋もだ。みんなでおれと浮かれ騒ごうや！」

　こんなふうにさけんだものだから、みんな笑いながら集まってきた。茶色いエールが次々注がれ、みな口々にリトル・ジョンのことを肝が据わったやつだと褒めそやし、血のつながった兄弟みたいだと言い合った。おおいに楽しんで、しかも金は払わずにすむとなれば、ふるまってくれた人間のことは好きになるものなのだ。

　次にリトル・ジョンが訪れたのは、ダンスのテントだった。三人の男たちが、バグパイプで甘い音楽を演奏している。リトル・ジョンは弓と矢筒を置くと、踊っている人たちの中に入っていって、さんざん踊り、しまいにはだれも相手がいなくなってしまった。娘たちが二十人ばかり、次々ジョンと踊ったけれど、リトル・ジョンは踊り疲れるようすもなく、大きな声をあげながら、指をパチンパチンと鳴らして飛び跳ねた。娘たちはみな、これほどすてきな若者には会ったことはないと思うのだった。

　長いあいだダンスをしたあと、リトル・ジョンはぶらぶらと棒試合が行われている場所まで歩いていった。なにしろ肉や酒と同じくらい、六尺棒の試合には目がないのだ。こうして、その後、バラッドとして国じゅうで歌い継がれることになる冒険が始まったのだ。

壇上にいる男は、次から次へ現われる挑戦者たちの脳天に片っ端から一発食らわしていた。その男こそ、かの有名なリンカーンのエリックで、その名はバラッドにも歌われ、あたり一帯に知れわたっていた。リトル・ジョンがいったときには、すでに相手に名乗り出る者も尽き、エリックはひとり、棒を振り回しながら壇上をいったりきたりしていた。「さあ、次に、愛する娘のために棒を振り下ろそうってやつはだれだ？　このリンカンシア男の相手をしようっていうやつはいないのか？　ほら、どうした？　あがってこい、あがってこい！　さもないと、このあたりの娘たちの目から輝きが失せちまうぞ。それとも、ノッティンガムの男の血は冷たくて、流れがのろいのか？　リンカーン対ノッティンガムだぞ！　リンカーンで棒の名手と認められる腕前のやつは、まだひとりも壇上にあがっちゃいないからな！」

それを聞いて、男たちは肘をつつきあった。「ナッド、いけよ！」「トーマス、おまえがいけ！」しかし、なんの見返りもないのにただ頭をぶん殴られようという者はいない。

　ほどなくエリックは、群衆の中から頭ひとつぶん突き出ているリトル・ジョンに目を止め、大声で呼びかけた。「おーい、そこの緋色の足長男！　でかい頭に広い肩のおまえさんだ。おまえさんの恋人はたいした器量じゃないってことか。その手に棒を握る気になれないとはな！　ノッティンガムの男は骨と筋だけなのかい？　勇気も度胸も持ち合わせてないようだからな！　さあ、そこのでかい田舎者、ノッティンガムのために棒をふりまわしてみないか？」

「もちろんだとも」リトル・ジョンはさけんだ。「ここにおれの棒がありゃあ、てめえみたいなごろつきの脳天をかち割ってやるんだが。無礼な自慢屋め！　てめえのとさかはちょん切ってやったほうがよさそうだな！」最初はゆっくりしゃべっていたが（というのも、リトル・ジョンは調子づくのが遅いタイプなのだ）、そのうち、大岩が斜面を転がるようにみるみる怒りが膨らんで、しまいには完全に頭に血がのぼってしまった。

　すると、リンカーンのエリックは大声で笑った。「おれと一対一でやり合おうって勇気もねえやつにしては、よく言った。無礼なのはおまえのほうだ、この壇上に足を載せたら最後、その生意気な舌を上下にガタガタさせてやるわ！」

「おい！　だれかこのおれに頑丈な棒を貸してくれる者はいないか？　あいつの勇気

とやらを試してやる」たちまち十本ほどの棒が差しだされたので、リトル・ジョンはいちばん頑丈で重い棒を選ぶと、上から下まで眺めて言った。「さてと、どうやら木ぎれしかないようだな。いや、それを言うなら、麦わらか。だが、なんとか役に立ってくれるだろう。さあ、いくぞ」リトル・ジョンは棒を壇上に投げあげ、自分も軽(かろ)やかに飛びのると、ふたたび棒を手に取った。

二人の男は向かい合い、ぎらぎらした目で相手の力を見極めようとした。審判の男がさけんだ。「始め！」その声が響いたとたん、二人は棒の真ん中をぐっと握りしめ、一歩前へ踏みだした。こうして、まわりを囲んでいる者たちは、ノッティンガムの町が始まって以来の激闘を目にすることになったのだ。最初、リンカーンのエリックは楽に優位に立てると踏んでいたので、「おれがこの雄鶏(おんどり)をあっという間に料理するさまを見てろよ」とでもいうように前へ出た。が、すぐにそんな簡単に勝負がつくような試合ではないことに気づいた。エリックは鮮やかに棒を繰りだし、守りも巧(たく)みだったが、相手のほうも只者(ただもの)ではなかった。一度、二度、三度と、エリックは棒を振り下ろしたが、ジョンは左へ右へと受け流し、エリックの棒をかいくぐって、すばやく優美な逆手打ちを食らわした。エリックは頭を殴られ、いったん下がったが、観客はどっと歓声をあげて、ノッティンガムがリンカーンの頭に一発食らわしたと喜びあった。こうして一回戦は終わった。

ほどなく審判がふたたび「始め！」とさけび、二人は向き合った。しかし、今度はエリックも慎重だった。相手がかなりの猛者(もさ)だと気づいたのだ。さっき一発食らったことも、もちろん忘れてはいなかった。なので、今度はリトル・ジョンもエリックも、相手の守りの内側へ攻め入ることができないまま、しばらくして離れ、二回戦も終了となった。

そして、三回戦が始まった。最初エリックは二回戦のときと同じように用心深く立ち回っていたが、何度も裏をかかれるうちに頭に血がのぼり、われを忘れて、屋根を叩(たた)く雹(ひょう)のごとく猛打を浴びせかけた。だが、リトル・ジョンの守りは破れない。リトル・ジョンはそれをチャンスと見ると、逃(のが)さず、すばやい一打をエリックの横っ面(よこつら)に食らわした。さらに、相手に立ち直るひまを与えず、右手を左へ勢いよく下ろしてエリックの脳天を思いきり殴りつけた。エリックはばったりと倒れ伏し、二度と起き上がれないかに見えた。

見物人の歓声を聞きつけ、なにごとかとまわりじゅうから人が集まってきた。リトル・ジョンは壇上からひょいと飛び降りると、棒を貸してくれた男に返した。こうして、リトル・ジョンとリンカーンのエリックのかの有名な棒試合は終わったのである。

リトル・ジョン、リンカーンのエリックを打ち負かす

しかし、長弓の射手たちが位置に着く時間になっていたので、人々は試合が行われる射的場のほうへ移動しはじめた。的の近くの、まわりより一段高くなった席に長官がすわり、まわりを地主らが取り囲んでいる。射手たちがそれぞれの位置に立つと、触れ役が前に進みでて、試合のルールを説明した。ひとり三本ずつ射て、いちばん的に近かった者に二頭の太った子牛が与えられる。集まった二十人の雄々しい射手の中には、リンカーンやノッティンガムシアの長弓の名手たちの姿も見えた。その中でも、ひときわ背の高いリトル・ジョンを見て、人々は言った。「緋色の服に身を包んだ、見たことのない男はだれだ？」「あれが、たった今、リンカーンのエリックの脳天をかち割ったやつさ」そのうち、人々のささやきは、長官の耳にも届いた。

さて、射手たちはひとりずつ前へ進みでて、矢を放った。どの一射もすばらしかったが、リトル・ジョンに及ぶ者はなかった。三回とも的に当てた上、一本は、的の中心からわずか大麦一粒ぶんのところに突き刺さったのだ。「背の高き射手、でかした！」群衆はさけんだ。「レイノルド・グリーンリーフばんざい！」という声も聞かれた。というのも、リトル・ジョンはその日、その名を名乗っていたのだ。

長官が立ちあがり、射手たちが立っているところまで降りてきた。それを見て、射手たちはいっせいに帽子を取った。長官はリトル・ジョンをじろじろ見たが、どうしてもだれだかわからないまま、ややあって言った。「若者よ、なぜかどこかで見た顔のような気がするのだが」

「かもしれません。おれのほうは、閣下の顔を何度も見ておりますから」そう言って、リトル・ジョンが長官の目をまっすぐ見返したので、長官の疑いは解けた。

「なんとも勇敢な男であることよ」長官は言った。「しかも、先ほどはノッティンガムの力をリンカーン相手に見せてやったそうではないか。して、おまえの名はなんという?」

「レイノルド・グリーンリーフと申します、閣下」リトル・ジョンは言った。ここの部分は、古いバラッドではこう歌われている。「確かに、彼は緑の葉（グリーンリーフ）であったが、どの木の葉なのか、長官は知るよしもなかった」と。

「では、レイノルド・グリーンリーフよ。そなたは、わしが見た中でももっともすぐれた弓の使い手だ。あのうそつきのごろつき、ロビン・フッドの次にな(神よ、やつの策略からわれを守りたまえ!)。どうだ、わしの家来にならぬか？　給金はたっぷり払うぞ。さらに、一年に服を三着と上等な食べ物、飲めるだけのエール、それに加え、毎年聖ミカエル祭には四十マルクをとらせよう」

「今、おれは自由の身でありますゆえ、喜んで閣下に仕（つか）えましょう」リトル・ジョンは言った。長官の家来になれば、面白い冗談の種でも見つかるだろうと思ったのだ。

「そなたは太った子牛を手に入れたが、三月のエールをひと樽、おまけにつけよう。そなたのような男を召し抱えることになった記念だ。そなたはまちがいなく、あのロビン・フッドに劣らぬ一矢を放ったのだからな」

「ならば、閣下の家来になった祝いとして、太った子牛とエールをここにいる人々に振る舞い、楽しくやろうじゃありませんか」それを聞いて、人々は歓声をあげ、ぽんぽんと帽子を放り投げた。

　こうして、大きなたき火が焚かれて、子牛があぶられ、一方で、エールの樽に穴があけられた。人々はみな盛り上がり、思う存分食べて、思う存分飲んだ。やがて日が沈み、ノッティンガムの町の尖塔の上に真っ赤な丸い月がのぼってくると、人々は手に手を取り、バグパイプとハープの音楽に合わせてたき火のまわりで踊りはじめた。しかし、そんな浮かれ騒ぎが始まるまえに、長官と新しい家来のレイノルド・グリーンリーフはノッティンガムの城に引きあげていった。

第三章　リトル・ジョン、長官の館で暮らす

こうして長官の家来となったリトル・ジョンは、悠々自適の日々を送った。長官に気に入られて、右腕に取り立てられ、食事のときも長官のかたわらにすわり、狩りのときは長官の馬の横を走った。狩りや鷹狩りにたまに出かけるだけで、贅沢な食事をとり、上等な酒を飲んで、遅い時間まで眠る生活を続けたので、そのうち肥えさせた雄牛のようにでっぷりと太ってしまった。

このように、どんなこともたやすく流れに乗って漂うものだ。しかし、ある日、長官が狩りに出かけたときに、ある出来事が起こり、なめらかな表面にひびが入ることになる。

その朝、長官とおつきの者たちは領主たちと落ち合い、狩りへ出かけた。長官はまわりを見まわしてお気に入りのレイノルド・グリーンリーフを探したが、見つからないので、不機嫌になった。リトル・ジョンの腕前を、貴族の友人たちに見せびらかしたかったのだ。当の本人は、日が高くのぼるまで、ベッドで大いびきをかいていた。ようやく目を覚まし、まわりを見まわしたものの、起きあがりもしない。窓からさんさんと太陽の光が降りそそぎ、外の壁を覆っているスイカズラの甘い香りが充ち満ちている。寒い冬は終わり、ふたたび春がやってきたのだ。リトル・ジョンは横たわったまま、晴れた朝はなんとかぐわしいものかと思っていた。そのときだった。はるか遠くから角笛の高く澄んだ音が聞こえてきたのだ。小さな音だったが、鏡のような水面に小さな石が落ちたかのように、リトル・ジョンの意識のなめらかな表面に穴を開け、ジョンの心をたちまちかき乱した。これまでの怠惰な生活から目が覚め、緑の森での陽気な生活の思い出が一気に蘇ってきたのだ。このような晴れやかな朝にひびく小鳥たちのさえずり、愛する仲間たちとの陽気な宴。いや、今ごろ、酔いの覚めた口調でジョンのことを話しているかもしれない。そもそも長官に仕えたのは、冗談だったのだ。しかし、冬のあいだ、暖炉は暖かく、食べ物はたっぷり出てくるといった具合で、シャーウッドの森へ帰るのを一日延ばしにしているうちに、早六カ月が過ぎていた。よき主ロビンや、だれよりも愛しているウィル・スタトレイ、武術の訓練をしてやったドンカスターのデイヴィッドのことなどを思い出すと、彼らを思う気持ちがどっと押しよせてきてただただつらくなり、目に涙がこみあげてきた。そして、彼は声に出して言った。「おれはここで肥えさせた牛みたいに太って、男らしさを失い、愚かななまけ者に成り下がっちまった。今こそ目を覚まし、愛する友のもとへ帰ろう。そして、この命が唇から去るまで、二度と彼らの元を離れんぞ」そして、もはや無為(むい)な生活に耐えられなくなったリトル・ジョンはベッドから飛びだした。

一階へ降りていくと、食料庫の前に執事が立っていた。太った大柄な男で、腰帯から大きな鍵束(かぎたば)を下げている。そこで、リトル・ジョンは言った。「おい、執事どの、今朝はまだなにも食ってないから、腹が減ってしまった。なにか食う物をくれぬか」すると、執事はじろりとリトル・ジョンを見て、帯にぶら下げた鍵をじゃらじゃらと鳴らした。というのも、執事は、すっかり長官のお気に入りになったリトル・ジョンのことをよく思っていなかったのだ。「では、レイノルド・グリーンリーフどのは、腹を空(す)かせてらっしゃると？　まだお若いあなたも、長く生きることになれば、ぐうたらな頭を寝坊させりゃ、空っぽの腹がつきものだってことがお分かりになるでしょうよ。古いことわざでも言うでしょう。『寝坊の鶏(にわとり)は一文(いちもん)の損』ってね」

「ぶよぶよのデブめが！」リトル・ジョンはどなった。「おろか者の格言など、聞いちゃいない。パンと肉を寄こせと言ってるだけだ。何様のつもりだ、おれに食い物を寄こさないとは。聖ドゥンスタンにかけて、おれの朝食がどこにあるか言いやがれ、骨を折られたくないならな！」

「癇癪玉(かんしゃくだま)どの、あなたさまの朝食なら、食料庫の中ですよ」

「なら、ここへ持ってこい！」リトル・ジョンは完全に頭にきていた。

「ご自分で取りにいけばよろしいでしょう。このわたしは、あなたさまの奴隷(どれい)だとでも？　食べ物を運んでこいと？」

「ああ、そうだ、食べ物を取りにいけ！」

「ご自分で取りにいってくださいと言ってるんです！」

「くそ、なら、今すぐ取りにいってやる！」リトル・ジョンは怒り心頭に発し、食料庫までのしのしと歩いていくと、ドアを開けようとしたが、鍵がかかっていた。それを見て、執事は笑って、鍵をジャラジャラと鳴らした。それで、リトル・ジョンの怒りは沸点に達し、こぶしをふりあげ、食料庫のドアにむかって振り下ろした。板が三枚割れ、大きな穴が開いたので、リトル・ジョンはかがんでやすやすと穴をくぐった。

　執事はそれを見ると怒り狂って、リトル・ジョンの襟首(えりくび)をひっつかみ、ぐいと締めあげた。そして、鍵束で殴りつけたものだから、しまいにはジョンの耳はうわんうわんいいはじめた。リトル・ジョンはがばと向き直り、執事を殴りつけた。太った男はばったりと倒れ、二度とそのまま動かないかに見えた。「ほらみろ、なんで殴られることになったかよく考えて、二度と腹を空かせた男から朝食を取りあげるような真似はするなよ」

そう言い捨てると、リトル・ジョンは食料庫に入っていって、空腹を満たすものを探した。大きな子牛のパイとローストチキンが二羽と、千鳥の卵が一皿見つかり、さらに酒とカナリー産の白ワインが目に入った。腹ぺこの男には、なんとも魅力的な眺めだ。リトル・ジョンはさっそく棚から取って台の上に置くと、ご機嫌な朝食に取りかかった。

さて、二人の言い合いは、中庭の反対側にある厨房の料理人にも届いていた。リトル・ジョンが執事を殴った音が聞こえたので、料理人は両手に肉が刺さった串を持ったまま、食料庫まで走っていった。一方の執事は意識を取りもどし、立ちあがって、打ち砕かれたドアの隙間からごちそうにとりかかろうとしているリトル・ジョンをにらみつけた。料理人が目にしたのは、骨をくわえた仲間を見ている犬みたいにうらめしそうにジョンを見ている執事の姿だった。執事は料理人に気づくと、駆け寄って、肩に腕をかけた。「おお、友よ！」執事は言った。というのも、料理人は背の高いがっしりした男だったのだ。「あのいやしい悪党のレイノルド・グリーンリーフがなにをしたと思う？　ご主人さまの食料がしまわれているドアを打ち破り、このわたしの耳を殴りつけたんだ。死ぬかと思ったよ。友よ、わたしはおまえさんのことが大好きだ。これから毎日、ご主人のいちばんいいワインを一杯、ごちそうしようじゃないか。なにしろおまえさんはご主人さまの忠実な召使いだからな。それに、おまえさんへの贈り物として、十シリングほど用意してある。あのレイノルド・グリーンリーフみたいなよこしまな成り上がり者が自分勝手にするのを見るのは、がまんならないだろう？」

「ああ、もちろんだとも」料理人は臆せず答えた。というのも、ワインと十シリングの話を聞いて、すっかり執事が好きになっていたのだ。「おまえさんは自分の部屋にいってな。このおれが、やつの耳をつまんで、追い出してやるから」そう言うと、料理人は焼き串を置いて、脇に下げていた刀を抜いた。抜き身の刀を見て、執事はとっとその場から逃げ出した。

料理人はまっすぐ壊れたドアのところへ歩いていって、リトル・ジョンがナプキンを首にはさみ、食事を始めようとしているのを見た。

「おや、レイノルド・グリーンリーフじゃないか？　やはりおまえは盗人と大して変わらんな。すぐに出てこい、じゃないと、乳離れしてない仔豚の丸焼きみたいに切り刻んでやるぞ」

「お断りだね、もっとふさわしい態度をとらねえと、後悔することになるぞ。おれはたいていは生まれて一年の子羊みたいだが、食事のじゃまをされると、怒り狂ったライオンになるんでな」

　勇敢にも料理人は言った。「ライオンだろうがそうじゃなかろうが、すぐさま出てこい、それともてめえはいやしい盗人みてえな臆病者か？」

「は！　臆病者などと、未だかつて呼ばれたことなどないわ！　気をつけろよ、料理人、今、おれはまさに吠えるライオンだからな、覚悟しやがれ」

　そして、リトル・ジョンも剣を抜き、食料庫から出た。二人は互いに構えの姿勢を取ると、怒りに満ちた顔でおもむろに向かい合った。が、そこでふいにリトル・ジョンは剣をおろした。「待て、料理人。こんな近くにうまいごちそうがあるっていうのに、戦うなんてもったいねえ。おれたちみたいな頑丈な男二人にぴったりのごちそうなんだ。どうだ、友よ、戦うまえにまずこのすばらしい料理を楽しもうじゃないか。どうだい、料理人よ？」

　それを聞くと、料理人は上を見て、また下を見て、どうしようかというように頭を掻いた。というのも、料理人は飲み食いが大好きだったのだ。そしてついに、ふうーっと長い息を吐くと、リトル・ジョンに言った。「なるほど、友よ。おまえさんの提案を気に入ったよ。じゃあ、二人してごちそうを楽しもうじゃないか。おれたちのうちひとりは、夜になるまえに天国で飯を食うことになるかもしれないんだからな」

　そこで二人は剣をおさめ、食料庫へ入っていった。そして、腰を落ち着けると、リトル・ジョンは短剣を抜いて、ぶすりとパイに突き立てた。「空っぽの腹は満たしてやらないとな。では、お仲間よ。遠慮なしにやらせてもらうぜ」料理人もおくれをとることなく、すぐさま立派なパイに手を突っこんだ。そのあと、しばらくの間、二人ともひと言もしゃべらず、おのれの歯をもっと有効な目的のために使った。そうしながらも、互いにちらちら相手を見やり、心の中で、台をはさんだ向かいにいる男ほどたくましいやつは見たことがないと思っていた。

　かなりの時間が経ったあと、ついに料理人がなにかを惜しむように長々と深く息を吐いて、ナプキンで手を拭いた。これ以上は食べられないとわかったからだ。リトル・ジョンもすっかり満腹になり、「もうおまえはいらん、ありがとよ」とでもいうようにパイを押しやった。それから、酒の瓶を手に取ると、こう言った。「さてと、この世のあらゆる輝かしいものに誓って、おまえさんほど威勢のいいやつと飯を食ったのは初めてだ。おまえさんの健康に乾杯だ！」リトル・ジョンは酒瓶を口にあて、天井を仰ぐように上等なワインをのどに流しこんだ。そして、酒瓶を料理人に差しだした。すると、料理人も言った。「友よ、こっちからもおまえさんの健康に乾杯だ！」食べるほうと同じく、飲むほうもリトル・ジョンにひけは取らないようだ。

「さてと、おまえさんはよく響くいい声をしてるじゃないか。ってこたあ、これ以上ないってくらい陽気にバラッドを歌えるにちがいない。だろう？」

「実のところ、たまに歌うのさ」料理人は言った。「だが、ひとりじゃ歌わねえぞ」

「いや、だめだ。そんなのはくだらない遠慮だ。ちょいと短めのやつでも歌ってくれ。そしたら、それに合わせておれも歌うから」

「そういうことなら」と料理人。「『見捨てられた女羊飼い』ってやつは聴いたことがあるかい？」

「いや、ないな。ぜひ歌って聴かせてくれ」

そこで、料理人はもう一口ぐいと酒をのどに流しこむと、甘い声で歌いはじめた。

見捨てられた女羊飼い

四旬節のころ、木々の緑がいや増し

美しい小鳥たちがつがい
ヒバリが歌い、次はツグミが、
じきにヒメモリバトも鳴きはじめる
美しきフィリスは岩のかたわらにすわり
嘆く声が、ここまで聞こえてきた
「ああ、柳よ、柳、柳よ！
その美しい枝をとって
冠（かんむり）を編み、この髪を飾ろう」
ツグミは彼を彼女のもとへ
駒鳥（ロビン）も、そしてハトも
わたしのロビンはわたしを捨てた
ほかの愛のために、わたしから離れていった
だからここに、小川のほとりに、たった一人で
すわって、嘆いているの
「ああ、柳よ、柳、柳よ！

その美しい枝をとって
冠を編み、この髪を飾ろう」

けれど、海からニシンはこない
でも、彼が潮の流れにのって
若きコリドンが草原の向こうからきて
フィリスを横にすわらせる
やがて彼女の気持ちは晴れ
嘆きは影を潜める
「ああ、柳よ、柳、柳よ！
その美しい冠はそのまま
この髪を飾りたくはないから」

「なるほど、いい歌には真実が含まれているものよ！」リトル・ジョンは言った。
「気に入ってくれて嬉しいよ。じゃあ、今度はおまえさんが歌う番だ。陽気にやるのも歌うのも聴くのも、ひとりじゃさえないからな」
「なら、アーサー王の宮殿の立派な騎士の歌を歌おう。おまえさんのフィリスと同じで、ふたたび苦しむことなく、心の傷を癒やした男の物語だ。フィリスも別の男に心を捧げたからこそ、傷を癒やすことができたのにちがいないからな。さあ、聴いてくれ――」

よき騎士と恋人の物語

アーサー王がこの地を治めていた時代
アーサーはよき王で
彼に仕えるのは
勇敢で陽気な騎士たち
偉大な者もそうでない者もいるが
中に、勇敢な騎士がひとり
力は強く、背も高く

美しい姫君を愛していた

ところが、姫君は騎士を嫌い
ぷいと顔を背けるしまつ
騎士は遠い国へ去り
姫君は喜んだ

騎士はひとりで嘆き
涙を流し、ため息をつき
ついには石も心動かされるほど
あと望むのは、自らの死

心のうずきは消えず
なおも深い苦しみの中
むしろ痛みは増し
やせ細るばかり

そこで、騎士はよき酒と
陽気な仲間の元へもどる
やがて「ああ！」と嘆くことはなくなり
陽気で楽しい騎士にもどる

だから、勇気を持って言おう
そして、信じよう
腹が温かくなれば
心の悲しみは消えると

料理人は酒瓶で台をたたきながら言った。「なるほど、実にすばらしい歌だ。歌われている内容も、ハシバミの甘い実のようだな」

「なんとも的を射た意見じゃねえか。おまえさんのことを兄弟みたいに気に入っちまったよ」

「おれもおまえさんのことを気に入ったよ。だが、日も落ちてきて、そろそろご主人がもどってくるまえに料理に取りかからなきゃならねえ。だから、いっちょ続きをはじめて、決着をつけちまおうじゃないか」

「おう、いいとも。とっとと決着をつけよう。おれは、食べたり飲んだりするのと同じくらい、戦うのもすばやいんだ。よし、廊下に出ようじゃないか。ここじゃ、剣を振り回す場所がないからな。おまえさんの望みに応(こた)えるよう努力してやるぜ」

　こうして二人は、食料庫の外の広い廊下に出て、ふたたび剣を抜いた。そしてさっそく、相手を切り刻んでやるとばかりに剣を交(まじ)えはじめた。剣のぶつかる音が響き、火花が飛び散る。前へ出たりうしろへ下がったりしながら一時間以上も打ち合い、互いに全力を尽くしたが、どちらも相手に一撃を加えることはできなかった。二人とも、身を防ぐ技に長(た)けていたので、どうしても勝負がつかないのだ。ときおり息が切れると剣を休め、呼吸を整えてから、ふたたび前にも増して激しく打ち合ったが、ついにリトル・ジョンが大声で言った。

「ここに誓おう。おまえさんは、今までおれが出会った中でもいちばんの剣の使い手だ。おまえさんのことを切り刻んでやるつもりだったんだがな」

「おれも、まったく同じことを考えていたんだ」料理人も言った。「だが、勘違いだったようだ」

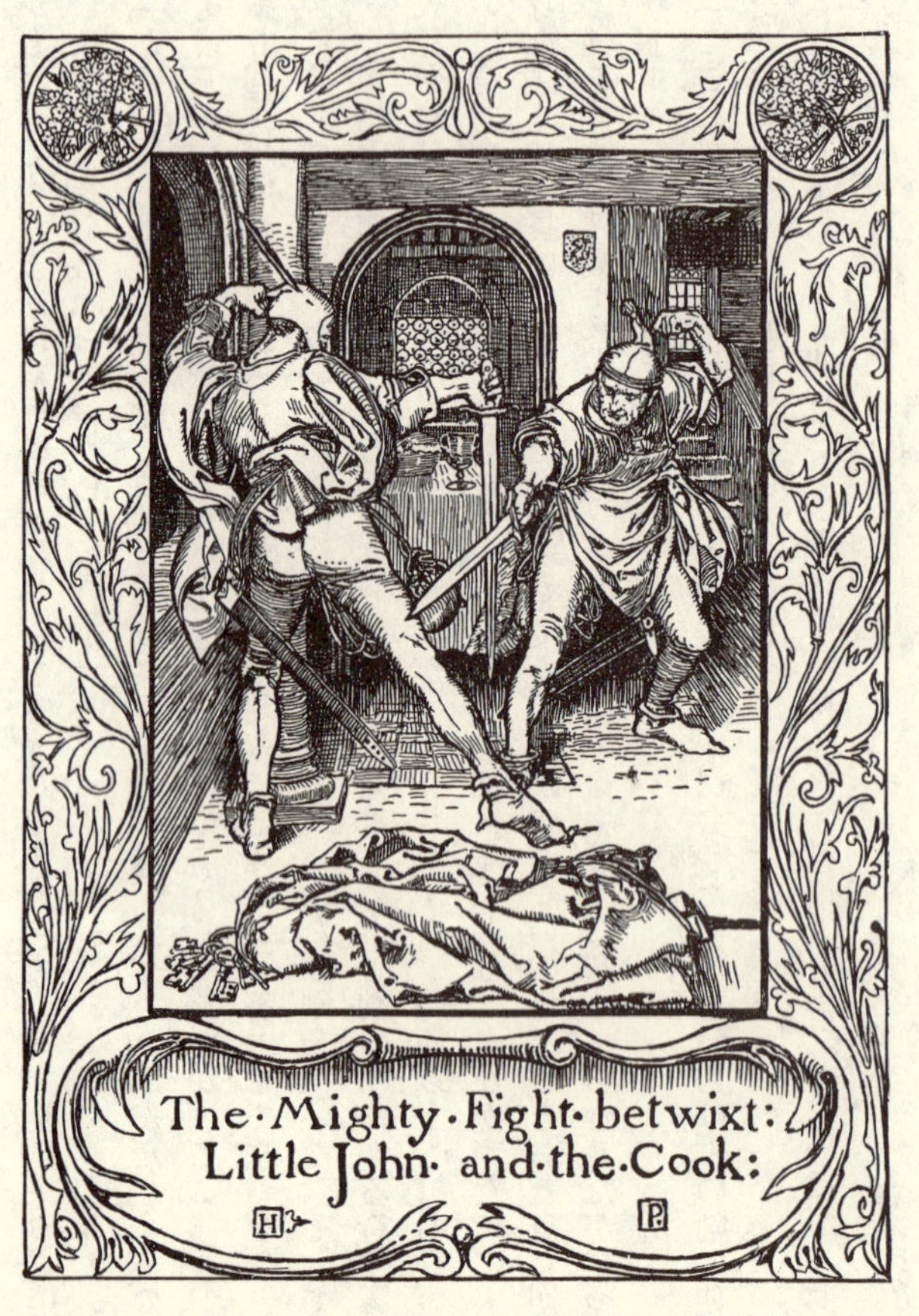

リトル・ジョンと料理人、はげしく剣を交える

「考えたんだが、おれたちはいったいなんのために戦ってるんだ？　すっかりわからなくなっちまったよ」

「おお、まさにおれもそうなんだ。あのでぶの執事のことなぞ、好きでもなんでもねえのに、なぜかおれたちは戦わなきゃならねえと思いこんでたんだ」

「そういうことなら、互いののどをかっ切ろうとする代わりに、気の合う仲間同士になったほうがよくねえか？　どうだ、陽気な料理人、おれといっしょにシャーウッドの森へいって、ロビン・フッドの仲間にならないか？　森での愉快な暮らしと百四十人の仲間が手に入るぞ。そのうちひとりが、おれってわけだ。さらに、緑の服を一年に二着と四十マルクの給金ももらえるって寸法だ」

「なんと、おまえさんこそ、おれが求めてた男だ！」料理人は心の底からさけんだ。「おまえさんの話を聞いてたら、それこそまさにおれにぴったりの仕事だってわかったよ。喜んでおまえさんといっしょにいこうじゃないか。握手しよう。これから、おまえさんの仲間になるよ。ところで、おまえさんはなんて名前だ？」

「人には、リトル・ジョンと呼ばれている」

「なに⁉　おまえさんは本当にあのリトル・ジョンなのか？　ロビン・フッドの右腕の？　おまえさんのことなら、しょっちゅう聞いてたが、まさかこの目で見る日がくるとはな。おまえさんがあの有名なリトル・ジョンなのか！」料理人はすっかり驚いたようすで、目を見開いてジョンの顔をじろじろ見た。

「ああ、おれがリトル・ジョンだとも。そして今日、勇敢な男をロビン・フッドのもとに連れていくのさ。だが、その前に、長官の食い物をこれだけ食ったんだから、ついでに銀の皿をロビン・フッドへの土産（みやげ）にしない手はないと思わねえか」

「おお、そうしよう」そこで二人はあたりを探し回り、持てるかぎりの銀食器を袋の中に詰めこむと、ぱんぱんの袋を抱えてシャーウッドの森へと出発した。

二人は森の中をずんずん歩いていって、やがていつもの緑の大樹にたどり着くと、ロビン・フッドが六十人ほどの仲間たちと青々とした草の上に寝そべっていた。だれがやってきたのかわかると、ロビンたちは飛び起きてさけんだ。「なんと、帰ってきたのか。よく帰ってきたな、リトル・ジョン！　ずいぶんと長いあいだ便りがなかったが、長官の家来になったのは知っていたぞ。こんなに長いあいだ、どうしていたんだ？」

「長官どののところで楽しく暮らしてましたよ。そして、まっすぐここへ帰ってきたというわけです。見てください、お頭（かしら）！　長官の料理人と銀の皿を土産に持ってきたんです」そして、ジョンはノッティンガムの市（いち）にいってから起こったことをぜんぶ話して聞かせた。仲間たちは大笑いして、やんややんやと喝采したが、ロビンは難しい顔をして黙っていた。

「おい、リトル・ジョン、おまえは勇敢で信頼できる男だ。おまえがこんなすばらしい仲間を連れてもどってきてくれたのは嬉しい。ぜひとも仲間になってもらいたいと思う。だが、長官の皿をけちな泥棒みたいに盗んできたのは、気に入らない。長官はおれたちから罰も受けたし、三百ポンドも失った。それは、やつが金や財産を巻きあげようとしたからだ。だが、今回は、皿を盗まれるようなことはなにもしていない」

リトル・ジョンはそれを聞いて腹が立ったが、なんとか冗談でかわそうとした。

「いやいや、お頭、お頭はそうは思ってないようですが、今から長官を連れてきて、やつの口から、銀の皿はおれにくれたんだと言わせてやりましょう」そしてぱっと立ちあがり、ロビン・フッドが止める前に飛びだしていった。

リトル・ジョンはまるまる五マイルも走りつづけ、森の近くでようやくノッティンガムの長官の狩りの一行を見つけた。リトル・ジョンは長官のもとへいくと、帽子を脱ぎ、膝を曲げておじぎをした。「閣下、神のご加護がありますよう」

「なんと、レイノルド・グリーンリーフではないか！　いったいいつきたのだ？　どこへいっていた？」

「森におりました」リトル・ジョンはいかにもびっくりしたように続けた。「そして、いまだかつてだれも見たことがないような光景を目にしたのです。あちらに、頭のてっぺんからつま先まで緑色をした雄鹿（おじか）がおりまして、六十頭ほどの、やはり全身緑の仲間たちを引き連れておりました。しかしながら、矢を射ることはできませんでした。反対に殺されてしまうかもしれないと思いましたので」

「なんだと、レイノルド・グリーンリーフ、夢でも見たか。はたまた頭がおかしくなりおったか。そんなたわけた話をするとは」長官は言った。

「いいえ、夢を見ているわけでも、頭がおかしくなったわけでもございませぬ。いっしょにきてくだされば、その光景をお見せいたしましょう。なにしろこの目でしかと見たのですから。しかし、閣下お一人でいらしていただかねばなりません。大勢でまいりますと、鹿が怯（おび）えて逃げてしまうかもしれませんので」

そう言って、リトル・ジョンはひとまず狩りの一団を引きつれ、森の奥へと入っていった。

やがてリトル・ジョンは言った。「さあ、閣下。群れを見た場所の近くまでまいりました」

そこで、長官は馬からおり、供（とも）の者たちにもどってくるまで待っているように命じた。そして、リトル・ジョンについてうっそうとした森の中を進んでいくと、ふいに広々とした草地に出た。見ると、いちばん奥のオークの大樹の木陰に、大勢の仲間に囲まれてロビン・フッドがすわっていた。「ご覧下さい、閣下。あそこに、申し上げました雄鹿がおります」

それを聞くと、長官はリトル・ジョンに向き直り、吐き捨てるように言った。「最初おまえを見たとき、見覚えのある顔だと思ったが、今、わかったぞ。おのれ、リトル・ジョンめ。いつか今日の裏切りの罰がくだるがよい」

リトル・ジョンはからからと笑った。「長官閣下、確かにおっしゃるとおり、おれはリトル・ジョンだ。言っておくが、閣下のところのあのいやしい執事がおとなしくおれに食べ物を出していれば、こんなことにはならなかったんだ。やつはなにも出さなかったが、今一度、閣下を緑の雄鹿の宴にお招きしようではないか。館にもどったあかつきには、あの執事めにいずれ決着をつけようとお伝え願いたい」

すると、ロビン・フッドがやってきた。「ようこそ、長官どの。またもわれらの宴にいらしたのか？」

「とんでもない！」長官は必死になって断ろうとした。「宴はご遠慮する。今日は、腹も空いておらぬ」

「腹が空いてなくとも、のどは渇いておられるだろう。いっしょに一杯くらい飲んでいってくださるはず。しかし、食事をごいっしょできないとは残念至極。というのも、長官どののお好みのものがご用意できますのでね。なにしろ、長官どのの料理人がおりますゆえ」

そして、ロビンは有無を言わせず長官を、今では長官もよく見知った大樹の下の席にすわらせた。

「さあ、みなの者！　われらがよき友人であられる長官どのに、たっぷりと酒を注いだ杯を持ってこい。長官どのは、すっかり疲れて弱っておられるからな」

すると、手下の一人がワインを持ってきて、深々とお辞儀しながら差しだした。しかし、長官は受け取ることができなかった。というのも、ワインが入っているのは長官の銀の瓶で、瓶ののっている銀の皿も長官の皿だったからだ。

「おやおや、今度の新しい銀器はお気に召しませんか？　今日、まるまる一袋分、手に入れたばかりなんです」そう言いながら、ロビン・フッドはリトル・ジョンと料理人が持ってきた銀器の袋をかかげた。

それを見て、長官はひどく苦々しく思ったが、口に出して言う勇気はなかったので、黙って地面を見つめた。ロビンはそのようすをしばし観察したあと、ふたたび口を開いた。「さて、長官どの、前回このシャーウッドの森へいらしたときは、あわれなら息子から財産を巻きあげようとして、反対にご自分の金を巻きあげられる羽目になった。しかし、今回は悪気があってきたわけでもなければ、だれかを騙したという話も聞いていない。おれは、太った僧侶や大地主から金を取って、やつらに略奪された人々を助け、這いつくばっている人々が頭をあげられるようにしたいと思っている。だが、長官どのが小作人から不正に金を取っているという話は聞いていない。ゆえに、今回は長官どののものをお持ち帰りください。今日は、長官どのから一ファージングもいただくつもりはありません。さあ、ごいっしょしましょう。長官どのご一行のところまでご案内いたしますよ」

そして、ロビン・フッドは袋を肩にかけると、背を向けて歩き出したので、長官はまごついたまま黙ってあとに続いた。こうして二人は森の中を進み、長官の連れの者たちが待っている場所の近くまでやってきた。すると、ロビン・フッドは銀器の入った袋を差しだして言った。「長官どののものはお返ししましょう。それから、ひとつ助言を。これから、家来を召し抱えるときは、よく吟味なさることをお薦めしますよ」そして、ロビンは、袋を抱えたままぼうぜんとしている長官を残して去っていった。

待っていた者たちは、森の中から長官が重い袋を持って現われたのを見て驚いた。しかし、彼らがなにをきいても、長官はひと言も答えず、夢の中を散歩してきたかのように無言のまま袋を馬の背にのせ、自分もまたがったので、供の者たちもあとに続いた。帰り道のあいだも、長官の頭の中ではいろいろな考えが渦を巻き、ひとつ浮かんできては、また別のものが浮かんでくるといった状態だった。

これで、リトル・ジョンが長官の家来になった物語は終わる。

第三部

ロビン・フッドと二人の仲間に降りかかったゆかいな冒険の物語。ロビンが一日で、しこたま殴られ、三人の陽気な仲間を手に入れたいきさつ。

第一章　リトル・ジョンとブライズの皮なめし屋

猫を撫(な)でれば顔に飛びかかる、ということわざがあるように、この世では思いもよらず不幸な出来事が降りかかることもある。陽気な五月のさんさんと晴れた日に、ロビン・フッドとリトル・ジョンの身に降りかかったのも、まさにそういった出来事だった。二人が幸運の女神にしたたか打たれ、そのあと何日も骨までずきずき痛むことになった物語をお話ししよう。

前回、リトル・ジョンが長官の料理人とともに森へもどってきたいきさつは話したが、それからいくばくも経たないある晴れた日、ロビン・フッドは何人かの仲間たちと、彼らの住み処である森のやわらかい草地に寝そべっていた。それぞれの任務を果たすために森のあちらこちらへ出かけている仲間も多かったが、蒸し暑い日だったので、ロビンたちは木陰でのんびり寝転びながら、冗談を言い合ったり楽しい物語を語ったりして、おだやかな午後を陽気に笑いながら過ごしていた。

あたりは五月のぴりっとした香りに充ち満ち、うっそうとした木々の落とす影の向こうでは、ツグミやカッコウ、モリバトなどが甘い歌声を響かせている。小鳥たちの歌に、木陰からとくとくと流れ出てくる小川の音が混じり合い、小川はそのまま、ごつごつした灰色の石の上をせわしげに流れ、日のふりそそぐ草地を抜けていく。青々とした枝を広げているオークの大樹のもとに、緑の服に身を包んだ十人ほどのがっしりした背の高い男たちが寝そべっているさまは、実に壮観だった。そよそよと揺れる葉のあいだから光がさし、草地の上に木漏れ日が踊っている。

そうした男たちがいた、古き良き時代も過ぎてしまった。そのころは、男たちは、頑丈な六尺棒と長弓で鍛え、革のように硬くなった筋肉を持っていたものだ。ロビン・フッドの時代は、英国の独立自営農民がもっとも栄えた時期であった。さて、リトル・ジョンは、節くれ立ったオークのように頑丈な手足の持ち主だったが、ノッティンガムの長官の館でぬくぬくと暮らしていたせいですっかり太っていた。一方のウィル・スタトレイは、太陽と風にさらされた顔は陽に灼け、このあたりでもいちばんの整った顔立ちをしている。スタトレイと競えるのは、吟遊詩人のアラン・ア・デールくらいだろうが、彼の話はまた別のところで語ることにする。ほかにも、猟犬のグレイハウンドのようにすらりとして、三年仔の雄鹿のように足の速いウィル・スカースロックと、リトル・ジョンに負けず劣らず頑丈な手足の持ち主だが、まだ若くようやくあごのあたりにうっすらひげの生えはじめたドンカスターのデイヴィッドをはじめとした、広く名の知れわたった勇者たちがいた。

さて、そのときふいにロビン・フッドがぴしゃりと膝を打った。

「聖ドゥンスタンさまの名にかけて、もうすぐ給金を払う日がくるっていうのに、緑の服がぜんぜんないぞ。なんとかしなきゃな、それもすぐにだ。おい、リトル・ジョン、すぐさま用意だ！　すっかりなまくらになった骨にムチを入れ、うわさ好きの服地屋、アンカスターのヒュー・ロングシャンクのところまでひとっ走りいってこい。至急上等な緑の服を四百着、送るように言うんだ。そうすりゃ、われらが長官どのの館でぬくぬくと暮らしたせいでついた脂肪を少し減らせるかもしれんしな」

「いやいや」リトル・ジョンはブツブツ言った（というのも、さんざん同じことを言われて、すっかりしゃくに障っていたのだ）。「本当のところ、確かに前よりは関節に肉がついたかもしれませんがね、肉があろうがなかろうが、狭い橋の上で鉢合わせしたって、おれは川に落ちたりしませんよ。相手が、シャーウッド、いや、ノッティンガムシアじゅうのだれだろうとね。ついでに言わせてもらえりゃ、その相手のだれかさんの脂肪のつき具合は、お頭とちょうど同じくらいだったんですがね」

リトル・ジョンが言ったとたん、どっと笑い声があがり、みんながロビン・フッドのほうを見た。というのも、リトル・ジョンが言ったのが、本人と頭との一戦のことだと、すぐにわかったからだ。二人が初めて出会ったときの話だ。

「なるほど」ロビン・フッドはだれよりも大きな声で笑いながら言った。「そりゃあ、本当だと言うほかないだろうな。もうおまえの棒を味わいたくはないからな。仲間の中には、七尺ある棒をおれよりもうまく扱えるやつがいることは認めなきゃならん。だが、ノッティンガムシアじゅうを見まわしても、おれの指ほどうまく灰色のガチョウの羽根の矢を飛ばせる者はいない。さてと、おれの命令に従ってアンカスターへいくのは、おまえにとって悪いことじゃあるまい。今夜つくように出発してほしい。長官の館で暮らしていたせいで、おまえの顔を知ってる者も多い。真っ昼間に出かけていったら、長官の兵士たちと面倒に巻きこまれんともかぎらん。ここで待っていろ、ヒューに支払う金を持ってくるから。ノッティンガムシアじゅう見まわしても、おれたちほどいい客はいないだろうな」そう言って、ロビンはリトル・ジョンたちを残して森へ入っていった。

　みなが集まる大樹からほど近いところに大きな岩があり、中を削って部屋のようにしてあった。入り口をふさいでいるのは、手のひら二つ分の厚みがあるどっしりとしたオークの扉で、ずらりと大釘が並び、巨大な南京錠がついている。その宝蔵までいくと、ロビン・フッドは錠を開け、中から金貨を一袋出して、ヒュー・ロングシャンクへの支払い用にリトル・ジョンに渡した。

　リトル・ジョンは起きあがって金貨の袋を受け取ると、懐に入れ、帯を巻いて、たっぷり七尺はある先の尖った頑丈な杖を持ち、出発した。

　口笛を吹きながらうっそうとした森の小径を、右や左へいかずローマ街道へ向かって歩いていくと、道が二股に分かれるところに出た。片方はローマ街道へ、もう片方はリトル・ジョンもよく知っているとおり、陽気な〈青猪亭〉へ続いている。リトル・ジョンは口笛をぴたりとやめ、道の真ん中で立ち止まった。まず上を見て、それから下を見て、それから帽子をななめにして片目を隠すと、頭のうしろをゆっくりとかいた。つまり、こういうことだ。二股に分かれた道を見るなり、頭の中で二つの声

リトル・ジョン、二股の道でまよう

がさけびはじめたのだ。ひとつの声は、「こっちの道は〈青猪亭〉へ続いてるぜ。茶色いエールと、酒場にいるすてきな仲間たちとの楽しい夜が待ってるぞ」と言っている。もうひとつの声は、「こっちの道はアンカスターへの道、おまえの任務への道だぞ」と言っているというわけだ。そして、最初の声のほうがどんどん大きくなっている。リトル・ジョンは、長官の館で暮らしてからというもの、のんびりした暮らしがすっかり身についてしまっていた。リトル・ジョンは青い空を見あげて、輝く雲が銀色の小舟のように流れ、ツバメたちがヒュンヒュンと輪を描いて飛んでいるのを眺めた。「今晩は雨が降るかもしれんな。ひとつ、〈青猪亭〉で雨が通りすぎるのを待つことにするか。お頭も、大事な手下をびしょ濡れにしたくはないだろうからな」そうして、それ以上は悩まずさっさと自分の好きなほうの道を歩きはじめた。天気が悪くなるようすはまったくなかったが、今のリトル・ジョンのように、なにかをしたいときは、理由などいくらでもひねりだせるものなのだ。
〈青猪亭〉では、四人の男が浮かれ騒いでいた。肉屋と物乞い、それにはだしの修道僧が二人だ。リトル・ジョンが丘や谷を覆いはじめたまろやかな夕闇の中を歩いているうちから、すでに彼らの歌声が聞こえていたほどだ。四人は、リトル・ジョンのような威勢のいい男がやってきたのを見て、大喜びで迎えた。新しいエールが運ばれてきて、冗談を言い合ったり、歌ったり、陽気にしゃべったりしているうちに、時は翼にのって運ばれるようにあっという間に過ぎていった。時間のことなどだれ一人考えないうちに夜も更け、リトル・ジョンは今夜のうちに旅を続けることは諦めて、〈青猪亭〉に泊まることにした。

これは、リトル・ジョンにとっては不運だった。楽しみのために義務を怠ったせいで、たいがいそうであるように、手痛いしっぺ返しを食らうはめになったのだ。

さて次の日、リトル・ジョンは夜明けとともにむくりと起きあがると、頑丈な棒を手に、無駄にした時間を取りもどさんとばかりにふたたび旅路を急いだ。

ブライズの町に、がっしりした体格の皮なめし屋が住んでいた。力自慢で、レスリングや棒試合の手強い戦いぶりで、その名を広く轟かせていた。レスリングでは、リンカーンのアダムにリングで投げ飛ばされてあばらを一本折るまで五年間、優勝者に与えられる革帯を守り続けたし、棒試合では、この地方には彼の相手になる者はいなかった。だが、なによりも長弓を愛していて、満月になり褐色（かっしょく）の鹿の季節になると、こっそり森へ出かけていった。そのため、国王の森林官たちは彼の行動に目を光らせていた。この皮なめし屋のアーサーの家には、法で許されているよりはるかに多くの鹿肉があったからである。

さて、アーサーは、リトル・ジョンが出発するちょうど一日前に、牛のなめし革を十枚ほど売りにノッティンガムの町にやってきていた。そして、リトル・ジョンが〈青猪亭〉を出たのと同じ日の夜明けに、ノッティンガムを出て、故郷のブライズの町へ向かった。朝露の降りた小径をいくと、ちょうどシャーウッドの森の外れに出た。小鳥たちがすばらしい朝を迎え、歓喜の歌を歌っている。アーサーは両肩に頑丈な六尺棒をひっかけ、なにかあったらすぐにつかめるようにしていた。頭には、牛の革を二枚重ねた帽子をかぶっている。幅広の剣でも、そう簡単には貫（つらぬ）けない代物（しろもの）だ。

「さてと」アーサー・ア・ブランドは森の外れを横切る道までくると、呟（つぶや）いた。「この季節には、褐色の鹿が森の奥から広々とした草原まで出てきているにちがいない。これだけ朝早ければ、茶色の愛（いと）しい連中にお目にかかれるかもしれないぞ」たとえ一ヤールの矢で鹿たちのあばらをくすぐることができなくても、弾むように駆けていく群れを眺めるより好きなことはなかったのだ。従って、アーサーは道を逸れ、あちこちをのぞき見しながら藪の中へ入っていった。一度ならず森林官の緑色の胴着を身につけたことがあり、森を知りつくした者としての知恵を総動員して、まずはここ、次はあちらというようにあたりのようすをうかがいながら進んでいく。

一方のリトル・ジョンは、楽しげな足取りでノッティンガムへの道を歩いていた。考えるのは、生け垣を飾るサンザシのつぼみの美しさや、あちこちで美しいピンク色の花を咲かせている野生のリンゴの木のことだけ。朝露の降りた草むらから、ヒバリが空高く舞いあがり、黄色い朝日の中で翼を震わせるのを眺め、その歌声が流れ星のようにふりそそぐのを楽しんでいるうちに、いつの間にか街道から逸れてしまった。そこから遠くないところで、アーサー・ア・ブランドが茂みのなかをあちこちのぞきまわっていた。葉がガサガサと鳴る音を聞きつけ、リトル・ジョンが足を止めると、すぐに皮なめし屋の茶色い牛革の帽子がしげみの中で動いているのが目に留まった。

「いったいどういうことだ？　あそこにいるならず者は、あちこちのぞき回ってなにを探しているんだろう？　浅ましいごろつきめ、どうせ盗人かなんかだろう。大方おれたちか、鹿を追ってここまできたにちがいない」リトル・ジョンは長いあいだ森の中で暮らしているうちに、シャーウッドの森の鹿は、よきヘンリー王と同様に自分たちのものでもあると思うようになっていた。「ああ、そうとも」しばらくしてまたリトル・ジョンは独りごちた。「この件は、ほっとくわけにはいかねえ」そして、道を逸れると、アーサーと同じように藪の中へ入っていって、あとをこっそりつけはじめた。

　こうしてかなりのあいだ、リトル・ジョンは皮なめし屋のアーサーを、皮なめし屋のアーサーは鹿を追っての狩りが続いた。ところが、とうとうリトル・ジョンが小枝を踏んでしまい、ポキンという音を聞いた皮なめし屋のアーサーはがばと振り返り、リトル・ジョンの姿を認めた。アーサーに見られたのに気づいたリトル・ジョンは、大胆不敵に言った。

「おい、そこの悪党め、いったいなにをしてやがるんだ？　シャーウッドの森を歩きまわるとは、いったいどこのどいつだ？　悪党面(づら)をひっさげてるところを見ると、どうせ盗人かなんかだろう。大方、われらが国王陛下(へいか)の鹿を盗みにきたにちがいねえ」

「なんだと」皮なめし屋のアーサーは臆(おく)せず答えた。不意を突かれたものの、大きな口を叩(たた)かれて怯(おび)えるような男ではなかったのだ。「でたらめを並べたてやがって。おれは盗人なんかじゃねえ、正直者の職人だ。面に関しては、初めからこういう面なんだ。それを言うなら、てめえの面だって立派とは言えねえぜ、無礼なやつめ」

「ほう！」リトル・ジョンは大きな声で言った。「言い返す気か？　てめえの頭をたたき割りたくなってきたぞ。おれさまは、言ってみりゃあ、陛下の森林官みたいなもんだってことを教えてやろうじゃないか」そして、小声で付け加えた。「少なくとも、おれたちは王さまの鹿の面倒をよく見てやってるからな」

「おまえがだれだろうと関係ない。おまえの仲間がもっといるっていうなら別だが、そうじゃなきゃ、このアーサー・ア・ブランドさまに『お慈悲を』と言わせることなんてできるもんか」

「ほう、そうか？」リトル・ジョンは憤ってさけんだ。「いいか、図々しい悪党め、その舌のせいで奈落の底に突き落とされることになるだろうよ。せいぜい後悔するんだな。今からてめえが受けたこともないような一撃をお見舞いしてやるからそう思え。さっさと棒を持て。空手のやつは殴らない主義なんでな」

「なんだと、こんちくしょうめ！」皮なめし屋も負けず劣らず怒り狂ってさけんだ。「でかい口叩いたって、ネズミ一匹殺せねえぞ。このアーサー・ア・ブランドさまの頭をたたき割ろうなどとしゃあしゃあとぬかすおまえこそ、どこのどいつだ？　子牛の皮をなめすみてえに、おまえの皮をなめしてやる。できなきゃ、この棒を引き裂いて、羊肉の焼き串にでもしてやらあ！　二度と勇敢な男と呼ばなくてもけっこう。さあ、せいぜい用心しろよ！」

「待て！」リトル・ジョンはさけんだ。「まず互いの棒の長さを測ろうじゃないか。どうやら、おれの棒のほうがてめえのよりも長いようだ。一センチでもてめえより優位に立つのはごめんだ」

「いいや、長さなんてかまいやしねえ。この長さでじゅうぶん子牛を殴り倒せるんだ。もう一度言う、せいぜい用心するんだな！」

そして、それ以上はなにも言わず、二人はそれぞれ棒の真ん中を握り、ゆっくりと歩みよった。

さて、リトル・ジョンが命令をきかず、任務を忘れて楽しいひと晩を過ごしたというわさは、ロビン・フッドの耳にも届いた。まっすぐアンカスターへいかないで、〈青猪亭〉に泊まって浮かれ騒いだことを知ったロビンは腹を立て、夜明けとともにリトル・ジョンを探しに〈青猪亭〉へ向かった。少なくとも、途中で会えれば、少しは腹立ちも収まるだろう。怒りにまかせて大またで歩きながら、リトル・ジョンにどんな小言を言ってやろうかと考えていると、ふいに大声でどなり合っている声が聞こえてきた。乱暴な言葉の応酬に、ロビン・フッドは足を止めて、耳をすませた。「あれはまちがいなくリトル・ジョンの声だぞ。ずいぶんと怒っているようだな。もうひとりのほうは、知らない声のようだ。大事な右腕のリトル・ジョンが、国王の森林官の手に落ちるようなことがあってはならん。すぐにようすを見にいかなければ」

　大切な第一の手下が命の危険にさらされているかもしれないと思ったとたん、さっきまでの怒りは、窓をぬけるそよ風のように運び去られた。ロビンはそろそろと用心深く茂みのなかを抜け、声の聞こえるほうへ向かった。そして、葉を押し分けてあいだからのぞくと、二人の男が棒を手にゆっくりと近づいていくところだった。ロビンは心の中で思った。「ほう！　これは面白い戦いになりそうだ。あのがっしりとしたやつがリトル・ジョンに手痛い一発を食らわせたら、このポケットにある金貨を三枚やろうじゃないか！　リトル・ジョンのやつが、おれの命令に背いた罰にしこたま打たれるところを見たいもんだ。しかし、残念ながら、そんな場面を目にする見込みはほぼないだろうな」そして、ロビンは地面に長々と寝そべった。これなら、戦いのようすがよく見える上に、のんびりと楽しい光景を見物できるというわけだ。二匹の犬がどちらも先に攻撃をしかけるのをためらい、ゆっくりと回っているのを見たことがあるだろう。リトル・ジョンと皮なめし屋のアーサーの二人もまさにそんなふうにぐるぐると回りながら、相手の隙(すき)をついて一打目を食らわす機会をうかがっていた。そしてついに、リトル・ジョンが稲妻のような一撃を振り下ろしたが、「カン！」とばかりにアーサーはそれを受け止め、お返しの一打を放った。が、リトル・ジョンもすかさずかわした。こうして、大熱戦の火ぶたが切られた。上へ下へ、前へうしろへと二人は打ち合い、どの一撃もすばやく激しいので、遠くから見たら、十人ばかりの男が戦っていると思ったかもしれない。こうして半時間ばかりも殴り合い、地面は男たちのかかとで掘り返され、二人とも轍(わだち)にはまった雄牛(おうし)のようにハアハアと荒い息をついた。しかし、リトル・ジョンのほうがより参っていた。こうした激しい運動にはすっかりごぶさたで、関節も、長官の館で暮らすまえのようにしなやかではなくなっていたのだ。

そのあいだじゅう、ロビン・フッドは茂みの下に寝転んで、すばらしい棒試合を楽しんでいた。「誓って、リトル・ジョンが互角の戦いをするところを見る日がくるとは、思ってもいなかったぞ。前の状態だったら、あのがっしりしたやつをとっくに倒していただろうがな」

ついにリトル・ジョンは機会を捉(とら)え、満身の力をこめて雄牛をも倒すような一撃を振り下ろした。ところが、まさにこのとき、あの牛革の帽子が役割を果たしたのだ。

リトル・ジョンとアーサー・ア・ブランド、すさまじい戦いをする

帽子がなければ、皮なめし屋は二度と棒を握れなかっただろう。実際、頭の横に受けた鋭い一撃のせいで、皮なめし屋はふらふらとよろめいた。だから、もしリトル・ジョンに次の一撃を繰り出す力さえ残っていれば、皮なめし屋はひとたまりもなかったはずだ。しかし、皮なめし屋はすかさず体勢を整え、腕の長さの距離からリトル・ジョンにお返しの一打を浴びせた。果たして棒は命中し、リトル・ジョンの棒がぽーんと飛んで、ジョンはどうと大の字に倒れた。皮なめし屋はさらに棒を振りあげ、今度はリトル・ジョンのあばらに一発お見舞いした。

「待ってくれ！」リトル・ジョンはうなり声をあげた。「倒れた男を打つのか？」

「ああ、そうともさ！」皮なめし屋は言って、またもや棒を振り下ろした。

「やめてくれ！　助けてくれ！　やめろと言ってるんだ！　降参だ！　降参するから！」

「思い知ったか？」皮なめし屋はおそろしい形相(ぎょうそう)で棒を振りあげた。

「ああ、もちろんだ、じゅうぶん思い知ったよ！」

「おれのほうが、腕が上だと認めるか？」

「ああ、認めるとも」リトル・ジョンは大声でさけんでから、小声で付け加えた。

「チクショウめ」

「なら、このままいかせてやろう。おれさまが慈悲深い男だったことを、おまえの守護聖人に感謝するんだな」

「これが慈悲深いとはな！」リトル・ジョンは体を起こして、皮なめし屋に殴られたところをさすった。「あばらっていうあばらが真っ二つに折れちまったように感じるよ。はっきり言って、おれをこんな目にあわせたことのある男は、ノッティンガムシアじゅう探してもひとりもいないと思うぜ」

「おれも同意見だ」そう言って、ロビン・フッドは茂みから飛びだし、涙が流れるまで大笑いした。「まったくなあ！　壁からたたき落とされた瓶みたいに転がったからな」ロビンは笑いすぎて息も絶え絶えに言った。「最初から最後まで楽しく見物させてもらったが、イングランドじゅうのだれが相手だろうと、おまえが両手どころか両足まで挙げて降参するのを見られるとは思ってもいなかったよ。探しにきたんだ、命令をほったらかしたことで小言を言ってやろうと思ってね。だが、そこにいる男から報いはじゅうぶん受けたようだな。枡に押しこんで、あふれ出すくらいたっぷりと。[1]まったく、おまえがあんぐりと口を開けて突っ立ってるあいだに、その男はすばらし

1　新約聖書、『ルカによる福音書』六章三八節。

い一発を食らわせたよ。見たことがないくらい見事におまえさんをひっくり返した」ロビンがまくしたてているあいだずっと、リトル・ジョンは地べたにすわったまま、すっぱいミルクを口に含んだような顔をしていた。「して、おまえさんの名はなんという？」ロビンは皮なめし屋のほうを向いて、たずねた。

「アーサー・ア・ブランドって呼ばれてんだ」皮なめし屋は臆せず言った。「そういうおまえさんの名前はなんだい？」

「ほう、アーサー・ア・ブランドか！　おまえさんの名前なら聞いたことがあるよ。去年の十月、エリーの祭でおれの友人の頭をたたき割ったろう。ノッティンガムのジョックって呼ばれてた男だ。おれたちは、ウィル・スカースロックって呼んでるけどな。で、たった今、おまえさんがしこたま殴りつけた男は、このイングランドでもいちばんの棒の使い手、その名もリトル・ジョンだ。そして、おれはロビン・フッドさ」

「なんだって！」皮なめし屋は声をあげた。「あなたがあの偉大なロビン・フッドなんですかい？　で、こちらがかの有名なリトル・ジョン？　なんと、そうと知っていたら、あなたに向かって手を挙げるような厚かましい真似はしなかったのに。どうかこの手を取ってくだせえ、リトル・ジョンどの。上着についたほこりを払いますから」

「断る」リトル・ジョンはむっとして言うと、骨という骨がガラスでできているかのようにそろそろと立ちあがった。「おまえの助けなどなくても、自分で立てるわ。それに、その胸くそ悪い牛革の帽子さえなけりゃあ、今ごろ、おまえのほうがみじめな思いをしてるはずだったんだ」

それを聞くと、ロビンはまた笑って、皮なめし屋のほうを向いた。「アーサーよ、おれたちの仲間にならないか？　おまえさんはこれまで会った中でも、一、二を争う強者（つわもの）だからな」

「あなたさまの仲間に？」皮なめし屋は喜びの声をあげた。「ええ、もちろんですとも！　陽気な生活ばんざいだ！」皮なめし屋のアーサーは飛び跳ねて、指を鳴らした。「おれの愛する生活にばんざい！　タン皮とも汚ねえ大樽（おおだる）とも牛皮ともおさらばだ！地球の果てまでお供（とも）しますぜ。それに、この森の褐色の鹿は今後、一頭たりともおれの弓弦（ゆみづる）の音を聞くことはありゃしません」

「リトル・ジョン」ロビンはジョンのほうを見て、笑った。「おまえは、あらためてアンカスターへ向かえ。途中までいっしょにいこう。シャーウッドの森を出るまでは、おまえに右にも左にもいってほしくないからな。なにしろ、あちこちにおまえのなじみの酒場があるんだから」そして、三人は茂みから出ると、ふたたび街道に出て、任務を果たすために出発した。

第二章　ロビン・フッドとウィル・スカーレット

こうして三人はさんさんと日の照る街道を歩いていった。イングランドじゅうを探しても、この三人ほどの強者（つわもの）はいないだろう。三人が広い肩で風を切り、ゆるぎない足取りで歩いていくさまに振り返り、後ろ姿を見送る者も多かった。

ロビン・フッドはリトル・ジョンに言った。「どうして昨日、言われたとおりまっすぐアンカスターへいかなかったんだ？　おれの命令どおりにしていれば、あんなことに巻きこまれずにすんだじゃないか」

「雨が降るんじゃないかと思ったんですよ」リトル・ジョンはふくれっ面（つら）で言った。ロビンに皮なめし屋との一件のことでしつこく言われていらついていたのだ。

「雨だと！」ロビンは街道の真ん中で足を止め、まじまじとリトル・ジョンを見た。「なんだと、このまぬけめ！　この三日間、雨なんて一滴も降ってもなければ、気配すらないじゃないか。大地にも空にも川にも、天気が悪くなるしるしなどまったくない」

リトル・ジョンはうめくように言った。「そうは言っても、聖スウィジンさまは白目の壺に天国の水を持ってらっしゃるんですから、その気になられりゃ、雲一つない空からだってざざーっと壺の中身が降ってきたかもしれないじゃありませんか。お頭は、おれをびしょ濡れにさせたかったんですか？」

それを聞くと、ロビンはゲラゲラ笑い出した。「リトル・ジョンよ！　おまえの頭の中はバターみたいに溶けちまってるのか？　おまえみたいなやつにいつまでも怒りつづけることはできないな！」

そして、三人は縁起を担いで右足からまた歩き出した。

しばらく歩いていくうちに、だんだんと暑くなり、街道に土埃が舞いはじめ、ロビンはのどが渇いてきた。ちょうど生け垣のうしろに氷のように冷たい水が湧き出ているのが見えたので、三人は踏み越し段[1]を渡って、苔のむした石のところまでいった。そして、膝をつき、石の下の湧き水を手ですくってたっぷり飲むと、そのまま涼しい木陰で手足を伸ばし、しばらく休むことにした。

目の前の生け垣の先には、土埃の舞う街道が広々とした草原を突っ切るように伸びていた。うしろには、さんさんと日を浴びた牧場とあざやかな緑色の畑が広がり、トウモロコシがまだやわらかい実をつけ始めている。頭上では、ブナの木がサワサワと葉を鳴らし、涼やかな木陰を作っていた。しっとりと露の降りた岸辺に咲く紫のスミレとイブキジャコウソウの香りが鼻腔（びこう）をくすぐり、ゴボゴボと水の湧き出る音が心地よく響いている。あとは、日だまりの静けさにすっぽりと覆われ、ときおり遠くのほうからカッコウの声がそよ風に運ばれてくるだけだ。クローバーの花にもぐりこんで眠たげな音を立てているマルハナバチの羽音や、近くの農場で忙しそうにしているおかみさんの声が聞こえてくることもあった。なにもかもが心地よくて、五月の穏やかな喜びに充ち満ち（みみ）ていたので、しばらくのあいだ、三人とも特に口もきかずに仰向け（あおむけ）に寝転んで、小刻みに震える葉のあいだから青い空を見あげていた。ジョンとアーサーはすっかり夢想にふけっていたが、ときおりまわりを見まわしていたロビンがふいに沈黙を破って言った。

「なんと！　あそこに派手な羽の鳥がいるぞ。ほらな！」

ほかの二人が見ると、街道の向こうから若い男がゆっくりと歩いてくるところだっ

1　家畜が通れないように垣につくった階段。

た。ロビンが言ったとおり、確かに派手な身なりをしている。かなり人目を引きそうだ。胴衣は緋色の絹で、おそろいの長靴下を履き、腰に下げた立派な剣は、革の浮き彫り模様に金糸の見事な刺繍の施された鞘に入っている。帽子は緋色のビロードで、大きな羽根が耳のうしろまで垂れている。長い金髪は肩の上でカールし、手に早咲きのバラを持って、優美なしぐさで匂いをかいでいた。

「なんとまあ！」ロビン・フッドは笑いながら言った。「あんな気取った伊達男は見たことがないぞ！」

「確かに、おれの好みにはしゃれすぎてるな」アーサー・ア・ブランドは言った。

「だが、やつの肩は広いし、下っ腹は出ちゃいない。それに、お頭、やつの腕をごらんなせえ。錘みたいにぶらぶらせずに、力が入ってて、肘んところでくっと曲がってる。誓って言いますが、あのしゃれた服の中にあるのは牛乳に浸したパンみたいにぐにゃぐにゃの体じゃありませんよ。がっちりした関節と固い筋肉ですぜ」

「おまえの言う通りだ、アーサー」リトル・ジョンも言った。「あの男は、やつが思わせようとしてるようなバラの葉と泡立てたクリームのしゃれ男じゃあ、ありません」

「チェッ！」ロビンはいやそうに言った。「あんなかっこうの男を見てると、口の中がにがくなってくるぜ。指のあいだにバラを挟んでるしぐさを見ろ。まるで『おお、バラよ、おまえをそこまで好きなわけじゃないが、おまえの香りなら耐えられる、ちょっとならな』とかなんとか言ってそうじゃないか。おまえたちの言うことはまちがってる。やつは、目の前をネズミが駆け抜けただけで『見よ！』とか『恐ろしや！』とかさけんで、気絶しちまうさ。いったいぜんたいどこのどいつなんだ？」

「どこかのお偉い男爵の息子かなんかでしょう。袋の中には金がたっぷり縫いこんであるって寸法でさあ」リトル・ジョンが言った。

「ああ、そりゃあ、まちがいない」ロビンは言った。「なにも考えずにあんなかっこうで外を出歩くような男に立派なサクソン人が仕え、やつの靴の紐を結び、命令をきかなきゃならんとはな！　聖ドゥンスタンと聖アルフレッドと聖ウィズオールド、いや、サクソンのあらゆる聖人の名にかけて、海の向こうからきた派手なノルマンの貴族どもが、やつらの曽じいさんが豚肉の皮をしゃぶってた時代より前からこの土地に住んでるサクソン人を踏みにじってるのを見ると、腹が立ってしょうがないんだ！　天の輝ける弓に誓って、やつらが不正に手に入れたものを取り返してやる。そのせいで、シャーウッドの森の木より高いところに吊るされることになろうとな」

「なんと、お頭」リトル・ジョンが言った。「どうしてそう、かっかしてるんです？

そうやって鍋を煮えたぎらせたって、ベーコンは料理できませんぜ！　おれが思うに、あいつの髪はノルマン人にしちゃあ明るすぎます。ことによると、いいやつかもしれませんぜ」

ロビンは言った。「ありえん。この首を賭けたっていい。どう考えたって、おれの見立てどおりのやつにちがいない。サクソン人があんなふうに気取って歩くのを見たことがあるか？　まるで靴の先っぽに泥がつくのを怖れてるみたいじゃないか。とりあえずやつのところへいって、財布に不正な金が入ってないか確かめてやろう。おれが間違ってたら、一ファージングたりとも減らすことなくいかせてやる。だが、おれの言う通りだったら、夏至に生きたまま羽根を抜かれるガチョウと同じ目にあわせてやるからな！　おまえは、やつのことをがっしりしてるとかなんとか言うがな、リトル・ジョン、ここで待ってろ。森の生活に鍛えられた力を見せてやる。おまえのように楽な生活を送っていると、落ちぶれちまうんだ。おまえたち二人とも、ここに隠れてろ。やつをこてんぱんにやっつけるところを見せてやるから」そう言って、ロビン・フッドはブナの木陰から出ていくと、踏み越し段を渡って、見知らぬ男の前方に腰に手を当てて立ちはだかった。

一方、ロビンたちが話しているあいだのんびりと歩いていた男は、ロビン・フッドなど目に入らないかのように、あいかわらず足を速めるでもなく歩いてくる。ロビンは道の真ん中に立って、相手がロビンには目もくれず、あちこち眺めたり、バラの香りをかいだりしながらのんびり歩いてくるのを待っていた。

「止まれ！」ようやく男が近くまでくると、ロビンはさけんだ。「止まれ！　その場で足を止めるんだ！」

「なぜ止まらねばならないのです？」男はやさしげな声で言った。「それに、なぜこの場で足を止めよとおっしゃるのです？　でもまあ、あなたがわたしに止まってほしいと言うのなら、少しくらい足を止めて、あなたが言いたいことを聞いて差し上げてもいいですよ」

「よし、言う通りにし、しかもそのように穏やかに話すのなら、こちらも当然の礼儀をもって接しよう。おまえさんに知っておいてもらいたいんだが、おれは言ってみれば、聖ウィルフレッドさまの信者でな。知ってるかもしれんが、聖ウィルフレッドさまは異教徒から有無を言わせず黄金を取りあげて、溶かして燭台にしたんだ。というわけで、おれもここにきた者から通行料を取って、燭台なんかよりいいものに使おうってことさ。だから、かわいらしい若者よ、おまえさんの財布を寄こしてくれれば、ちょいと中を見て、判断してやろうじゃないか。おれなんざ、たいした力もないが、

陽気なロビン、緋色の服の男を呼びとめる

法が許すよりたくさん蓄えてるかどうかくらいはわかるからな。よきスワントホールドじいさんが言ってるとおり、『長生きで太った者は、血を減らせ』ってな」

ロビンがしゃべっているあいだじゅう、若者は指のあいだにはさんだバラの香りをかいでいた。「お断りします」若者は穏やかな笑みを浮かべた。「あなたのような方のお話を聞きたいのはやまやまなのですが、もしまだ終わっていないというのなら、どうかもうおしまいにしてください。あまりぐずぐずしていられないのです」

「もう話は終わったよ。あとは、おまえさんが財布を寄こせば、中身を見てすぐに通してやるよ。少ししか持ち合わせがなけりゃ、なにも盗(と)りはしない」

「なんと、それは残念です！　というのも、あなたのお望みのことはできないからです。あなたに差し上げるものはなにもありません。どうぞこのままいかせてください。あなたには、なにもしていないではありませんか」

「そういうわけにはいかないな。おまえさんの財布の中を見るまではな」

「よき友よ」男は穏やかに言った。「わたしは、別のところで用事があるのです。もうじゅうぶん時間は割(さ)きましたし、お話も辛抱(しんぼう)強くうかがった。だから、どうかこのまま、おとなしくいかせてください」

ロビンは強い口調で言った。「何度も言ったが、もう一度だけ言おう。おれの言う通りにしなければ、ここから一歩たりとも前には進ませぬ」そして、脅すように棒を振りあげた。

「残念です」見しらぬ男は悲しそうに言った。「こうなってしまうなんて、非常に悲しいことですが、どうやらあなたを倒さねばならないようです」そう言って、男はすらりと剣を抜き放った。

「武器を置け」ロビンは言った。「おれのほうが有利になるのは、ごめんだ。その剣じゃ、おれのオークの棒にはかなわない。そんな剣など、麦わらみたいにへし折れるからな。街道のわきにオークの林がある。棒を見繕い、そいつで戦え。棒術の心得があるならだが」

相手の男はロビンの力を測るようにじろじろ見て、次にロビンの棒を見た。「なるほど、あなたの言うとおりのようです。確かに、わたしの剣ではあなたの棒に太刀打ちできない。棒を取ってくるまで、お待ちください」そう言って、男はずっと持っていたバラを投げ捨てると、剣を鞘に収め、先程とは打って変わってすばやい足取りで、オークの若木の生えているところまでいった。そして、すぐに眼鏡にかなう若木を見つけたが、切るのかと思きや、袖をまくって幹をむんずとつかみ、かかとを踏ん張って一引きで根こそぎ引っこ抜いたのだ。そして、なんてことのないようすで、根や小枝を切り落としながらもどってきた。

リトル・ジョンと皮なめし屋はそのようすをずっと見ていた。男が若木を引っこ抜き、根をスパスパと切り落としている音が聞こえてくると、皮なめし屋は唇をすぼめ、ヒュウとばかりに息を吸いこんだ。

「なんと！」驚きから立ち直ると、リトル・ジョンは言った。「今のを見たか、アーサー？ ありゃあ、われらがお頭は苦戦しそうだぞ。聖母マリアさまにかけて、やつときたらオークを麦わらみたいに引っこ抜いたんだからな」

確かにその日、ロビン・フッドはどう思ったにしろ、一歩も引かず、緋色の男と向かい合った。二人は前へうしろへ、右へ左へと棒を合わせ、ロビン・フッドはミッドランドの強者にふさわしい戦いをした。緋色の男は力で相手を負かそうとした。土煙がもうもうとあがると、ロビンは技で、緋色の男は力で相手を負かそうとした。土煙がもうもうとあがると、リトル・ジョンと皮なめし屋には、ただ激しく棒がぶつかり合う音だけしか聞こえない。ロビン・フッドは三度、相手をしたたか打った。一度目が腕、二度目と三度目があばら。相手の攻撃もたくみにかわしたが、もし一打でも浴びていたら、さすがのロビンも土埃の中に身を沈めるしかなかっただろう。ついに男の一打がロビンの棒をとらえたが、ロビンはなんとか棒を落とさずに踏みとどまり、さっとしゃがんで二打目もかわしたが、三打目はロビンの棒を打ち落とし、ロビンに命中したものだから、ついにロビンは土埃の舞う街道にどうと倒れた。

「待て！」男がふたたび棒を振りあげたのを見て、ロビンは大声でさけんだ。「降参だ！」

「やめろ！」リトル・ジョンもさけんで、皮なめし屋を連れて茂みから飛びだした。

「待て、そこまでだ！」

「いや」緋色の男は静かに言った。「この男のような強者があと二人もいるのなら、もはやこちらも手一杯だが、さりとて、かまわぬ、かかってこい。この身が尽きるまで、戦ってやろうじゃないか」

「やめろ！　これ以上は戦わぬ！」ロビン・フッドは言った。「リトル・ジョン、今日はおまえとおれにとっては不運な日だ。おれの手首と腕は、こいつに打たれてヒクヒクしてるよ」

するとリトル・ジョンはロビンのほうを見て言った。「なんと、これはまたどうしたことですか、お頭？　ああ！　ひどい目にあいましたね。上着がすっかり土埃で汚れちまいましたよ。手をお貸ししましょう」

「おまえの助けなど借りるか！」ロビンはむっとして言った。「ひとりで立てるわ！」

「でも、せめて上着の埃だけでも払わせてください。お頭の骨はギシギシいってるでしょうからね」リトル・ジョンは真顔で言ったが、目には冷やかすような光が宿っていた。

「ああ、降参だよ！」ロビンはかっかしながら言った。「おまえの助けなど借りなくても、埃はもう落ちた」そして、緋色の男のほうに向き直った。「して、そなたの名は？」

「ガムウェルだ」

「ほう！　本当か？　同じ名の親戚（しんせき）がいるぞ。いったいどこの出身だ？」

「マックスフィールドの町だ。そこで生まれ育ったが、今回は母の弟に会いにきたのだ。ロビン・フッドと呼ばれている男だ。それゆえ、もし彼の居場所を知ってるのなら――」

「そうか！　ウィル・ガムウェルか！」ロビンはガムウェルの両肩をつかみ、まじまじと顔を見た。「確かに、ウィルにちがいない！　その美しい女のようなようすを見て、気づくべきだったんだ。そのちまちました優雅な歩きっぷりでな。おれがわからないか？　よく見てみろ」

「なんと、信じられぬ！　確かにあなたは叔父（おじ）のロビンどのではないか。ああ、まちがいない！」そして、二人は抱き合い、頰にキスをした。それから、ロビンはもう一度、ウィルの肩に置いた腕を伸ばし、ウィルを頭から足の先まで眺めまわした。「しかし、これはまた、ずいぶんと変わったな。八年か十年ほど前、最後に会ったときはまだ子どもだったのに。関節ばかりが目立って、手足が細っこくてな。だが、今のおまえときたら！　こんなに引き締まった体のやつは、そうそういないぞ。覚えていないか、ガチョウの羽根を指にはさんで、弓を動かさずに矢を射る方法を教えてやったろう？　棒をかわしたり、防御する方法もな」

若いガムウェルは答えた。「もちろんです、叔父上のことを尊敬しておりました。だれよりも優れた方だと。ですから、誓って、もし叔父上だとわかっていたら、決して手をあげたりしませんでした。危害を加える気など、さらさらなかったのです」

「わかってる、わかってる」ロビンは慌てて言って、ちらりとリトル・ジョンを見た。「危害など加えられてないから大丈夫だ。もうその話はやめてくれ。言っておくが、もう二度とさっきのような一打は浴びたくないよ。聖母マリアの名にかけて、まだ腕が爪の先から肘までピリピリしてる。一生、しびれてるんじゃないかって気がするほどだ。甥よ、おまえはこのおれが会ったことがないような強い男だ。誓って言うが、おまえがオークの若木を引っこ抜いたのを見たときは、腹が震えたよ。それはそうと、エドワード卿と母君をおいてこんなところまでやってきたのはなぜだ？」

「ああ！　そのことですが、まさにお話ししようと思っていたのです。ガイルス・クルークレッグが亡くなったあとにきた、父の執事が無礼なろくでもないやつで、いったいなぜ父が雇っていたのかわからぬのです。まあ、財産管理には長けてましたがね。やつが父に向かって図々しい口を利いているのを聞くたびに、腹立たしく思ったものです。ご存じの通り、父はまわりの人間に対してはとても辛抱強く、すぐに怒ったり、厳しい言葉を投げかけたりしない人ですから。とにかく、ある日、やつが父を非難しようとしたときに、わたしが居合わせたのです。やつにとっては、不幸な日となりました。というのも、わたしはもうそれ以上我慢できなくなり、思わず飛びだしていって、やつの横っ面を張り飛ばしたんです。そうしたら、なんと信じられないことに、やつはその場でぽっくり死んでしまいました。首の骨が折れたとか、そんなことのようでした。それですぐさま、法を逃れ、あなたのところへいくようにと送り出されたのです。つまり先ほどは、ちょうどあなたのところへ向かうところだったのです。そして、こうしてお目にかかれました」

「なるほど、この胸にかけて、法から逃れようというときに、おまえほどののんびりとしたやつは見たことがなかったがな。人を殺して、そのせいで逃げている途中だというのに、優雅な貴婦人みたいにバラの香りをかぎながら街道をやってくるやつがいるか?」ロビンは言った。

「ことわざでも、急がば回れというではありませんか。力が強すぎるせいで、かかとの素早さが損なわれてしまったみたいです。ほら、叔父上の棒は三度もわたしに命中しましたが、こちらからは一度も当てられず、力でねじ伏せたわけですから」

「その件についてはもう、なにも言わないでくれ」ロビンは言った。「おまえに会えて実に嬉しいよ、ウィル。おまえなら、おれの陽気な仲間たちの評判をますます高めてくれるだろう。だが、今に逮捕状が発行されるだろうから、名前を変えた方がいいだろうな。おまえのその派手な緋色の服にちなんで、これからはウィル・スカーレットと呼ぶことにしよう」

「ウィル・スカーレットか」リトル・ジョンが進み出ると、大きな手を差しだした。ウィルはその手をしっかり握った。「ウィル・スカーレットよ、おまえさんにぴったりの名前じゃないか。おまえさんを仲間に迎えることができて嬉しいよ。おれは、リトル・ジョンと呼ばれている。そして、こいつは新しく仲間に加わったばかりの皮なめし屋のアーサー・ア・ブランドだ。ウィルよ、おまえさんは名声を手に入れるだろうよ。これから、陽気なバラッドがたくさん歌われて、シャーウッドの森でロビン・

フッドがリトル・ジョンとアーサー・ア・ブランドに正しい六尺棒の使い方を教えたときの物語が語られるだろうからな。言ってみりゃ、われらがお頭がでかい菓子を食って、のどに詰まらせちまったって物語さ」

「おいおい、リトル・ジョン」ロビンはやんわりと言った。そんなふうにからかわれるのが、気に入らなかったのだ。「そんなくだらない話はやめにしようじゃないか。今日の出来事はわれわれ三人の心の内にとどめることにしてくれよ」

「仰せの通りに」リトル・ジョンは言った。「だが、お頭、お頭は陽気な話が大好きだと思ってましたがね。なにしろ、長官の館で暮らしてるあいだに脂肪がついたって、しょっちゅうおれのことをからかってるじゃありませんか――」

「わかったよ、リトル・ジョン」ロビンは慌てて言った。「確かに、考えてみれば、その件では言いすぎたかもしれん」

「なら、いいでしょう。実際、おれもいくぶんうんざりしてたんです。そうやって考えてみると、お頭は昨日の夜、雨が降りそうだったってことに関しても冗談を言うことに熱心でらっしゃるようですが――」

「わかったよ、おれの勘違いだ」ロビン・フッドは苛立たしそうに言った。「確かに雨が降りそうだったのを、今、思い出したよ」

「でしょう、まさにおれはそう思ったんです。ということは、おれが〈青猪亭〉に一晩泊まることにしたのは、賢い選択だったたってことですね。荒れた天気の中、あえて出かけるような真似をせずに？　ですね？」

「おまえなど、呪われちまえ！」ロビン・フッドはさけんだ。「どこでも好きなところに泊まるがいい！」

「じゃあ、そっちもこれで済んだってことで。なら、おれは今日一日、目が見えなかったたってことにしましょう。お頭が殴られたところなんて見てませんし、ひっくりかえって埃まみれになったのだって見ちゃいません。だれかがそんなことを言ったら、堂々と、そのうそつき舌を引っこ抜いてやりますよ」

「じゃあ、いくぞ」ロビンは下唇を噛んで言った。「もう今日はこれ以上いくのはやめだ。ほかの三人はこらえきれずにクックと笑っている。「アンカスターへは、出直すことにしろ、リトル・ジョン」

シャーウッドの森にもどろう。

というのも、ロビンは骨が痛んで、とてもじゃないが長旅はできそうになかったのだ。こうして、四人はきびすを返すと、元きた道を引き返していった。

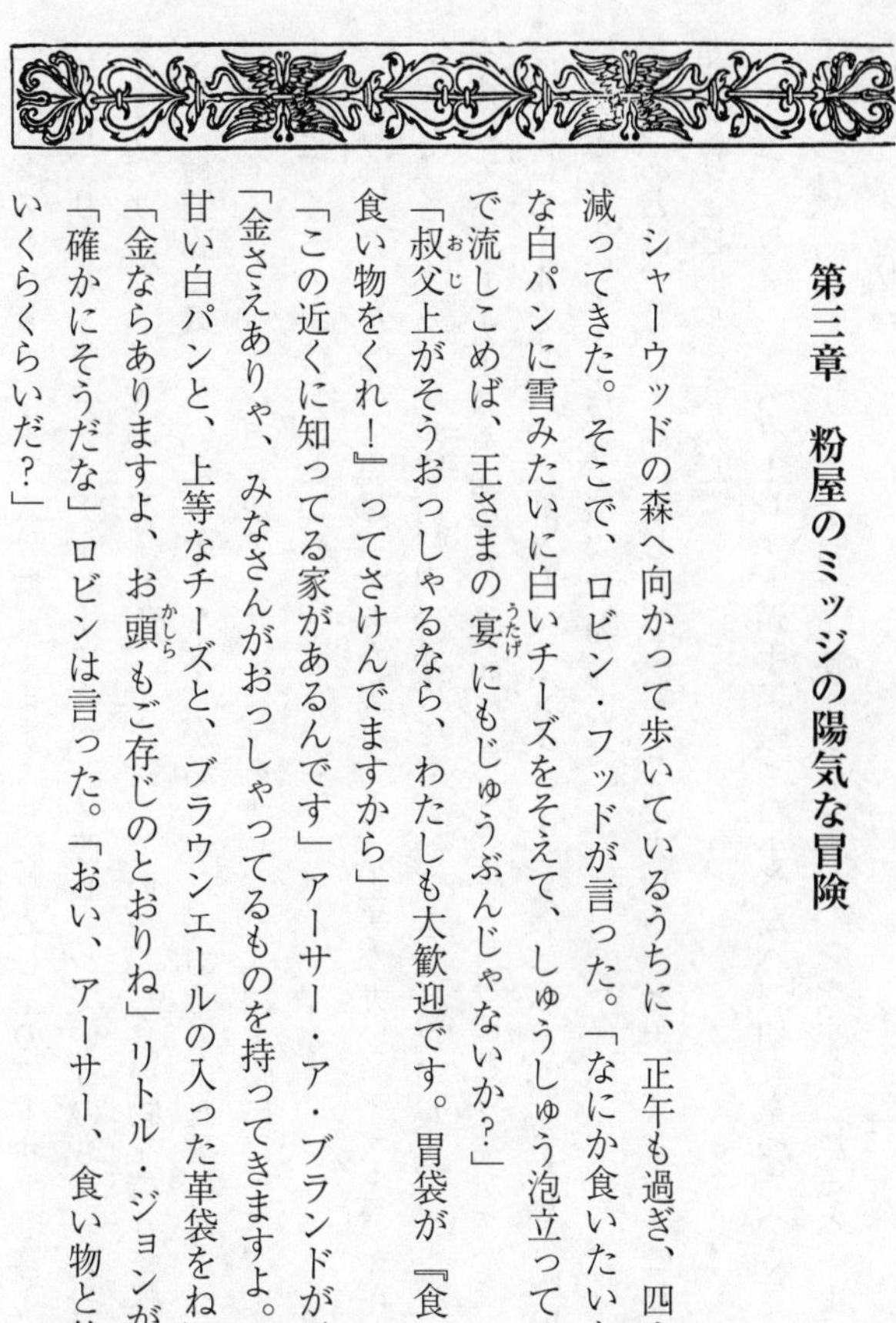

第三章　粉屋のミッジの陽気な冒険

シャーウッドの森へ向かって歩いているうちに、正午も過ぎ、四人は腹が減ってきた。そこで、ロビン・フッドが言った。「なにか食いたいな。上等な白パンに雪みたいに白いチーズをそえて、しゅうしゅう泡立ってるエールで流しこめば、王さまの宴にもじゅうぶんじゃないか？」

「叔父上がそうおっしゃるなら、わたしも大歓迎です。胃袋が『食い物だ、食い物をくれ！』ってさけんでますから」

「この近くに知ってる家があるんです」アーサー・ア・ブランドが言った。「金さえありゃ、みなさんがおっしゃってるものを持ってきますよ。つまり、甘い白パンと、上等なチーズと、ブラウンエールの入った革袋をね」

「金ならありますよ、お頭もご存じのとおりね」リトル・ジョンが言った。

「確かにそうだな」ロビンは言った。「おい、アーサー、食い物と飲み物でいくらくらいだ？」

「六ペンスもありゃ、十二人分は買えますよ」皮なめし屋のアーサーは答えた。

「なら、リトル・ジョン、アーサーに六ペンス渡せ。っていうのも、一人三人分は食えそうだからな。じゃあ、アーサー、金を持っていって、食い物を持って帰ってきてくれ。街道脇(わき)に気持ちのよさそうな木陰があるから、あそこで食事にしよう」

そこで、リトル・ジョンがアーサーに金を渡し、三人は木陰に移って、アーサーがもどってくるのを待つことにした。

しばらくして皮なめし屋は、大きな黒パンと、上等な丸いチーズと、ヤギ革の袋に入ったこくのあるビールを肩に引っかけてもどってきた。ウィル・スカーレットが剣を抜いてパンとチーズを四等分し、四人はさっそく食事にとりかかった。ロビン・フッドはビールをぐいっと飲んだ。「ふううう！」そして、思いきり息を吸いこんだ。

「こんなうまいビールは飲んだことがないぜ」

そのあとは、だれもなにもしゃべらず、ひたすらパンとチーズをむさぼり、合間にぐびぐびとビールを飲んだ。

やがて、ウィル・スカーレットが手に持った小さなパン切れをつくづく見て言った。

「こいつは、ツバメにやることにしよう」そして、パンをポンと放ると、上着についたパンくずを払った。

「おれもう、満腹のようだ」ロビンも言った。リトル・ジョンとアーサーも、そのころまでにはパンとチーズを最後のひとかけらまで食い尽くしていた。

「さて、友よ」ロビンが革袋を見ると、まだまだビールが残っていた。「みなが同じように、このたっぷりとした食事に満足していることを願い、ここにいる四人の健康を祈ってこのビールを飲もうじゃないか。いつまでも今日のような日が続くように」

そして、ロビンはこくのあるビールをたっぷりと飲み、次にウィル・スカーレットが、それからリトル・ジョンが、最後に皮なめし屋のアーサーがぐびぐびと飲んだ。こうして四人が順ぐりに飲むうちに、町の商人みたいにでっぷりしていたビールの革袋はみるみるたるんで、年寄りみたいにしぼんでくたっとなった。

「さてと」ロビンは言った。「まるで別人になったような気分だ。旅を続けるまえに、なにかひとつ、楽しいことをやろうじゃないか。確か、ウィル、おまえさんはすばらしい声で歌を歌っていたな。ひとつ、歌ってはくれないか」

「確かに、歌うのはいいんですが、でも、ひとりじゃ、嫌(いや)だな」ウィルは言った。

「もちろんだ、ほかの者たちもあとに続こう。さあ、始めてくれ」

「そういうことなら、いいでしょう。ある吟遊(ぎんゆう)詩人が父の館の広間で歌っていた歌です。題名は知りませんが、こんな歌でした」そう言って、ウィルはコホンと咳(せき)をすると、歌いはじめた。

陽気な花の咲く季節
胸に愛への憧(あこが)れが溢(あふ)れるころ、
ライムの木が花をつけ
小鳥たちが巣を作り
ナイチンゲールが甘やかに歌い
ウタツグミが大胆にさえずる
露のおりた谷をカッコウが飛び
荒れ地をカメがはう
だが、わたしが愛するのは駒鳥(ロビン)
一年を通して歌うから
ロビンよ！　ロビン！
陽気なロビンよ！
わが真実の愛はすなわち
冷たき不運のしるしの

近くで
飛ぶことはない

春が甘い喜びをもたらし
雲雀（ひばり）が空高く舞いあがり
恋人たちが甘美な夜に愛を求め
若者が乙女の目をのぞき込む
そんなとき、野バラが咲き乱れ
ヒナギクが丘を覆い
サクラソウやオダマキ
濃いスミレが小川のほとりを飾る
けれど、緑の蔦（つた）が伸びると
北風が雪を運んでくる
蔦よ、蔦よ！
鎮（しず）まれ！
ゆえに、彼女の愛はすなわち

冷たき不運の
近くで
死ぬことはない

「すばらしかったぞ」ロビンは言った。「しかし、甥よ、はっきり言うと、おまえのような大の男が歌うなら、花やら小鳥やらのちまちました歌じゃなく、力強いバラッドを聴きたいもんだ。とはいえ、おまえの歌はとてもよかったし、ついでに言うなら、歌の詩も悪くなかったぞ。よし、皮なめし屋、今度はおまえの番だ」

「さあ、どうかな」アーサーはにやにやして、踊りに誘われた小娘のように首を傾げてみせた。「われらがいとしい友の歌にかなうとは思えねえ。それに、ここんとこ、風邪を引いちまって、のどがイガイガしてやがるんだ」

「だめだ、歌え」リトル・ジョンがアーサーのとなりにすわって、肩をたたいた。

「おまえさんは、朗々と響く甘い声をしてるじゃねえか。ちょっとでいいから聴かせてくれよ」

「いやいや、たいした声じゃねえ。だが、せいいっぱい歌わせてもらうよ。アーサー王の時代のコーンウォールの勇敢な騎士、キース卿の求愛の歌は聴いたことがあるかい？」

ロビンが答えた。「確か、聴いたことがあるぞ。だが、おまえさんのを聴かせてくれ。おれの記憶じゃ、勇ましい歌だったはずだ。さあ、友よ、歌ってくれ」

皮なめし屋はそれ以上あれこれ言わず、コホンと咳払い（せきばら）をすると、歌い出した。

キース卿の求婚

アーサー王が玉座にすわり
両側にずらりと
もっとも偉大なる
君主たちが並んでいた

黒髪のランスロット卿に
黄金の髪のガウェイン卿
トリスタン卿に、巻き毛のケイ卿
ほかにも大勢の騎士たちがいた

輝くステンドグラスを通し
赤いひさしを越え
色とりどりに輝く陽の光が
黄金のかぶとや鎧(よろい)に降りそそいでいた

けれど、円卓が
ふいに静まりかえった
大広間の向こうで
貴婦人が倒れ伏したから

鼻は曲がり、目はかすみ
髪は薄く、白け
あごにはひげを生(は)やし
見るもおぞましい姿であった

貴婦人は這うようにやってきて
アーサー王の足元にひざまずいた
ケイ卿がのたまう
「こんなに醜い女は見たことがない」

「おお、偉大なる王よ！　どうか
お恵みをお与えください」
アーサー王は答えた。「このわたしに
なにをお望みじゃ？」

「わたしはおそろしい病に
心臓を蝕まれているのです
病を治し、苦しみを終わらせる
方法はただひとつしかありませぬ
北にも、東にも、西にも、南にも、

わが心の安まるところはありませぬ
キリスト教徒の騎士がわが唇に
自ら望んでキスをしないかぎり

そして、その貴公子がわたしと結婚すれば
わたしは救われるのです。
むりやりではなく
自ら望んで、キスしてくだされば

この宮廷に、そのような高貴なる
騎士はいらっしゃいませぬか
苦しんでいる女を
すさまじい苦しみから救ってくださる方は？」
アーサー王は言う。「わたしには妻がいる
そうでなければ

喜んでそなたにキスをし
すくって差しあげるのだが。
ランスロット卿よ、だれが見ても
そなたは騎士の中の騎士
すぐれた騎士よ、
ご婦人を救って差しあげるのだ」
しかし、ランスロット卿は目をそらし
床を見つめるのみ
プライド高き卿は
まわりの笑い声に耐えられなかったのだ
「きたれ、トリスタン卿よ」王が言う
トリスタン卿は言う「できませぬ。
どうしても、自ら望むことが

できないのです」

「貴公はどうだ、嘲笑（ちょうしょう）を浮かべたケイ卿よ？」

ケイ卿は言う「ぜったいに、お断りです！

汚らわしい唇にキスをした騎士には

高貴な貴婦人は決してキスなどしませんから」

「おまえはどうだ、ガウェイン卿？」「できませぬ」

「ジェレイント卿？」「わたくしもできませぬ。

わがキスは救いをもたらすことはありません、

なぜなら、すぐに死んでしまうでしょうから」

すると、一同の中で

いちばん若い騎士が口を開き

「陛下、キリスト教徒らしく

わたくしがご婦人をお救いいたしましょう」

そう言ったのは、若き騎士、キース卿
大胆で、たくましく
だが、あごのひげは
細い金糸のようにまだ薄い

ケイ卿が言う「彼にはまだ、
恋人と呼ぶ女性はおらぬ。
だが、ここに、
すぐさま手に入る女がいるわけだ」

キース卿は一回、二回、
そして三回、貴婦人にキスをする
すると、奇跡が起きた
貴婦人はもはや醜くはなかった

頬(ほお)はバラのように赤く
ひたいは亜麻布のように白く
胸は冬の雪のように白く
目は子鹿(こじか)のよう

息は、牧場をわたる
夏風のようにかぐわしく
声は風にそよぐ葉のようにやわらかく
もはやかすれてはいない

髪は黄金のように光り輝き
手はミルクのように白く
醜くぼろぼろだった服は
絹のドレスに変わっていた

騎士たちは驚いて貴婦人を見つめた

ケイ卿が言う「よろしければ
誓いましょう、美しいご婦人よ
今なら喜んでキスいたしましょうと」

しかし、若いキース卿は片膝(かたひざ)をつき
美しいドレスにキスをして
「どうか貴女(あなた)のしもべにしてください。
貴女より美しい女性はいません」
貴婦人は身をかがめ、キース卿のひたいにキスをし
唇に、そして目に、キスの雨を降らせる
「これからは、あなたがわたしの夫
わが君、愛(いと)しい人、お立ちください！

わが富もすべて
わが領土も、あなたにさしあげましょう

このように礼を尽くしてくださった騎士は
ほかにいませんでしたから
呪いをかけられ、苦しんでいたわたしを
あなたは自由にしてくださいました
ふたたびまことの姿にもどったこの身を
あなたに捧げましょう」

アーサーが歌い終わると、ロビンは言った。「ああ、確かにおれの記憶にあったとおりだ。美しい歌詞だな。調べも心地よい」

ウィル・スカーレットが言った。「こうした歌には、真意があるように思われます。時に忌まわしく思えるつらい責務も、いわば、堂々と唇にキスをすれば、結局はそこまでおそろしいものではないということではないでしょうか」

「そのとおりだな」ロビンはうなずいた。「逆に、楽しげな快楽にキスをすると、おぞましいものに変わることもあるということだ。そうじゃないか、リトル・ジョン？まさに今日、そのせいでおまえは手痛い一発をこうむったわけだ。ほら、しょげかえるな。一曲、歌ってくれ」

「陽気なアーサーが歌ったみてえなすばらしい歌はひとつも知らないんですよ。おれが知ってるのは、どれもたいした歌じゃない。それに今日は、声の調子も今ひとつで。もともとたいしたことねえ歌を、下手な歌いっぷりでますますだめにするっていうのもね」

けれども、三人がどうしても歌えと言ったので、最初、三人が言うようなちゃんとした長さのものは無理だと言っていたリトル・ジョンもついに根負けした。「お頭たちがそこまで言うんなら、できるだけやってみましょう。ウィルと同じで、題名はわかりませんが、こんな歌なんです」そう言って、リトル・ジョンは咳払いをすると、歌いはじめた。

おお、わが姫よ、春がきたぞ
ヘイ、ホウ、ホウ、
甘い愛の季節だぞ
ヘイ、ホウ、ホウ
さあ、男も女も

花の咲く
青々とした
草っ原に寝転んで
雄鹿(おじか)は身を休め
葉は伸び
オンドリが鳴き声をあげ
風がそよそよと吹き
みんなが笑う――

「あっちからくるのは、だれだ?」ロビンが歌を遮(さえぎ)って言った。

「知らねえな」リトル・ジョンはぶすっとして言った。「わかってんのは、気持ちよく歌ってるのを邪魔すんのは、よくねえってことだ」

「まあまあ、リトル・ジョン、そう怒るな。さっきからやつがくるのが見えてたんだ。おまえさんが歌いはじめたときから、でっかい袋を担いで歩いてくるのがな。見てくれ、リトル・ジョン、知ってるやつか?」

リトル・ジョンはロビンが指さしているほうを見た。そして、しばし考えてから、口を開いた。「ほんとのこと言って、どうやらやつは、時たまシャーウッドの森の外れで見かける若い粉屋じゃないかと思いますよ。不運なやつだ、おれさまの歌を邪魔するとはな」

「言われてみれば、おれも見かけたことがあるような気がするな。ノッティンガムの町の向こうの、ソールズベリーの街道に近いあたりに住んでる男じゃないかい？」

「おっしゃるとおりですよ。そいつです」リトル・ジョンが答えた。

「なかなか強そうなやつだ。二週間ほど前に、やつがブラッドフォードのネッドの頭に一発食らわせたのを見たぞ。あんなにきれいに毛が逆立ったのを見たのは、あとにも先にも初めてだ」

　そのころには、粉屋は、姿がはっきり見えるところまできていた。服は粉だらけで、粗挽(あらび)き粉(こ)の詰まった袋を背負い、両肩にのしかかる重みで腰が曲がっている。袋の上に、太い六尺棒がのっかっている。手足は太く頑丈で、重い袋を抱えているのにしっかりした足取りで埃(ほこり)っぽい街道を歩いてくる。ほおは冬バラのように真っ赤で、髪とあごをふわふわと覆っているひげは亜麻色だった。

「正直そうな男だ。ああいう若者は、イングランドの強者(つわもの)の名声を高めてくれるだろうな。どうだ、ちょっとやつをからかってやろう。そのへんの盗人(ぬすっと)のふりをして、やつが汗水垂らして手に入れた儲けをふんだくるんだ。それから、森へ連れていって、今まで食ったことがないくらいたっぷりとごちそうを食わせてやろう。それでもって、上等なワインでのどをうるおしてやって、やつの財布のペニーを一つ残らず金貨に取り替えて家に帰してやるのさ。どうだ?」

「なるほど、それは面白そうです」ウィル・スカーレットが言った。

「確かになかなかの計画ですな」と、リトル・ジョン。「今日はもう、これ以上、殴られるのだけはごめんですがね! まったく、おれのかわいそうな骨はギシギシいってるよ――」

「黙れ、リトル・ジョン。おまえの愚かな舌のせいで、おれまで笑われるはめになるだろうが」

「ああ、愚かでけっこう」リトル・ジョンはアーサー・ア・ブランドに向かって苦り切ったようすで言った。「われらがお頭がこれ以上、面倒に巻きこまれないようにしようと思っただけなんだがね」

そう言ってるあいだに、粉屋は四人が隠れているすぐ目の前までやってきた。そこで、四人は躍り出て、粉屋を取り囲んだ。

「止まれ!」ロビンはどなった。粉屋は袋の重みでのろのろと振り向いて、途方に暮れたように四人をひとりずつ眺めた。からだはでかいが、頭のほうは焼いた栗の実のようにはじけているとは言えなかったのだ。

「おいらに止まれっていうのは、だれだね？」粉屋は、大きな犬のうなり声のようにしわがれた低い声で言った。

「おれさまだ」ロビンは言った。「いいか、おれの言うとおりにしておいたほうが身のためだぞ」

「で、おまえさんはだれなんだい？」粉屋は粉の入った袋を下ろすと、もう一度きいた。「おまえさんといっしょにいる方々は？」

「立派なキリスト教徒さ。おまえさんが重たい荷物を運ぶのを手伝ってやろうっていうわけだ」

「そりゃあ、ありがたいがね。ひとりで運べないほど重くはないんでね」

「いやいや、勘違いするな。おれが言いたいのは、もしかして銀貨や金貨じゃないにしろ、重たい銅貨かなんかを持っちゃいねえかってことさ。スワントホールドじいさんが言ってるとおり、二本足のロバには金貨は重すぎるからな。おまえさんの荷物を少し減らしてやろうってわけさ」

「なんと！　おいらになにをしようっていうんです？　金なんてほんのわずかしか

持ってねえ。どうかひどい目にあわせないで、このまいかせてくだせえ。それに、あんたがたがいるのは、ロビン・フッドの縄張りなんだ。正直な職人から金を取ろうとしてるのを知ったら、耳を根元からちょん切って、さんざんにムチ打って、ノッティンガムの城壁へ追いかえすにちがいねえ」

「ほんとのこと言って、ロビン・フッドのことなんておれはちっとも怖くないのさ」ロビンは上機嫌で言った。「今日のところは諦めて、持ってる金を残らず渡すんだな。いいか、ちょっとでも動いたら、この棒でおまえさんの耳をしこたまぶっ叩いてやるからな」

「やめてくだせえ、叩かないでくれ!」粉屋はさけんで、頭をかばうように肘を持ちあげた。「探したけりゃ探してもいいが、袋でもポケットでも服の下だって、なにひとつ見つかりゃしませんよ」

「そうかな?」ロビン・フッドは粉屋を鋭い目で見やった。「おまえさんが本当のことを言ってるとは思えんな。この目に狂いがなきゃ、そのでかい粉袋の中になにか隠してるだろう。おい、アーサー、袋の中身をぶちまけろ。粉の中から一シリングか二シリングなら出てくるだろうよ」

「やめてくれ!」粉屋はがっくりと膝をついた。「おいらの大切な粉をだめにしないでくれ！　あんたにもよくねえし、おいらは終わりだ。勘弁してくれ。袋の底にある金をわたすから」

「ほらな！」ロビンはウィル・スカーレットを肘でつついた。「言ったとおりだろ？　その袋があやしいと思ってたんだ。ヘンリー国王陛下のおめでたい肖像には鼻が利くのさ。粉袋の下から、金貨と銀貨のにおいがするってね。すぐこっちへ持ってこい」

粉屋はのろのろと立ちあがり、しぶしぶと袋の口をひらくと、両手を肘まで粉の中につっこんで探りはじめた。ロビンたちはまわりに集まって頭を寄せ合い、なにが出てくるのかとのぞきこんだ。

そうやって四人が袋を見下ろしているあいだ、粉屋は金を探しているふりをして、両手いっぱいに粉を集めた。「ほれ、これでさ、きれいでしょう？」そして、四人がさらに顔を近づけたのと同時に、ぱっと粉をかけた。粉はたちまち目や鼻や口に入り、目をふさぎ、のどを詰まらせ、アーサー・ア・ブランドなどはなにが出てくるのかとあんぐりと口を開けていたものだから、のどの奥まで入りこみ、ごほごほと咳きこんで、へたりこんでしまった。

四人は痛みにほえながら転げ回って、目をごしごしこすったものだから、涙がぼろぼろこぼれて顔が白い縞々になった。粉屋は次々と粉をすくっては四人の顔めがけて

四人の強者、粉屋をからかう

ぶちまけた。おかげで、かろうじてちらちら見えていた光さえ消えて、ノッティンガムシアの盲目の物乞いみたいになにも見えなくなり、髪もひげも服も雪みたいに真っ白になった。

すると、粉屋は太い棒をつかみ、頭がおかしくなったみたいにめちゃめちゃに振り下ろしはじめた。四人は太鼓の皮の上に置いた豆みたいにあっちこっち飛び跳ねたが、なにしろなにも見えないので、身を守ることはおろか逃げることもできない。バシン！　バシン！　粉屋の棒が背中に振り下ろされ、上着からもうもうと粉が舞いあがって、風に運ばれていった。

「やめてくれ！」ついにロビンがどなった。「降参だ、友よ、おれはロビン・フッドだ！」

「うそをつくな、この悪党！」粉屋はさけんで、ロビンのあばらをピシリと打ったものだから、粉が煙のように舞いあがった。「ロビンさまは正直な職人から金を取ったりしねえ。ほうら！　おいらから金をとろうとしたんだろうが！」またピシリ。「さあ、おまえはまだだったな、足長やろう。きっかり平等にやってやらあ！」そう言って、リトル・ジョンの肩をなぐりつける。ジョンは街道の端までふっとんだ。「さあ、覚悟しろ、今度はおまえだ、黒ひげめ」皮なめし屋のアーサーも一発お見舞いされ、悲鳴をあげて、ゲホゲホ咳きこんだ。「さあ、どうした、赤服、上着の粉を払ってやるぜ！」お次はウィル・スカーレットだった。こうして粉屋はののしりながら、四人が立っていられなくなるまで打ちに打ち、ひとりでも目が開こうものなら、さらに粉をぶちまけた。

ようやくロビン・フッドは角笛を探りあて、唇にあてると、三度吹き鳴らした。

さて、愉快な光景が繰り広げられているところからそう遠くない草っ原にいたウィル・スタトレイと仲間たちは、騒々しい声を聞きつけた。冬の農家の納屋で殻竿を打ち下ろしているような音もする。そこで、ウィルたちは足を止め耳を澄ませた。「おれのまちがいじゃなきゃ、この近くで激しい戦いが行われているようだぞ。ひとつ、見にいこうじゃないか」ウィルたちは音のするほうへ向かった。そして、棒を打ち下ろす音やどなり声が近づいてきたとき、ロビンの角笛の音が三度、ろうろうと響いてきたのだ。

「急げ！」ドンカスターの若きデイヴィッドがさけんだ。「お頭がピンチだ！」一瞬たりともためらわず、男たちは全速力で走って、森の茂みから街道へ飛びだした。

ところが、彼らが見た光景ときたら！　街道は粉で真っ白で、やはり頭から足の先まで真っ白の男たちが五人、立っているではないか。今や粉屋も、粉を浴びて真っ白になっていた。

「お頭、ご用は？」ウィル・スタトレイはさけんだ。「いったいこれはどういうことです？」

ロビンは怒り狂って言った。「いいか、あそこの恩知らずがおれを殺しかけたんだ。おまえがきてくれなかったら、おまえの頭は死んでたところだ」

そして、粉の入った目をこすり、服についた粉を払ってもらいながら、粉屋をからかってやろうとしたら耐えがたい目にあったことを、初めから最後までぜんぶ説明した。

「みなの者、すぐさま悪党の粉屋を捕まえろ！」スタトレイは笑いすぎて息が詰まりそうになりながら、命じた。ほかの者たちもそれは同じだった。数人が粉屋に襲いかかり、両手を弓の弦（つる）でふん縛（じば）った。

「さてと」ブルブル震えている粉屋が目の前まで引っ立てられてくると、ロビンは言った。「おまえはおれを殺す気だったろう？　誓って言うが――」ここで、ロビンは粉屋をおそろしい顔でにらみつけたが、いつまでも怒っていられずに、目がおもしろそうに光ったかと思うと、思わずぷっと噴き出してしまった。

自分たちの頭が笑っているのを見ると、まわりに立っていた手下たちももはや我慢しきれなくなり、いっせいに笑い出した。立っていられずに地面を転げ回って笑っている者もいる。

「おまえの名前はなんという?」ようやく笑いが収まると、ロビンは、わけがわからずあんぐりと口を開けている粉屋にたずねた。

「なんてこった。おいらは、粉屋の息子でチビ助(ミッジ)と呼ばれております」粉屋は怯(おび)えた声で答えた。

ロビンは上機嫌で粉屋の肩をぴしゃりとやった。「誓って言うが、おまえさんみたいに強いチビは初めてだ。どうだ、おまえさんの粉だらけの水車小屋を出て、おれの仲間にならないか? ホッパー[1]と金(かね)をしまってる箱のあいだで暮らすには強すぎるだろう」

「あなたさまと知らずに叩いたことを許してくださるなら、そりゃ喜んでお仲間にならせていただきてえ」

「ならば、今日はノッティンガムシアでも最高の強者を三人も仲間にできたってことだな。さっそく緑の森へもどって、新しい仲間を歓迎して宴を開こうじゃないか。いい酒とワインがありゃあ、おれのかわいそうな関節や骨の痛みも少しは和(やわ)らぐだろうさ。元のおれにもどるには、何日もかかるだろうがな」そう言って、ロビンはきびすを返すと、先頭に立って、仲間たちとともにふたたび森の中に入った。

その夜、森の中はパチパチと炎をあげるたき火で赤々と輝くことになった。粉屋の息子のミッジ以外、ロビンと三人の仲間はからだじゅう、こぶやら痣(あざ)だらけでひりひりしていたが、新しい仲間を迎える陽気な宴を楽しめないほどではなかった。歌ったり冗談を言ったり笑ったりする声が、ふだんは静まりかえっている森の奥のすみずみまで響きわたった。こうして楽しい時はいつもそうであるように、夜はあっという間に更けていき、ついに男たちはそれぞれ寝床に横になり、あらゆるものの上に静けさが訪れ、眠りに就いたかに思えた。

これが、一日で立て続けに三つの冒険が訪れたいきさつだ。

さて、リトル・ジョンの舌に言うことを聞かせるのが簡単なはずもなく、ジョンと皮なめし屋の戦いや、ロビンとウィル・スカーレットの一戦については、徐々にみなが知るところとなった。おかげで、ここで面白おかしい物語をご披露(ひろう)できたというわけだ。

この世でわれわれの身に起こることは、深刻なことと楽しいことがいっしょくたに

1　穀物を一時的に蓄える漏斗(ろうと)状の装置。

なっており、人生は、言ってみれば、冬の夜に宿屋の赤々と燃える暖炉の横で地元の人々がさすチェスの盤のように白と黒が混ざり合っているのだ。ゆえに、ロビン・フッドの身にも時には好まざることが起こる。ロビンととんでもないおどけ者たちと共に愉快な冒険の旅を楽しんできたが、このすぐ後にまた、愉快ながらもゆゆしい出来事が起ころうとしていた。さあ、今度はその話をしよう。

第四部

アラン・ア・デールがロビン・フッドのもとにきたいきさつ。ロビンがアランを助けると約束し、フォウンテン修道院の修道僧のもとへおもむいた旅について。さらに、一生不幸になるはずだった恋人たちを結びつけた物語。

第一章 ロビン・フッドとアラン・ア・デール

ロビン・フッドとリトル・ジョンにたった一日で三つの不運な冒険が降りかかったいきさつは、すでにお話ししたとおりだ。おかげでロビンもジョンも体中の骨の痛みに悩まされることになった。だから、次は、そんな不運な出来事を埋め合わせるような冒険を語ろう。といっても、ロビンには小さな痛みももたらされたのだが。

二日が過ぎ、節々の痛みはいくぶん和(やわ)らいだとはいえ、急にうっかりに体を動かしたりすると、「こてんぱんにやられたのを忘れたか！」とばかりにあちこちに痛みが走るような状態だった。

その日は、明るく晴れわたり、草にはまだ朝露が残っていた。ロビン・フッドは森の木の下にすわり、片側にはウィル・スカーレットが仰向けに寝そべって頭のうしろで腕を組み、晴れた空を見あげている。反対側にはリトル・ジョンがいて、頑丈なリンゴの木の大枝を削って、棍棒を作っていた。ほかの仲間たちも草の上に点々と散らばり、すわったり寝そべったりしていた。

ウィル・スカースロックは物語や伝説の宝庫で、今も、アーサー王の時代、勇敢な「短い腕の」カラドック卿に降りかかった冒険を語って聴かせていた。カラドック卿は、ひとりの乙女を愛したのだが、二人は互いのために危険をおかし苦しむ羽目になる。この高貴な物語については、いずれどこかで読むことになるかもしれない。というのも、少なからぬ昔話やバラッドで、あるときは優雅に、またあるときは素朴に語られているからだ。みなはひと言もしゃべらず耳を傾けていた。物語が終わると、騎士の大胆不敵で高貴な犠牲の物語に聴き惚れていた者たちは、深々と息を吸いこんだ。「むかしの高貴な人々の物語を聴くのは、ためになる。こうした物語を聴くと、魂が言うのだ、『自分のちっぽけな好みなど捨て、かの人々に倣って高貴な行いをするのだ』となな。正直なところ、そこまで高貴なことはできないかもしれないが、努力することによって、人は成長する。われらがスワントホールドじいさんが言っているとおり、『月へ向かって跳ぶ者は、たとえ月が手に入らなくとも、泥の中の一ペニーを拾おうとかがむ者より高く跳べる』のだ」

ウィル・スタトレイが言った。「確かに立派な考えですが、しかし、お頭、後者は一ペニーを手に入れ、前者はなにも手に入りません。そして、一ペニーすらなければ、空きっ腹を抱えることになるでしょう。こうした物語は聴くにはいいが、実際に従うとなると別という気がいたします」

「なるほど、おまえは、空を見あげる気高い考えの揚げ足を取り、泥臭い現実に目を向けさせようというのだな。とはいっても、スタトレイ、おまえは抜け目ないやつだ。おまえのおかげで世の俗事ってもんを思い出したよ。このところずいぶん長いあいだ、客人と宴を共にしていない。勘定を払ってもらわなければ、財布の中身も減る一方だ。ここはひとつ、スタトレイ、いっしょにいく者を六人選びだし、フォッス街道かそのあたりまでいって、今夜、宴に招待できる客人を探してきてはくれないか。そのあいだ、われらは客人をもてなすごちそうをたっぷり用意しておくから。待て、スタトレイ。今回はウィル・スカーレットを連れていってくれ。彼も、森のやり方を学ぶ必要があるからな」

「そいつは、ありがたい」スタトレイはぱっと飛び起きた。「今回の冒険に選んでいただいて光栄です。正直、ここでだらだら暮らしてるあいだに、手足がすっかりなまっちまってたんです。六人のうち二人は、粉屋のミッジとアーサー・ア・ブランドにいたしましょう。お頭もよくご存じのとおり、棍棒みたいなげんこつの持ち主ですからね、そうだろ、リトル・ジョン？」

それを聞いて、みんなはどっと笑ったが、リトル・ジョンとロビンは渋い顔をした。

「ミッジについちゃその通りだし、甥のスカーレットもその点じゃ引けを取らない。今朝も、あばらのあたりを見てみたら、物乞いのマントみたいに色とりどりになってたよ」

こうしてあと四人、屈強の男たちを選ぶと、ウィル・スタトレイは、シャーウッドの宴に招待する金持ちの客人を探しに、フォッス街道へ向けて出発した。

スタトレイたちは、街道の近くに陣取って一日を過ごすことにした。住み処へもどるまでの腹の足しにと、それぞれ冷肉とこくのあるビール一瓶ずつを持ってきていたので、正午になると、枝を大きく広げたサンザシの下の、やわらかい草の上にすわって、腹いっぱいごちそうを詰めこんだ。そのあとは、一人が見張りをしているあいだに、ほかの六人は昼寝をすることにした。その日は、風もなくかなり蒸し暑かったのだ。

こうして心地よく時は過ぎていったが、ずいぶんと長いあいだ待ったものの、客になりそうな男は一人も通りかからなかった。日が照りつけ土埃の舞う街道は、多くの人が行き交っていた。おしゃべりしながら楽しそうに歩いていく乙女たち、とぼとぼと歩いていく鋳掛屋、陽気な羊飼いの若者、たくましい農夫、みな、まっすぐ前を見て、すぐ近くに七人の屈強の男たちが隠れていることになど気づきもしない。旅人とはそういうものなのだ。しかし、太った修道僧や、金持ちの地主や、金をたっぷり持っている高利貸しといった連中は一人もやってこなかった。

とうとう太陽が沈みはじめた。夕日が赤く染まり、影が長くなる。あたりを静けさが覆い、小鳥たちのさえずりも眠そうになり、遠くのほうからかすかだがはっきりと、女たちが乳しぼりのために雌牛を呼ぶ歌が聞こえてきた。

そこで、スタトレイは立ちあがって言った。「なんとついてない日だ！　一日じゅうここで待っていたのに、たとえて言えば、弾の届くところに鳥がこないというやつだ。別の用事で出てきたときには、太った神父やぶよぶよの金貸しとごまんとすれちがうというのに。まあ、こういうことだな。指のあいだに灰色のガチョウの羽根を挟んでるときは、褐色の鹿は出てこない、ってな。いこう、者ども、荷物をまとめて帰ろうぜ」そう言われて、ほかの者たちも立ちあがり、茂みから出てシャーウッドの森へきた道をもどりはじめた。

しばらく進んだころ、先頭を歩いていたウィル・スタトレイがふいに足を止めた。「シィーッ」スタトレイの耳は五歳のキツネみたいに鋭い。「聞こえないか⁉ なにか音がするぞ」それを聞いて、全員足を止め、息を殺して耳を澄ませた。だが、最初はなにも聞こえなかった。ほかの者の耳はスタトレイほど、鋭くなかったのだ。しかし、しばらくすると、もの悲しげな声がかすかに聞こえてきた。だれかが、深い悲しみに沈んでいるようだ。

「ほう！ 調べてみようじゃないか。この近くに、悲嘆に暮れている者がいるようだぞ」ウィル・スカーレットが言った。

「どうかな」ウィル・スタトレイが疑わしげに首を振った。「お頭はすぐに煮えたぎった鍋に指を突っこむがな。おれは、そういう面倒なことに首を突っこむのは無駄だと思ってるんだ。おれが間違ってなきゃ、あれは男の声だ。男っていうのは、ちょっとした心配事なら自分の力でなんとかすべきだろう」しかし、そう言いながらも、迷いもあった。ただ、危ういところで長官の手から逃れて以来、用心深くなっていたのだ。

するとウィル・スカーレットが臆せず言った。「なんと、スタトレイ！　そんなことを言うなど、そなたらしくない！　そういうことなら、ここで待っていてくれ。気の毒な男の事情を聴いてくるから」

「待て」スタトレイが制止した。「そうやってすぐに行動すると、にっちもさっちもいかなくなるぞ。だれがいかないと言った？　さあ、いくぞ」そう言うと、スタトレイは先頭に立って歩きはじめた。するとすぐに、森の木が途切れ、小さな草地に出た。枝の絡み合った茂みからゴボゴボと水が湧き出て小川となり、底の小石が見えるほど澄んだ大きな池ができている。その池端に生えている一本の柳の木の下に若者がうつぶせに倒れ伏し、声をあげて泣いていた。スタトレイがいち早く聞きつけたのは、この声だったのだ。金色の巻き毛はもつれ、服はよれ、体じゅうから哀しみと嘆きがにじみ出ている。頭上の柳の枝に、美しいハープが下げられ、磨きあげられた木に意匠を凝らした金銀の象眼細工が施されている。かたわらには、トネリコの弓とすべすべした美しい矢が十本ほど置かれていた。

「おい！」ウィル・スタトレイが声をかけ、男たちは森から草地に出ていった。「青々とした草を塩水で枯らそうとしているのはだれだ？」

アラン・ア・デール、泉のほとりに横たわる

その声を聞いたとたん、見知らぬ男はぱっと飛び起きて、弓をつかんで矢をつがえ、身に降りかかる危険に備えた。

若者の顔を見ると、仲間の一人が言った。「やあ、あの若者ならよく知ってる。ここいらで何度か見かけたことのある吟遊詩人だ。ほんの一週間前も、鹿の一年仔みたいに丘を跳ねまわっているのを見たぞ。そのときは、今とはぜんぜん違うようすだったがな。耳に花を挟み、帽子には雄鶏の羽根を挿していた。なのに今はどうだ、若き雄鶏は、派手な羽を刈りこんじまったようだな」

「チェッ」ウィル・スタトレイは舌打ちすると、若者のほうへ近づいていった。「涙をふけ！　大の男が、小鳥が死んで嘆いてる十四歳の小娘みたいにすすり泣いてるのを見るのはごめんだ。弓を置け！　別にひどい目にあわせようってわけじゃない」

ウィル・スカーレットは、まだ少年の面影が残っている若者がスタトレイの言葉に傷ついているのを見ると、そちらへいって肩に手をのせ、やさしく語りかけた。「どうやらなにか困っていることがあるようだな。こいつらの言うことは気にするな。乱暴だが、いいやつらなんだ。そなたのような若者のことがわからないのさ。おれたちといっしょにこい。もしかしたら、そなたの悩みがなんであれ、力になってくれる人を見つけられるかもしれないぞ」

「ああ、そういうことだ。ほら、こい」ウィル・スタトレイはぶっきらぼうに言った。「別に悪気はないんだ。もしかしたら助けてやれるかもしれん。その枝にかかってる楽器を降ろして、おれたちとこい」

そこで、若者は言われたとおりにすると、うなだれたまま悲しげな足取りでウィル・スカーレットと並んで、仲間たちについてきた。

そうやって曲がりくねった森の小径(こみち)を歩いているうちに、日は陰り、うっすらと光る薄闇(うすやみ)があらゆるものを覆いはじめた。森の奥まった場所から、夜の立てる聞き慣れない囁(ささや)きが聞こえてくる。みな、黙りこくり、前の冬の乾いた落葉をカサカサと踏む足音だけが響く。そしてついに、木々のあいだから赤々と輝く光がちらほら見えはじめた。さらに進んでいくと、青白い月光に照らされた広々とした草地に出た。真ん中で、大きなたき火がパチパチと燃え、赤い輝きであたりを満たしている。火の上では、鹿肉やキジや鶏や川から捕ってきたばかりの魚があぶられてジュウジュウと音を立てていた。あたりにはうまそうなにおいが漂っている。

スタトレイたちがそのまま草地にズカズカ入っていくと、ほかの者たちは興味津々(しんしん)で一行の後ろ姿を見送ったが、声をかけたり呼び止めたりする者はいなかった。若者は、ウィル・スカーレットとウィル・スタトレイに挟まれて、大樹の下の苔(こけ)の上に、リトル・ジョンを従えてすわっているロビン・フッドのところまでやってきた。

「やあやあ、お客人」ロビン・フッドが立ちあがり、ほかの者たちも集まってきた。

「今日は、われらの宴にいらっしゃったのか？」

「ああ！　わたしにはわかりません」若者は、ぼうぜんとした顔でまわりを見まわした。見るものすべてにすっかり戸惑(とまど)っていたのだ。「本当のところ、夢ではないかと思っているところです」若者はぼそりと呟(つぶや)いた。

「いやいや、そうじゃない」ロビンは上機嫌で笑いながら言った。「夢ではない。ごらんのとおり、そなたのために立派なごちそうを用意しているところだ。そなたは、本日の名誉あるお客人だからな」

それでも、若者はまだ夢の中にいるみたいにきょろきょろしている。それから、ふたたびロビンに向き直って言った。「思うに、自分の身になにが起こり、今どこにいるか、わかったような気がします。あなたはあの偉大なロビン・フッドでは？」

「大当たりだ」ロビンは若者の肩を叩(たた)いた。「このあたりの者たちは、おれのことをそう呼んでる。おれのことを知っているというのなら、われらと宴を共にすれば、金を払わなければならないこともご存じだろう。さぞかし膨らんだ財布を持っているのであろうな」

「なんと！　わたしは財布も金も持っておりません、あるのは、六ペンス硬貨の半分のみ、もう半分は、わが愛しい恋人が、絹の紐につけて胸に下げているのです」

それを聞いて、まわりからどっと笑い声があがった。というのも、気の毒な若者が恥ずかしさで死にそうな顔をしたからだ。しかし、ロビン・フッドはぱっとウィル・スタトレイのほうを振りかえって言った。「おいおい、おれたちの財布をいっぱいにするのに、こいつを連れてきたのか？　おれには、やせ細った雄鶏を市場へ連れてきたように思えるがな」

「そうなんです、お頭」ウィル・スタトレイはニヤニヤしながら言った。「彼は、客人ではありません。こいつを連れてきたのは、ウィル・スカーレットです。とはいっても、お頭も今朝の義務の話は覚えてらっしゃるでしょう。泥の中の一ペニーを拾うよりましなことがあるってやつです。で、思うに、まさにこれが、それを実践する機会ではないかと」

そこですかさずウィル・スカーレットが、悲しみに沈んだ若者を見つけて、ロビンなら力になってくれるだろうと連れてきたいきさつを話した。最後まで聞くと、ロビン・フッドは若者のほうを向いて、肩に手を置くと、彼の顔をまじまじと見つめた。

「まだほんの若者だな」ロビンは半分独り言のように呟いた。「やさしそうな、いい顔をしている。純粋な乙女のような、見たことがないほど美しい顔だ。そのようすからして、どうやら深い悲しみは、年寄りだけでなく若者にも訪れるようだな」やさしい言葉を聞いて、若者の目に涙が湧きあがった。「おいおい、勘弁してくれ」ロビンは慌て(あわ)て言った。「元気を出せ。どうにも手のくだしようのない悩みということもないだろう。名はなんという?」

「アラン・ア・デールといいます」

「アラン・ア・デールか」ロビンは繰り返して、考えこんだ。「アラン・ア・デール。まったく聞いたことがない名ではないようだぞ。そうだ、おまえは最近よく名を聞く吟遊詩人だろう。あらゆる人を魅了する声の持ち主だと聞いている。ステイヴリーの先のローザー川の谷(デール)の者ではないか?」

「そのとおりです。そこからやってきました」アランは答えた。

「何歳なんだ、アラン?」

「二十歳になったばかりです」

「そんなふうに悩み苦しむにはまだ若い気がするが」ロビンはやさしく言った。それから、仲間たちのほうを振り返って言った。「さあ、みなの者、宴の用意をしろ。だが、ウィル・スカーレット、おまえとリトル・ジョンはおれといっしょにここに残れ」

アラン・ア・デール、身の上話を語る

そして、ほかの者たちがそれぞれの仕事をしに散っていくと、ロビンはもう一度若者のほうにむき直った。「さてと、おまえさんの悩みのことを話してくれ。好きなように話すがいい。口に出すと、悲しみも少しは癒えるものだ。水車堰が溢れたときに、堰を開くのに似ている。ほら、おれの横にすわって、遠慮なく話すんだ」

若者は三人に心の内を洗いざらい話した。最初はぽつりぽつりと言葉をしぼり出すようだったが、そのうちみなが熱心に耳を傾けているのを見て緊張が解けてきたのか、率直に話しはじめた。その話というのはこういうことだ。ヨークを出て、吟遊詩人としてあるときは城に、あるときは集会所で、またあるときは農家で歌を歌いながらローザー川の美しい谷までやってきたが、ある晩、大きな平屋建ての農家で、かっぷくのいい地主と娘のエレンの前で歌を披露することになった。エレンは、春の最初のマツユキソウのように清らかで愛らしい娘だった。アランは娘に向かって竪琴を奏で、歌を歌い、愛らしい娘エレンは、彼の歌に耳を傾け、彼を愛するようになった。アランは、ささやくような甘く低い声で、そのようすを語った。彼女の姿にくぎづけになったさまを、彼女が時おり外へ出てきても、あまりの愛らしさに話しかけることさえできず、それでもついにローザー川のほとりで愛を打ち明けたことを。そして、彼女の答えを聞いて、喜びで心の琴線を打ち震わせたことも。二人は六ペンス硬貨を二つに割り、永遠の愛を誓った。

ところが、彼女の父親はそれを知ると、彼女を彼から引き離した。二度とエレンと会うことは叶わなくなり、アランの胸は今にも張り裂けそうだった。そして今日、最後に会ってから一カ月半しかたっていないのに、彼女がトレントのスティーヴン卿と二日後に結婚させられるのを知ったのだ。エレンの父親は、娘が望んでいまいと、身分の高い婿に嫁がせれば晴れがましいことだと思ったのだろう。スティーヴン卿のほうが、世界一美しいアランの恋人と結婚を望むのは、なんの不思議もなかった。

ロビンたちは黙ってアランの話に耳を傾けた。遠くから宴の用意をしている者たちのざわめきや冗談や笑い声が聞こえ、たき火の赤い光が、四人の顔や瞳に映っている。アランの言葉は素朴で深い悲しみに溢れていたので、リトル・ジョンさえのどに塊がこみあげてくるのを感じたほどだった。

しばしの沈黙のあと、ロビンが言った。「恋人がおまえを愛していることはまちがいない。おまえは、空を飛ぶ鳥さえ魅了したという聖フランシスのように、舌の下に銀の十字架を持っているからな」

すると、リトル・ジョンがこみあげる気持ちを乱暴な言葉で覆い隠すように言った。

「この命にかけて、今すぐそのスティーヴンとかいう悪党のところへいって、めった打ちにしてやろうじゃねえか！　まったくいまいましい！　しなびた年寄りが若々しい娘を市場で鶏を買うみてえに手に入れられると思うなんて、どういう了見だ？　恥を知りやがれ！　おれは――いや、どうでもいい。とにかく、やつに気づかせてやらあ！」

すると、ウィル・スカーレットが口を開いた。「そんなふうに親の意のままに心変わりし、しかも、スティーヴン卿みたいな年寄りと結婚するとは、アラン、おれはどうも気に入らないぞ」

「ちがいます」アランはカッとなって言った。「エレンのことを誤解しています。彼女は、野鳩のようにやさしく穏やかなんです。彼女のことなら、この世界のだれよりわたしがよく知っています。父親の命令には従うかもしれませんが、スティーヴン卿と結婚したら、彼女の胸は張り裂け、死んでしまうでしょう。ああ、わたしの恋人は――」アランはそれ以上なにも言えなくなって、黙って首を振った。

ほかの者たちがしゃべっているあいだ、ロビン・フッドはじっと考えていた。「おまえの問題を解決するいい方法があるぞ。だが先に聞かせてくれ。おまえの恋人は結婚予告[1]を行い、神父が見つかれば、父親に反対されても、教会でおまえと結婚する気があると思うか？」

「ええ、まちがいありません」アランは勢いこんで言った。

「彼女の父親がおれの思っている男なら、スティーヴン卿の代わりに新郎のおまえと新婦に祝福を授けるだろうよ。だが、待て、ひとつだけ考えなきゃならないことがある。神父の件だ。聖服を着てるやつらはおれのことを好いているとは言えないからな。今度のことで、おれの望みどおりにするかっていうと、そう簡単に首を縦には振っちゃくれないだろう。やつらより身分が下の聖職者にしろ、司祭や修道院長が怖くてやらないだろうしな」

するとウィル・スカーレットが笑って言った。「いやいや、その件なら、いい修道僧を知ってます。やつの情に訴えれば、ヨハンナ教皇そのひとが破門すると言ったって、叔父上の言うとおりにしてくれるでしょう。フォウンテン修道院の短衣の修

1　教会での挙式に先立ち、三回日曜日に行って、異議の有無を問う。

道僧と呼ばれていて泉(フォウンテン)の谷に住んでいます」

「だが、フォウンテン修道院はここからたっぷり百マイルは離れてるじゃないか。この若者を助けるのに、そこまでいってもどってくる時間はない。そのあいだに、娘が結婚しちまう。無駄骨だ」

「たしかに」ウィル・スカーレットは言ったが、まだ笑っている。「ですが、そのフォウンテン修道院は、叔父上がおっしゃったやつみたいに遠くないんです。おれが言ってるフォウンテン修道院のほうは、そっちの修道院みたいに金持ちでも誇り高くもなくて、小さいほったて小屋みたいなところなんですよ。ですが、世捨て人が暮らすにはなかなか居心地のいい場所なんです。場所ならよく知ってますから、案内してさしあげましょう。すぐそこというわけではありませんが、丈夫な足なら一日でいってもどってこられます」

「そういうことなら、アラン、握手だ。いいか、聖アエルフリーダの髪の毛にかけて、これから二日以内にエレン・ア・デールはおまえの妻になると誓おう。おれは明日、そのフォウンテン修道院の修道僧を探し出して、やつの情に訴えてやることにするよ。たとえ、ちょっとばかり棒で殴りつけることになってもな」

それを聞くと、ウィル・スカーレットはまたもや笑った。「そう決めてかからないでくださいよ。なにしろ、おれの聞いたところでは、その修道僧っていうのは、彼らみたいに美しい二人をくっつけるのが大好きなんです、しかも、そのあとにたっぷり食べて飲めるとなればね」

するど、ちょうど手下の一人がきて、宴の用意ができましたと知らせた。そこで、ロビンはほかの者たちを従え、すばらしいごちそうが並べてあるところへいった。実に楽しい宴だった。さまざまな話や冗談が飛び交い、笑い声が森にこだました。アランもロビン・フッドのおかげで生まれた希望で頰(ほほ)を上気させ、いっしょになって笑った。

ついに宴も終わると、ロビン・フッドは横にすわっているアランのほうに向き直った。「おまえさんの歌についちゃ、たっぷり聞いている。ぜひとも、おれたちも味わってみたいものだ。なにか歌ってはくれないか？」

「もちろんです」アランはすぐさま答えた。彼は、何度も頼まれてからようやく歌うような三流ではなく、その場ですぐに歌うか否か答える歌い手だったのだ。そして、ハープを手に取ると、軽やかに指を走らせ、うっとりとするような音をかき鳴らした。ごちそうを囲んでいた者が、たちまち静まりかえる。アランはハープの美しい伴奏で、歌いはじめた。

メイ・エレンの結婚

（妖精の王子に深く愛されたエレンが、王子の城へ連れ去られるまでの物語）

1

メイ・エレンはサンザシの下にすわっていた
風が吹くたびに
花がふりそそぐ
地面に降る雪のように
近くにあるライムの木から
珍しい小鳥の甘い歌が聞こえていた

2

おお、甘く、甘く、甘く、刺すように甘く
いつまでも残る甘さよ！

メイ・エレンの胸の中で
このうえない幸せの痛みに心臓は止まる
歌を聴きながら、空を仰ぎ
美しい場所に身じろぎもせずすわっていた

3

「花のあいだから降りてきて、小鳥よ！
木から降りてきて！
そうしたら、胸の上に横たわらせ
やさしく愛してあげるから」
メイ・エレンは低い声でささやく
サンザシが雪を降らせるところから

4

花を咲かせた木から
翼を震わせ小鳥が降りてくる

そして、雪のような胸に横たわる
「愛する者よ!」エレンはさけぶ
そして、太陽の光と花の中、小鳥をまっすぐ家へ
彼女の部屋まで連れ帰る

5

日が落ちて、甘美な夜が訪れ
牧草地の上に月が浮かび
その青白い荘厳な光の中に
若者が静かに立つ
見たことのない美しい若者が
メイ・エレンの部屋の外に

6

若者は冷たい小径に立つ
ぼんやりとした月光を浴びて

メイ・エレンは恐ろしさに目を見開くけれど
顔をそむけることもできない
わたしたちの見る神秘の夢の中のように
精霊は静かに立ち尽くす

7

低いささやき声でエレンはたずねる
「どこからきたの？
あなたは夢の生き物？　それとも、幻（まぼろし）？」
すると彼はそっと答える、夜風が
川岸に生えた葦（あし）を震わせる

8

「鳥の翼にのって
はるか遠い妖精の国からきたのだ
川がやさしく歌を歌い

黄金の岸に打ち寄せ
甘い木々がいつまでも青く
母が女王として君臨する国から」

9

メイ・エレンは部屋を出て
花を愛(め)ではしない
けれど、静まりかえった真夜中に
エレンの話し声が聞こえる
ああ、月が白く輝くころ
夜の向こうからエレンの歌声が聞こえてくる

10

「絹と宝石を身につけなさい」
メイ・エレンの母親が言う
「リンの王がいらっしゃるのです

あなたは王と結婚しなければなりません」
メイ・エレンは言う「それは無理です
わたしは王の妻に相応しくありません」

11

エレンの兄が、いかめしい顔で告げる
「青く晴れ渡った空にかけて
一日が過ぎたころ
よこしまな小鳥は死ぬだろう！
おまえに苦い苦しみを与えたのだから
見知らぬ技か狡猾な呪いでもって」

12

すると、悲しみに満ちた歌を歌い
小鳥は飛び去った
城の屋根を越え

風の吹き荒れる灰色の空の向こうへ
「こい!」兄はさけぶ
「なぜやつを目で追うのだ?」

13

メイ・エレンの結婚式の日
空は青く晴れ渡り
大勢の貴族や貴婦人たちが
教会に集(つど)う
花婿は、絹と黄金に身を包む
勇敢なるヒュー卿

14

金銀の糸を織りこんだ白いドレスをまとい
白い花輪をかぶった花嫁が入ってくる
その目は一点を見つめどんよりと曇り、

顔は死人のよう
集まった人々の中に立つと
朗々と驚異に満ちた歌を歌いはじめる

15
突然、空を切るような音がひびく
風が運んできたかのよう
すると、開いた窓から
九羽の白鳥が風に乗り入ってきて
はるか頭上へ飛び去る
闇の中でかがやきながら

16
メイ・エレンの頭上を
大きく巡るように
三度、円を描く

参列客は身をすくめ
祭壇の横の神父は
十字を切り、祈りを唱える

17

けれど、三周目のあと
美しいエレンの姿はなく
彼女のいた場所に
雪のように白い白鳥が一羽
すると、荒々しく美しい歌を歌いながら
白鳥は翼を持つ仲間たちのもとへ飛び立っていった

18

結婚式に年老いた男が一人
齢(よわい)は六十を超え
このような奇跡を

　　初めて目にし見目麗しい
　だれにも止めることはできぬまま
　白鳥たちは花嫁を運び去る

　アラン・ア・デールが歌い終わると、みな、しーんと静まりかえり、音楽は美しく、息を歌い手をひたすら見つめていた。それほどまでに彼の声は甘く、音楽は美しく、息を漏らそうものなら、美が失われてしまうとでもいうように、だれもが息を凝らしている。

「なんと、信じられぬほどだ」ついにロビンがふうっと息を吸いこむと言った。「アランよ、おまえは――どうか、われらのもとに留まってくれ！　この美しい緑の森でわれらと共に暮らさないか？　わが心におまえへの愛が溢れているのだ」

　すると、アランはロビンの手を取り、唇をつけた。「いつまでもおそばにおります。今日、あなたさまが示してくださったようなやさしさを、初めて知ったからです」

　そこで、ウィル・スタトレイは手をさしのべ、アランと握手した。リトル・ジョンもそれに倣う。こうしてかの有名なアラン・ア・デールはロビン・フッドの仲間に加わったのだ。

第二章　ロビン、フォウンテン修道院の修道僧と出会う

シャーウッドの森の男たちはみな、早起きだが、夏になるにつれいっそう早くなる。朝露は降りたばかりの時がもっとも鮮やかで、小鳥たちの声もいちばん冴（さ）えわたるからだ。

ロビンが言った。「では、昨日話したフォウンテン修道院の修道僧のところへいこう。今回は四人連れていこうと思う。すなわち、リトル・ジョンとウィル・スカーレットとドンカスターのデイヴィッド、それにアーサー・ア・ブランドだ。あとの者たちはここに残り、おれがいないあいだは、ウィル・スタトレイを頭（かしら）とする」

ロビン・フッドはすばやく鎖かたびらを身につけ、その上から軽い緑の上着を着た。そして、かぶとをかぶり、上にしなやかな雄鶏（おんどり）の羽根のついた白いやわらかい皮をかぶせる。脇（わき）に下げた幅広の刀には、青みがかった刀身に竜や翼のついた女などのふしぎな姿が刻まれている。きらびやかに装ったロビンは実に粋で、緑の上着の下からぴかぴかに磨かれた鎖かたびらに太陽の光があたるたびに、そこかしこがキラッと輝いた。

こうしてめかしこむと、ロビンと四人の男たちは出発した。先頭に、今回の行き先を知っているウィル・スカーレットが立ち、騒々しく流れていく川を渡り、日のふりそそぐ街道沿いを進み、木の枝がさわさわと揺れながら、緑の天幕のように頭上を覆っている森の小径を抜けていく。小径の突き当たりで、驚いた鹿の群れが、葉を揺らし小枝を踏みながら逃げていくのにも遭遇した。歌ったり冗談を言い合って笑ったりしながら進んでいくうちに、正午も過ぎ、ついに、スイレンに覆われた澄んだ川に出た。川岸に沿って、広い踏みならされた道が伸び、ふだんは馬たちが喘ぎながらはしけをのろのろと引っぱり、あたりの村々から、大麦などいろいろな荷物を塔の立ち並ぶ町へと運んでいる。しかし、暑い真昼の川辺は静まりかえり、馬や人間の姿は見えなかった。川はまえとうしろへ伸び、紫の雲のもたらすそよ風が、おだやかな水面にさざ波を立てている。川岸には美しい緑の柳が並び、はるか遠くで、なにかの塔の赤い瓦屋根が日の光を浴びてきらめき、風見鶏が青い空を背に輝いている。ここまでくると、道も固く平らになり、五人も楽に進めるようになった。彼らのまわりや川面すれすれをツバメたちが飛びまわり、派手なトンボたちが日の光の中をきらきらきらめきながら、行ったり来たりしている。時折、川岸の浅瀬に生えている葦やスゲに隠れていたサギが、驚いたような声をあげて水を跳ね飛ばしながら飛び立った。

美しく輝く川に沿ってしばらく歩いたあと、ウィル・スカーレットが言った。「さて、叔父上、あの曲がり角を曲がってすぐのところに、深くても腿の半分くらいまでしかない浅瀬があるんです。そこを渡った反対岸の、生い茂った茂みの中に隠れるように例の庵があって、泉の谷の修道僧が暮らしています。道ならわかっていますから、案内しましょう。どちらにしろすぐ見つかるでしょうがね」

「いや、いい」ロビンは足を止めて、上機嫌で言った。「浅瀬を渡らなければならないと知っていたら、たとえこれほど水が澄んでいようと、別の服を着てきたのに。しかし、今となってはしょうがない。ずぶぬれになるわけじゃあるまいし、なるようになるだろう。おまえたちはここで待ってろ。今回の冒険をひとりで楽しみたいんだ。よく耳を澄ましていろよ。角笛の音が聞こえたら、すぐさまきてくれ」

「いっつもこうだ」リトル・ジョンはぶつぶつと言った。「お頭はいつもひとりで冒険したがって、お頭に比べりゃ取るに足らないおれたちは、本当なら喜び勇んで冒険したいときも、黙ってすわって、退屈のあまり手を組んで親指をぐるぐる回してなきゃならないのさ」

「そう言うな、リトル・ジョン」ロビンは言った。「今回の冒険は、危険なことなどなにもない。おまえが危険に飛びこむ気まんまんなのはわかってる。だが、今回はおれの言うとおり、ここにいてくれ」そして、ロビンは背を向けると、ジョンたちを残してひとり、浅瀬へ向かっていった。

曲がり角を曲がって、仲間たちが見えなくなるとすぐに、ロビンは足を止めた。というのも、声が聞こえたような気がしたからだ。じっと立ったまま耳を澄ませると、ほどなく二人の男が会話をしているようだとわかってきた。それにしても、二人の声が驚くほど似ている。声は土手の向こうから聞こえてくる。土手の下は切り立った崖になっていて、街道からスゲの生い茂った水際までは六メートルほどあった。

しばらくして声がいったん聞こえなくなると、ロビンは独りごちた。「へんだな。どう考えても二人の男が会話をしているようだったが、それにしてもあまりにも二人の声がそっくりだ。誓って、あんなに似た声を聞いたのは初めてだぞ。声で二人を聞き分けるとしたら、二粒の豆を見分ける方が楽かもしれないくらいだ。ちょっと調べてみよう」そう言って、ロビンはそっと川岸に近づくと、草の上に腹ばいになって、土手の向こうを見下ろした。

土手の下は陰になっていて、ひんやりしていた。太い柳が一本、まっすぐ空には向かわずに、川のほうへせり出すようにのび、やわらかい葉で木陰を作っている。まわりには、陽射しから隠れて涼しい場所にもぐりこむようにシダが密生している。ロビンの鼻に、湿った川岸を好むジャコウソウのやさしい香りが漂ってきた。まさにそこに、広い背中を柳のごつごつした幹にあずけ、シダに半分かくれるようにして、筋骨逞しい大柄な男がすわっていた。しかし、ほかにだれかいるようすはない。男の頭は玉みたいにまんまるで、短く刈った黒い巻き毛に額のほうまで覆われている。しかし、頭のてっぺんはきれいに剃られ、手のひらみたいにすべすべした肌がのぞいていることや、たっぷりとした僧衣と頭巾、それにロザリオを持っていることからして、容貌からは想像ができなくとも、修道僧にちがいない。頬は、冬のリンゴみたいに赤くてかてかしているが、カールした黒いひげに覆われ、あごや上唇まですっかり隠れている。首は北イングランドの雄牛のように太く、リトル・ジョンにも負けないような広い肩の上に丸い頭がのっかっている。もじゃもじゃの黒い眉毛の下で、小さな灰色の目が面白い冗談の種を探すかのようにせわしなく躍っていた。男の顔を見て、その陽気な表情に心をくすぐられない者はいないだろう。かたわらには、頭が熱くなったのか、脱いだ鉄のかぶとが置いてある。大きく開いて伸ばした脚のあいだにあるパイは、水鳥の肉らしい。肉汁たっぷりの肉をやわらかい新タマネギで香りづけし、たっぷりのグレイビーをからめてある。右手に持った大きな茶色いパンの塊をむしゃむしゃ食べながら、時折左手をパイに突っこみ、肉をすくい取っては、横に置いてある瓶からマームジ酒をぐびぐび流しこんでいた。

「なんと、イングランドじゅう見まわしても、これほど楽しげな宴も、楽しげな男も、楽しげな場所も、楽しげな眺めもそうそう見つからないぞ。もうひとりいるのかと思っていたが、どうやらあの修道僧がひとりでしゃべっていたらしいな」

そこでロビンは隠れたまま、修道僧を観察した。修道僧は見られていることなどつゆ知らず、満足げにごちそうを楽しんでいる。そしてとうとう食べ終わると、まず手についた脂をシダとジャコウソウになすりつけ（世界のどの王さまのナプキンよりも、すばらしいナプキンだろう）酒瓶を手に持ち、まるで別の人間に話しかけるようにしゃべったり答えたりしはじめた。

「ねえ、あなた、あなたは世界一、すてきな方よ。あなたのことは、恋人を愛するように愛してるの――こんなだれもいないところで、そんなふうに言われちゃあ、恥ずかしくなっちまうよ、だが、おまえさんが言えって言うなら言うよ、おれは、おまえさんがおれのことを好きなのと同じくらい、おまえさんのことを好いてるよ。ほら、じゃあ、このうまいマームジ酒を飲まないか？――先に飲んで、あなた、どうぞ先に。――だめだ、おまえさんの唇で酒を甘くしてくれ（そう言って、修道僧は酒瓶を右手から左手に渡した）。――あなたがどうしてもって言うなら、言うとおりにしなきゃね。せめてあなたの健康を願って、飲ませてちょうだい（そして、ごくごくと瓶の中身をのどに流しこんだ）。さあ、次はあなたの番よ（そして、僧は瓶を左手から右手に返した）。――じゃあ、いただくとするよ。今、おまえさんが願ってくれたように、おまえさんの健康を祈って！」そう言って、修道僧は酒をまたぐいーっとあおった。つまり、たっぷり二人分、飲んでいるわけだ。

そのあいだ中、ロビンは土手に腹ばいになって耳を澄ませていた。あまりのおかしさに腹が震え、口を押さえてなんとか噴き出さないようにするのにせいいっぱいだ。ノッティンガムシアの半分とひきかえにだって、こんな面白い見ものを失いたくなかった。

酒瓶をあらかた空にすると、修道僧はふうっと息をついて、またさっきのようにしゃべりはじめた。「じゃあ、あなた、ひとつ歌でも歌ってくださらない？――さあ、どうかな。今日はのどの調子が悪いんだ。むりだよ。ほら、蛙みたいにひどい声だろ？――いいえ、そんなことないわ。鶯みたいにきれいな声よ。ねえ、歌ってちょうだい。おいしいごちそうをいただくより、あなたの歌を聴くのが好きなの。――ああ、おまえさんのように歌がうまくて、すばらしい歌やバラッドを聴いたことのある娘の前で歌うなんて、気が進まんが、歌えと言うなら、せいいっぱいやってみるよ。ここはひとつ、いっしょに歌うというのはどうだい？『忠実なる若者と冷ややかな娘』っていう上品な歌は知らないかい？――まあ、たしか聞いたことがある気がするわ。――そういうことなら、娘のところを歌ってもらえるかい？おれが若者のところを歌うから。――できるかわからないけど、とにかく歌ってみるわ。あなたの若者のところからよ、そうしたら、わたしが娘のところを歌うから」

そして、最初の部分を低いしわがれ声で、次の部分をかん高い声で、僧は陽気な歌を朗々と歌いはじめた。

忠実なる若者と冷ややかな娘

（若者）
ああ、おれといっしょにきてくれるかい？
おれの恋人になってくれるかい？
そしたら、きみに捧げよう

陽気なタック修道僧、歌を歌う

きれいなリボンと飾り紐を
ひざまずいて、結婚を申しこもう
そして、きみだけに甘い歌を歌おう
そしたら、聴いてくれ！　聴いてくれ！
翼のある雲雀よ、
優しい声で鳴く鳩よ！
鮮やかなスイセンが
小川のほとりに咲いている
どうかおれの恋人になってくれ

（娘）
あっちへいって、すてきな方
あっちへいってと言っているの
わたしの愛は手に入れることはできないから
だから、どうか待たないで
あなたは、わたしにはふさわしくない

もっといい人がくるまで、待つつもり
だから、聴いて！　聴いてちょうだい！
翼のある雲雀よ！
優しい声で鳴く鳩よ！
鮮やかなスイセンが
小川のほとりに咲いている
あなたの恋人になる気はないわ

（若者）
ならば、別の美しいひとを探そう
娘などいくらでもいる
もうおれがきみのものになることはない
きみに縛られることなどない
野原にこれほど珍しい花はないけれど
他の人から見れば、ただきれいなだけ
そしたら、聴いてくれ！　聴いてくれ！

翼のある雲雀よ、
優しい声で鳴く鳩よ！
鮮やかなスイセンが
小川のほとりに咲いている
おれは別の恋人を探すさ

（娘）
ああ、どうか、そんなにすぐいかないで
別の娘を探しにいかないで
今日は少し急ぎすぎちゃったみたい
まだ心は決まっていないの
だから、もう少しここにいてくれたら
ほかの人でなく、あなたを愛するかも

ここまでくると、ロビンはもう我慢しきれなくなって、大声で笑いはじめた。それでも、僧は歌い続けたので、ロビンもいっしょになって、合唱の部分を歌った（歌うというより、どなるのに近かったかもしれないが)。

だから、聴いて、聴いてちょうだい!
翼のある雲雀よ、
優しい声で鳴く鳩よ!
鮮やかなスイセンが
小川のほとりに咲いている
わたしは、あなたの恋人になります

声を合わせて歌っても、修道僧はロビンの笑い声どころかいっしょに歌っていることさえ気づかないかのように、目を半分閉じて宙を見つめ、歌に合わせて首を左右に振りながら、最後まで歌いつづけた。最後の部分は、僧もロビンも一マイル先まで聞こえそうな大声で締めくくった。ところが、歌い終わるやいなや、僧はさっとかぶとを取ってかぶり、立ちあがって、大声で呼ばわった。「おれたちのことを見てるのは何者だ? 出てこい、悪党め、ヨークシアのおかみさんが日曜に作る肉詰めプディングみたいに切り刻んでやらあ」そして、僧衣の下からロビンのと同じくらいどっしりした剣を抜き放った。

「いやいや、友よ、尖ったものはしまってくれ」ロビンは笑いすぎたせいでまだ涙を流しながら立ちあがった。「あんなふうに共に楽しく歌った仲間なのだ、戦うには及ばん」そして、土手から飛び降り、僧の横に立った。「実際、あんなふうに歌ったせいで、のどが十月の大麦の刈り株みてえにからからだ。ひょっとしてそのでかい瓶にマームジが残ってたりしないかい？」

修道僧はむすっとして答えた。「本当のことを言って、招かれてもねえのに遠慮のねえおひとだ。だが、おれは立派なキリスト教徒だからな、どうしてもって言うやつの頼みは断れねえ。おまえさんが飲めるぶんも、あるだろうさ」そして、ロビンに瓶を差しだした。

ロビンはそれ以上何も言わずに瓶を受け取ると、唇に当て、ぐいと頭を傾けた。ゴクリ！　ゴクリ！　ゴクリ！　と三度言うくらいのあいだだったが、僧は不安そうにロビンを見ていた。そして、ロビンが飲み終わるやいなやぱっと瓶を取り返した。僧は瓶を振って、光のほうに掲げ、それからうらめしそうにロビンを見て、すぐさま瓶を自分の口に当てた。ふたたび唇から離したときには、瓶は空っぽになっていた。

「立派な修道僧さまよ、このあたりの村のことはよく知ってるかい？」ロビンは笑いながらたずねた。

「まあ、少しはな」僧はそっけなく答えた。

「では、フォウンテン修道院という場所はご存じか？」

「まあ、少しはな」

「ならば、ひょっとしてフォウンテン修道院の短衣の僧と呼ばれている男をご存じないか？」

「まあ、少しはな」

「では、神父どのだかなんだか、とにかく友よ、その僧は川のこちら岸か向こう岸かどちらにいるか、教えていただけないかね？」

「この川には、向こう岸しかないんだ」僧は言った。

「どうしてそんなことがわかるんだい？」

「そりゃあ、ほら」僧は指でさしながら説明した。「川の向こう岸は、向こうにあるだろう？」

「確かに」

「向こう岸っていうのは、片側だけだ。そうだな？」

「だれも、ちがうとは言えないだろうね」

「向こう岸が片側なら、こっちの片側は向こう岸ってことになる。だが、向こう側も向こう岸のままだろう？　ゆえに、川の両側とも向こう岸ってことになるのさ。これで証明終了だ」

「なるほど、うまいこと考えるじゃないか。だが、おれとしちゃあ、まだその短衣の僧が、川のおれたちの立ってる側にいるのか、おれたちが立ってない側にいるのか、わからないままだ」

「そりゃあ、現実的な問いだな。論理ってもんとは関係ない法則によるものだ。おれから助言させてもらえば、おまえさんの五感で見極めるんだな。実際、見たり触ったりしてな」

ロビンはがっしりした僧をじっと見ながら言った。「あそこの浅瀬を渡って、その立派な僧どのにお会いしたいものだ」

「なるほど」僧は、いかにも敬虔そうに言った。「おまえさんのような若者としちゃあ、悪くない望みであるぞ。おまえさんの聖なる探求を止め立てする気など、さらさらない。川はだれのものでもないから、自由にするがいい」

「なるほど、神父どの。しかし、ご覧のとおり、今日は上等な服を着てるもんで、濡らしたくないんだ。見れば、がっしりとした肩をお持ちのようだ。おれをおぶって、川を渡ってはくれまいか？」

「なんだと！」僧はかんかんになってどなった。「フォウンテンの聖母の白い手にかけて、おまえのような青二才の、のぼせ上がったオウム野郎――おまえなど――おまえなど――ええい、呼び名などないわ！　このおれに向かって、タック修道僧に向かって、川を渡せだと？　いいか――」ところが、タックはそこでぴたりと黙った。そして、その顔からゆっくりと怒りが引いていき、ふたたび小さな目がきらりと光った。「だが、渡してやってもいいかもしれんな。聖クリストファーさまは、見知らぬ者を負ぶって川を渡したんだ。哀(あわ)れな罪人であるおれが、同じことをするのを恥じることがあろうか？　こい、若造。おまえの言う通りにしてやろうじゃないか。謙虚な心でもってな」そう言って、タックは土手を這(は)いのぼり、ロビンもすぐ後に続いた。僧は小石のゴロゴロしている浅瀬へ向かって歩きながら、なにやら面白い冗談を楽しんでいるみたいにクックと笑っている。

浅瀬までくると、タックは僧衣を腰までたくしあげ、剣を脇に挟むと、ロビンに背中を向けて屈(かが)んだ。しかし、またふっと背中を伸ばして言った。「思ったんだが、これじゃ、おまえさんの剣が濡れてしまうな。おれのといっしょに脇に挟んでやろう」

「いや、けっこうだ。これ以上、ご負担をかけるわけにはいかないからな」

僧は穏やかな口調で言った。「聖クリストファーさまがそんなふうに楽をしようとしたと思うか？　いいから、おれの言うとおり武器を渡せ。高慢の罪滅ぼしとして運ぶから」

そう言われて、ロビンもそれ以上はなにも言えず、脇にさした剣を外すと、タックに渡した。タックはロビンの剣も脇に抱えてふたたび屈み、ロビンは背中にまたがった。タックはしっかりした足取りで川の中に入っていった。ジャブジャブと水しぶきを飛ばしながら進んでいく。なめらかだった川面に次々と輪ができて、広がっていった。そしてついに反対岸につき、ロビンは軽やかに背中から飛び降りた。

「いや、本当に助かった。実に立派で気高い方だ。では、剣をお返しいただいたら、お別れいたそう。少々急いでるのでね」

それを聞くと、がっしりした僧は首を傾げ、しげしげとロビンを見た。そしておどけたように顔をゆがめてみせ、ゆっくりと右目をつぶった。「断る」タックは穏やかな口調で言った。「急いでいるってのは、疑っちゃいねえが、こっちのことなどなにも考えちゃいねえな。おまえさんの用事っていうのは、この世のことだろう。だが、おれの用事は霊魂に関わることなんだ。聖なる仕事ってやつさ。しかも、その用事っていうのは、向こう岸にあるんだ。その世捨て人の僧を探してるってこたぁ、おまえ

陽気な修道僧、ロビンを背負い川を渡る

さんは立派な若者で、敬虔な信者なんだろう。おれはここまでくるのにびしょ濡れになっちまったし、もう一度川を渡ろうもんなら、筋肉が痙攣して、からだの節々が痛むはめになるだろうよ。そんなことになったら、これから何日ものあいだ勤行もできなくなっちまう。こうやって、おまえさんの頼みを慎ましく引き受けたのだから、おまえさんももちろん、おれをまた向こう岸まで渡してくれるだろう？　今日が生誕日でいらっしゃる聖ゴッドリックさまが、おれの手に二振りの剣を持たせ、おまえさんの手にはなにもないってふうにしたわけだしな。さあ、おとなしく言うことをきいて、おれを向こう岸まで渡せ」

ロビン・フッドは空を仰ぎ、地を見て、下唇をぎゅっと噛んだ。「姑息なやつめ。見事にだましやがったな。その僧衣にすっかりごまかされたが、おまえの面構えから、本物の修道僧のはずがないと気づくべきだったよ」

「おやおや、そんなふうに口汚く罵らんでほしいな。でないと、この青い剣でチクッとやられることになるかもしれんぞ」

ロビンは舌打ちした。「そんなことを言うな。負けた者は好きに舌を使う権利があるんだ。さあ、剣を返せ。そうすれば、すぐに向こう岸へ渡してやる。もちろん、決して剣を振りあげたりしないさ」

「ほら、早くしろ」タックは言った。「おまえのことなど、怖がっておらんわ。ほら、おまえの剣だ。さっさとしろ。急いでるんでな」

ロビンは自分の剣を受け取ると、脇にさした。そして、かがむと、がっしりした背に僧を負ぶった。

さて、重さで言えば、ロビンのほうが、修道僧よりも重い荷物を運ぶはめになった。しかも、ここの浅瀬のことをよく知らないものだから、石に足を取られたり、深い穴に足を突っこんだり、大岩にけつまずきそうになったり、歩くのも一苦労。僧の重さもあり、顔を大玉の汗がしたたり落ちる。そのあいだ、僧はロビンの脇腹に何度もかかとを食いこませ、急げ急げとせかし、無礼な言葉を言いつづけた。それでも、ロビンはひと言も言い返さなかったが、こっそり僧の腰をまさぐって、剣をつるしている留め金を見つけ、うまいこと外してしまった。おかげで、反対岸についたころには、僧の気づかないうちに剣帯はすっかり緩んでいた。ロビンがようやく乾いた岸の上にあがると、僧はひょいとばかりに飛び降りたが、ロビンはしっかり剣を握っていたので、鞘から帯からぜんぶ外れて、僧は丸腰になってしまった。

「さてと」ロビンはハアハア荒い息をつきながら、額の汗をぬぐった。「してやったぞ。今回は、おまえがさっき言っていた聖人は、おまえから剣を奪って、おれに二振り渡してくれたようだな。さあ、さっさとおれを向こう岸に渡さないと、おまえの皮膚を切れ目の入った胴着みたいに穴だらけにしてやるぞ」[1]

僧はしばし言葉を失い、ロビンをおそろしい目でにらみつけた。「なるほど」しばらくするとようやく僧は口を開いた。「おまえの脳みそは軽くはなかったようだな。これほど抜け目ないやつとは。すっかりしてやられちまった。おれの剣を返してくれ。自分の身を守る時以外は、決して抜いたりしねえ。おまえの言う通りに、おまえを負ぶって向こう岸に渡すと約束するから」

そこで、ロビンはタックに剣を返し、タックはそれを腰に下げて、今回は留め金をしっかりと確かめた。それから、ふたたび僧衣をたくしあげてロビンを背負い、ひと言も言わずに川へ入っていって、バシャバシャと水を跳ねあげながら向こう岸へ向かった。ロビンは笑いが止まらなかった。ところが、川の真ん中のいちばん深いところまでくると、タックは足を止め、いきなりぱっと手を放して両肩をぐいっと持ちあげ、ロビンを粉袋みたいに放り投げた。

ロビンは水しぶきをあげて、川に落ちた。「ほらよ、てめえの熱くなった頭を冷や

1　裏地を見せるために切れ目を入れた胴着のこと。

すんだな」僧はそう言い残すと、落ち着きはらってふたたび岸のほうへもどりはじめた。

　ロビンはバシャバシャと水を跳ね上げながらなんとか立ちあがると、ぼうぜんと自分の姿を眺め回した。体中から小さなたきのように水が流れ落ちている。耳の水を出し、口に入った水を吐き出して、ようやく気を取り直すと、僧が岸にでんと立って、高笑いしているのが見えた。ロビンは一気に頭に血がのぼり、「悪党め、そこで待ってろ！　今ここでてめえをズタズタに切り刻めなきゃ、今後指一本あげやしないぜ」とさけぶと、岸へ突進した。

「そんなに急ぐ必要はねえ。待ってやらあ。すぐに今日っていう日を嘆くはめにしてやる。できなきゃ、二度と褐色（かっしょく）の鹿を拝（おが）めなくたってかまいやしねえ！」

　ロビンは岸までいくと、それ以上なにも言わずに袖（そで）をまくりあげた。一方の僧も僧衣をさらにたくしあげると、古木のコブのように筋肉が盛りあがった太い腕があらわになった。しかも、僧も服の下に鎖かたびらを着けていることに、ロビンは気づいた。

「覚悟しろ！」ロビンはさけんで、すらりと剣を抜いた。

「おう、望むところだ」僧はすでに剣を握っていた。二人とも、あとはなにも言わずに前へ進み出て、たちまち激しい戦いが始まった。右へ左へ、上へ下へ、前へうしろへと、激しく剣を合わせる。刃がひらめき、剣のぶつかる音が遠くまで響きわたる。棒試合のような遊びではなく、容赦ない真剣勝負だ。時折休むたびに、相手をじろじろ見て、こんな強いやつは初めてだと舌を巻き、ふたたび立ちあがってますます激しく剣を戦わせる。こうして一時間以上戦ったが、どちらも相手にかすり傷ひとつ、負わせることはできない。ついに、ロビンが「しばし手を止めよ！」とさけび、二人は剣をおろした。

「ふたたび剣を合わせる前に頼み事をしたい」ロビンは額の汗をぬぐいながら言った。というのも、長いあいだ力のかぎりに戦ううちに、これほど強く勇敢な男を相手に、倒しても倒されても空しいだけだと思いはじめたのだ。

「頼み事とはなんだ？」

「たいしたことじゃない。ただこの角笛を三度、吹かせてはくれまいか？」僧は眉を寄せ、刺すような目でロビンを見た。「なにやらよからぬ企みをしてるにちがいねえ。だが、てめえのことなど、ちっとも怖かねえから、望みを聞き入れてやろうじゃないか。その代わり、おれにもこの笛を三回、吹かせてくれ」

「いいともさ。なら、吹くぞ」そう言って、ロビンは銀の角笛を口にあて、三度吹き鳴らした。

澄んだ高音が響きわたるあいだ、タックはなにが起こるかと目を光らせつつ、銀の笛を握りしめていた。騎士が鷹狩り(たかがり)の鷹を呼びもどす笛にも似た美しいもので、いつもロザリオといっしょに腰に下げているのだ。

ロビンの角笛のこだまが、向こう岸からうねるようにもどってくるのを待つ間もなく、緑の服に身を包んだ四人の背の高い男が曲がり角の向こうから弓に矢をつがえ、走ってきた。

「は！　こうきたか、卑怯者(ひきょうもの)め！」タックはどなった。「ならば、覚悟しろ！」そう言って、タックは鷹笛を唇に当て、かん高い音を吹き鳴らした。すると、街道の反対側の茂みからボキボキと枝の折れる音がして、四頭のけむくじゃらの犬が飛びだしてきた。

「かかれ、スウィート・リップス！　飛びかかれ、ベル・スロート！　いけ！　ビューティ！　いくんだ、ファングス！」タックはさけんで、ロビンを指さした。

すぐ近くの街道の脇に、木が生えていたのは幸いだった。そうでなければ、ロビンが助かる見込みはなかっただろう。「あっ」とさけぶ間もなく、犬たちは飛びかかってきたので、ロビンは剣を放り投げて木に飛びついた。犬たちは木を取り囲み、屋根の上に追いあげた猫を見るみたいにロビンを見あげた。けれども、タックはすぐさま犬たちを呼びもどした。「あいつらだ！」そして、リトル・ジョンたちが目にした光景に立ち尽くしているほうを指さした。獲物に襲いかかる鷹のように、四頭の犬は男たちに突進していった。それを見た男たちは、ウィル・スカーレットをのぞいて、すかさずガチョウの羽根の矢をつがえた弓を引き絞り、ぱっと放った。さて、むかしのバラッドの語るところによれば、このあと、信じられないようなことが起こった。なんと、犬たちは軽々と身をかわし、飛んでくる矢をがっしと咥えると、真っ二つにへし折ったのだ。今日という日が、彼らにとって最悪の日になろうとしたとき、ウィル・スカーレットが前へ進み出て、突進してくる犬たちの前に立ちふさがった。「おいおい、どうした、ファングス！」ウィルは厳しい口調で言った。「伏せろ、ビューティ！　おい、伏せだ！　どういうつもりだ？」

ウィルの声を聞いたとたん、犬たちはしょぼんとして、まっすぐウィルのところへ飛んでいって、ウィルの手をぺろぺろ舐めてじゃれついた。どう見ても、知っている人間に対する態度だ。リトル・ジョンたちが出ていくと、犬たちはウィル・スカーレットのまわりをぴょんぴょん跳び回っていた。タックは驚いて言った。「どうした！　いったいどういうことだ？　この狼どもを子羊に変えるとは、おまえは魔術師か？」そして、近づいてきた男たちを見てさけんだ。「なんと！　おれの目の錯覚か？　いったいどうしてウィリアム・ガムウェルの若旦那がこんな連中といっしょに？」

「ちがうよ、タック」ウィルが言った。危険が去ったのを見て、ロビンが木から這い降りてきたので、仲間たちもそちらへいった。「タック、おれの名前はもう、ウィル・ガムウェルじゃないんだ。今は、ウィル・スカーレットを名乗ってる。そしてこちらが、わが叔父上のロビン・フッドだよ。今は叔父上のもとで暮らしているんだ」

「なんと、ロビン・フッドどのとは」タックはバツが悪そうに言って、大きな手のひらをロビンに向かって差しだした。「あなたさまのお名前なら、歌や人々の話でよく耳にしております。まさか、あなたさまと戦うことになるなんて夢にも思ってなかった。どうかお許しを。どうりであれだけ強かったのも、あたりまえだ」

リトル・ジョンが言った。「いや、本当のことを言って、われらがウィル・スカーレットが、神父どのと犬たちのことを知っていてよかった。これほどありがたいと思ったことはない。まじめな話、おれの矢をものともせず、犬たちがまっすぐ向かってくるのを見たときは、心臓が砕け散るかと思ったよ」

「実際、若旦那のおかげですよ」タックは重々しい口ぶりで言った。「しかし、ウィルどの、なぜシャーウッドの森で暮らすことに？」

「なんと、タック、おれと父上の執事の件は耳に入っていないのか？」

「いや、それは知っていましたが、まさかそのせいで身を隠してらっしゃるとは。そんな些細なことで立派な方が身を潜めなきゃならねえとは、世の中間違ってる」

「それはそうと、時間がないぞ。早く例の短衣の僧を見つけないとならん」ロビンが言った。

「叔父上、それなら、遠くにいくには及びません」ウィル・スカーレットはタックを指さした。「その僧なら、叔父上の目の前に立っていますがゆえ」

「なんだと？　そなたが、あれだけ痛い目にあって探しつづけていた僧なのか？　川の中にまで放り出されて？」

「ええ、実は」タックは遠慮がちに言った。「フォウンテン谷の短衣の僧と呼ぶ者もいりゃ、ふざけてフォウンテン修道院長という者もおります。ただタック修道僧とも呼ばれております」

「最後のがいちばんよさそうだ」ロビンは言った。「するりと口から出るからな。だが、どうしておれが探してると言ったときに、名乗り出なかった？　あんなふうに新月の光を探させるようなまねをして？」

「いや、それは、あなたさまは短衣の僧を『知ってるか』とだけおききになったんで、

『まあ、少しは知ってる』とだけ答えたんでさ」タックは言った。「ところで、いったいこのタックに何のご用です？」

「いや、もう日も暮れかかっているし、これ以上ここでしゃべっている暇はない。おれたちといっしょにシャーウッドの森へきてくれ。道すがら説明するから」

こうして、それ以上ぐずぐずせずに、ロビンたちは四頭の勇猛な犬たちを連れて出発した。しかし、シャーウッドの森を抜け、いつもの大樹のところにもどったころには、とっくに夜も更けていた。

さあお次は、ロビン・フッドがフォウンテン修道院のタックの力を借りて、若い恋人たちに幸せを授けた話をしよう。

第三章　ロビン・フッド、真の恋人たちを結婚させる

そしてとうとう、美しいエレンが結婚する日の朝を迎えた。ロビンがアラン・ア・デールに、喩えて言えば「トレントのスティーヴン卿の皿から食わせてやる」と約束した日だ。ロビン・フッドは浮き立つような気持ちで目を覚まし、陽気な仲間たちを順ぐりに起こすと、最後にタック修道僧に声をかけた。タックは目をしばたたかせ、眠気を払った。あたりは小鳥たちの歌で溢れかえらんばかりで、あらゆるさえずりが混ざり合い、霞の立ちこめる朝に喜びが充ち満ちている。みな、踊るように流れていく小川で顔と手を洗い、一日が始まった。

朝食を取り、腹が満たされると、ロビンは言った。「さてと、そろそろ今日の計画に取りかかろう。まずおれといっしょにいく者を二十人選ぶから、手を貸してほしい。ウィル・スカーレット、おまえはここに残って、おれがいないあいだ、みなをまとめてくれ」ロビンが見まわすと、みな、おれがお

れがといわんばかりに前へ出た。ロビンは、一人ずつ名前を呼んでいって、二十人の元気盛りの強者たちを選んだ。その中には、リトル・ジョンとウィル・スタトレイをはじめとして、今まで物語に登場した名の知れた者たちの顔があった。選ばれた者たちが大喜びで飛びまわって、弓矢や剣を身につけているあいだに、ロビン・フッドは人目に付かない場所へ入っていって、あちこちを放浪する吟遊詩人のような派手な上着を着て、さらにそれらしく見せるためにハープを肩にかけた。

仲間たちはロビンを見てあっけにとられ、笑い出した。自分たちの頭がこんな風変わりな変装をしたところを初めて見たのだ。リトル・ジョンはロビンのまわりをぐるりと回って、首を伸ばしたり傾けたりしながら、つくづくと観察した。農家の庭の雄鶏がコッココッコ鳴きながら、眠っている猫のような馴染みのないもののまわりをときおり足を止めながらぐるぐる回っているのを見たことがあるとしたら、そのときのリトル・ジョンはまさにそれだった。「なんとまあ！　お頭のかっこうときたら！　愛らしいじゃありませんか！　しゃれ者だね！」そして、ロビンの正面で足を止めた。

「この魂に誓って、これまでお頭が着た中で、いちばん凝っててしゃれてますよ。殉教なすった聖ウルフハドが岩の上で見た尻尾を紫と緑に塗ってるやつのにも負けませんよ」

ロビンは両腕をあげて、自分の衣装を見下ろした。「実際、いくぶん派手だし、けばけばしくて、キリギリスみたいではあるな。だとしても、なかなかしゃれてるし、おれに似合ってなくもないだろう。まあ、こいつを着るのは今だけだがな。待て、リトル・ジョン、ここにある二つの袋をおまえの荷物の中にしまっておいてくれないか。この道化のような服の下では、心許ないのでな」

「もちろんでさ」リトル・ジョンは袋を受け取って、手で重さを量った。「こりゃまた、金貨みてえな音がしますね」

「まさにそいつが入っているからな。おれ個人の金で、仲間たちとは関係ない。さあ、みなの者、いくぞ」ロビンはぱっと振り返った。「すぐに用意しろ」そして、アラン・ア・デールとタック修道僧を真ん中に二十人の男たちを並ばせ、森の木陰をあとにした。

　そうやってしばらく歩き、ようやくシャーウッドの森を出て、ローザー川の谷まできた。ここは、森とはまたちがう景色が広がっている。生け垣が続き、大麦の畑が広がって、牧草地が空へ向かってなだらかにのび、白い羊の群れが点々と散らばっている。干し草畑から、刈り取られたばかりの干し草の香りが漂い、なだらかに広がる刈り跡の上をかすめるようにアマツバメがヒュンヒュンと飛んでいる。こうした景色は、木々がうっそうと絡み合っている美しい森とは違うが、豊かで魅力に溢れていた。こうしてロビンは仲間を引きつれ、胸を張って頭を高く掲げ、干し草畑からそよ風が運んでくる香りをかぎながら、さっそうと歩いていった。

「実際、ここは森の木陰と同じくらい美しい場所だな。なぜ涙の谷などと呼ばれているのだ？　この世に悲しみをもたらすのは、おれたち人間の心の闇なのだ。おい、リトル・ジョン、おまえがよく歌っているあの歌では、なんと言っていたっけ？　こんなではなかったか？」

恋人の目がきらきらと、そう、きらきらと輝くとき
恋人の唇がたぐいまれなる笑みを浮かべるとき
その日は、明るくすばらしい、そう、すばらしい日
雨が降ろうが、日が照ろうが
濃いエールがあっという間に消えりゃ
おれたちの悲しみや悩みも過去のもの

「いやいや」タック修道僧がいかにも敬虔ぶって言った。「罰当たりなことばかり考えおって。よいか、悲しみや不安を避けるのに、エールや輝く目よりもいいものがあ

る。すなわち、断食、そして、瞑想だ。おれを見ろ、このおれが悲しみに沈んでいるように見えるか？」

それを聞いて、みんなはどっと笑った。というのも、前の晩、タックは仲間たちの二倍のエールを飲み干したからだ。

「確かにな」ロビンはさんざん笑って、やっとしゃべれるようになると言った。「悲しみのぶん、たっぷり断食や瞑想に励んでいるもんな」

こうしてしゃべったり歌ったり冗談を言い合ったり笑ったりしながら歩いていくと、やがて裕福なエメット小修道院が所有している小さな教会が現われた。ここそ、今日の朝、美しいエレンが結婚式を挙げる場所であり、ロビンたちが目指してきたところなのだ。風になびく大麦畑に囲まれた教会から街道をはさんだ向かいには、長い石塀が伸び、向こう側から若木や茂みが迫って、塀自体もところどころスイカズラの花に覆われ、あたりのあたたかな空気をあまねく甘い初夏の香りで満たしている。ロビンたちはすぐさま石塀を乗りこえ、反対側の背の高いやわらかな草の上に降りたった。木陰に寝そべっていた羊たちが驚いて、クモの子を散らすように逃げていく。石塀と、若木や茂みがひんやりと心地よい影を落としているところに腰をおろして、早朝からの長旅の疲れを癒やすことにした。

ロビンが言った。「さて、だれか一人、見張りに立って、教会にやってくる者が見えたら、知らせてほしい。ドンカスターのデイヴィッドに頼むか。よし、デイヴィッド、塀に登って、スイカズラに隠れて見張りをしてくれ」

そこで、デイヴィッドは言われたとおり見張りに立ち、ほかの者たちは草の上に寝そべって、しゃべったり、うとうとしたりした。あたりは静まりかえり、聞こえるのは、ボソボソとしゃべっている者たちの声と、アランがじっとしていられなくて歩きまわっている足音、それからやわらかい木にゆっくりとノコギリをあてているような、タックのくつろいだいびきだけになった。ロビンも仰向けに寝転んで、頭上の木々の葉を眺めながら、ぼんやりと空想にふけっていた。そのまま、ずいぶん時間が経ったころ、ロビンは言った。

「どうだ、ドンカスターのデイヴィッド、なにが見える？」

デイヴィッドは答えた。「白い雲が浮かんでいるのが見えます。風が吹いていて、黒いカラスが三羽、森の上を飛んでいきます。でも、ほかにはなにも見えません」

そこで、またみな、静まりかえったが、しばらくして、待ちきれなくなったのかロビンがふたたびたずねた。「さあ、デイヴィッド、今度はなにが見える？」

デイヴィッドは答えた。「風車が回り、ポプラの木が三本、空に向かってそびえ、揺れているのが見えます。ノハラツグミの群れが丘の向こうへ飛んでいきましたが、ほかにはなにも見えません」

ふたたび時は流れ、ついにロビンは三度目に同じことをきいた。デイヴィッドは答えた。「カッコーが鳴いているのが聞こえます。大麦畑が風に波打っているのが見えます。あ！　今、丘の向こうから教会のほうへ年取った修道僧がやってきました。手に大きな鍵束を持っています。見てください！　教会の扉の前までやってきました！」

ロビン・フッドは飛び起きて、タックの肩を揺さぶった。「起きろ、おい、起きるんだ、神父どの！」すると、ブツブツ言いながらタックは起きあがった。「ほら、さっさと目を覚ませ。あそこの、教会の扉の前におまえさんのお仲間がいる。いって、やつと話してこい。うまく教会の中に入って、いざ役目を果たすときがきたときに、そこにいるようにしろ。リトル・ジョンとウィル・スタトレイとおれもすぐにあとに続くから」

そこで、タック修道僧は塀を乗りこえ、街道を渡って、教会までいったが、年寄りの修道僧はまだ鍵と格闘していた。錠は錆びついていたし、修道僧はかなりの歳で、力がなかったのだ。

「もしもし、ご同輩」タックは声をかけた。「お手伝いいたそう」そして、僧の手から鍵を取って、一度回しただけで錠を開けた。

「ご親切な方よ、お名前は？」年寄りの修道僧は、息を切らしながら高い声でたずねた。「どこからいらして、どこへいきなさるところかね？」そして、太陽を見たフクロウみたいに、目をぱちくりさせてがっしりしたタックを見た。

「そのご質問の答えは、こうです。おれの名前はタックといって、ここからそう遠くないところからやってきました。ひょっとして、今日の結婚式が執り行われるあいだ、おれもいっしょに中に入れてもらえないかと思いましてね。おれは、フォウンテン谷からきたんですが、まあ、言ってみりゃ、貧しい世捨て人みたいなもんで、泉のほとりの庵で暮らしてるんです。その泉っていうのが、女の身としちゃもっとも惨い殉死を遂げられた聖セルドレーダさまに祝福された泉でね。聖女さまは、舌を切り取られて、死んだコクマルガラスみてえにしゃべれなくなっちまったんですよ。で、どうなったと思います？　いいですか、ご立派な聖女さまはまっすぐうちの泉にいらしたんですよ。そういうわけなんです。正直に言うと、おれ自身は泉の水からたいした御利益は受けちゃいませんがね。水が冷たくって、内臓がぐるぐるして気持ち悪くなっちまうんです」

年取った僧は、ゼイゼイしながらかん高い声で言った。「しかし、聖女さまはその泉にいらしたあと、どうなったんです？」

「ああ、泉の水を飲んですぐさま癒やされたんですよ。よこしまなやろうなら、そんなのは天の贈り物なんかじゃない、本人がそう言ってるだけだって言うでしょうし、実際そう思う連中も多いでしょうがね。さて、おれの勘違いじゃなきゃ、今日、ここですばらしい結婚式があるんでしょう？　ご同輩がいいとおっしゃってくださるなら、中の涼しいところで、ご立派な式を見物したいもんです」

「もちろん、歓迎いたしますぞ」老人は先に立って、教会に入っていった。一方のロビン・フッドは例のハープ弾きのかっこうで、リトル・ジョンとウィル・スタトレイといっしょに教会までやってきた。そして、扉のわきのベンチにすわったが、リトル・ジョンは金貨二袋を持ったまま、ウィル・スタトレイといっしょに中に入っていった。

　ロビンは扉の横で、だれかやってこないかと街道の左右を見わたしていたが、しばらくすると、六人の男が馬に乗って悠然と現われた。それもそのはず、彼らは身分の高い聖職者だったのだ。六人が近くまできて、顔が見えるようになると、ロビンはすぐにだれだかわかった。先頭にいるのは、ヒヤフォードの大僧正だ。だれもが振り返るような、最高級の絹で仕立てられた祭服をまとい、立派な金の鎖を首に提げている。剃った頭を隠している帽子は黒いビロードで、へりを飾る金の台にはめこまれた宝石が、日の光を反射してきらきら輝いている。長靴下は炎のような真紅の絹で、黒いビロードの靴は尖ったつま先がそりかえり、鎖で膝に結びつけてあった。足の甲まわりには金糸で十字架が刺繍してある。大僧正の横には、エメット小修道院長が、女性用の気取った乗馬にまたがっていた。やはり豪華な衣装に身を包んでいるが、大僧正ほど派手ではない。二人のうしろには、身分の高い修道僧が二人、さらにうしろには大僧正の家来が二人続いていた。ヒヤフォードの大僧正は、聖職者の中の大男爵のような地位を手に入れようと目論んでいたのだ。

一行が絹や宝石をきらめかせ、銀の鈴をチリンチリンと鳴らしながら馬を進めてくるのを見て、ロビンは顔をしかめた。「あの大僧正は、聖職者のくせにずいぶん飾り立てていやがる。やつの守護聖人であられる聖トマスが、あの首にかけた金の鎖や絹の祭服やとんがった靴を見てどう思われるか知りたいもんだ。ああしたものを買う金は、貧しい小作人たちの汗から搾り取ったにちがいない。大僧正め、うぬぼれの鼻をすぐさまへし折ってやるからな」

聖職者たちが教会までやってくると、大僧正と修道院長がとても聖職者とは思えない言葉を使い、女のことで冗談を言ったり笑ったりしているのが聞こえてきた。馬をおりると、大僧正はまわりを見まわし、扉の横にロビンがすわっているのに目を止めた。「おい、そこの男」大僧正は上機嫌で声をかけた。「派手な小鳥のような衣装を見せびらかしているおまえは、何者じゃ？」

「北からまいりましたハープ弾きでございます。このイングランドじゅうを見まわしましても、わたしほどうまく弦をかき鳴らす者はいないでしょう。まことに、大僧正さま、騎士から市民まで、聖職者もそうでない者も、わたしの音楽を聴いたら最後、どうしたって踊らずにはいられないのでございます。たとえ、踊りたくないと思っていても。それこそが、わがハープの魔法なのです。ですから、今から行われる結婚式でも、わたしがこのハープを弾けば、必ずや美しい花嫁が花婿を愛するようになり、一生その愛が続くことを約束いたします」

「ほう！　それはまことか？」大僧正は言って、念を押した。「本当なのだな？」そして、ロビンに鋭い視線を投げかけたが、ロビンも堂々とその目を見返した。「そういうことなら、もしおまえの言う通り、花嫁（わがいとこのスティーヴンをすっかりとりこにしたのだ）が未来の夫を愛するよう仕向けることができれば、なんなりと望みのものを取らせよう。試しにおまえの腕前を少し披露してみろ」

「いいえ、たとえ大僧正さまの命令であろうとも、わたしは弾くと決めたときにしか弾かないのです。その花嫁と花婿がくるまでは、弦には指一本触れませぬ」

「わしに向かってそんな口を利くとは、無礼な悪党め」大僧正はロビンをにらみつけた。「しかし、今回は目をつぶるしかないだろう。修道院長、見ろ、いとこのスティーヴン卿と娘がやってきたぞ」

はたして、曲がり角の向こうから、馬に乗った一行が現われた。先頭は、背が高くやせた、いかにも騎士然とした男で、黒い絹の服に身を包み、黒いビロードの帽子の折り返しだけが真紅で目立っている。ひと目見て、ロビンは彼がスティーヴン卿だと確信した。騎士らしい身のこなしと白くなった髪から、それとわかる。横に馬を並べているのは、がっしりしたサクソン人の地主だ。エレンの父親の、ディアウォルトのエドワードだろう。二人のうしろの、二頭の馬が運ぶ輿を見て、あの中に乗っているのがエレンにちがいないとロビンは思った。輿のうしろには鎧をつけた六人の男たちが続き、鋼鉄のかぶとを光らせ、鎧をガチャガチャと鳴らしながら、土埃の舞う街道をやってくる。

こちらの一行も教会に到着すると、スティーヴン卿が馬から飛び降り、輿までいって、美しいエレンが降りるのに手を貸した。それを見て、ロビン・フッドは、誇り高い騎士であろうトレントのスティーヴン卿が、平民の地主の娘を花嫁に欲した理由が、はっきりとわかった。なんだかんだ言う余地すらない。なぜなら、エレンは、これまで見たこともないような美しい娘だったのだ。とはいえ、今のエレンは、頬は青白くやつれ、手折られた白いユリのようだった。エレンはうなだれたまま、悲しみに沈んだようすで、スティーヴン卿のあとについて教会に入っていった。

「なぜ竪琴を弾かぬのだ?」大僧正はロビンをにらみつけた。

ロビンは落ち着きはらって答えた。「いえいえ、大僧正どのが思われるよりもうまいときに弾きますから。今はまだ、そのときではないのです」

大僧正はロビンをおそろしい顔でにらみつけ、心の中で呟いた。「この結婚式が終わったら、こやつをふてぶてしい物言いと無礼なことを申した罪で鞭打ってやろう」

さて、美しいエレンとスティーヴン卿は祭壇の前に立ち、祭服を着た大僧正自らが聖書を開いた。エレンは顔をあげ、猟犬に追われているのに気づいた子鹿のように悲痛な表情でまわりを見まわした。そのとき、赤や黄のリボンやたれ飾りをはためかせ、ロビン・フッドがのしのしと前へ進み出たのだ。さっきまで寄りかかっていた柱から三歩で花嫁と花婿のあいだに割りこむと、ロビンは大声で呼ばわった。

「この娘の顔を見せてくだされ! なんと、これはどうしたことだ? その頬に咲いているのは、ユリの花ではないか。美しい花嫁に似合うのは、薔薇の花だというのに。この結婚式は正しいものとは言えぬ。そこの騎士どの、そなたはあまりにも年取っていて、娘はあまりにも若い。なのに、娘を妻にできると思ったのか？　あきらめるのだな、なぜなら、娘が本当に愛しているのは、そなたではないからだ」

それを聞いて、みな、どこを見たらいいのか、どう考えればいいのか、何を言えばいいのかもわからずに、ぼうぜんと立ち尽くした。目の前の出来事にすっかり混乱していたのだ。みなが石になったかのように口ビンを見つめている中、ロビンは角笛を口に当て、三度吹き鳴らした。澄み切った音が、最後の審判のラッパのように屋根にまで反響する。角笛の音が響きわたるやいなや、リトル・ジョンとウィル・スタトレイが躍りこんできて、ロビン・フッドの両側に立ち、すらりと剣を抜いた。そのとき、頭上に野太い声がうねるように響いた。「参上しましたぞ、お頭、お呼びで？」そうオルガン席から呼ばわったのは、タック修道僧だった。

教会じゅうが騒然となり、怒り狂った花嫁の父のエドワードが、娘を引き離そうと前へ進み出た。しかし、リトル・ジョンがすかさずあいだに立って、エドワードを押し返した。「下がってろ、おいぼれ。今日は、足を縛られた馬みてえにじっとしてるんだな」

「悪党どもをやっつけろ！」スティーヴン卿はさけんで、腰に手をやったが、結婚式のために剣は下げていなかった。

ロビン・フッド、スティーヴン卿と花嫁のあいだに割って入る

武装した男たちがいっせいに剣を抜いた。血のふりそそぐ戦いになるかと思われたとき、入り口のあたりがふいに騒がしくなり、どなり声が響いて、剣が閃き、殴り合う音がした。武装した男たちは思わずうしろに下がった。というのも、緑の服に身を包んだ十八人の強者たちが躍りこんできたのだ。先頭にいるのはアラン・ア・デールで、さっと片膝をつき、手に持ったイチイの弓をロビンに差しだした。

それを見たディアウォルトのエドワードは怒りに満ちた声でどなった。「おまえか、アラン・ア・デール。教会でこのような騒ぎを引き起こしたのは？」

「いいや、ちがう」ロビンは言った。「おれだよ。知っていようがいまいが構わんが、おれの名はロビン・フッドだ」

その名前を聞いたとたん、教会の中は静まりかえった。エメット小修道院長と家来たちは、狼のにおいをかぎつけた羊の群れのように恐れをなして寄り集まり、ヒヤフォードの大僧正は聖書を置いて、いかにも敬虔なようすで十字を切った。「天よ、あの悪党からわれらを守りたまえ」

「いや、おまえさんたちをひどい目にあわせるつもりはない。だが、ここに美しいエレンの本当の花婿がいる。エレンと彼が結婚するか、ここにいる者たちが痛い目にあうか、どちらかだ」

勇猛なエドワードが激した声でどなった。「断る！　わたしは、父親だ。娘はほかのだれでもない、スティーヴン卿と結婚するのだ」

すると、まわりでこの騒ぎが繰り広げられているあいだじゅう、さげすむように頭を高くあげて黙っていたスティーヴン卿が冷ややかに言った。「いや、エドワード。おまえの娘を連れて帰れ。このようなことになった以上、たとえ全イングランドが手に入ると言われても、おまえの娘となど、結婚せぬわ。言っておくが、わたしは年寄りかもしれぬが、おまえの娘を愛していたし、豚小屋から宝石を拾うようにおまえの娘を奉(たてまつ)ってやるつもりだった。誓って言うが、娘がこいつと愛し合っていることなど知らなかったのだ。娘よ、高貴な生まれの騎士よりも物乞(ものご)いのような吟遊詩人を選ぶというなら、そうするがよい。このような身分の低い者どもに囲まれてこれ以上しゃべるのは、耐えがたい屈辱(くつじょく)ゆえ、帰らせてもらう」そう言い残すと、スティーヴン卿はきびすを返し、家来たちを連れて教会の通路を堂々と歩き去った。ロビンの手下たちは、卿のさげすみの言葉にしんとなったが、タック修道僧は聖歌隊席から身を乗り出し、卿の後ろ姿に向かってどなった。「さらばじゃ、騎士どの。貴殿のような年寄りは、若い者に道を譲らなきゃあな」しかし、スティーヴン卿は答えるどころか振り返りもせず、何も聞こえなかったかのように家来たちを従え、外へ出ていった。

すると、ヒヤフォードの大僧正も慌てて言った。「では、わしももう、ここに用はないゆえ、帰らせてもらおう」そして、すぐさま出ていこうとしたが、ロビン・フッドに服をつかまれた。「まあ、待て、大僧正どの。あなたにはまだ話があるのだ」大僧正はもはやこれまでと、がっくりした顔をしてロビンの言うとおり足を止めた。すると、ロビン・フッドはディアウォルトのエドワードのほうに向き直った。「娘と若者の結婚を祝福してやれ。そうすれば、すべて丸く収まる。リトル・ジョン、金貨の袋をくれ。これを見よ。ここにピカピカのエンジェル金貨が二百枚ある。おれの言ったとおり、祝福を与えるなら、おまえの娘の持参金として一枚残らずやる。祝福しないとしても、どちらにしろ娘は結婚するが、ひびの入ったファージング銅貨一枚、おまえの手には渡らん。どちらにするか、選べ」

エドワードは眉をくっと寄せて地面を見つめ、ロビンが言ったことについて考えに考えた。が、結局のところ、彼は抜け目のない男であり、もぎ取られてしまった花は最大限に活用するしかないのだ。エドワードはようやく顔をあげたが、暗い声で言った。「ふしだらな娘がそうしたいというなら、そうさせてやる。娘を貴婦人にしてやろうと思ったのに。だが、本人が自分の将来を選ぶというのなら、今後一切、娘とは関わらん。だが、正式に結婚するというのなら、祝福は授けよう」

「どうやって?」エメット小修道院の者が声をあげた。「結婚予告も正式に出していない上に、結婚式を執り行う神父もいないのだぞ」

「今なんと言った?」聖歌隊席からタックが教会に響きわたるような声で言った。「神父がいないとな? おいおい、ここにおまえらと同じ神父がいるぞ。言っとくが、一週間毎日、神父をやっとるわい。結婚予告のことなら、そんな些細なものに躓くことはない。なぜって、このおれが予告を出してやるからさ」そう言って、タックは予告を行った。それから、古いバラッドを唱えはじめたが、三回では足りないとばかりに九回も繰り返した。そして、終わるやいなや聖歌隊席から降りてきて、いきなり結婚式を挙げたのだ。こうしてアランとエレンは正式に夫婦となった。

それから、ロビンがエンジェル金貨を二百枚数え、ディアウォルトのエドワードに渡すと、エドワードは娘に祝福を与えたが、渋々といったようすだった。それが終わると、ロビンの仲間たちが集まってきて、アランと握手をし、アランはエレンの手を取って、幸せのあまりぼーっとしたようすでまわりを見まわした。

最後に、ロビンは、一部始終をむっつりした顔で見ていたヒヤフォードの大僧正のほうに向き直り、上機嫌で言った。「大僧正どの、この娘が未来の夫を愛するように仕向けることができれば、望みのものをなんでもやると約束したのを覚えておられるだろうな。おれはちゃんと約束を果たし、娘は夫を愛することとなった。おれがいなけりゃあ、そうはならなかっただろう。というわけで、約束を果たしていただこう。おれが思うに、大僧正どのはそいつがないほうがずっと大僧正どのらしいゆえ、その首にかけている金の鎖を花嫁の結婚祝いにいただきたいのだが」

大僧正の頬は怒りで真っ赤になり、目がぎらりと光った。そして、おそろしい顔でロビンをにらみつけたが、相手の顔を見て、思いとどまり、のろのろと首から鎖を外すと、ロビンに差しだした。ロビンがエレンの首にかけてやると、鎖はきらきらと輝いた。ロビンは上機嫌で言った。「花嫁に代わって、すばらしい贈り物の礼を言おう。それに、本当のことを言って、大僧正どのは鎖などないほうが、ずっと上品でいらっしゃる。今度、シャーウッドの森の近くにいらした際には、いまだかってご覧になったことがないようなすばらしいごちそうをご用意しよう」

「めっそうもない！」大僧正はむきになってさけんだ。というのも、シャーウッドの森で客人に供される宴の作法については、知りすぎるほどよく知っていたからだ。

ロビン・フッドは仲間たちを集め、アランと花嫁を真ん中にして、森へもどっていった。帰り道、タック修道僧はロビンの近くへいって、袖を引っぱった。「お頭、お頭はずいぶんと楽しい日々を過ごしてるじゃあ、ありませんか。どうです、仲間たちのためにも教会の儀式を執り行う専属の神父が必要だと思いませんかね、つまりは、おれみてえなってことだが？　実のところ、おれはこの暮らしがすっかり気に入っちまいましてね」それを聞くと、ロビン・フッドは大笑いして、それが望みならこのまま留（とど）まって、仲間になるようにと言った。

その夜、緑の森でノッティンガムシアの人々がいまだかつて見たことがないような宴が開かれた。われわれが招かれることはなく、それは残念なことには違いない。なので、これ以上そのすばらしさを見せつけられぬよう、宴の話はこのくらいにしておこう。

こうして、ロビンとタック修道僧がアラン・ア・デールを助けてやった物語は幕を閉じる。さて、またすぐに、愛しあう者たちを悩ませることになる事件についてお話しすることになる。ロビン・フッドが切に助けを必要としている騎士を救ったときの物語だ。では、お聞き願おう。

第五部

ロビン・フッドが、悲しみに沈む騎士に出会い、シャーウッドへ連れてきたいきさつ。ヒヤフォードの大僧正が、思いもよらず気前よくするはめになったこと。リーのリチャード卿が、エメット小修道院長とロビン・フッドそれぞれに、期日までに借金を払ったこと。

第一章　ロビン・フッド、悲しみに沈む騎士に手をさしのべる

穏やかな春は、花咲き乱れる美しさの中、過ぎていった。銀色の春雨(はるさめ)、あたたかな太陽、緑の牧草地に、春の花々。そして、夏も同じように過ぎていった。黄色い陽の光、ゆらめくような暑さと、こんもりと生(お)い茂った葉、長いたそがれと芳醇(ほうじゅん)な夜には、カエルたちが鳴き、妖精の一族が丘に出てくると言われている。それも過ぎると、今度は秋が、秋独特の喜びと楽しみを携(たずさ)えてやってくる。収穫された穀物は蓄えられ、落ち穂拾いの陽気な一

団があちこちを放浪し、昼間は街道で歌い、夜は生け垣の下や干し草の山の陰で眠る。枝の絡み合った茂みで野バラの実が燃えるように赤く輝き、サンザシが真っ黒い実をつける。麦畑の刈り跡はカサカサに乾き、空に無防備な姿をさらす。緑の葉はあっという間に黄色や茶色に染まる。また、この気持ちの良い季節には、その年のすばらしいものがたっぷりと貯めこまれる。貯蔵室で褐色のエールが熟し、燻製小屋にハムやベーコンが吊り下げられ、リンゴは冬に焼く時のために藁の中にしまわれる。そのころには、北風が吹いて、切り妻屋根のまわりに雪が吹きだまり、暖炉で暖かな火がパチパチと音を立てるようになる。

昔も今も、季節はこうして過ぎていく。そして、これからもそうだろう。一方の人間たちは、散ってすぐに忘れ去られる木の葉のように、現われては消えていくのだ。

ロビン・フッドはフンフンと空気のにおいをかいだ。「なんともいい天気だな、リトル・ジョン。だらだらむだに過ごすにはもったいない日だ。どうだ、おまえは、好きなやつを何人か選んで東へいく、そしておれは西へいって、緑の木の下でわれらと食事を共にする上客を連れてこようではないか」

「そりゃいい」リトル・ジョンは喜んで手を叩いた。「まさに、剣と柄みたいにおれのやりたいこととぴったりだ。客を連れて帰るか、さもなきゃ、おれももどってこないかだ」
そこで、二人はそれぞれ、仲間の中からいっしょにいく者を選び、別々の方向へ出発した。

さて、同時に二つの道へいって、双方の冒険に加わるのは無理だから、リトル・ジョンはそのままいかせることにして、上着のすそを持ちあげ、ロビン・フッドのほうを追いかけることにしよう。連れの面々もなかなかだ。ロビン・フッドにウィル・スカーレット、アラン・ア・デール、ウィル・スカースロック、粉屋の息子のミッジといった顔ぶれだ。タックと二十人かそこらの強者(つわもの)たちが、もどってきた者たちを迎える準備をするために残ったが、あとの者たちはみな、ロビン・フッドかリトル・ジョンと共に出かけていった。

ロビンは気の向くままに、仲間たちはロビンに従って、どんどん進んでいった。農場と田舎家(いなかや)のある広々とした谷を抜け、ふたたび森に入り、美しいマンスフィールドの町にほど近い道を歩いていく。町の塔や胸壁や尖塔(せんとう)が陽の光の中でほほえんでいる。そしてついに、森に覆われた土地を出た。それでもさらに進み、街道や横道を経て、気のいいおかみさんや陽気な娘たちが開き窓から見目(みめ)のいい若者たちが歩いていくのをこっそり覗(のぞ)いている村々を抜け、ついにダービーシアのアルバートンの先まできた。そのころにはすっかり日は高くなっていたが、シャーウッドに連れて帰るほどの客にはついぞお目にかからない。やがて、二つの道が交(まじ)わるところに出ると、聖廟(せいびょう)が立っていた。ロビンは、みなに止まるように言った。両側に高い生け垣があり、陰に隠れてのんびりと街道のようすを見張りつつ、昼食をとるのにぴったりだったからだ。

「一休みするのにちょうどいい。おれたちみたいな平和な男たちが、静かに食事ができそうじゃないか。ここでいったん休もう。ことによると向こうからなにかやってくるかもしれないしな」そこで、ロビンたちは踏み越し段を越えて、生け垣の裏に回ると、やわらかな陽の光が差す、ふんわりした草の上に腰を下ろした。それから、それぞれ腰にぶら下げていた袋から、持ってきた食料を取り出した。このような楽しい旅は三月の風のように猛烈な食欲を誘うものなのだ。そこで、それ以上だれもひと言もしゃべらず——というのも、おしゃべりに口を使っている余裕などなかったから——茶色いパンや冷肉をむしゃむしゃとやり出した。

目の前には、いくつかある街道のうち一本が、急な丘の斜面を這(は)うようにのぼり、頂上を越えたところでいきなりぐっとくだって、空を背景に生け垣と生い茂った草がくっきりと浮かびあがっていた。風の吹きつける頂上から、うしろの谷に落ちかけているように見える家々の軒がのぞき、風車小屋の屋根らしきものも見える。そよ風が吹くと風車の羽根がギィーと音を立ててのろのろと回転し、丘のうしろから青空に向かってのびる風車の羽根が見えかくれしている。

ロビンたちは生け垣の裏に寝そべったまま、昼食を終えたが、時間がみるみる過ぎていくのにもかかわらず、だれも現われない。しかし、ついに丘の向こうから、馬に乗った男がのろのろとやってくるのが見えた。石ころだらけの道を、ロビンたちが隠れているほうにおりてくる。立派な騎士だが、顔からは悲しみが溢(あふ)れ、打ちひしがれたようすだ。服は上質だが簡素で、彼ほどの身分のものならたいていつけている金の鎖や宝石も一切(いっさい)つけていない。だが、だれが見ても、高貴な生まれの誇り高い騎士だというのはすぐにわかった。がっくりとうなだれて、両手もだらりと垂れ、悲しみに沈みきってゆっくり馬を進めてくる。その馬さえも、手綱(たづな)がゆるみきって、主人の嘆きを共に負うかのように頭(こうべ)を垂れていた。

ロビン・フッドが言った。「あそこの悲しげな顔をした男は、今朝、上着に飾りをつけるのを忘れたようだな。だが、ちょっといって、話してみよう。コクマルガラスの空(す)きっ腹(ぱら)を満たすぶんくらいは、持ってるかもしれないからな。確かに本人はしょぼくれてるが、服は上等だ。ひとつおれが調べてくるから、ここで待っていてくれ」

そう言うと、ロビンは立ちあがって、みなのもとを離れ、聖廟のある側へ道を渡ると、悲しみに沈んだ騎士が近づいてくるのを待った。そして、騎士の馬がのろのろとこちらへやってくると、いきなりその前に立ちふさがり、馬の手綱をつかんだ。「待ってくれ、騎士どの。ちょっとでいいので、止まっていただけぬか。二言三言言いたいことがあるんでね」

「めぐみ深い国王陛下の街道で、このように旅人を引き留めるとは、おまえは何者だ？」

「ほう、そりゃまた、難しい質問だな。おれのことを親切だという者もいれば、無慈悲だという者もいる。おれを善良な正直者だという者もいれば、盗人の悪党だという者もいる。この世の中には、ヒキガエルのイボみたいにいろんな目があるからな。騎士どのがどんな目でおれを見るかは、騎士どのご自身にかかってる。おれはロビン・フッドと申す者だ」

「ほう、ロビンどのか」騎士の唇の端がピクッと動き、笑みが浮かんだ。「ずいぶんと風変わりで独特な考えを持っているのだな。わたしの目だが、なかなかそなたのことを好ましく見ているようだぞ。そなたについては、良い話をたくさん聞いているからな。悪い話はほんの少しだ。して、わたしになんの用かな？」

陽気なロビン、悲しみにくれる騎士を呼びとめる

「誓って申し上げますが、騎士どのならば、知恵者のスワントホールドじいさんの言葉をご存じだろう。じいさんいわく、『耳に心地よい言葉は、たやすく口にできるところは汚い言葉と変わらぬが、殴打（おうだ）でなく親切をもたらす』ってね。本日、この言葉にうそいつわりがないことをお見せしましょう。もしシャーウッドの森にごいっしょしていただければ、これまで味わったことのないようなごちそうを用意いたそう」

「それはご親切なことだ。しかしながら、わたしなど、見るからにうっとうしげで、悲しみに沈んだ客になるだけだ。このままわたしをいかせたほうが、そなたのためにもよいと思うぞ」

「いやいや」ロビンは言った。「そのままいかれるのもよいが、ひとつだけ聞いてくだされ。われわれはシャーウッドの森の奥深くに、言ってみれば宿屋のようなものを開いているのだが、街道や踏み固められた道からは離れているため、そうそうお客がこないのだ。ゆえに、商売あがったりとなると、こうして友人たちと客人を探しに出てくるという、そんなありさま。さらにもうひとつ、申し上げておきたいのは、お客人にはお代をしっかり払っていただくつもりだってことだ」

「そなたの言いたいことはよくわかった」騎士はきまじめに答えた。「しかし、そういうことなら、わたしはあなたのお客人に相応（ふさわ）しくない。なぜなら、金を持っていないのだ」

「まことか?」ロビンは鋭い目で騎士を見た。「そう言われては、信じるしかないが、騎士どの、騎士どののような身分の方々には、見かけほど、おっしゃることが信用できない方もいるんでね。おれがちょいと確かめても、気を悪くしないでいただきたい」そう言って、ロビンは手綱をつかんだまま、指を唇に当てて口笛を吹いた。かん高い音が鳴り響くやいなや、八十人ほどの男たちは踏み越し段を跳び越えて、騎士とロビンのところまでやってきた。ロビンは誇らしげに言った。「おれの手下たちだ。喜びも悩みも、稼ぎも損も同じように分け合っている。騎士どの、どのくらい持っているか、教えていただこうじゃないか」

騎士はしばらく黙っていたが、じわじわと頬に赤みが差し、ついにロビンの顔をまっすぐ見て言った。「恥じているわけではないのに、なぜ恥ずかしく思うのか、自分でも分からぬが、友よ、今言ったことは本当なのだ。わたしの財布には十シリングしか入っていない。それがリーのリチャード卿の全財産なのだ」

リチャード卿の告白を聞いて、みなしんとなったが、ロビンが言った。「騎士の言葉にかけて、それが全財産と申されるのだな?」

「そうだ。真の騎士として、もっとも厳かな言葉で誓おう、それがわたしが持っている全財産だと。さあ、これが財布だ。そなたの目で確かめるがよい」そして、ロビンに財布を差しだした。

「その財布はおしまいください」ロビンは言った。「あなたのような立派な生まれの騎士の言葉を疑いはしない。おごり高ぶっている者の鼻はへし折りたいが、悲しみに沈む者には、できれば救いの手をさしのべたいと思っているのだ。さあ、リチャード卿、気を取り直し、われらとともに緑の森へいらっしゃらぬか。もしかしたら、お助けすることができるかもしれぬ。かのイングランドのアゼルスタン王も、王の命を狙った者が、目の見えない小さなモグラが掘った溝にはまったおかげで命拾いしたというのですから」

「なるほど、友よ。そなたなりの厚意を示してくださっているのだろう。わが悲しみを、そなたに癒やすことができるとは思えぬが、今日はそなたと共にシャーウッドの森にいくとしよう」そして、騎士は馬の頭を巡らせると、ロビンとウィル・スカーレットに挟まれるかっこうで森へ向かった。ほかの者もしずしずとそのあとに続いた。

そうしてしばらく歩きつづけたころ、ロビン・フッドが言った。「騎士どの、くだらない質問で煩わせるつもりはないのだが、悲しみの理由をお聞かせくださるつもりはおありか？」

「実のところ、お話しできぬ理由はない。こういうことなのだ。わたしの城と土地は借金の抵当に取られている。今から三日のうちに金を返さなければ、わが領土はすべて失われ、エメットの小修道院長の手に渡るのだ。やつらは、一度飲みこんだものは二度と外へは出さぬからな」

「なぜ騎士どののような方々は、大潮の時の太陽に照らされる雪のごとく富が消えうせるような暮らしをなさるんです？」

「ロビンどのは誤解している。こういうことなのだ。わたしには息子がいるが、弱冠二十歳にして、騎士として名を挙げていた。しかし、去年のあの不運な日、チェスターで開かれた槍試合（やりじあい）に出かけたのだ。わたしと妻もいっしょだった。われらにとって誇り高き日になると思っていたのだ。息子は、戦った相手をことごとく落馬させていたからな。そして最後に、すぐれた騎士であるランカスターのウォルター卿と対戦することになった。息子は若さに溢れていたが、馬から落ちずに踏みとどまり、両者の槍は柄まで震えが走るほどであった。ところが、息子の槍の穂先が欠けて、ウォルター卿のかぶとの面頬（めんぼお）を貫（つらぬ）いて目に刺さり、脳にまで達してしまったのだ。ウォルター卿は、盾（たて）持ちがかぶとを外す間すらなく事切れてしまった。それでだ、ウォルター卿には宮廷に力のある友人が多くいてな、卿の親戚（しんせき）が事を荒立て、わたしは息子

リーの若き騎士、ランカスターの騎士を破る

を牢へ送らぬために金貨で六百ポンドを支払わねばならなくなった。それでも、それですべて終わりになったかもしれぬ。裏の事情や法のねじ曲げによって、わたしは、毛を刈られた羊のように丸裸にされてしまったとはいえな。だが、そのために、土地を抵当にエメット小修道院長から金を借りるはめになり、向こうは、こちらがどうしても金が入り用なのを知っているから、法外な条件をつきつけてきたのだ。わかっていただきたいのは、領土のことで嘆いているのは、愛しい妻のことを思うからなのだ」

「息子さんは今、どこにいるのです？」騎士の話をひと言もらさず聞いたあとで、ロビンはたずねた。

「パレスチナだ。勇敢なキリスト教徒として、十字架と聖墳[1]を守るために戦っている。実のところ、ウォルター卿のことがあって、ランカスターの親戚たちに憎まれているため、もはやイングランドには居づらいのだ」

「なるほど」ロビンはいたく心を動かされて言った。「確かに、つらい運命であられるな。エメットには領土の見返りとしてどのくらい借りてらっしゃるのだ？」

「たった四百ポンドなのだ」リチャード卿は答えた。

それを聞いて、ロビンは怒りのあまり腿をぴしゃりとたたいた。「あの吸血鬼め！　壮大なる領土をわずか四百ポンドで没収するとは！　領土を失った場合、卿はどうなさるおつもりか？」

「そうなっても、わたし自身は問題はない。だが、わが愛する妻は、領土を失えば親戚に身を寄せ、世話になるしかない。誇り高い妻は心が張り裂ける思いを味わうことになろう。わたしは海を渡り、パレスチナで息子と共に聖墳のために戦うまでだ」

するると、ウィル・スカーレットが口を開いた。「卿がこれほどの目にあっているのに、助けてくれる友はいらっしゃらぬのか？」

「だれ一人、手を貸してはくれぬ。わたしに金があったころは、大勢の友がいて、みな口々にわたしのことを愛していると言ってくれたものだが、オークの木が倒れるやいなや、自分まで潰されてはかなわぬと、豚のように大樹の陰から散っていった。友はみな、わたしのもとから去っていったのだ。わたしが貧乏になっただけでなく、巨大な敵を作ってしまったから」

ロビンは言った。「リチャード卿、卿は今、友はいないとおっしゃいましたが、自慢ではありませんが、困ったときこそ、このロビン・フッドを友と思ってくれる者たちはたくさんおります。元気をお出しください、リチャード卿。もしかしたら手をお貸しできるかもしれません」

騎士はうっすら笑みを浮かべて首を振ったが、ロビンの言葉で少し心が明るくなったようだった。真の希望は、どんなにかすかであっても、ほんの一グロート[2]の灯心草のろうそくのように暗闇でかすかな光を放つものなのだ。

緑の森の大樹までもどってきたころには、日が暮れかかっていた。遠くからでも、大勢の男たちがいるのが見えた。リトル・ジョンが客人を連れてきたのだ。近くまでいくと、なんとそこにいたのは、ヒヤフォードの大僧正だった。大僧正がイライラしているのはすぐにわかった。木の下を、鶏小屋から出られなくなったキツネみた

1　キリストの遺体が葬られていた墓。
2　4ペンス銀貨。とても小さな金額。

いにうろうろ歩きまわっている。大僧正のうしろで、黒い僧衣を着た修道僧たちが、嵐にあった三頭の黒羊のように怯えきって身を寄せ合い、すぐそばの木の枝に六頭の馬が繋がれている。そのうち一頭は、派手な馬具をつけたバーバリー産の馬で、大僧正の乗馬にちがいない。ほかの馬たちは形や大きさもまちまちの荷物を積んでおり、そのうちひとつを見て、ロビンの目はきらりと光った。そんなに大きくはないが、鉄枠やひもでぐるぐる巻きにされていたのだ。

ロビンの一行が森の中の草地に入ってきたのを見ると、大僧正は跳びかからんばかりに見えたが、見張りの男たちがさっと六尺棒を突き出して、うしろに下がらせた。大僧正は眉をしかめ、怒りの声をあげた。

「まあ待て、大僧正どの」ロビンはそのようすを見て、上機嫌でどなった。「今すぐそちらへいきますから。というのも、今まさに、イングランドじゅうのだれよりも大僧正どのにお会いしたいと思っていたのだ」ロビンは足を速め、怒り狂っている大僧正のところまでいった。

「どういうことだ」ロビンが目の前にくると、大僧正は怒りに満ちた声で問いただした。「これが、わしのような身分にある聖職者をもてなす態度か？　わしとここにいる僧たちは、十人ほどの護衛に守られ、荷馬を連れて平和に街道を旅していたのだ。

にもかかわらず、いきなり二メートルはあろうかという大男が八十人ほどの手下をひきつれて、止まれと申した。この、ヒヤフォードの大僧正であるわしにむかってだぞ！　とたんに、護衛どもはみなクモの子を散らすように逃げていきおったのだ。臆病者どもめ、罰が下るがよい！　しかも、いいか、こやつはわしを止めただけでなく、ロビン・フッドがわしを冬の生け垣みたいに丸裸にしてくれると抜かしおったのだ。さらには、わしのことを『でぶ僧正』だの『人食い僧正』だの『金を貪る高利貸し』だの、まるで宿なしの物乞いか鋳掛屋であるかのように無礼な名前で呼びおった。それだけではない。ここにきてみたら、ぶくぶくに太った偽神父が、居酒屋の客かなにかのようにこのわしの肩をぴしゃりと叩きおった」

「なんだと！　もう一度言ってみろ！」タックがみなを押しのけて大僧正の前に飛びだしてきた。「もう一度言ってみろってんだ！」そして、大僧正の鼻の下でパチンと指を鳴らしたものだから、大僧正は雷が鳴ったかのように、うしろに飛びのいた。

「偽神父と言いやがったな！　いいか大僧正、おれはてめえと同じ聖職についてるもんだ。てめえと同じように学もあらあ！　まあ、いまいましいラテン語だけは、だめだったがな。舌が、立派な英語用の形をしてんだ。だが、いいか、でぶ、おれはてめえと同じようにひと言もまちがえずに主の祈りも聖母マリアの祈りも唱えられるんだよ！」

　大僧正は、怒った猫のようにタックをにらみつけた。これには、リチャード卿すら笑っていたが、ロビンはまじめくさった顔のまま言った。「下がれ、タック。そんなふうに大僧正どのに面と向かって失礼なことを言うでない。ああ、わが手下たちがこのような失礼を申し上げたとは！　われらは、聖職にある方々に大いなる敬意を持っておりまする。リトル・ジョン、前へ出ろ」

　リトル・ジョンは、「お頭、お慈悲を！」とでも言いたげなおかしな表情を浮かべ、前へ出た。ロビンはヒヤフォードの大僧正のほうに向き直って、たずねた。「大僧正どのに無礼な口を利いたのは、こいつでしょうか？」

「ああ、まさしくこの男だ。罪深いやつめ」

「リトル・ジョン、おまえは大僧正どののことを『でぶ僧正』などと呼んだのか？」ロビンは悲しそうな声で言った。

「はい」リトル・ジョンは悲嘆に暮れたようすで答えた。

「『人食い僧正』とも？」

「はい」リトル・ジョンはますます悲しそうに言った。

「『金を貪る高利貸し』ともか？」

「はい」リトル・ジョンの悲しげな声といったら、ウォントリーの竜[3]すら涙を流さずにはいられないほどだった。

「ああ！　まあ、こいつが言ったってことはまちがいないでしょうな！」ロビンは上機嫌で大僧正のほうを振り返った。「なにしろ、リトル・ジョンはむかしから正直者なんです」

ロビンがそう言ったとたん、どっと笑い声があがり、大僧正の顔にさあっと血がのぼって、頭のてっぺんからあごの先までサクランボみたいに真っ赤になった。しかし、大僧正は息が詰まりそうになりながらも、ぐっと言葉を飲みこんだ。

「いやいや、大僧正どの、われらは荒っぽい連中ではありますが、僧正どのがお考えになるほどよこしまではありません。僧正どのの髪の毛一本傷つける者はおりませぬよ。われわれの冗談にお苛立ちなのはわかっておりますが、この緑の森ではみな平等、僧正も男爵も伯爵もなく、ただの人間があるのみ。ですから、ここにいらっしゃるあいだは、われらに合わせていただきましょう。さあ、みなの者、宴会の用意をしろ。そのあいだ、われらの客人たちには、森の試合をごらんにいれよう」

3　ヨークシャーの伝承に登場する獰猛な竜。

こうして、ある者は肉を焼く火を起こしにいき、また別の者たちは走って六尺棒と長弓を取りにいった。ロビンは、リーのリチャード卿を大僧正のほうへ連れていった。

「大僧正どの、こちらは、本日の宴を共にする客人。お二人がお近づきになられるよう、願っております。われらは、今日の楽しい宴でお二人に敬意を払いたいと切に思っていますゆえ」

「リチャード卿よ。そなたとわしは同じ苦しみを分かち合う者同士のようだな、このぬす――」大僧正は恨みがましい口調で言いかけ、はっと黙ってロビンのほうをちらりと見た。本当は、「盗人の巣窟で」と言おうとしたのだ。

「はっきりおっしゃったらどうです」ロビンは笑いながら言った。「われわれシャーウッドの者は、一度流れ出した言葉をとぎらせたりしませんよ。おおかた『盗人の巣窟』とでもおっしゃろうとしたんでしょう」

「リチャード卿よ、確かにさっきはそう言おうとしていたかもしれぬ。だが、こう言い直そう。たった今、そなたがこやつらの下品な冗談に笑っているのを見たぞ。いっしょに笑ってこやつらをますますつけあがらせるのではなく、眉をひそめ、無礼をやめさせるのが、そなたにふさわしい態度ではないか」

リチャード卿は言った。「大僧正どのに失礼をする気などありません。しかし、面白い冗談は面白い冗談です。わたしなら、たとえそれがわたしに向けられたものであっても、面白ければ笑いますね」

しかし、そのとき、ロビン・フッドが手下たちに声をかけ、地面の上にやわらかい苔(こけ)を敷きつめ、さらに鹿(しか)の革を広げるように命じた。それから、客人たちにすわるように言ったので、大僧正らは腰を下ろし、リトル・ジョンやウィル・スカーレットやアラン・ア・デールといった主だった者たちは近くの地面に長々と寝そべった。それから、草地の一番奥に花輪がかけられ、射手(いて)たちが出てきて次々矢を放ちはじめた。それを見る者が心を躍らせるような弓試合だった。そのあいだ、ロビンが次から次へと風変わりで面白い話を聞かせたものだから、大僧正はさっきまでの苛立ちを、騎士は悩みを忘れて、何度も笑い転げた。

十人の射手が三回ずつ矢を射ると、花輪は手のひら三つ分の幅しかなく、的までは百六十メートル以上あるというのに、輪から外れた矢は二本だけだった。大僧正はロビンに向かって言った。「聖母マリアに誓って、そなたの者たちのような弓の腕前を目にしたのは、初めてじゃ。ところで、そなたの腕前については、前から耳にしている。ちょっと見せてもらえんかね？」

「なるほど、日が落ちてきて、うす暗くなってきたが、できるかぎりはやってみましょう」そう言って、ロビンは立ちあがると、短剣を抜き、ハシバミの棒を親指より少し太いくらいになるまで削って樹の皮を剝がし、歩測で七十メートルを計った。そして、棒を地面に突き立て、みながすわっているところまでもどってきたところで、アラン・ア・デールが頑丈なイチイの弓を差しだした。ロビンはすばやく弦を張り、矢筒の中身を地面にあけ、慎重に気に入ったものを選び出した。そして、弓に矢をつがえて、構えた。みなが静まりかえる。葉一枚、落ちる音さえ聞こえそうだ。ロビンはさっと弦を耳の横まで引き絞り、弓手をまっすぐ伸ばすと、息をつく間もなく矢を放った。ビーンという音が響き、矢は到底目で追えぬ速さで飛んでいったが、どっと歓声があがり、ウィル・スカーロックが飛ぶように走っていって、ハシバミの棒を持ってもどってきた。すると、なんと、棒の真ん中に矢が突き刺さり、真っ二つに裂けているではないか。仲間たちはふたたびわっと歓声をあげ、火のまわりにいた者たちまで駆け寄ってきた。みな、自分たちの頭の、ほかに並ぶ者のない技を誇りに思っていたのだ。

　しかし、ロビン本人はすでにまた、客人たちのあいだにもどっていた。そして、彼らに称賛の言葉を口にする間も与えず、手下のうち、棒術に長けている者たちを呼び出した。そして、日がすっかり落ちるまで客人たちと棒試合を観戦した。

とうとう暗くなり、打ったりかわしたりが見えなくなると、アラン・ア・デールが進み出て、ハープを弾き始めた。みなは静まりかえり、アランがすばらしい声で愛や戦いや栄光や悲しみの歌を歌うのに聴き惚れた。だれひとり、身動きひとつせず、声ひとつ漏らさない。やがて、銀色の大きな満月が輝きはじめ、澄んだ白い月光が、迷路のようにからみあった頭上の枝を照らし出した。

するとついに二人の男が宴の用意ができたと知らせにきた。そこでロビンはそれぞれの客人の手を取り、湯気をあげている料理のほうへ案内した。うまそうな香りが森の奥まで漂い、草の上に広げられた白いリネンの上にずらりと料理が並んでいる。みなはまわりを囲むようにたいまつが燃え、あらゆるものを赤々と照らしている。みなはさっそく腰をおろし、それからしばらくは皿の立てる音に大声でしゃべったり笑ったりする声が混ざりあい、大変な賑やかさとなった。宴は長いあいだ続いたが、それでもとうとう終わりがやってきた。華やかな白ワインや泡だったエールが、景気よく回される。すると、ロビン・フッドが「静かに」と呼びかけ、みなはたちまちしんとなった。

「みなに話したいことがある。だから、耳を傾けてほしい」ロビンはそう言うと、あとはもう前置きもなく、リチャード卿の領土が抵当に入ったいきさつを話しはじめた。

話が進むにつれ、楽しげに上気していた大僧正の顔から笑みが消え、そのうち手に持っていたワインの角杯を横に置いてしまった。リチャード卿の件はよく知っていたのだ。嫌な予感に襲われ、大僧正の心は沈んだ。果たしてロビンは話しおわると、ヒヤフォードの大僧正のほうに向き直った。「さて、わが大僧正どの、ひどい話だと思われぬか？　しかも、ふつうでもひどい話なのに、卿から土地をふんだくろうとしているのは慎ましやかに慈悲深く暮らさねばならない聖職者なのですよ」

大僧正はひと言も言わずに、ただむっつりと地面を見つめた。

ロビンはつづけた。「さて、大僧正どのはイングランドの聖職者の中でももっとも金持ちでいらっしゃる。この困っている兄弟を助けるおつもりはないか？」それでも、大僧正はなにも言わず黙っている。

すると、ロビンはリトル・ジョンに向かって言った。「ウィル・スタトレイといって、あそこの五頭の荷馬を連れてこい」二人が言われたとおりに馬たちを連れてくると、僧たちのそばにいた者たちはわきへどいて、いちばん明るい場所を馬たちのために空けた。

「荷物の目録を持っているのはだれだ？」ロビン・フッドは黒い僧衣の僧たちを見やった。

すると、いちばん小柄な僧が震える声で言った。かなりの年寄りで、穏やかそうなしわだらけの顔をしている。「わたくしが持っております。どうかわたくしを痛い目にあわせないでくだされ」

「おれはこれまで、無害な人間に危害を与えたことはない。僧よ、目録を渡してくれ」そこで老僧は、言われたとおりにロビンに書き板を差しだした。そこには、馬に積まれたさまざまな荷物の説明が記してあった。ロビンはそれをウィル・スカーレットに渡して、読みあげるように言った。そこで、ウィル・スカーレットはみなに聞こえるように声を張りあげて、読みはじめた。

「クエンティンへ絹三梱(こり)。アンカスターの絹物商人」

「それには、手はつけないでおこう。クエンティンは正直なやつだからな。倹約を重ね、ここまで出世したのだ」そこで、絹の梱は開かれることなく、わきへ除(よ)けられた。

「ボーモント修道院へ絹ビロード一梱」

「僧がなぜ絹ビロードなど必要なのだ？　だが、連中には必要ないとはいえ、ぜんぶ取りあげるのはやめておこう。三等分して、ひとつは売って貧しい人々に施し、ひとつはおれたちが取って、もうひとつを修道院用にしよう」そこで、これもロビン・フッドの命令どおりに処理された。

「聖トーマス教会へ大ろうそくが四十本」

「それは、まちがいなく教会のものだ。脇に寄せておけ。聖トーマスさまの持ち物を取るわけにはいかないからな」そこで、ろうそくもロビンの指示に従って、正直者のクエンティンの絹の梱の横に置かれた。こうして目録はどんどん読みあげられ、ロビンは品物にそれぞれふさわしいと思う判断を下していった。触れられないまま脇へ置かれたものもあったが、ほとんどは開けられ、施し用とロビンたち用と持ち主用にきちんと三等分された。やがて、たいまつで照らされた地面に、絹やビロードや金糸で織られた布や上等なワインがずらりと並べられた。そして、最後の品目が読みあげられた。

「ヒヤフォードの大僧正さまの箱ひとつ」

それを聞いたとたん、大僧正はブルッと震えた。そして、箱が地面に置かれた。

「大僧正どの、この箱の鍵は持っておられるか?」ロビンがたずねた。

大僧正は首を横に振った。

「よし、ウィル・スカーレット。おまえはいちばんの怪力の持ち主だ。剣を取ってきて、この箱を開けてくれ」ウィル・スカーレットは立ちあがり、姿を消した。そしてまたすぐに、両手剣を持ってもどってきた。ウィルが頑丈な鉄張りの箱に三度、剣を振り下ろすと、三打目に箱はぱっくりと開き、大量の金貨がこぼれ出て、たいまつの光を反射して赤々と輝いた。それを見て、ロビンの手下たちは、風に葉を揺らす遠くの森のようにざわついたが、前へ出たり、金貨に触れようとしたりする者はいなかった。

ロビンは言った。「ウィル・スカーレット、アラン・ア・デール、それからリトル・ジョン、金を数えてくれ」

すべて数え終わるのに、長い時間がかかった。すべてを正しく数え終わると、ウィル・スカーレットが千五百ポンドあったと発表した。さらに、金貨の中にあったという紙を大きな声で読みあげた。この金はすべて、ヒヤフォードの大僧正の管区内の土地の賃料や罰金や追徴金だということだった。

「大僧正どの、リトル・ジョンが言ったように、冬の生け垣みたいに丸裸にするつもりはない。そなたの金の三分の一は、お返ししよう。あと三分の一は、僧正どのと供の者たちをもてなした代金としてわれわれにお支払いいただけるだろう。なにしろ、僧正どのは大変な金持ちであられるからな。残り三分の一は、施しに使うがよい。というのも、僧正どのは、下々の者たちにとても厳しく、金を貯めこんでいると聞いているのでな。ご自分の好きに使うよりも、慈善に使ったほうがずっと僧正どのの名声もあがるはずだ」

それを聞いて、大僧正ははっと顔をあげた。言葉は出なかったが、三分の一は手元に残ったことにほっとしているのがわかった。

それから、ロビンはリーのリチャード卿に向かって言った。「さて、リチャード卿、どうやら教会はあなたから金を奪ったようだから、教会の利益のうち余った分は、あなたをお救いするために使うのがいいでしょう。大僧正よりも金を必要としている人々のために取り分けておいた五百ポンドをおとりになるがよい。それがあれば、エメットへの借金も返せるでしょう」

ロビンを見つめるリチャード卿の目に、たいまつの光やらみなの顔やらをぜんぶいっしょくたにぼやけさせてしまうものが浮かんだ。やがて、卿は口を開いた。「ありがとう、友よ、そなたがわたしのためにしてくれたことに心から感謝する。だが、お気を悪くしないでいただきたいが、そなたの贈り物をただ受け取るわけにはいかぬ。こうさせてほしい。この金を取り、借金を払ってから一年と一日後に、そなたかヒヤフォードの大僧正に全額お返しいたす。もっとも神聖なる騎士の言葉として誓おう。金は遠慮せずにお借りする。あのような法外な取引を押しつけてきた教会で高い身分についているお方に助けて頂くのが、いちばん理に適(かな)っているからな」

「卿よ、そのような良心のとがめは、おれには理解できないが、あなたのような身分の方にとっては重要なのでしょう。あなたの望むとおりにしてください。しかし、一年後に金を持ってくるのは、おれのところにしてください。大僧正よりはよい使い方ができると思います」そして、そばに控えていた者たちのほうに向き直ると、五百ポンドを革の袋に入れてリチャード卿に渡すように命じた。残りは二等分にし、半分は一味の宝物庫へ、もう半分はほかの荷物といっしょに大僧正用に別にまとめることになった。

すると、リチャード卿が立ちあがった。「友よ、これ以上遅くまでここにいることはできぬ。わたしが帰ってこなければ、妻が心配するだろう。なので、どうかもう帰らせてほしい」

すると、ロビン・フッドと仲間たちはいっせいに立ちあがった。「供の者もつけずにお帰しするわけにはいかない」

すると、リトル・ジョンが言った。「お頭、おれに二十人ほど選ばせてくれりゃあ、リチャード卿の家臣となって、代わりの者たちが見つかるまでお仕(つか)えしますよ」

「よく言った、リトル・ジョン。そうしよう」ロビンは言った。

すると、ウィル・スカーレットが言った。「卿に、お生まれにふさわしく首にかけるための、金の鎖を贈らせてください。かかとにつける金の拍車も差しあげたいと思います」

ロビン・フッドは言った。「よく言った、ウィル・スカーレット、そのようにしよう」

すると、ウィル・スタトレイも言った。「あそこにある高価なビロードを一梱と、金糸の布を一巻き、差しあげようじゃないか。奥方へ、ロビン・フッドと愉快な仲間たちからの贈り物だ」

それを聞いて、みなが拍手をし、ロビンは言った。「よく言った、ウィル・スタトレイ。そのように計らおう」

リーのリチャード卿は、みなの顔を見まわし、しゃべろうとしたが、さまざまな思いがこみあげてきてのどをふさいでしまったようだった。そしてようやく震える声で言った。「友よ、リーのリチャード卿は決してこの日のことを忘れぬ。もしそなたたちが窮地(きゅうち)に陥ったり救いの手が必要になった時は、わたしと妻のところへいらしてくだされ。リーの城の城壁が打ち破られるまで、お守りしよう。わたしは――」リチャード卿は言葉を詰まらせ、慌(あわ)てて顔を背(そむ)けた。

リトル・ジョンと彼の選んだ十九人の男たちが、リチャード卿を送る準備をして前へ進み出た。みな、鎖かたびらを胸に着け、鉄かぶとをかぶり、脇には頑丈な剣を下げている。全員がずらりと勢ぞろいしているさまは、なかなか壮観だった。ロビンはリチャード卿の首に金の鎖をかけ、ウィル・スカーレットは跪(ひざまず)いて、卿のかかとに金の拍車をつけた。リトル・ジョンがリチャード卿の馬を連れてきたので、卿は馬にまたがると、しばしロビンを見下ろし、ふいに身をかがめて、ロビンの頬(ほお)にキスをした。森の草地に歓声が響きわたるなか、騎士と屈強の男たちは赤々と燃えるたいまつを掲げ、かぶとを光らせて、森の中へ姿を消した。

　すると、ヒヤフォードの大僧正が暗い声で言った。「わしも急がねばならぬ、夜も更けてきたようだからな」

　しかし、ロビンは大僧正の腕に手をかけて、引き留めた。「そう急がれるな、大僧正どの。今から三日以内に、リチャード卿はエメットに借りた金を払うだろう。それまでは、ぶつくさ言わずわれらとここで過ごしていただきたい。騎士どのの邪魔になるようなことをなさると困るのでな。楽しいひとときとなることは約束いたそう。僧正どのが焦げ茶色の鹿を狩るのが好きなことは、わかっておりますぞ。憂鬱(ゆううつ)なお仕事のことはしばし忘れ、丸三日、われらと陽気な生活を送ってみられるがいい。帰る日がきたら、心から残念に思うようになられよう」

こうして、大僧正とおつきの僧たちは、三日間、ロビンたちと過ごした。そのあいだ、ロビンが言ったとおりさまざまな楽しみに興じ、帰る日がくると、大僧正は森を離れるのが残念でならなかった。最後の日、ロビンは大僧正を解放し、荷物の残りを略奪されないよう供の者までつけて森から送り出してやった。にもかかわらず、大僧正は心の中で、今回のことをロビンに後悔させてやろうと誓ったのだ。

しかし、今はリチャード卿の物語を続けよう。さあ、お耳を拝借。リチャード卿にどんな運命が待ち受けていたか、どのようにエメット小修道院長に借金を返し、やはり期限までにロビン・フッドに金を返したのかをお話ししよう。

第二章 リーのリチャード卿がエメットに借金を返した話

まっすぐ伸びた長い街道が、陽射しを浴びて白け、土埃を舞いあげている。両側には、たっぷり水の流れる堀があり、柳がずらりと並んでいる。はるか遠くに、背の高いポプラの木に囲まれたエメット小修道院の塔が見えた。その土手道を、騎士は二十人の武装した男たちを従え、馬を進めていった。騎士は、灰色の毛織の簡素な長いローブをまとい、幅広の革のベルトで留め、短剣と頑丈そうな剣を下げている。装飾品などなにも身につけていなかったが、騎士の乗馬は見事なバーバリー種で、馬具は銀の鈴のついた絹製の豪華なものだった。

こうして一行は堀にはさまれた土手道を進んでいったが、ついにエメット小修道院の大きな門までやってきた。騎士は、連れている男たちの一人を呼び、剣の柄で門番小屋をノックするように命じた。

門番は小屋の中のベンチでうとうとしていたが、ノックの音を聞いて目を覚ますと、門そばにある小門を開き、よたよたと出てきて騎士を迎えた。小屋に吊り下げられている籐の籠で、ムクドリがかん高い声を張りあげた。「天で安らかに眠れ！　天で安らかに眠れ！」あわれな年取った門番がムクドリに教えた言葉だった。

「こちらの小修道院長はどちらに？」騎士は門番にたずねた。

「お食事中です。あなたさまがいらっしゃるのをお待ちで。わしのまちがいじゃなきゃ、リーのリチャード卿でらっしゃいましょう？」

「いかにも、リーのリチャード卿だ。ならば、すぐに院長のもとへ参ろう」騎士は言った。

「あなたさまの馬を厩に連れてかなくて、いいんですかい？　聖母マリアさまに誓って、これまで見た中でいちばん立派な馬だ。そんな上等な馬具も、見たことがねえ」そして、馬の横腹をなでた。

「いや、遠慮しておく。道を空けてくれぬか」騎士は馬を前に進め、門が開かれると、供の者を連れて石を敷きつめた修道院の中庭に入っていった。鎧や剣がガチャガチャとぶつかる音や、馬のひづめが敷石にあたる音が響くと、日なたをひょこひょこ歩きまわっていた鳩の群れが翼をばたつかせて、丸い塔の屋根の向こうへ飛び去っていった。

騎士が馬を進めているころ、修道院の食堂では楽しげな宴が催されていた。午後の陽射しが、アーチ型の大きな窓からさんさんと差しこみ、石の床や雪のように白いリネンの布がかけられた台に四角い光を投げかけている。その上には、王さまのごちそうのような料理が並んでいた。上座には、上等な布や絹で作られたやわらかい僧衣を着たエメットのヴィンセント修道院長がすわっている。金の飾りのついた黒いビロードの帽子をかぶり、首には大きなペンダントのついた重そうな金の鎖をかけている。修道院長の大きな椅子のアームには、お気に入りの鷹がとまっていた。修道院長は、鷹狩りが大好きなのだ。右側には、ノッティンガムの長官が毛皮で縁取りされた紫の豪華なローブを着て、すわっている。左には、黒い地味な服を身にまとった高名な法学博士の姿が見えた。それより下座には、修道院のワイン貯蔵室長をはじめとしたそれぞれの部署の長がすわっている。

冗談や笑い声が飛び交い、みな、すっかり陽気に騒いでいる。法学博士のしなびた顔も、笑みでゆがんでしわが寄っている。というのも、彼の財布には、修道院長とリーのリチャード卿の件に対する謝礼の金貨八十エンジェルが入っているからだ。博識な博士は、ヴィンセント修道院長を信用していなかったので、報酬を前払いでもらっていた。

ノッティンガムの長官が言った。「しかし、院長どの、本当にそのように何事もなく土地が手に入るのか？」

「もちろんだ」ヴィンセント修道院長はワインをぐいっと飲み干したあと、舌なめずりをした。「やつのことはずっと見張ってきたのだ。向こうは気づいちゃいないがな。だから、やつに借金を返す金がないことはまちがいない」

「ええ、そのとおりです」法学博士が、カサカサにかすれた声で言った。「金が払えぬかぎり、あの土地が没収になるのはまちがいありません。しかし、院長、その際、彼のサインのある譲渡証書を手に入れなければなりません、でないと、土地を手に入れるのが面倒になりますから」

「わかっておる」修道院長は言った。「そなたが前もって指示してくれたからな。あの騎士には金はないから、金貨で二百ポンドも渡せば、喜んで土地を手放す書類にサインするだろうて」

すると、ワイン貯蔵室長が声を張りあげた。「不運な騎士をどぶに突き落とすなど、恥でございます。ダービーシアでもっとも立派な領地を、たった四百ポンドのはした金で手放す羽目になるなんて、悲しいことです。実のところ、わたくしは――」

「なんだと？」修道院長は震える声で話を遮った。目がらんらんと光り、頬が怒りで上気している。「このわしに向かって、そのようなつまらないことを抜かすのか、えっ⁉　聖ユベールの名にかけて、そなたの息をよけいなことに使わず、スープでも冷ますのだな。でないと、火傷（やけど）することになるぞ」

法学博士が流暢（りゅうちょう）に言った。「まあ、その騎士が今日、決着をつけにくるとはとうてい思えませんな。ただの卑怯者（ひきょうもの）だったとわかることになるでしょう。とはいっても、やつめの土地を取りあげる算段はつけておいたほうがいい。そうすれば、怖（おそ）れることはなくなりますから」

博士が言い終わらないうちに、下の中庭から、馬のひづめの音と鎖かたびらがガチャガチャ鳴る音が響いてきた。修道院長は末席にすわっていた修道僧を呼びよせ、リチャード卿だと重々わかっていたにもかかわらず、だれがきたのか窓の外を見るように命じた。

僧は立ちあがり、窓の外を見て、言った。「下に二十人ほどの武器を携（たずさ）えた男たちが見えます。騎士がちょうど馬から下りたところです。灰色の長いローブを着ていますが、どうやら高価なものではないようです。しかし、乗ってきた馬は、これまで見たことがないほど立派な馬です。騎士は馬を下りて、こちらへ歩き出しました。あ、今、大広間の下までやってきました」

ヴィンセント修道院長は言った。「なんと、ごらんなされ。口に入れるパンの耳すら買えぬ薄い財布しか持っていない騎士が、大勢の家臣を連れ、馬に豪華な馬具をつけておるとは。自分は、裸同然の格好だというのに。あのような者が落ちぶれるとは、みじめなことだな」

小柄な博士は戦きながら言った。「しかし、あの騎士は本当にわれわれに手出しはしないのでしょうな？　やつのような輩は、怒ると荒っぽくなりますからな。しかも、あのような柄の悪い連中を引きつれているではありませんか。ひょっとして支払期限を延ばしてやったほうがよいのでは？」博士は、リチャード卿に痛い目にあわされるのを怖れていたのだ。

「怖れる必要はない」修道院長は横にすわっている小柄な博士を見下ろした。「立派な生まれの男ゆえ、女やそなたなどには手はあげぬわ」

修道院長がそう言ったとき、食堂の下手のドアが勢いよく開いて、リチャード卿が両手を組み、頭を垂れて入ってきた。そして、その謙虚な姿勢のまま、武器を持った男たちをドアのところに残し、ひとりでしずしずと修道院長がすわっているところまでやってくると、片膝をついて言った。「院長どのにお恵みのあらんことを！　お約束どおりやってまいりました」

リチャード卿、エメット小修道院長に願い出る

それに対し、院長が最初に口にした言葉は、「わしの金を持ってきたか？」だった。

「ああ！　わがふところには一ペニーすらないのです」騎士がそう言うと、院長の目がきらりと光った。

「思ったとおり、なんともあくどい借り手であるな」そう言って、院長はノッティンガムの長官に向かって言った。「長官どの、乾杯じゃ！」それでも、騎士が石のようにひざまずいたままなので、院長はふたたびそちらへ目を向けた。「なにが望みだ？」

それを聞いて、騎士の頬がじわじわと赤くなったが、それでもひざまずいたまま言った。「どうかお慈悲を。院長どのが天に慈悲を求めるように、わたしにも慈悲をお示しください。領土を取りあげて、真の騎士を貧困へ突き落とすようなことはなさらないでください」

「約束の日を守れなければ、領土は没収ですぞ」騎士の慎（つつ）ましやかな物言いに勇気を得た法学博士が言った。

リチャード卿は言った。「法の専門家どのよ。わたしが困っているときに味方になってはくださらぬのか？」

「いやいや、わたしは院長さまの味方だ。金貨で手数料をいただいているのだから、院長どのに尽くさねばならん」

「では、ノッティンガムの長官どのは味方になってはくださらんか？」

「まさか、冗談じゃない」ノッティンガムの長官は言った。「わたしとはなんの関係もないことだ。しかし、できることはやってみよう」そして、台にかかった布の下で院長をそっと膝でつついた。「借金を少し減らしてやったらどうだね、院長どの？」

それを聞いて、院長は冷ややかな笑みを浮かべた。「では、リチャード卿、三百ポンドお支払いいただこう。そうすれば、そなたの借金は帳消しにしてやるわ」

「わたしには、三百ポンドも四百ポンドも変わらぬことはご存じのはず。期日をあと十二カ月、延ばしていただけないか？」

「一日たりとも延ばせぬ」院長はきっぱりと言い放った。

「では、これ以上はなにひとつ、譲歩できぬと言うのだな？」

「おのれ、偽騎士め！」院長は怒りでわめいた。「わしの言ったとおり金を払うか、領土を手放すかして、さっさとわが修道院から出ていけ！」

するとリチャード卿はすっくと立ちあがった。「うそつきの偽神父めが！」その強い語調に、法学博士は怯えて縮みあがった。「わたしが偽騎士などではないのは、そなたもよく知っているはずだ。馬上槍試合や戦場で戦ってきた真の騎士にずっと膝をつかせ、しかも、そなたの広間にきた者に、食べ物ひとつ飲み物一杯勧めないとは、それほどの礼儀すら持ち合わせていないのか？」

　すると、法学博士が震える声で言った。「取引に関わる話をするやり方ではございませんぞ。もっとおだやかに話し合いましょう。院長どの、領土の譲渡証書のためにいかほどお支払いなさるおつもりでしょう？」

「二百ポンドやるつもりだった。だが、面と向かってあのような口を利いてきた以上、百ポンドより一グロートたりとも多く払うつもりはないわ」

「偽神父、たとえおまえが千ポンド払ったとて、わが領土は一センチたりともやらぬ」そして、ドアのところに控えている男たちのほうにむき直ると、「こちらへ」と言って、手招きした。すると、男たちの中でいちばん長身の者が前へ進み出て、卿に長い革の袋を渡した。リチャード卿が袋を受け取って逆さにすると、机の上にきらきら光る金貨がジャラジャラと降りそそいだ。「三百ポンドで借金は帳消しだと言ったのをもはや忘れてはおらぬな。一ファージングたりとも、よけいには渡さぬぞ」そう言って、リチャード卿はきっかり三百ポンドを数え、院長のほうへ押しやった。

　院長の両手は力なく垂れ、頭もすっかりうなだれていた。領土を手に入れられるという望みを失った上、借金を百ポンドもまけてしまい、さらに法学博士に八十エンジェルという、払わなくていい報酬まで払ってしまったのだ。院長は博士に向かって言った。「わしの金を返せ」

「いやです」博士はかん高い声でさけんだ。「これは院長どのがわたしにお支払いくださったものです。お返しすることはできません」そして、着ている法服をかき合わせた。

リチャード卿は言った。「では、院長どの、約束を守って、払うべきものはすべて払ったゆえ、そなたとのあいだにはもうなにもない。すぐさまこの不快な場所から失礼させていただく」そう言い残し、リチャード卿はきびすを返して、堂々と部屋を出ていった。

そのあいだ、ノッティンガムの長官は目を大きく見開き、口をぽかんと開けて、騎士の供の男を見つめていた。石像のようにじっと立っている背の高い男だ。そして、ようやく口が利けるようになると、言った。「レイノルド・グリーンリーフ!」

それを聞くと、長身の男、すなわち、ほかならぬリトル・ジョンは、長官に向かってにやりと笑った。「こんばんは、わが旧友の長官どの。今日の長官どのがおっしゃったことはぜんぶ聞きましたんで、ロビン・フッドにきちんと伝えておきますよ。というわけで、さしあたってはお別れを申し上げましょう。またシャーウッドの森でお目にかかる日まで」そして、リトル・ジョンもきびすを返して、リチャード卿のあとに続き、驚きで真っ青になって縮こまっている長官を残して去っていった。

ついさっきまであれほど楽しげだったのが、リチャード卿が去ったあとはみじめな宴席となった。院長も長官も、目の前に並べられている贅沢なごちそうにもほとんど食欲が湧かず、博士だけが報酬を手に入れてほくほくしていた。

エメット小修道院のヴィンセント院長が宴の席についていたときから十二カ月と一日が経ち、前に語ったのと同じようにまた実りの豊かな秋がやってきた。その一年はリーのリチャード卿の領土に大きな変化をもたらした。雑草がはびこっていた牧草地には、金色の刈り跡が並び、豊かな収穫があったことを示していた。一年という期間は、城にも大きな変化をもたらした。水の涸れた堀も、ところどころ崩れていた壁も、今ではきちんと手入れされ、すっかり見違えていた。

胸壁や塔に太陽の光が降りそそぎ、青い空を見あげれば、金色の風見鶏や尖塔のまわりをコクマルガラスの群れが騒々しく飛びまわっている。そして、ある輝かしい朝のこと、ガチャンガチャンと鎖を鳴らしながら跳ね橋が降ろされ、城門がゆっくりと開いて、鉄の鎧に身を固めた立派な男たちが姿を現わした。列の先頭にいるのは、冬の朝にイバラやサンザシに降りた霜のように真っ白い鎖かたびらを身につけた騎士だ。中庭から勢いよく橋を渡る騎士が掲げた大槍の先端には、手のひらほどの幅の真っ赤な長旗がひるがえっている。列の中程には、様々な形や種類の包みを積んだ三頭の荷馬の姿も見えた。

リーのリチャード卿が、晴れた気持ちのよい朝にこのような出で立ちで、ロビン・フッドへの借りを返しに出発したのだ。一行は、規則正しい歩調で剣や馬具を鳴らしながら街道を進み、とうとうデンビーの町の近くまでやってきた。丘の頂上から見下ろすと、派手な旗や吹き流しが晴れやかな風にたなびいている。それを見て、リチャード卿は近くにいた家臣のほうを振り返った。「今日、デンビーでは何かあるのか？」

「はい、閣下。今日は市の日でございます。レスリングの大試合があり、大勢の人々が見に訪れます。勝者には、赤ワインの大樽と上等な金の指輪、それから手袋が贈られることになっています」

「なるほど」リチャード卿は、そうした勇ましい催しを心から愛していた。「それは、見る価値があるな。旅の途中だが、少々寄って見物するくらいの時間はあるだろう」
そして、卿は馬の首を巡らせ、家臣たちを引きつれて市の場所へと向かった。

いってみると、果たしてまさに町じゅうが浮き立っていた。旗や吹き流しがひるがえり、広場では曲芸師が宙返りを披露し、バグパイプの演奏が流れ、音楽に合わせて若い男女が踊っている。しかし、なんといってもいちばんの人だかりができているのは、レスリングのリングだった。リチャード卿たちもそちらへ向かった。

レスリングの審判たちはやってくる騎士を見て、すぐさまリチャード卿だと気づき、審判長が席から降りて卿の手を取り、ぜひいっしょに審判をしていただきたいと申し入れた。そこで、リチャード卿は馬からおりて、案内されるがままに、リングわきの一段高いところに設けられた審判席に腰を下ろした。

さて、その日は朝から大変な騒ぎになっていた。というのも、スタッフォードシアのストークからきたエグバートという男が、片っ端から対戦相手を投げ飛ばしていたのだ。一方、〈傷跡のウィリアム〉としてデンビーじゅうに名を知られた男は、エグバートと一戦を交える機会をずっと狙っており、エグバートが全員を投げ飛ばしたところで、ひらりとリングの上に飛びのった。たちまち激戦となったが、ついにウィリアムがエグバートを思いきり投げ飛ばした。どっと歓声があがり、見物人たちはみな握手を交わした。地元の選手が勝って誇らしかったのだ。

リチャード卿がきたときは、ちょうどウィリアムが友人たちの歓声に得意満面となって、リングをいったりきたりしながら、リングにあがって自分を倒そうという者はいないかとさけんでいるところだった。「だれかいないか！　みんな、かかってこい！　この傷跡のウィリアム、どんなやつからの挑戦も受けるぞ。ダービーシアにいないんなら、ノッティンガムでもスタッフォードでもヨークでもどこのやつでもいいから、かかってこい。全員、森の豚みてえに地面に鼻をのめりこませてやる。できなきゃ、勇者ウィリアムの名は返上だ！」

それを聞いて、みんなはどっと笑った。しかし、笑い声の中からひときわ大きく、さけび声が響いた。「そんなでかい口を叩くなら、ノッティンガムシアを代表しておれが相手になってやろうじゃないか」そして、頑丈そうな六尺棒を持った背の高い若者が人混みを押し分けて前へ出てきた。そして、ひらりとロープを乗りこえ、リングに飛びのった。ウィリアムほど体重はなさそうだが、背は高く、肩幅も広い。がっしりとした体つきをしている。リチャード卿はその男を鋭い目で眺め回すと、審判の一人に向かって言った。「あの若者が何者か、ご存じかな？　どこかで見たような気がするのだが」

「いいえ、初めて見る顔です」

そのあいだに、若者はひと言も言わずに六尺棒を脇へ置くと、上着とシャツを脱ぎはじめた。そして、上半身裸になってすっくと立った。むき出しになった筋肉はくっきりとめりはりがあり、流れる水のようになめらかで、すばらしく魅力的だ。

二人の男は両手につばを吐きかけ、膝をパンパンと叩くとしゃがんで、各々、より有利な立場に立とうと鋭い目で相手を観察した。そして次の瞬間、稲妻のように相手に飛びかかった。どっと歓声があがる。というのも、ウィリアムが先手を打ったからだ。二人は体をひねったり曲げたりしてもみ合ったが、すぐにウィリアムが相手の足を引っかけ、投げ飛ばそうとした。が、若者のほうも、それを上回る技量でかわし、ウィリアムの技は無効となった。と、今度はいきなり若者が体をぐいっとねじってウィリアムの腕から逃れ、逆にウィリアムを両腕に抱えこみ、肋骨が砕けそうなほど締めあげた。二人ともハアハアと熱い息を吐きながら、全身を汗で光らせ、しばらくそのまま組み合っていた。両者の顔を大粒の汗がしたたり落ちる。が、若者がさらに締めあげたので、ついにウィリアムの筋肉から力が抜け、口からうめき声が漏れた。すかさず、若者はあらん限りの力を振り絞り、かかとでウィリアムの足を引っかけると、右の腰にのせるようにしてドウとリングに叩きつけた。ウィリアムは二度と手足が動かせないかのように伸びてしまった。

しかし、見物人から歓声はあがらなかった。あまりにも簡単にウィリアムが倒されたことで、怒りのざわめきが広がり、審判の一人が唇を震わせ、悪意に満ちた顔で立ちあがった。この男は、傷跡のウィリアムの親戚だったのだ。「いいか、もしその男を殺していたら、まずいことになるぞ」

しかし、見知らぬ若者は堂々と答えた。「彼は一か八か勝負に出て、おれも同じように勝負に賭けた。だから、もし彼が死んでいたとしても、法に触れるようなことは一切していない。リングの上でのことなのだから」

「さあ、どうだろうな」審判が若者をにらみつけると、またも見物人からどよめきが起こった。さっきも言ったとおり、デンビーの人々は勇敢な傷跡のウィリアムを誇りに思っていたのだ。

そのとき、リチャード卿がおだやかに言った。「いや。若者の言う通りだ。もし相手が死んだとしても、リング上で死んだのだ。彼は正々堂々と勝負をし、倒されたのだから」

そうこうしているうちに三人の男が出てきて、ウィリアムを持ちあげたところ、勢いよく叩きつけられたために気絶しているだけで、死んではいないことがわかった。審判長が立ちあがった。「若者よ、賞品はそなたのものだ。金の指輪と手袋、そして、そこに置いてある赤ワインの大樽を好きにするがよい」

若者はふたたび服を身につけ、六尺棒を手に取ると、ひと言も言わずにお辞儀して、手袋を帯に挟み、指輪を親指にはめて、くるりと背を向けた。そして、ロープを軽やかに跳び越えると、群衆の中に姿を消した。

「いったいあの若者は何者でしょう？」審判はリチャード卿のほうを向いて、言った。「あの赤い頬と金髪からすると、サクソン人のようですが。わが町のウィリアムも負けずに強い男ですからね、やつがリングで投げ飛ばされるのは初めて見ましたよ。とはいえ、彼は、コーンウォールのトーマスやヨークのディッコンやドンカスターのデイヴィッドのような偉大な選手と戦ったことはありませんでしたからね。リングではなかなか頑張っていましたが」

「確かにな。にもかかわらず、あの若者は見事に、しかも、驚くほどたやすくウィリアムを投げ飛ばしたな。彼がだれだか、どうしても知りたいものだ」リチャード卿は考えこんだように言った。

しばらく騎士はまわりの者たちと話していたが、やがてそろそろ出発の準備をしなければと言って立ちあがった。そして、家臣たちを呼び集め、馬具を締め直すと、ふたたび馬にまたがった。

そのころ、若者は人混みの中を歩いていたが、まわりからあれこれ囁く声が聞こえてきた。「あの気取り屋を見ろよ！」「鼻高々だな！」「なにかずるをしたにちがいねえ！」「ああ、そうとも、手に鳥もちを塗ってやがったのを見なかったか？」「やつのとさかをたたき切ってやらあ！」しかし、若者は無視して、何も聞こえていないかのように堂々と歩きつづけた。そして、ゆっくりと広場を横切り、人々がダンスしているテントまでやってくると、入り口に立って中をのぞいた。すると、いきなり石が飛んできて、ピシッと若者の腕にぶつかった。振り返ると、何人かの男たちが怒りの形相（ぎょうそう）で立っている。リングから追いかけてきたのだ。男たちは、若者が振り返ったのを見ると、わめいたりヤジを飛ばしたりしたので、なにごとかとテントからも人が飛びだしてきた。中でも背が高く肩幅の広い鍛冶屋（かじや）が、ブラックソーンの棍棒（こんぼう）を振り回しながら前へ出てきた。

「おれたちの町にやってきて、びっくり箱のピエロみてえな卑怯な曲芸で正直な男を倒そうって魂胆（こんたん）か？」鍛冶屋は怒った雄牛（おうし）みたいな低いうなり声をあげた。そしていきなり「こいつを受けやがれ！」と、去勢牛をも倒しかねない勢いで若者に殴りかかった。しかし、若者はひょいとよけると、お返しに鋭い一打を浴びせたので、デンビーの鍛冶屋はうめき声をあげ、雷に打たれたように倒れてしまった。旗振り役の男が倒されたのを見ると、ほかの者たちはまたどなりはじめたが、若者は背をテントにあずけ、六尺棒をブンブンふりまわした。一打で鍛冶屋が倒れたのを見た者たちは、六尺棒が届くところには近づこうとせず、追いつめた熊を前にした猟犬の群れのようにうしろに下がる。が、そのとき、どこかの卑怯者がうしろから尖（とが）った石を投げ、若者の頭に命中させた。若者はよろめいて後ずさり、赤い血が噴き出て、顔から上着へとしたたり落ちた。若者が卑怯な一撃でもうろうとしているのを見たとたん、群衆はどっと彼に襲いかかり、地面に押さえつけてしまった。

絶体絶命となった若者は、リチャード卿が通りかからなかったら、命を失っていたかもしれない。ふいに大きな声が響き、剣が閃いた。人々の上に刃のひらが振り下ろされ、真ん中に白い馬にまたがったリーのリチャード卿が躍りこんできた。鎧をつけた騎士と家臣の姿を見て、群がっていた人々は温かい炉にのせた雪のようにみるみる消え失せ、あとには血と土埃にまみれた若者だけが残された。

若者はだれもいなくなったのに気づくと、立ちあがり、顔の血をぬぐって、リチャード卿を見あげた。「リーのリチャード卿、今日は命を救っていただきました」

「リーのリチャード卿をそのようによく知っているとは、そなたはだれだ？　どこかで見た顔だと思うのだが」騎士は言った。

「ええ、そのとおりです。人々にはドンカスターのデイヴィッドと呼ばれております」

「そうか！　どうりで知った顔だと思ったのだ。しかし、十二カ月前に比べて、ひげがずいぶん伸びて、男らしくなったではないか。こっちへきて、テントで血を洗い流すがよい。おい、ラルフ、きれいな上着を一着持ってまいれ。デイヴィッド、そなたには気の毒だったが、わたしはそなたのよき主人ロビン・フッドどのに少しは恩返しができて嬉しいぞ。もしわたしが通りかからなかったら、どうなっていたことか」

そう言いながら騎士はデイヴィッドをテントへ招き入れ、デイヴィッドは顔についた血を洗い、新しい上着に着替えた。

そのあいだに、たまたま近くに立っていた者たちからうわさが広がり、あの若者こそ、中部地方でいちばんの格闘家ドンカスターのデイヴィッドその人であり、このあいだの春にヨークシアのセルビーでリンカーンのアダムを投げ飛ばし、勝者の帯を手に入れた男だと、みなが知るところとなった。ゆえに、若きデイヴィッドが血だらけの顔を洗い、泥だらけの上着をきれいなものに替えてテントから出てきたのを見ても、もはやだれも怒りの声はあげず、若き格闘家をひと目見ようと押し合いへし合いするしまつだった。みな、イングランドで一、二を争う格闘家がデンビーの祭のリングにあがったことが誇らしかったのだ。群衆とはかくも気まぐれなものだ。

そこで、リチャード卿はみなに向かって大声で言った。「皆々がたよ、彼こそはドンカスターのデイヴィッドだ。ゆえに、デンビーの男が倒されたのは恥でも何でもない。デイヴィッドは、先ほどのことに関して恨みなどは抱いておらぬ。しかしながら、これからは知らぬ者への態度に気をつけるように。万が一にも彼が命を落としていたら、今日という日はそなたたちにとって不幸な日になっていただろうからな。チョウゲンボウが鳩小屋を襲うがごとく、ロビン・フッドがそなたたちの町に攻め入ってくることになったであろう。先ほど、彼から赤ワインの大樽を買い取ったから、そなたたちで自由に飲むがいい。しかし、これから先、相手が強者(つわもの)であるという理由で襲ったりするでないぞ」

それを聞くと、人々は大歓声をあげた。しかし実際は、頭にあるのは騎士の言葉よりもワインのことだった。こうしてリチャード卿はデイヴィッドと並び、家臣たちを従えて、馬の首を回すと、市をあとにした。

やがて、このときの試合を見た者たちも年を取り、すっかり腰も曲がったが、それでも、どんな勇猛な試合のことを耳にしても、首をふりふり言うのだった。「ああ、それそうかもしれん。しかしおまえさんは、デンビーの市でドンカスターのデイヴィッドがウィリアムを投げ飛ばしたのは見ていないからな」

ロビン・フッドは緑の森でリトル・ジョンや仲間たちと、リチャード卿がくるのを待っていた。するとついに茶色い葉のあいだから鎧がきらりと光るのが見え、生(お)い茂った下生(したば)えから馬に乗ったリチャード卿が家臣たちを引きつれ、姿を現わした。卿はまっすぐロビン・フッドの前までいくと、馬からひらりとおりて、ロビンを固く抱きしめた。

「これはまた！」しばらくしてロビンはリチャード卿から体を離し、頭のてっぺんから足の爪先まで卿を見まわした。「最後にお会いした時より、ずいぶんと明るくなられたごようすではありませんか」

「そのとおりだ、ロビンどの、そなたのおかげでな」騎士はロビンの肩に手を置いた。「そなたがいなければ、今ごろみじめな状態ではるか遠い国をさまよっていただろう。しかし、約束は守りましたぞ。そなたにお借りした金を持ってまいった。借りた時の倍の倍の倍の倍にしてな。今では、また金持ちになったのだ。金といっしょにちょっとした贈り物を持ってまいった。わたしと愛する妻から、そなたと勇敢なお仲間へお贈りしたい」そして、家臣たちのほうを向くと、大きな声で「荷馬を連れてまいれ」と命じた。

しかし、ロビンはそれを押しとどめた。「いやいや、リチャード卿。卿に異を唱えるなど失礼千万ですが、われわれシャーウッドの森の者たちは、食べて飲んだあとでないと、取引の話はいたしません」そして、リチャード卿の手を取り、大樹の下にすわらせた。「なぜドンカスターの若きデイヴィッドがごいっしょさせていただいたのです?」

そこで、騎士はデンビーへ寄ったこと、そして市でのいきさつと、若いデイヴィッドがひどい目にあったようすを話して聞かせた。話が終わると、騎士は言った。「ロビンどの、わたしが遅れてしまったのは、そういうわけなのだ。でなければ、一時間は前に着いていたはずなのだが」

すると、ロビンはすっと手を伸ばし、騎士の手のひらをきつく握った。そして、声を震わせて言った。「あなたにはお返しできないほどの恩を受けたわけだ、リチャード卿。ドンカスターのデイヴィッドがデンビーでそのような事件に巻きこまれるくらいなら、この右腕を失ったほうがましだ」

そうやって二人が話しているうちに、手下の一人が宴会の用意ができたと告げにきた。そこで、みなは立ちあがって、そちらへ向かった。食事が終わると、騎士は家臣たちに荷馬を連れてくるように命じた。卿の命令通り、家臣の一人が頑丈な箱を持ってきて、蓋(ふた)を開け、中から袋を取りだして、五百ポンドを数えた。騎士がロビンから借りた額だ。

「リチャード卿、そのお金は、われわれシャーウッドの森の者たちからの贈り物として納めてくだされば、それほど嬉しいことはありません」ロビンは言った。

すると、ロビンの仲間たちもいっせいに言った。「そのとおりです！」

「そなたたちには心から感謝している」騎士はつくづくと言った。「しかし、気を悪くしないでいただきたいのだが、受け取るわけにはいかぬ。金はありがたくお借りしたが、贈り物としてもらうわけにはいかないのだ」

それを聞いて、ロビン・フッドはもうそれ以上なにも言わずに、リトル・ジョンに金を宝物庫へしまうように言った。受け取れないと言っている相手にむりやり贈り物を渡しても、反感を買い、苦々しい思いを残すだけだと、よく知っていたのだ。

次に、リチャード卿は、荷物を地面に降ろして、開けるよう命じた。開けたとたん、森じゅうに響きわたるようなどよめきが起こった。というのも、なんと中には、最上級のスペイン産のイチイで作った弓が二百本入っていたのだ。すべて、ピカピカに磨きあげられ、一本一本に意匠（いしょう）を凝（こ）らした銀の模様が、射手（いて）の力をそがぬようにはめこまれている。さらに、金糸の刺繍（ししゅう）の入った革の矢筒（やづつ）が二百あり、ひとつひとつに銀のように輝く鋭い矢じりのついた矢が二十本入っている。矢にはどれも孔雀（くじゃく）の羽根がつけられ、矢筈（やはず）は銀だった。

リチャード卿は弓と矢筒をひとりひとりに手渡したが、さらにロビンには、精巧な金の模様がちりばめられた頑丈な弓と、金の矢筈の矢が用意されていた。

すばらしい贈り物にまたもや歓声があがり、シャーウッドの森の者たちはみな、リチャード卿と奥方のためなら命をも投げ出すと誓った。

ついにリチャード卿が帰る時間となると、ロビン・フッドは仲間たちを集め、ひとりひとりにたいまつを持たせて、森の中を照らすようにと言った。こうして一行はシャーウッドの森の外れまでいき、騎士はロビンの両頬にキスをして、去っていった。

このようにしてロビン・フッドは気高い騎士をおそろしい逆境から救い出した。そうでなければ、騎士の人生から幸福はもみ消されてしまっただろう。

さあ、次はロビン・フッドとリトル・ジョンに降りかかった愉快な冒険についてお話ししよう。ロビンが物乞いとなり、ジョンが裸足の修道僧となったいきさつと、その結果二人が手に入れたものについての物語だ。

第六部

ロビン・フッドとリトル・ジョンが物乞いと修道僧に身をやつし、冒険を探しにいったいきさつ。さらに、リトル・ジョンがある目的で祈りを捧げ、ロビン・フッドが四人の物乞いを叩きのめし、穀物商人を出し抜いた話。

第一章　リトル・ジョン、裸足(はだし)の修道僧になる

寒い冬が過ぎ、春がやってきた。森はまだ、うっそうとした葉の装いではなかったが、木々がうっすらと芽吹きはじめ、緑の霞(かすみ)がかかったように見える。開けたところでは、牧草地が一面つややかな緑に覆われ、大麦畑はやわらかな新芽が顔を出し、濃い緑のビロードのようになっている。畑を耕している少年は日だまりで大きな声をあげ、掘り返したばかりの紫色の畝(うね)では、小鳥の群れが太った虫をついばんでいる。湿った土は温かい陽射(ひざ)しを浴びて

ほほえみ、緑の丘は喜びに溢れ、手を叩いていた。

緑の大樹のある草地に広げられた鹿革の上で、ロビン・フッドは古狐のように日光浴をしていた。木に寄りかかって、手で膝を抱え、リトル・ジョンが麻の長い撚り糸で作った頑丈な弦を、ときおり手のひらを濡らし、腿の上で転がしながら巻いているのをぼんやりと見ている。その横では、アラン・ア・デールがすわって、ハープに新しい弦を張っていた。

ついにロビンは言った。「全イングランドの王になるより、穏やかな春にこの森をさまよい歩くほうがよほどいい。世界広しといえども、まさに今の森ほどすばらしい宮殿はないだろう。王さまは千鳥の卵やヤツメウナギを食ってるかもしれんが、うまみたっぷりの鹿の肉と泡立つエールほど食欲をかきたてられるものはないさ。スワントホールドじいさんが言ったのは本当だな。『不機嫌な心に蜂蜜を塗ったところで、満ち足りた気持ちで食すパンの耳には敵わぬ』ってね」

「その通り」リトル・ジョンは新しく撚った弦に黄色い蜜蠟をすりこみながら言った。「おれたちの暮らしはまさにおれにぴったりですよ。お頭は春がいいって言いますけど、おれはたとえ冬だって冬にしかない喜びがあると思いますよ。このあいだの冬にしたって、お頭とおれで、あの〈青猪亭〉で楽しい夜を過ごしたのは一度や二度じゃない。ウィル・スタトレイとタックとおれといっしょに、二人の物乞いとそのへんをほっつき歩いてる修道僧と過ごした夜のことは覚えておいででしょう？」

「ああ」ロビンは笑いながら言った。「ウィル・スタトレイが恰幅のいい女主人からキスを奪ってくるってことになって、エールを頭からぶっかけられたときのことだろう？」

「そうそう、そのときだ」リトル・ジョンも笑って言った。「あの修道僧が歌った歌はなかなかでしたよ。タック、おまえはすぐに歌を覚えるから、あの歌も覚えてるんじゃないか？」

タックが答えた。「一度は覚えたからな。ちょっと待ってくれ」そして、人さし指を額に当てて考えながら、フンフンと歌い、時折押し黙って、覚えている箇所と記憶から探し出した箇所を合わせていった。そして、ようやくぜんぶ思い出すと、コホンと咳払いをして、楽しげに歌いはじめた

花の咲く生け垣で駒鳥が歌う
太陽はさんさんと輝き、
駒鳥は喜んで跳ねまわり、翼を震わす

心が幸福に溢れているから
五月は美しく咲きほこり
心配事はほとんどなく
食べるものはたっぷり
やがて、花がみな死に絶えると
駒鳥も飛び去ってゆく
すてきな古い農家の
暖かい場所へ
雪や風や寒さが悪さをしないところへ
旅回りの僧の暮らしもそんなもの
食べるものと飲むものはたっぷり
善良なおかみさんが火のそばに席を用意し
かわいらしい少女が、彼のウィンクににっこりほほえむ
そして、陽気に歌い
どんどん歩きつづける

浮かれた歌は魂を救う
やがて、風が吹き
雪がやってきても
信心深い僧には
火のそばに居場所、そして
欲しいときにリンゴがあるから

タックが頭を左右に振りながら、まろやかでたっぷりした声で歌いおえると、みんないっせいに拍手して、笑いながらはやし立てた。歌の内容が、タックにぴったりだったからだ。

リトル・ジョンが言った。「いや、実にいい歌だ。シャーウッドの森で暮らしてなかったら、旅回りの僧になりたいくらいだ」

「ああ、確かにおもしろい歌だな」ロビン・フッドも言った。「しかし、あの二人のでかい物乞いどものほうがおもしろい話をしていたし、おもしろい暮らしをしていたんじゃないか。ほら、黒いひげを生(は)やしたやつが、ヨークの市(いち)で物乞いをした話をしていたのを覚えてるか?」

「ええ。しかし、あの僧のケントシアの収穫の歌はどうです？　やつのほうが、あの二人よりも楽しく暮らしてましたよ」

「確かに、聖職者の名誉のためにも、おれもリトル・ジョンに賛成だ」タックが言った。

「なるほど、しかしおれは物乞いだと思うがな。どうだ、リトル・ジョン、こんな天気のいい日にひとつ冒険といかないか？　いろいろな服をしまってある箱から、おまえは僧服を取って、着ればいい。おれは、最初に会った物乞いを呼び止めて、服を取り替えることにしよう。それで、そのへんをほっつき歩いて、どんなことが起こるか試してみようってわけだ」

「そりゃあいい。さっそく出発しましょう」リトル・ジョンは言った。

そこで、リトル・ジョンとタックは貯蔵所にいって、灰色の僧服を選んだ。二人が出てくると、どっと笑いが起こった。というのも、リトル・ジョンが僧に変装しているところを見るのは初めてだった上に、衣（ころも）が、たっぷり手のひらの幅ほども短かったのだ。リトル・ジョンは両手を胸の前で組み、目を伏せて、腰の帯には大きな長いロザリオまでぶら下げていた。

「チェッ！」タックが肘（ひじ）でリトル・ジョンをこづいた。「そんなふうに目を伏せるな。堂々と顔をあげるんだ。じゃねえと、偽者（にせもの）だってすぐばれちまうし、娘ひとり、笑いかけてはくれないぜ。どこへいったたって、おかみさんはパンの耳一つくれねえだろう」それを聞くとまたみんな笑って、イングランドじゅうを探したって、リトル・ジョンみたいな頑丈そうな僧はいないだろうと言い合った。

さて、リトル・ジョンは丈夫な棒を持って、先っぽに、巡礼者が杖にぶら下げるようなまるく膨れた革袋を吊るした。しかし、中身のほうは、信心深い巡礼者のような冷たい泉の水ではなく、おおかたマームジ酒だろう。ロビンも立ちあがり、やはり丈夫な棒を持って、腰の袋にエンジェル金貨を十枚忍ばせた。ロビンたちの衣装箱に物乞いの服はないので、道すがら会った物乞いから買い取るつもりなのだ。

こうしてすべて用意が整うと、二人は出発した。朝霧のなかを足取りも軽く歩いていくと、やがて森の小径から街道に出て、さらに道が二股に分かれるところまでやってきた。片方はブライズへ、もう片方はゲーンズボロへ続いている。そこで、二人は足を止めた。

ロビンが上機嫌で言った。「おまえはゲーンズボロのほうへいけ。おれはブライズへ向かう。ここで、さらばだ、神父どの。また会うときまでに、大まじめに祈りを捧げるようなはめにならぬようにな」

「未来の物乞いどのこそ、お元気で。次に会う時までに、情けを乞うようなはめにならぬように！」

こうして二人はのしのしとそれぞれの道へ進み、やがてあいだに緑の丘が現われると、互いの姿は見えなくなった。

リトル・ジョンは、ほかに人の姿は見えなかったので、口笛を吹きながら歩いていった。生け垣は芽吹きはじめ、小鳥たちが陽気に囀（さえず）っている。片側には緑の丘が空に向かってそびえ、春の大きな白雲が丘の頂（いただき）の上をのろのろと渡っていく。丘を越え、谷を越え、顔に爽（さわ）やかな風を感じ、服をたなびかせながら、リトル・ジョンは進んでいった。やがて、タックスフォードへいく十字路に出ると、三人の美しい娘たちが、それぞれ市場に持っていく卵のかごを抱えてやってきた。リトル・ジョンは声をかけた。「美しい娘さん、どちらへ？」そして、足を広げ、杖を前へ出して、三人を通せんぼした。

三人の娘は身を寄せ合って、互いにつつきあい、やがてひとりが口を開いた。「卵を売りにタックスフォードの市場へいくところです、神父さん」

「よしなさい！」リトル・ジョンはいって、頭を傾（かし）げて三人を見た。「このように美しい娘さん方が市場まで卵を運ばなければならないとは、嘆かわしい。このわたしが世界を創ったのなら、娘さん方はいちばん上等な絹の服を着て、ミルクのように白い

リトル・ジョン、修道僧に扮し、三人の娘を通せんぼする

馬に乗り、供の者を連れ、泡立てたクリームと苺だけを食べて暮らしているはず。娘さん方には、そんな生活がぴったりだ」

それを聞いて、三人は真っ赤になってうつむき、愛想笑いを浮かべた。「まあ！」と一人が言うと、「からかってんだわ！」ともう一人が言い、「神父さんなのに！」と三人目が言った。けれど、三人ともちらちらとリトル・ジョンのほうに視線を送っている。

「いやいや」リトル・ジョンはすっかり勢いづいて言った。「神父だろうとそうじゃなかろうと、美しい娘さんは見りゃあそうと分かりますよ。このへんの男で、娘さん方がノッティンガムシア一美しいって言わねえやつがいたら、この棒でそいつの歯をへし折ってやる。こんなふうにね！」

三人の娘はまた「まあ！」と声をあげた。

「さあさあ、あんた方のような可憐な乙女がかごを運んでいるところなんて見ちゃいられない。わたしが持ちましょう。その代わり、どなたかこの棒を持ってくださるかな？」

「無理よ。ひとりでかごを三つだなんて」

「ふつうはね。でも、わたしにはできるんです。お見せしましょう。聖ウィルフォードさまに感謝しないとなりませんな、こんな知恵をお与えくださったんですから。ほら、まずこの大きなかごを持って、持ち手のところにロザリオをこんなふうに結びつける。で、これを首にかけて、背中にぶらさげるってわけですよ、ほらね」リトル・ジョンは説明したとおりにかごを、行商人のように背中にぶら下げた。そして、杖を娘の一人に渡すと、両腕にかごをひとつずつ下げ、タックスフォードの町へ向かって足取りも軽く歩きはじめた。娘たちは笑いながらリトル・ジョンの両わきに寄り添い、棒を持った娘は先頭を歩いていく。そんなふうにして歩いていく四人を見ると、だれもが足を止めて、笑いながら振り返った。背が高くがっしりした、丈の短すぎる灰色の衣をまとった修道僧が卵を抱え、三人の美しい娘を引きつれて歩いているところなど、見たことがなかったからだ。リトル・ジョンはそんなことはつゆほども気にしなかったが、からかってくる者がいると、口には口をとばかりに陽気に言い返した。

そんなふうにしゃべったり笑ったりしながら歩いていくと、やがてタックスフォードの町が近づいてきた。そこで、リトル・ジョンは足を止め、かごをおろした。町の中まで入って、万が一でも長官の家来に出くわしたくなかったのだ。「ああ、娘さん方、残念ながら、ここでお別れしなきゃなりません。本当はこっちへくるはずじゃあなかったんですが、楽しかったですよ。じゃあ、お別れまえに、甘い友情を一杯ずつといきましょう」そして、棒の先にぶら下げた革袋を取ると、栓を抜き、袖で飲み口を拭いてから、まず、棒を持っていた娘に渡した。娘たちは一人ずつたっぷりと飲み、全員が飲んだところで、リトル・ジョンが残った分を最後の一滴まで飲み干した。それから、三人の娘に甘いキスをすると、いい一日をと挨拶をして、別れた。娘たちは、口笛を吹きながら去っていくリトル・ジョンの後ろ姿を見送りながら、「お気の毒だわ。あんなに強そうで、力に溢れてる方が修道僧だなんて」と言い合った。

リトル・ジョンは心の中で呟いた。「まったく、なかなか楽しかったぞ。聖ドゥンスタンさまが、またあんな娘たちをお遣わしくださりゃあいいんだが」

リトル・ジョンはそのまましばらく歩いていったが、暑い日だったのでそのうちまたのどが渇いてきた。耳の横で革袋を振ってみたが、ポチャンともいわない。そこで、唇に当てて思いきり傾けてみたが、一滴も残っていなかった。「リトル・ジョン！　リトル・ジョン！」リトル・ジョンは首を振りながら悲しげに独りごちた。「気をつけんと、女で身を滅ぼすぞ」

しかし、とうとう丘の頂上までたどり着き、眼下の谷にこぢんまりと収まっているわらぶきのかわいらしい宿を見つけた。そちらへ向かって、急な山道が続いている。

ひと目見たとたん、心の中の声が語りかけてきた。「おまえさんにひとつ、楽しみをやろうじゃないか。あそこに、おまえさんの喜びそうなたっぷりの休息と一杯の茶色いビールが待ってるぜ」そこで、リトル・ジョンは足を速めて丘をくだり、小さな宿屋までやってきた。雄鹿(おじか)の頭が描かれた看板が下がっている。ドアの前で、ヒヨコを連れた雌鶏(めんどり)がコッココッコと鳴きながら地面をひっかき、軒下ではツバメたちが家事についておしゃべりしている。なにもかもがかわいらしく平和なので、リトル・ジョンの心は笑い声をあげた。ドアの横に、二頭のがっしりした小馬がいて、旅用のやわらかいクッションのついた大きな鞍(くら)が置かれている。中に、裕福な客がいるということだ。ドアの前の日当たりのいいベンチには、鋳掛屋(いかけや)と行商人と物乞いがすわって、強いエールをがぶがぶ飲んでいた。

「ごきげんよう、お三方」リトル・ジョンは言って、そちらへ近づいていった。

「やあ、神父さん」陽気な物乞いがにやっと笑った。「しかし、その衣はずいぶんと短いじゃねえか。上んところを切って、裾(すそ)に縫いつけたら、ちょうどよくなるかもしれねえぞ。さあ、こっちへきて、いっしょにすわろうぜ。エールの味見はどうだい？まあ、神さまに禁酒を誓ってなきゃだが」

「いやいや」リトル・ジョンはにやにやしながら答えた。「ありがたき聖ドゥンスタンさまは、その手の道楽についちゃ、特別にお許しくださってるんでね」そして、腰の袋に手を突っこんで、自分の分の金を出そうとした。

すると、鋳掛屋が言った。「実際のところ、神父さんよ、あんたのかっこうに偽(いつわ)りがないなら、聖ドゥンスタンさまは賢いお方だからな、特別にお許しを与えないと、信者たちがしょっちゅう許しの秘蹟(ひせき)をするはめになるってわかってらっしゃったんだろう。いやいや、その袋から手を出しな、兄弟、金を払う必要はねえ。おい、亭主！エールを一杯だ！」

さっそくエールが運ばれてきて、リトル・ジョンに渡された。リトル・ジョンはフウッと泡を吹き飛ばして空いた場所に唇をつけると、杯(さかずき)をぐんぐん傾けたから、しまいには底が空へ向いて、太陽のまぶしさに目を閉じなくてはならなかった。それから、空っぽになった杯を口から離し、ふうっと深く息を吐いて、三人のほうを見下ろし、目を潤(うる)ませて、しみじみと首を振ってみせた。

「おい、亭主！」行商人がどなった。「このお方にもう一杯だ！　この杯をこんな勢いで空にできるお方が仲間に入ってくれるとは、光栄じゃないか」

こうして四人は楽しくしゃべっていたが、しばらくしてリトル・ジョンが言った。

「あそこの小馬に乗ってきたのは、どういうお方だい？」

「あんたみてえな神父さんさ」物乞いが言った。「今ごろ中でたらふくごちそうを食ってるよ。さっき茹(ゆ)でた若鶏(わかどり)のにおいがしてたからね。おかみさんが言うには、ヨークシアのフォウンテン修道院から、なんかの仕事でリンカーンにいく途中らしいぜ」

「なかなか楽しそうな二人組だよ」鋳掛屋が言った。「ひとりはばあさんのつむみてえに細っこくて、もうひとりはスエットプディングみてえにでっぷり太ってやがるんだ」

「でっぷりといやあ、あんたはずいぶんとたっぷり食ってるように見えるな、神父さんよ」行商人が言った。

「まあな。実のところ、ひとつかみのエンドウ豆と冷たい水をちょっぴりいただくだけで聖ドゥンスタンさまにお仕(つか)えすれば、どう報(むく)いてくださるか、おれを見りゃあ、わかるってもんよ」

それを聞いて、みんなはどっと笑った。物乞いが言った。「いやいや、驚いた。誓ったっていい、さっきのエールの飲みっぷりを見りゃあ、あんたが何カ月もただの水なんて味わっちゃいねえことくらいわかる。聖ドゥンスタンさまだが、ひょっとしてすてきな歌の一つや二つ、教えちゃくれなかったかい？」

「そうだな、歌っていやあ、ちょっとした歌ならいくつか覚えるのに手を貸してくださったよ」リトル・ジョンはにやりと笑った。

「そういうことなら、聖ドゥンスタンさまがどんなふうに教えてくだすったか、聴かせてくれ」鋳掛屋が言った。

そこで、リトル・ジョンはコホンと咳払いをすると、ちょいとのどの調子が悪いとかなんとか、言い訳してから、歌い出した。

ああ、きれいな、きれいな、お嬢さん、いったいどこへ？
どうか、お願いだ、恋人のことも待ってくれ
甘い風が吹いたらば
ふたりでバラを集めよう
陽気な風がヒュウウウウウ！　と吹くからさ

ところが、リトル・ジョンはほとんど歌わなかったようなものだった。というのも、ここまで歌ったとき、宿屋のドアが開いて、フォウンテン修道院の修道僧が二人、まさに文字通りぺこぺこ頭を下げている宿屋の亭主に見送られて出てきたのだ。修道僧

たちは、今歌っていた男が灰色の僧服を着ているのを見ると、足を止め、小さくて太った方の修道僧は太い眉をぎゅっとよせ、細い方も、酸っぱいビールを飲んだみたいに顔をゆがめた。そして、リトル・ジョンが続きを歌おうと息を吸いこむと、太った方が吠えるように言った。「まったくどういうことだ」その声は、小さな雲から雷鳴が轟いたように響いた。「ふてぶてしいやつめ。ここは、おまえのような服を着ている者が、酒を飲んで下品な歌を歌うところではない」

「そうだな」リトル・ジョンは言った。「あんたがたとちがって、フォウンテン修道院みてえなお上品な場所で飲んだり歌ったりできないんでね。できるところでやるしかないんですよ」

「無礼なやつめ！」背が高くてやせた修道僧がとげとげしい声でどなった。「その口と態度で僧服を汚すとは、なんたる無礼な男じゃ」

「ほう、もう一度言ってみろ！」リトル・ジョンは言った。「僧服を汚すだと？　やせ細った貧しい小作人から必死で稼いだ金を搾り取るほうが、よほど仲間の面汚しだと思うがな。そう思わねえか、えっ⁉」

　それを聞くと、鋳掛屋と行商人と物乞いはつつきあって、ニヤニヤ笑った。二人の修道僧は、おそろしい顔でリトル・ジョンをにらみつけたが、それ以上、言い返す言葉を思いつかなかったので、馬のほうへ向かった。すると、リトル・ジョンはいきなり立ちあがって、馬へまたがろうとしている修道僧たちのもとへ走っていった。「お二人の馬の手綱を持たせてくだせえ。あなたさまのお言葉で、おれの罪深い心が洗われましたんです。つきましては、これ以上こんな悪の巣窟にいるわけにはまいりません、どこまでもお供いたします。お二人のような方々といっしょなら、悪に誘惑されることもないでしょうから」

「断る」痩せた方の修道僧が声を荒らげて言った。リトル・ジョンにからかわれているのが、わかったからだ。「おまえのような道連れはいらん。失せろ」

「なんと。お二人に嫌われ、ついてくるなと言われるとは、なんとも無念。しかし、お二人のもとを離れるなんてできません。ここまで心が動かされちまった以上、どうしたってお供しなけりゃ」

それを聞いて、ベンチにすわっていた三人はあんまりニヤニヤしたものだから、白い歯が丸見えになっていたし、宿屋の亭主さえ、顔がにやけるのを隠せなかった。修道僧たちはと言えば、いったいどうすればいいのかわからずに、困ったように顔を見合わせた。二人ともお高くとまっていたので、旅回りの僧ごときが短すぎる僧衣で自分たちの馬の横を走るなどと、考えるだけで恥ずかしくて気分が悪くなりそうだった。

とはいえ、リトル・ジョンをむりやり置いていくこともできないだろう。というのも、彼がその気になれば、またたく間に二人の骨をへし折ることなどたやすいとわかっていたからだ。そこで、太った方の修道僧が、さっきよりは穏やかな口調で言った。

「いやいや、僧どの、われらは早駆けでいくつもりだから、死ぬほど疲れてしまうと思うぞ」

「いやいや、そんなふうにおれのことまで考えて頂いて、かたじけない。しかし、心配はご無用。おれの脚は頑丈ですから、ゲーンズボロまで野ウサギみてえに走れますよ」

ベンチからくすくすと笑い声があがり、痩せている方の僧は、火に水をかけたみたいに、シュウシュウと音が聞こえそうなほど湯気を立てて怒った。「無礼者め！　われわれ僧の顔に泥を塗るようなまねをして恥ずかしくないのか？　おまえなど、あこのブタどもといっしょにここで飲んだくれていろ！　われらの道連れになろうなどと、身の程知らずにもほどがあるわ！」

「おい、おまえ！」リトル・ジョンはさけんだ。「今のを聞いたか、亭主。おまえは、この聖なる方々にふさわしい道連れではない。さっさとてめえの酒場にもどれ。いいか、もしここにおられる聖なるお二人がひと言命じれば、てめえの頭をこのぶっとい棒でかき混ぜた卵みてえになるまで叩いて叩いて叩きまくってやるところだ！」

それを聞いて、ベンチの三人はゲラゲラ声を出して笑い、亭主のほうもなんとか笑いを腹に収めようとしたせいで、顔がサクランボみたいに真っ赤になったが、それでも、真面目な顔を保っていた。うっかり不作法に噴き出したりしようものなら、フォウンテン修道院の修道僧の不興を買うはめになるからだ。二人の修道僧は、これ以上どうしようもないのを見て取ると、馬にまたがり、リンカーンへ向かって拍車をかけた。

「友よ、そろそろいかなきゃならないようだ。元気でな！」リトル・ジョンは言って、二頭の馬のあいだに割りこんだ。「では、おれたち三人は出発しましょうや」そう言って、がっしりした棒を肩に担ぎ、馬たちと同じ速さですたすたと歩き出した。

二人の修道僧は割りこんできたリトル・ジョンをにらみつけ、できるだけ距離をあけようとしたので、結果、リトル・ジョンが街道の真ん中を歩き、僧たちが道の端と端を進む羽目になった。そんなふうにして去っていく三人を追いかけるように、鋳掛屋と行商人と物乞いはそれぞれ酒の杯を持ったまま街道の真ん中へ走り出ていって、ゲラゲラ笑いながら後ろ姿を見送った。

二人の僧は、宿屋の連中から見えているうちはいかにも落ち着いたようすで馬を進

リトル・ジョン、修道僧の道連れとなる

めていた。リトル・ジョンから逃げようとしていたなどと思われたら、ますます評判を落とすだけだ。フォウンテン修道院の修道僧が、聖ドゥンスタンに真っ赤に焼けた火ばしで鼻をはさまれた悪魔みたいに、旅回りの僧から逃げていったなどと噂（うわさ）されたら、それを聞いた人々はどう思うだろう。しかし、丘の頂上を越え、宿屋が見えなくなると、太ったほうの僧は痩せた僧に言った。「アンブロウズどの、もう少し急いだほうがよくはないか？」

「いや、まったくですな」リトル・ジョンが答えた。「もうちょいと急いで鍋を火にかけたほうがよさそうですぜ。一日は短いですからね。僧どのの脂肪（しぼう）が揺さぶられるっていうんじゃなきゃあ、急ぎましょう」

二人とも答えずにおそろしい目でリトル・ジョンをにらみつけた。そして、なにも言わずに馬たちに向かって舌を鳴らすと、馬たちは駆け足で進みはじめた。

そのまま一マイル以上走りつづけたが、リトル・ジョンは雄鹿のように軽々と二頭のあいだを走りつづけ、なおも余裕しゃくしゃくといったようすだ。とうとう太った僧がうめいて手綱を引いた。それ以上、揺さぶられるのに耐えられなかったのだ。「おやおや」リトル・ジョンは息ひとつ乱れたようすもなく言った。「こんなふうに荒っぽい走り方をしちゃ、その太鼓腹(たいこばら)の脂肪を揺さぶっちまうんじゃないかって心配だったんですよ」

そう言われても、太った僧は黙ったまま、前だけを見て、下唇をぐっと嚙(か)んだ。こうして前よりもぐっと静かになって二人の僧は道の端と端を進み、リトル・ジョンだけが相変わらず街道の真ん中を陽気に口笛を吹きながら歩いていった。

すると、向こうから、真っ赤な服に身を包んだ、いかにも楽しげな三人の吟遊(ぎんゆう)詩人がやってきた。道の真ん中を歩いている短い衣の修道僧と、豪華な馬具をつけた小馬にまたがり、恥ずかしそうにうつむいて両わきを進んでいる僧二人をじろじろ見ている。近くまでくると、リトル・ジョンは先導役のように棒を振り回して、大声でどなった。「道を空けろ！　道を空けろ！　どけどけ、おれたち三人組のお通りだ！」吟遊詩人たちはそれこそ目を丸くし、大笑いだった！　太った僧は高熱でも出したようにブルブル震え、痩せた僧は馬の首に突っ伏した。

するとこ今度は、晴れ着を着た恰幅のよい町人とその妻、それから二人の美しい娘が馬に乗ってやってきた。田舎のいとこの家からタックスフォードにもどる途中だった。彼らにも、リトル・ジョンはいかめしく挨拶をした。「こんにちは、みなさんおそろいで。おれたち三人組のお通りでござい！」それを聞いて、女たちは目を見開いた。というのも、女性という者は、男のようにすぐに冗談がわからないのだ。しかし、陽気な町人は脇腹を揺らして大笑いし、しまいには頬が真っ赤になって、目からぼろぼろ涙を流す始末だった。

三番目に出会ったのは、きらびやかな服装をした二人の高貴な騎士だった。腕に鷹をとまらせ、やはり絹とビロードで着飾った美しい貴婦人を二人連れている。四人とも立派な馬に乗っていたが、道を空け、驚いたようにリトル・ジョンと二人の修道僧がやってくるのを見つめていた。リトル・ジョンは慎ましやかにおじぎをして言った。「閣下及び姫君方、ご挨拶申し上げる。おれたち三人組のお通りでござる！」

四人とも大笑いして、貴婦人の一人がたずねた。「おれたち三人組とはなんのことです？」

すでにすれ違ったあとだったので、リトル・ジョンは肩越しに振り返って大きな声で言った。「のっぽのジャックと、やせのジャックと、でぶのジャック・プディングでございー！」

太った僧はうめき声をあげ、恥ずかしさのあまり鞍から転げ落ちるかに見えたし、痩せの方は黙ったまま、石のように険しい顔でひたすら前だけを見すえていた。

すぐ先の高い生け垣のところで街道はぐっと曲がり、四十歩くらい先にもう一本道が交差しているのが見えた。十字路まできて、騎士たちの一行がはるかうしろになると、痩せている方の僧がふいに手綱を引いた。「よいか、よく聞け」僧は怒りで声を震わせて言った。「もうおまえのような恥ずべき道連れにはうんざりだ。これ以上、笑い者にされるわけにはいかん。どちらでもさっさといって、おとなしくわれらをいかせてくれ」

「なんと！」リトル・ジョンはさけんだ。「おれたちゃ楽しくやってるって思ってたのに、フライパンの中の脂みたいに怒りを燃えあがらせてたってわけですね。でもまあ、お二人とごいっしょできないのは残念ですけど、今日はじゅうぶんでしょう。お二人も、おれと別れがたいのはわかってますがね、もしまたおれに会いたいと思ったら、風に囁いてくれりゃあ、おれんところまで知らせを運んできてくれますよ。ところで、ごらんの通りおれは貧乏で、お二人は金持ちだ。どうか次の宿屋でパンとチーズを買うための金を一ペニーかそこら、恵んじゃくれませんかね？」

「われわれは金など持っておらん」痩せている方の僧が声を尖らせて言った。

「さあ、トーマスどの、まいりましょう」

しかし、リトル・ジョンは、二頭の手綱を左右の手でがっしと摑んだ。「ほう、本当にまったく金を持ってらっしゃらない？　お二人さん、お願いですよ、お慈悲の心でパンの耳を買う金を恵んでくだせえ。一ペニーでもいいですから」

「言ったろう、われわれは金など持っておらん」背が小さくて太った方の僧が大声で一喝した。

「本当の本当に持ってらっしゃらないんですかい？」リトル・ジョンは念を押した。

「一ファージングもな」痩せている方の僧がにがにがしげに言った。

「一グロートすらな」太っている僧が声を張りあげる。

「なんと、そんなことがあっちゃならねえ。お二人のような聖なるお方を、すっからかんのままいかせるなんて、おれにはできねえ。さあ、すぐさま馬から下りて、十字路の真ん中にひざまずいて、恵み深い聖ドゥンスタンさまに旅を続けられるだけの金を恵んでくださるよう、お祈りしましょう」

「なんだと、悪魔の手先め！」痩せている方の僧が、文字通り怒りで歯をぎりぎりいわせながらさけんだ。「おまえごときが、フォウンテン修道院の酒蔵管理長であるわたしに命令するのか？　馬から下りて、汚らしい道にひざまずいて、物乞い同然のサクソンの聖人に祈れだと？」

「いいか」リトル・ジョンはすごんだ。「おやさしい聖ドゥンスタンさまのことをそんなふうに抜かしやがったら、その頭にガツンと一発、食らわしてやらねえでもないぞ！　さっさと馬から下りやがれ、おれの堪忍袋の緒が切れる前にな。じゃねえと、てめえらがおえらい神父さんだってことを忘れちまうかもしれねえぞ」そして、がっしりした棍棒をヒュンヒュン音がするまでふりまわした。

それを聞いたとたん、二人の僧は練り粉みたいに真っ白になって、太った僧が慌てて馬から下り、痩せた方の僧も反対側に降りたった。

「さあ、お二人とも、膝をついて、祈りなせえ」リトル・ジョンは言った。そして、がっしりした手で二人の肩をぐいと押すと、むりやり膝をつかせ、自分もその横にひざまずき、あたりに響きわたるような大声で聖ドゥンスタンに金を恵んでくださいと祈りはじめた。そうやってしばらく祈ったあと、僧たちに革袋の中を調べて、聖人が金を授けてくださったかどうか調べるようにと言ったので、二人はのろのろと腰にぶら下げた袋に手を入れたが、なにも出てこなかった。

「ほう！　お二人の祈りはそんなに効き目がないんですかい？　なら、もう一度祈りましょう」

　そしてすぐさま、また聖ドゥンスタンに向かって祈りはじめた。こんな具合だ。

「おお、めぐみ深い聖ドゥンスタンさま！　ここにいる貧しい者たちにすぐに金をお届けください。でないと、リンカーンの町に着く前に、太ってる方はやせ細って、こっちの痩せてる男みてえになっちまいますし、痩せてる方にいたっちゃ、何もなくなっちまいます。とはいえ、思いあがると困りますから、十シリングだけでじゅうぶんです。それ以上届けてくださるんでしたら、そいつはおれにお願いします」

「さてと」リトル・ジョンは立ちあがった。「それぞれいくら持ってるか、見てみようじゃありませんか」そして、自分の袋に手をつっこみ、金貨を四枚取り出した。「お二人はどうです？」

　そこで、二人の僧はまたものろのろと袋に手を突っこんだが、今度も何も出てこなかった。

「なにもねえんですかい？　そんなことありえねえ。きっと袋の縫い目かなんかに入りこんじまって、見逃（みのが）したんでしょう。おれが見てさしあげましょう」

　そして、まず痩せている方の僧のところへいって、袋に手を突っこみ、革の財布を引っぱりだした。数えると、金貨で百十ポンドあった。「ほらね、おやさしい聖人さまがちゃんと施しをくださったのを、見逃してるだけだってわかってましたよ」

それから、二人に一ポンド渡すと、残りは自分の袋に入れた。「さっき、聖なる神父さまははっきりと、一ファージングも持ってないっておっしゃってましたからね。修道院の修道僧であられるお二人があんなふうにお誓いになったことを疑ったりしませんよ。つまり、こいつは、聖ドゥンスタンさまがおれの祈りに応えてくださったもんだ。しかし、お二人には十シリングを恵んでくださるようお願いしましたから、それより多い分はおれのものになるってわけです。だから、いただきますよ。では、ごきげんよう。このあとの旅が愉快なものになりますように」そう言って、リトル・ジョンは二人に背を向け、のしのしと歩き去っていった。二人の僧はひと言も交わすことなく、ふたたび馬にまたがって出発した。

しばらくいくと、リトル・ジョンはきびすを返し、シャーウッドの森へ、口笛を吹きつつ楽しげにもどっていった。

さて、今度は物乞いに化けたロビン・フッドがどんな冒険に出くわしたかを、お話ししよう。

第二章　ロビン・フッド、物乞いになる

ロビンは上機嫌でリトル・ジョンと別れ、二股の一方の道を歩いていった。やわらかな太陽の光が降りそそぐ中、純粋な喜びに溢れ、跳んだり跳ねたり歌を口ずさんだりしながらどんどん歩いていく。というのも、春の美しさに酔いしれ、牧場に放たれた子馬のように心が浮き立っていたのだ。真っ青な空を見あげて、むくむくと膨らんでいる白い雲がゆっくりと流れていくのを眺めながらずっと歩いていくときもあれば、足を止めて、あらゆるものに宿っている命の豊かさに見とれることもあった。生け垣には淡い緑の葉が芽吹き、牧場の草は青々と生い茂っている。じっと立ち止まって、茂みで囀る小鳥の声に聴き惚れたり、雨を降らせてみろとでもいうように空へ向かって鳴く雄鶏の澄んだ声に耳を傾けたりすることもある。ほんの小さなことでもロビンの心は弾み、思わず笑い声が漏れるのだった。そんなふうにして、なにかあれば喜んで足を止め、楽しげな娘に会えばおしゃべりを楽しむつも

りでずんずんと歩いていったが、いつしか日は高くなり、いまだに服を取り替えられるような物乞い(ものご)には出会えずにいた。「こりゃあ、さっさと験直し(げんなお)をしないと、一日何もないまま終わることになるぞ。もうすでに半分は過ぎたっていうのに、田園の風景を歩くのは楽しいとはいえ、物乞いの暮らしについちゃ何も分からないままだからな」

しばらくすると、ロビンは腹が減ってきた。すると、春や花や小鳥のことは頭から消え去り、茹(ゆ)でた鶏(とり)や白ワインや白パンやそういったもののことしか考えられなくなった。ロビンは思わず独りごちた。「ウィリー・ウィンキンの願いのマントがあればなあ。何を願うかは、ちゃんとわかってる」ロビンは右手の人さし指で左手の指を一本ずつ折りながら、挙げていった。「まずやわらかい雲雀(ひばり)の肉を使った茶色いパイがひとつ。言っとくが、パサパサになるまで焼いたやつはお断りだ。パンを浸せるくらいたっぷり肉汁の出るやつじゃなきゃな。次は、よく茹でた鶏肉(とりにく)。鳩(はと)の卵をスライスしたものでぐるりと囲むように飾りつけたやつがいい。あとは、炉で焼いた細長い小麦のパンを添える。熱々で、皮が、わが恋人マリアンの髪のようにつややかな茶色のやつだ。それでもって、初冬の朝、轍(わだち)に張るような白い薄氷みたいにパリッとしてなきゃならない。これで、食べ物のほうはいいだろう。だが、それといっしょに、太くてまるい酒瓶が三本必要だ。ひとつはマームジ酒、ひとつはカナリーワイン、ひとつはおれの愛するサック酒がなみなみ入ってなきゃな」そんなふうにしゃべっているうちに、頭の中に次々浮かんでくるごちそうに、よだれが湧いてきた。

ブツブツ独り言を言いながら、若葉がのびて薄緑色に染まった生け垣に沿ってほこりっぽい街道を曲がると、行く手に、踏み越し段にすわって足をぶらぶらさせている男が見えた。がっしりした荒くれ者といったようすで、体のあちこちから、形も大きさもまちまちの袋を十以上もぶら下げている。どれも、腹を空かせたコクマルガラスのヒナみたいに、ぱっくりと口が開いていた。上着は腰でぎゅっと絞られ、五月柱[1]の細い飾り布のように色とりどりの継ぎが当ててある。頭には、革の背高帽をかぶり、膝の上に、ロビンの六尺棒と同じくらいありそうなサンザシの太い棒をのせていた。ノッティンガムシアの路地や裏道を歩きまわっている陽気な物乞いにちがいない。目は石板みたいな灰色で、楽しげにきらきらと輝き、くるくるとよく動くし、縮れてカールした黒い髪があちこちに跳ねている。

「やあ、そこのお人」男の近くまでいくと、ロビンは声をかけた。「つぼみが膨らん

1　春の訪れを祝い、飾りつけた棒。まわりでダンスをする。

で、花がのぞき始めてる、こんなすばらしい日にそこでなにをしてるんだい？」

男は片目をつぶって、楽しげな調子で朗々と歌いはじめた。

踏み越し段にすわって
ちょいと歌ってるのさ、
愛し（いと）の娘がやってくるまで
ほら、太陽は輝いてるし
若葉が光と戯れ（たわむ）れ
小鳥たちが歌うから、もうすぐくるよと

「おれもこいつと同じ気分ってわけさ。連れがこないことを除きゃあな」男は言った。「それにしても楽しい歌だな。のんびり聴（き）いてられるんなら、続きも聴きたいところさ。だが、二つほど、どうしても頼みたいことがあるんだ。聞いてくれるか？」

それを聞くと、物乞いはカササギみたいにふんぞり返った。「おれは、重たいもんを注がれるような器じゃねえ。だが、おれの勘違いじゃなきゃ、おまえさんはいつもいつも頼み事があるなんて言う手合いじゃなさそうだ」

「そうなんだ。一つ目は、おれにとっちゃなによりも重大なことなんだ。つまり、飲みもんと食いもんをどこで見つけりゃいいのかってことさ」

「そういうことかい？」と物乞い。「ほう、その件に関しちゃ、おれは重大ともなんとも思わねえ。おれは、手に入ったときに食い、パンがなきゃ、パンの耳を食うだけで満足するまでさ。それと同じで、エールがなきゃ、冷たい水をポタポタと垂らして、のどのほこりを洗い流すってわけさ。ここにすわって朝飯を食おうかどうしようかって考えてたら、おまえさんがやってきたんだ。食う前に猛烈に腹を空かせるってのが、たまらないんだ。そうすりゃ、パサパサのパンの耳も、ヘンリー陛下が食ってる脂とレーズンのたっぷり入った鹿肉のパイみてえにうまく感じるからな。でもって、今は腹がきりきりするくれえ空いてるが、もう少ししたら、空き具合が完璧になるってところなんだ」

ロビンは笑いながら言った。「あんたは、その歯のあいだに実に風変わりで面白い舌を持ってるな。しかし、本当にパサパサのパンの耳しか持ってないのかい？　そんなもんしか入ってないわりには、その袋やらカバンやらはぱんぱんに膨らんでるように見えるがな」

「まあ、確かにほかにも冷たいもんがちょっと入ってるかもしれんな」物乞いは茶目っ気たっぷりに言った。「飲み物も冷たい水のほかにあるんじゃないかい？」

「一滴たりともねえ。あっちの木立（こだち）の向こうに、こんなにまぶたをぐいっとあげて見たことはねえってくらいすてきな宿屋があるんだ。だが、おれはいけねえ。っていうのも、連中はおれにひでえ態度をとりやがるんでな。一度なんて、エメット小修道院の院長が飯を食ってたとき、亭主が大麦糖と煮込んだリンゴのちっぽけなタルトを冷ますために窓辺に置いたのさ。だから、なくなっちまったら大変と、持ち主が見つかるまで預かってやったんだ。なのに、それ以来、連中はひでえことばっかりしやがる。だが、誓って、あそこのエールは、これまでおれの舌の上を流れ落ちていった中でもいちばんんだ」

それを聞いて、ロビンは大笑いした。「なるほど、あんたの親切を仇（あだ）で返すような真似をしたってわけだな。だが、正直な話、その袋ん中にはなにが入ってるんだ？」

「おや？」物乞いは袋の口から中をのぞきながら言った。「ここに、でっかい鳩のパイが一切れ、入ってるぜ。肉汁がこぼれないようにキャベツの葉で巻いてあるぞ。こっちにはうまそうな猪（いのしし）のすじ肉があるし、こっちは、白パンのでかい塊（かたまり）があるな。こっちには、カラス麦のパンが四つと、膝肉のハムだ。ほう！　こりゃまた不思議だな。しかし、こっちには、このへんの鶏小屋からたまたま紛れ込んだ卵が六個も入ってらあ。生だが、炭火で焼いてバターを落とせば――」

「やめてくれ!」ロビンは片手を挙げた。「あんまりうまそうに説明するもんだから、おれのかわいそうな胃袋が、喜びで打ちふるえてるよ。あんたが食い物を分けてくれるなら、おれはすぐさま、あんたの説明してくれた宿屋へいって、二人で飲めるようにエールを革袋一つ分、持ってくるがね」

「友よ、そこまで言ってくれるか」物乞いは踏み越し段からひょいとおりた。「そういうことなら、おまえさんに最高のもてなしをしようじゃねえか。おまえさんという仲間を与えてくれたことを、聖セドリックさまに感謝しねえとな。しかしながら友よ、少なくとも三クォート[2]のエールが必要だぞ。一クォートがおまえさんで二クォートがおれだ。っていうのも、おれはのどがからっからで、ディー川の砂が海の水を吸いこむみてえにエールを飲めそうなんだ」

そこで、ロビンはすぐさま宿屋へ向かい、物乞いは生け垣の裏の、花をつけつつあるライムの茂みのほうへいって、草の上にごちそうを並べ、薪に火をつけて手早く

2　一クォートは一リットル強。

卵を料理しはじめた。商売上、お手の物なのだ。しばらくして、ロビンがエールの入った革袋を肩にかついでもどってきて、草の上に置いた。そして、ごちそうが広げてあるのを見ると（実にすばらしい光景だった）、腹をゆっくりとなでた。空きっ腹を抱えた身としては、これまで目にした中でいちばんすばらしいごちそうに見えたのだ。

「友よ、ちょいと革袋の重さを計らせてくれ」物乞いが言った。

「もちろんだとも。好きなだけ飲んでくれ。そのあいだ、おれは鳩のパイが新鮮かどうか確かめよう」

そこで一人がエールの革袋をつかみ、もう一人が鳩のパイに飛びつくと、そのあとしばらくは、食べ物を嚙む音とエールをごくごく飲む音以外、何も聞こえなくなった。

そんなふうにしてずいぶん長い時間がたち、ようやくロビンが食べ物を押しやり、心底満足そうなため息をついた。まるで全身生まれ変わったような気持ちだった。

「さてと、友よ」ロビンは片肘をついて寝そべった。「ちょっと前に話したもう一つの頼み事の話をそろそろしたいんだが」

「なんと！」物乞いはとがめるように言った。「このうまいエールくれえ重大な話ってこたぁ、ねえだろ！」

「確かにな」ロビンは笑いながら言った。「おまえさんがのどの渇きを癒やすのを邪魔したりしないから、飲みながら聞いてくれ。こういうことなんだ。実は、おまえさんの商売をすっかり気に入っちまってな、おれもぜひ物乞いの暮らしっていうのを味わってみたくなったんだ」

物乞いは言った。「あんたがおれの暮らし方を気に入ったって聞いても、驚かないぜ。しかし、気に入るのと実際にするっていうのは、違うぜ。いいかい、友よ。けがをしたふりをして金を恵んでもらうだけだって、かなりの見習い期間が必要なんだ。ましてや、頭がやられてたり狂っちまったふりをしたりするのは、そうとう大変だ。はっきり言って、この道に入るにはあんたは年を取り過ぎてらあ。コツをつかむのに何年もかかるからな」

「確かにそうかもしれん。そういやあ、スワントホールドじいさんは、靴屋はパンを焼くのが下手だし、パン屋は靴を作れねえ、って言ってたからな。だが、おれはどうしても物乞いの暮らしを味わってみたいんだ。で、うまく化けるには、衣装が必要ってわけさ」

「いいことを教えてやろう。あんたが、おれたちの守護聖人の聖ウィンテンさまみてえな服を着てたとしても、物乞いにはなれねえよ。いいかい、他人の商売に鼻を突っこんだってことで、最初に会った旅人にこてんぱんに殴られるのがオチさ」

「それでも、やってみたいんだよ。それでな、おまえさんと服を取り替えたいんだ。おまえさんの服は華やかとは言わないまでも、なかなか粋だからな。服を取り替えるだけじゃなくて、金貨二枚も付けようじゃないか。この頑丈な棒を持ってきたのは、おまえさんの仲間と服のことでぐだぐだ口論になるんだったら、一発頭に食らわしてやらなきゃならないかもしれないと思ったからだ。だが、おまえさんのことは、すっかりごちそうになって、気に入っちまったからな。小指一本動かすつもりはないぜ。だから、これっぽっちも怖がる必要はないからな」

物乞いはげんこつを腰にあてて聞いていたが、ロビンが話しおわると、首を傾げて、舌で頰の内側をぐいと押した。

「ほう、このおれに手を上げようってか？　頭がおかしくなったか？　いいか、おれはフリントシアのホーリーウェル出身のリッコン・ヘーゼルだぞ。よく聞け、悪党め、おれはおまえなんかよりずっと強い連中の頭をガツンとやってきたんだ。今だって、おまえがくれたエールのことさえなかったら、その頭に熱湯をぶっかけてやるところだ。おれの上着のぼろ布一枚だってやるもんか。たとえそれで、おまえが絞首台から逃れられるとしてもな」

「いいか、おまえのその頭をだいなしにしたかあないが、はっきり言っておく。さっきのごちそうのことがなけりゃあ、これから何日ものあいだ、あちこちぶらぶらすることなんてできないようにしてやるところだ。今すぐその口を閉じねえと、運が転り出ていっちまうぜ」

「もうおしまいだ、あいにくてめえは、自分から不運を呼びこんじまったようだな！」物乞いはさけんで、立ちあがり、サンザシの棒をがっしとつかんだ。「てめえも棒を持って、せいぜい身を守るんだな。今からこてんぱんに殴るだけじゃなくて、身ぐるみ剝（は）いでやらあ。頭の傷にすりこむガチョウの脂を買う金すら残さねえからそう思え！　ほら、防げるもんなら防いでみろ」

ロビンもすかさず立ちあがり、棒をひっつかんだ。「このおれから金を取れるなら取ってみろ。指一本でも触れることができたら、有り金ぜんぶくれてやる」そして、棒がヒュンヒュン鳴るまで振り回した。

そこで物乞いも棒を振りあげると、力いっぱいロビンめがけて振り下ろした。が、ロビンはなんなくかわした。物乞いは三度、棒を打ち下ろしたが、ロビンの髪の毛にかすることさえできない。ロビンは機会を見逃さなかった。三つ数える間もないうちに、リッコンの棒は生け垣の向こうに吹っ飛び、リッコン自身はプディングを蒸したあとの袋みたいに、草の上にくたりと伸びてしまった。

「おいおい、どうした！」ロビンは笑いながら言った。「おれの生皮だか金だかを剝ぐんじゃなかったのか？」しかし、物乞いが何も答えないので、見ると、ロビンの一撃ですっかり目が回っているようだ。そこで、ロビンはなおも笑いながら走っていって、エールの革袋を持ってくると、物乞いの頭にかけ、のどにも流しこんでやった。おかげでほどなく物乞いは目を開き、どうしてこんなところに寝っ転がってるんだとばかりにまわりを見まわした。

殴られて吹っ飛んだ正気をなんとか取りもどしたのを見て取ると、ロビンは言った。「さて、友よ。おれと服を取り替えるか、それとも、もう一度ガツンと食らいたいか？　おまえさんの着ているボロを一式くれるなら、この金貨二エンジェルをやろう。袋も帽子もぜんぶだ。断るというなら、残念だがもう一度——」そう言って、ロビンは自分の棒を上から下まで眺め回した。

すると、リッコンは起きあがって、頭のコブをさすりながら言った。「くそ、やめてくれ！　あんたをしこたまぶったたいてやるつもりだったのに、どうしてこんなことになったんだ。どうやら、エールを頼みすぎちまったらしいな。この服とお別れしなきゃならないっていうなら——まあ、それしかねえだろうが、先に約束してくれ。

服以外は何も取らねえと誓ってほしいんだ」

「真の男として約束するよ」どうせ数ペンスのことだと思って、ロビンは言った。

するとと、物乞いは脇に下げていた小刀を抜き、上着の裏地を引き裂いた。すると、ピカピカの金貨が十ポンド分、出てきたのだ。物乞いはそれを傍らに置くと、ずる賢そうに片目をつぶった。「さあ、服を取ってくれ、どうぞどうぞってもんだ。あんたは、金貨二枚どころか一ファージングも払わずに、こいつを手に入れられたかもしれなかったのさ」

「なるほどな」ロビンは大笑いした。「おまえさんは小ずるいやろうだよ。実際、おまえさんがそんな金を持ってるって知ってたら、そのままいかせはしなかったぜ。どうせ正直に手に入れた金じゃないだろうからな」

そして、二人は服を脱ぎ、相手の服を身につけた。ロビン・フッドは、夏にお目にかかれそうな楽しげな物乞いに変身した。一方のホーリーウェルのリッコンは、リンカーンの緑の立派な服を手に入れて飛び跳ねて踊りまわった。「派手な羽の鳥みてえになったぞ。実際、わが愛しのモル・ピースコッドはおれだってわからねえだろうさ。この服と金があるあいだは贅沢ざんまいで面白おかしく暮らしてやらあ」

そして、ロビンに背を向け、踏み越し段を越えて去っていった。しかし、生け垣の向こうからリッコンの歌声が聞こえてきた。

物乞いがやってくりゃ
ポリーはほほえみ、モリーもにっこり
ジャックとディックは、愉快なやつと呼びかける
酒場のおかみは値段をあげて、
ほら、ウィリー・ワディキン
ビリー・ワディキン、待っとくれ
ブラウン・エールをどんどん注いで
物乞いはうちの上客なのさ

ロビンは歌が聞こえなくなるまで耳をすましていた。それから、同じ踏み越し段を越えて街道に出たが、物乞いがいったのとは反対のほうにつま先を向けた。街道はなだらかな丘へと続き、ロビンは十以上の袋を脚のあたりにぶらぶらさせながら登っていった。そうやってずいぶん長いこと歩いたが、冒険がやってくるようすはない。自分以外人っ子一人いない街道を、一足ごとに小さな土煙を巻きあげながら進んでいく。

ちょうど昼どきで、たそがれどきに次いで平和な時だからだろう。食事どきのくつろいだ雰囲気の中、大地は静まりかえっている。耕作馬も、畝と畝のあいだにたたずみ、鼻づらにぶら下げた大きな袋の中に入っている餌を食んでいる。農夫は手伝いの少年といっしょに生け垣の根元にすわり、それぞれ手に持った大きなパンの塊と反対側の手に持ったチーズをむしゃむしゃ食べていた。

ロビンは、だれもいない街道を口笛を吹きながらずんずん進んでいった。体のあちこちからぶら下げた袋が弾んで、腿にあたる。すると、街道から草深い小道が分かれているところまでやってきた。踏み越し段を越えて、丘をくだり、小さな谷へおりていって、小川を渡ると、反対側の丘を登っていって、ぐっと地面が盛りあがったてっぺんに立っている風車までやってきた。木々が風にしなり、大きく揺れている。ロビンはひと目見て気に入ったので、気の赴くまま特に理由もなく小さなわき道に入り、日当たりのいい広々とした牧場をくだっていって、小さな渓谷にやってきた。すると、いきなり四人の陽気な男たちが脚を伸ばしてすわっているのが目に飛びこんできた。地面にはおいしそうなごちそうが広げられている。

四人はみな物乞いで、それぞれ首から小さな板を下げていた。板には「目が見えません」「耳が聞こえません」「口がきけません」「片脚の男にお恵みを」とある。しかし、ずいぶんと悲惨なことが書かれているにもかかわらず、四人は、カインの妻が壺(つぼ)を開けて不幸が解き放たれ、蠅(はえ)の大群のごとくわれわれを悩ませるようになったことなどなかったかのように、楽しげにごちそうを囲んでいた。

最初にロビンの足音を聞きつけたのは、耳の聞こえない男だった。「おい、聞こえるか? だれかくるぞ」最初にロビンの姿を見つけたのは、目の見えない男だった。

「正直そうな男だ。おれたちの同業者だな」すると、口のきけない男が大声でロビンに呼びかけた。「おーい、兄弟。こっちへきてすわれ。料理もマームジ酒もまだ残ってるぞ」すると、木の義足を外して、膝を曲げて腿にしばりつけていた本物の脚をおろし、草の上に伸ばしてくつろいでいた片脚の男が、さっとロビンのすわる場所を空けた。そして、「ようこそ、兄弟」と言って、マームジ酒の瓶を差しだした。

「これはこれは」ロビンは笑いながら、手で瓶の重さを量ると、ぐいっと飲んだ。

「そりゃ、おれがきて嬉(うれ)しいだろうよ、目が見えないやつが見えるようになって、口のきけないやつがきけるようになり、耳の聞こえないやつが聞こえるようになって、片脚の男に立派な脚が出てきたんだからな。おまえさん方の幸せを願って乾杯だ! もちろん、健康を願いはしないぜ。どこからどう見ても健康でピンピンしてるからな」

それを聞くと、四人はにっと笑い、いちばん肩幅が広くていちばん陽気そうなリーダー格らしい目の見えない物乞いが、おもしれえ若者だぜと言いながらロビンの肩をバシッと叩(たた)いた。

「若えの、どこからきたんだ？」口のきけない物乞いが言った。

「いやな、ひと晩シャーウッドの森で寝てからきたところだ」

「本当かい？」耳の聞こえない物乞いが言った。「おれたちゃ、リンカーンの町に持っていく金があるんでね、シャーウッドの森でひと晩過ごすのはごめんだ。ロビン・フッドの縄張りで、おれたちの仲間がとっつかまったあかつきには、耳をちょん切られちまうからな」

「だろうな」ロビンは笑いながら言った。「だが、その金っていうのは、どんな金なんだい？」

すると、片脚の物乞いが言った。「おれたちの頭(かしら)のヨークのピーターが、リンカーンまで運ぶようにって持たせた金でな――」

「待て、ホッジ」目の見えない男が、話に割りこんだ。「若えのを疑いたくはねえが、おれたちはまだこいつのことをよく知らねえ。おまえさんは何者だい？　正直者か、ジュークマンか、クラッパーダジョンか、ドメラーか、それともエイブラハムマンか？」

それを聞いたロビンは口をあんぐりと開けて、物乞いたちを一人ひとり見つめた。

「いいかい、おれは自分のことを正直もんだと思ってるし、少なくともそうなろうとしてる。そんなわけのわからないたわごとを並べて、何が言いたいんだ？　そこの口のきけないやつが、一曲歌ってくれる方がよほど礼儀に適っちゃいないか？」

すると、四人はしんとなった。しばらくして、目の見えない物乞いがふたたび口を開いた。「わけのわからないなんて、ふざけて言ったんだろ？　いいから質問に答えろ。おまえは、街道で旅人を殴って金を奪ったことはあるのか？」

「いいかげんにしろ」ロビンはカッとなって言った。「わけのわからねえおしゃべりでおれをバカにしようって言うんなら、てめえら全員痛い目にあうことになるぞ。その頭をぶったたいてやりたくてしかたねえんだ。さっきのマームジ酒のことがなけりゃあ、とっくにそうしてやってるところだ。おい、瓶をこっちに寄こせ、気が抜けちまうからな」

ロビンがそう言うやいなや、四人の物乞いはぱっと立ちあがり、目の見えない物乞いが横に置いてあった節くれ立った棍棒をひっつかむと、ほかの三人もそれに倣った。

ロビンは、どうやら面倒なことになりそうだと見て取ったが、いったい何のことだかさっぱりわからないまま、やはりぱっと立ちあがって、頼りの棒をつかむと、木を背にして守りの姿勢を取った。「やい、どういうことだ！」ロビンは棒をブンブン回しながら言った。「四人で一人にかかろうっていうのか？　下がれ、悪党ども。でないと、酒場のドアみてえにアザだらけになるまで脳天を殴りつけてやる！　てめえら、頭がおかしいのか？　こっちはなんにもしてないじゃないか」

「嘘つきめ！」リーダー格の目の見えないふりをしている悪党面がどなった。「嘘をつきやがって。下劣なスパイとしておれたちのところにきたことは、わかってんだ。てめえのその耳は聞き過ぎちまったようだな。無事ではいられねえぜ。ここから一歩たりとも先へはいけないからそう思え、今日でてめえはこの世とおさらばだからな！　よし、兄弟、四人いっぺんだ。かかれ！」そして、棍棒をぐるぐると回すと、怒り狂った雄牛が赤い布に突っこんでいくかのようにロビンに飛びかかった。しかし、ロビンは準備ができていた。バシッ！　ビシッ！　目にも留まらぬ速さで二打を繰り出

3　順にジュークマン＝ニセ物乞い、クラッパーダジョン＝わざと体を切って重傷を装う物乞い、ドメラー＝異教徒に舌を切られたふりをする物乞い、エイブラハムマン＝頭がおかしいふりをする物乞いのこと。

すと、目の見えない男がどうと倒れて、草の上を転げ回った。

　それを見て、ほかの三人はうしろへ下がり、少し離れたところからロビンをにらみつけた。「かかってこい、クズども！」ロビンは楽しむように言った。「ここにパンもエールもあるぞ。次にご相伴に与りたいってやつはどいつだい？」

　それを聞くと、物乞いたちはなにも言わず、巨人が巨人殺しのジャックを見下ろすかのごとく、骨ごと食ってしまわんばかりの顔でロビンを見た。けれども、ロビンのおそろしい棒の近くにいく気はさらさらない。相手がためらっているのを見ると、ロビンはいきなり前へ出て、飛びかかるのと同時に棒を振り下ろした。口のきけない男はどうと倒れ、手に持っていた棍棒がぽーんと飛んだ。ほかの二人はさっと頭を引っこめてロビンの一打をかわし、すぐさまきびすを返すと、左右別々の方向へ西風の靴を履いたみたいに逃げだした。ロビンはその後ろ姿を見て大笑いした。あの片脚の男ほど足の速いやつは見たことがない。二人とも立ち止まるどころか振り返りもせずに走り去っていった。まだ耳元で、ロビンの棒のヒュン、という音が鳴り響いていたのだ。

　それからロビンは地面の上にのびている二人の悪党のほうを見やった。「リンカーンに持っていく金がどうとかと言っていたな。たぶん持ってるのは、目の見えないやつだろう。ノッティンガムやヨークシアの熟練した森林官に勝(まさ)るとも劣らぬ鋭い目をしてやがった。こんな盗人(ぬすっと)やろうのポケットに金を入れておく必要はないからな」

そう言って、ロビンはがっしりした悪党の上にかがむと、ぼろぼろの服の中を探り、継ぎだらけの上着の下にさげていた革の袋をつかんだ。袋を取って、手で量ると、ずっしりと重い。「こりゃ、すごいぞ。中に詰まってるのが、銅貨じゃなくて金貨ならな」そして、草の上に腰を下ろすと、袋を開けて中をのぞいた。羊の皮につつまれた丸い筒(つつ)状の包みが四つ入っている。そのうちひとつを開けてみて、ロビンは思わずあんぐりと口をあけた。目を二度と閉じられないのではというくらい見開いて、包みの中身をじっと見つめる。というのも、ピカピカの金貨で五十ポンドが出てきたのだ！　ほかの包みも開けると、どれも同じように真新しいピカピカの金貨で五十ポンドが入っている。「物乞いの組合は金持ちだとよく耳にしていたが、まさかこんな大金を宝蔵に送りこんでるとは。こいつはもらって帰ることにしよう。こんな悪漢どもを金持ちにするくらいなら、施しやシャーウッドの仲間たちに使った方がよほどいい」ロビンは金を元の羊の皮に包み直し、袋にもどして、自分のふところにしまいこんだ。そして、マームジ酒の瓶を拾いあげて、草の上に伸びている二人のほうへ掲げた。「すばらしい友よ、お二人の健康を願い、今日の親切な贈り物に感謝の意を表して。いい一日を！」そして、棒をつかむと、その場を離れ、ふたたび旅をつづけた。

頭を殴られた二人の物乞いが目を覚まして起きあがると、恐れをなして逃げた二人ももどってきた。四人は、からからの天気の日のカエルみたいにがっくりとして悲嘆に暮れた。二人は頭を殴られ、マームジ酒は空になり、金は一ファージングも残っていない。リンカーンの近くにあるベガーズブッシュの居酒屋にある物乞いの組合の宝蔵にいたっては、ためこむはずの金が本来よりも二百ポンドも少なくなってしまったのだ。それもこれも、ロビンがブライズにいく街道の近くで目の見えない物乞いと耳の聞こえない物乞いと口のきけない物乞いと片脚の物乞いに出くわしたせいだった。

ロビンは谷を出ると、歌いながら陽気な足取りで旅をつづけた。楽しげで爽やかで清潔な物乞いを見ると、すれちがう娘はみな、怖がらすに優しい言葉をかけてきたし、ふだんは物乞いを見るだけで吠える犬たちも、親しげにロビンの足のまわりを嗅ぎまわり、尻尾を振った。犬というものはにおいで正直者をかぎ分けることができるし、ロビンはロビンなりに正直者だったのだ。

こうしてオラートンの町のほど近くまでくると、道ばたに十字架が立っているところに出た。いくぶん疲れを感じたので休むことにして、十字架の前の土手に腰を下ろした。「シャーウッドにもどるころには、夜になっているな。だが、仲間の元にもどる前にもう一つ、冒険をしたいもんだ」そして、だれかこないかと街道の左右に目を凝らしていると、向こうから馬に乗った男がやってくるのが見えた。よく見えるところまで近づいてくると、ロビンは思わず笑ってしまった。というのも、男はじつに珍妙な姿をしていたからだ。痩（や）せてしなびているせいで、外見からは、三十歳なのか六十歳なのかわからない。肌も骨もすっかり干からびている。馬へ目をやると、やはりガリガリに痩せていて、乾ききっており、馬も人間も、永遠に生きられるようにマザー・ハドルのオーブンでかさかさになるまで焼いたみたいだった。哀れな馬の首は、ほかの馬たちとはちがってがっくりと下がり、たてがみはボサボサで、中でネズミが巣を作っていそうだし、背骨は浮き出て、鋤（すき）で掘り返したばかりの畝のようにでこぼこしていて、皮膚の下に透けているあばら骨にいたっては、五年物のエールの樽（たる）のたがのようだ。馬がよたよたと歩くごとに、男がひょこひょこと上下し、細い首の上の頭までぐらぐらと揺れるのを見て、ロビンは涙が頬（ほお）を流れ落ちるまで笑いつづけた。しかも、ますますこっけいに見せようと言わんばかりに、大きな木靴を履いているのだが、その靴の底ときたら、手のひらの幅の半分はありそうな厚さの木でできていて、釘（くぎ）がびっしり打たれていたのだ。

　ロビンは大笑いしていたが、その旅人がウォークソップの金持ちの買占人（かいしめにん）だというのは知っていた。これまで何度もあたり一帯の穀物を買い占め、値段が飢饉相場まであがると、貧乏人に売りつけて金を稼いでいたのだ。そのため、このあたりではもちろん、遠い地方にいたるまで、それを知っている人々に憎まれていた。

相手がだれだかわかると、ロビンは独りごちた。「ほう、こそ泥のカサギめ！　おまえとはな。こうなったら身ぐるみ剝いでやろうじゃないか。スッカラカンになるまでな！　だが、小ずるい男だからな。シャーウッドの森の近くを通るときに、不正に稼いだ金を身につけるようなことはすまい。まあ、やってみるだけやってみよう。スワントホールドじいさんも言うとおり、『やってみなきゃ、わからない』からな」

しばらくすると、買占人はロビンがすわっているところまでやってきた。ロビンはあちこちに袋をぶら下げたボロ服姿でぱっと前に出ると、馬の手綱をつかんで、「止まれ！」と大声で言った。

「陛下の公道でわしを止めるとは、何者じゃ？」痩せた男はむっとして、乾いた声でたずねた。

「哀れな物乞いに、パンを一切れ買う金を恵んでくだされ」ロビンは言った。

「ええい、無礼なやつめ！」買占人は歯をむき出してどなった。「おまえのようなしたたかな悪党が、街道を好きにうろついているとはな。牢に閉じこめておくか、縄を

陽気なロビン、物乞いに扮し、買占人を止める

首に巻いて何もないところでぶらぶら揺れてりゃいいんだ」

「チッ、なんて言い草だい！　あんたとおれは兄弟だ。お互い、金なんて持ってない貧乏人からふんだくってるんだからな。悪行の限りを尽くして暮らしてるんじゃねえのかい？　正直な仕事ってもんには手のひらで触れもせずに？　お互い、正直に稼いだ金の上で親指をこすり合わせたことがあるだろう？　まあ、待て。おれたちは兄弟なんだ。おまえさんが金持ちでおれが貧乏ってだけだ。だから、もう一度言おう、金を恵んでくれ」

「おい、このわしに向かってそんなくだらないことを言うのか？」買占人は怒り狂ってどなった。「おまえを捕まえられる法がある町で見かけたら最後、むち打ちの刑に処してやるわ！　金を恵んでくれと言うが、誓って財布には一グロートも入っておらん。ロビン・フッド本人に捕まったとしても、頭のてっぺんから足のつま先まで調べたって、金のかの字も見つからんさ。金を身につけたままシャーウッドの森の近くを通るようなまぬけではないのだ。盗人が野放しになってるというのに」

　すると、ロビンはだれもいないのを確かめるように通りを見渡し、それから買占人のそばにいくと、つま先だって耳元で囁(ささや)いた。「本気でおれが見てくれどおりの物乞いだと思ってるんですかい？　おれは、あなたと同じ正直者ですよ。ほら、見てください」ロビンは胸元から財布を取り出すと、ピカピカの金貨を見せてやった。買占人は眩しそうに目を細めた。「いいですか、このボロ服は、ロビン・フッドの目から金持ちの正直者を隠すためのもんなんです」

「金をしまえ、若者よ」買占人は慌てて言った。「おぬしはおろか者か？　物乞いの身なりをすればロビン・フッドをごまかせると思っているのか？　ロビン・フッドに捕まったら、身ぐるみ剝がされてしまうわ！　やつは太った神父やわしのような男と同じくらい、景気のいい物乞いを嫌ってるんだ」

「本当ですかい？　それを知ってりゃあ、こんなかっこうではこなかったのに。ですが、こうなったらもう進むしかねえ。この旅にはすべてがかかってるからな。あなたはどこへいかれるんですかい？」

「わしはグランサムへいくのだ。しかし、今夜はニューアークに宿を取るつもりだ。そこまでいければな」

「なんと、おれもニューアークへいくところなんですよ」ロビンは言った。「そういうことなら、一人よりは正直者二人でいくほうが心強い。ロビン・フッドなんて野郎が襲ってくるんじゃゃね。あなたがおいやじゃなければ、ごいっしょさせてくだせえ、横を走っていきますから」

「もちろんだとも、おぬしは正直者の金持ちじゃ。ぜひごいっしょいたそう。正直に言って、物乞いはあまり好きではないがな」

「なら、いきましょう。ニューアークに着く前に、日が暮れて暗くなっちまいそうですからね」そこで、二人は出発した。痩せ馬がさっきと同じようによろよろと歩く横を、ロビンは走っていたが、懸命に笑いをこらえていたせいでぶるぶる震えてしかたがない。それでも、買占人に疑われないよう、必死で笑い声が漏れないようにしていた。そうやって二人はついにシャーウッドの森の外れにある丘までやってきた。痩せた男は痩せた馬の手綱を引いて並足で急な坂道を上りはじめた。まだ先は長いので、馬の力を温存しておきたかったのだ。それから、鞍にまたがったまま振り返ると、十字架のところを出発してから初めてロビンに話しかけた。「ここがいちばん危険なところじゃ。よこしまな盗人ロビン・フッドの住み処に一番近い場所だからな。ここを越えれば、また正直者の開けた土地に出るから、旅もぐっと安全になる」

「なんと！」ロビンは嘆いた。「おれもあなたみたいにたいして金を持ってなけりゃ、ロビン・フッドに有り金ぜんぶ取られるかもしれないなんてびくびくしなくて済んだのに」

すると、買占人はロビンを見て、ずる賢そうに片目をつぶった。「友よ、実はわしもおぬしと同じくらい金を持っているのじゃ。だが、シャーウッドの悪党にはぜったいに見つからないところに隠してある」

「からかってるんでしょう。二百ポンドもの金をどうやって隠せるんです？」

「おぬしは正直者であるし、わしよりもずいぶんと若いから、これまでだれにも話したことがないことを教えて進ぜよう。そうすれば、おぬしも二度と物乞いのかっこうでロビン・フッドから身を守ろうなどというおろかなことはしなくなるだろうからな。わしが履いているこの木靴が見えるかな？」

「ああ」ロビンは笑いながら答えた。「正直、それが見えないやつなんていないってくらいでかいからね。ピーター・パッターみてえに目が曇っててもな。仕事に出かける時間もわからなかったっていうんだから」

「落ち着け、友よ。からかっているのではない。この木靴の底は見かけとはちがって、それぞれに小さな箱が忍ばせてある。つま先から二番目の釘をひねると、上の部分と底の一部がふたみたいにぱかっと開くのだ。右と左それぞれにピカピカの金貨で九十ポンドが入ってる。チャリンチャリン音を立てて、ありかがわかることのないように髪の毛に包んでな」

買占人が秘密を話すと、ロビンは大声で笑いだし、手綱をつかんで悲しげな馬を止めた。「待て、友よ」ロビンはすっかり上機嫌で笑いながら言った。「おまえさんみたいにずる賢い古狐（ふるぎつね）には、会ったことがなかったよ。靴の底とはな！　もしまた、一見そう見えるやつを、本物の貧乏人だって思っちまったら、この頭を剃（そ）って、青く塗ってやるわ！　悪賢いっていうのは、穀物の仲買人（なかがいにん）に馬商人、土地管理人に、コクマルガラスだな」そして、しまいには全身がぷるぷる震えるまで笑いつづけた。

そのあいだ、買占人は訳がわからず、あんぐりと口を開けてロビンを見ていた。「頭がおかしくなったのか？　このような場所で、そんな大きな声でしゃべるとは？　さっさと進んで、笑うのをやめろ。安全なニューアークに無事着くまでな」

「お断りだ」ロビンは、笑いすぎて涙を流しながら言った。「考えたんだが、これ以上先にはいかないことにしたんだ。このあたりに、友人たちがいるんでね。おまえさんはいきたいならいけばいいさ。だが、裸足（はだし）でいってもらわなきゃならねえ。おまえさんの靴を置いていってほしいんでな。さあ、脱げ。っていうのも、おれはそいつがすっかり気に入っちまったんだ」

それを聞いて、買占人はリネンのナプキンみたいに真っ白になった。「そういうおぬしは何者じゃ？」

すると、ロビンはまたもや笑って、言った。「このへんの連中はロビン・フッドと呼んでるな。さて、友よ、おれの言うとおりにして、靴を寄こせ。急いだ方がいいぞ。じゃないと暗くなる前にニューアークの町に着けないからな」

ロビン・フッドの名を聞くと、買占人は恐怖でがたがた震えだし、落馬しないようにたてがみにしがみつかなければならなかった。そして、それ以上ひと言も言わずにさっさと木靴を脱ぐと、街道にポトンポトンと落とした。ロビンは手綱を握ったままかがんで、靴を拾いあげた。「友よ、ふだんは、取引をした相手はシャーウッドの森に招いて、もてなすことにしてるんだがな。おまえさんのことは招待しないよ。なにしろ二人で旅をしてすっかり楽しんだからな。言っとくが、シャーウッドには、おれとはちがって荒っぽいやつらもいる。買占人って言葉は、正直者の舌に苦い味を残すからな。おれのおろかな助言を聞き入れて、二度とシャーウッドの森には近づかないようにしろ。じゃないと、いつかいきなり肋骨（あばらぼね）のあいだに一ヤールの矢が突っ立つことになりかねないぞ。じゃあ、このへんでお別れだ」そして、ロビンは馬の背をぴしゃりと叩いたので、馬は走りはじめた。しかし、買占人はおそろしさのあまり顔まで汗だくになり、その後、もちろんシャーウッドの森の近くで彼の姿を見ることはなかった。

ロビンは買占人の後ろ姿が見えなくなるまで見送ると、笑いながらきびすを返し、靴を持って森へもどっていった。

その夜、シャーウッドの森では火が赤々と燃え、木々や茂みにゆらゆらと光が踊った。たき火のまわりには、仲間の強者たちがすわり、ロビンとリトル・ジョンの話に耳を傾けた。まずリトル・ジョンが三人の娘に会った話をし、わっと笑いが起きた。リトル・ジョンが風変わりな言い回しを使って、面白おかしく話したからだ。次にロビンが物乞いと出会った話をし、生け垣のうしろのライムの木の下での出来事を語った。すると、今度はまたリトル・ジョンが宿屋で会った男たちの話を聞かせ、さらにロビンが四人の物乞いたちとの冒険を語って、せしめた金を見せた。するとリトル・ジョンが締めくくりに、修道僧たちと聖ドゥンスタンに捧げた祈りを唱え、聖人さまが授けてくださった金貨を見せた。それに対抗して、ロビンもオラートンの町の近くで買占人と会った話を披露し、木靴を掲げた。みな、熱心に耳を傾け、森には何度も笑い声がこだました。

冒険の話がすべて終わると、タックが口を開いた。「お頭、お頭はずいぶんと楽しい時を過ごされたようだが、それでもおれの考えは変わらんね。裸足の修道僧の暮らしのほうが、物乞いより断然楽しいってね」

「いいや」ウィル・スタトレイが言った。「おれは、お頭と同じ意見だ。お頭のほうが愉快な経験をなさったよ。なにしろ、一日で二回も六尺棒で勝負したんだからな」

ある者はロビン・フッドに加勢し、ある者はリトル・ジョンの味方をした。じゃあ、語り手であるこのわたしはどうかというと――まあ、答えはそれぞれ聴き手の方々に任せるとしよう。

どちらの肩を持つか決めたところで、次はロビンが有名なロンドンの町へいって、エレノア王妃の御前で長弓を射たときの話をしよう。それと共に、そのあとロビンにふりかかった冒険の物語もお聞かせするつもりだ。では、次の物語の始まり始まり。

第七部

エレノア王妃が、名高いロンドンの町にある宮廷にロビン・フッドを呼びよせ、ロビンが出向いたいきさつ。ヘンリー王がロビンを追い回すが、けっきょく捕まえられなかったこと。

第一章　ロビンと仲間たちが、フィンスベリーでエレノア王妃[1]の御前で弓を射った話

暑い夏の午後、街道は白々として土埃（つちぼこり）が舞い、道沿いに並ぶ木々もそよとも揺れずに立ち尽くしていた。どこまでも広がる牧場の上を熱い空気が揺らめくように踊り、低地を流れる澄んだ小川には、小さな石橋がかかり、川底の黄色い小石の上に魚たちが身じろぎもせずにじっとしているのが見え、とんがったイグサの先にはトンボがとまっている。その翅（はね）に陽の光があたっ

てきらりと光った。

街道の向こうから、若者が美しい乳白色をしたバルブ種の馬に乗ってやってきた。すれちがう人々が足を止め、振り返って後ろ姿を眺めている。というのも、ノッティンガムではそうそうお目にかかれないほど美しい若者で、はっと目をひくような服を着ているからだ。まだ十六歳になったかならないかくらいで、少女のような美しさをとどめている。流れるような長い金髪をなびかせ、絹とビロードの服には宝石が輝き、短剣が鞍頭にあたってカンカンと音を響かせている。彼はリチャード・パーティントンといって王妃付きの小姓で、王妃の命を受けて名高いロンドンの町からノッティンガムシアへ、シャーウッドの森のロビン・フッドを探しにきたのだった。

暑く埃っぽい街道を、レイチェスターの町から二十マイル以上馬を走らせてきたので、若いパーティントンは目の前のこぢんまりした感じのいい宿屋を見て、喜んだ。ひんやりとした木陰に佇んだ宿屋の入り口には看板がぶら下がっており、青い猪の絵が描かれている。そこで、パーティントンは手綱を引いて、大きな声でライン・ワイン[2]を持ってきてくれとさけんだ。というのも、地元の強いエールは、彼のような

1　アリエノール・ダキテーヌ、一一二二―一二〇四。

若きリチャード・パーティントン、ロビン・フッドを探しにくる

若い貴公子には粗野にすぎたのだ。宿屋の前に大きく枝を広げたオークの木陰のベンチで、五人の陽気な男たちがエールやビールを飲んでいた。男たちは、この華やかな服に身を包んだ美しい若者をじろじろと眺めた。中でも特にがっしりしている二人は、緑色の服を着ている。それぞれ、オークの節くれだった幹に頑丈そうなオークの棒を立てかけていた。

宿屋の亭主は、ワインの瓶と細くて長い杯を盆に載せて持ってくると、馬に乗っている小姓のほうへ差しだした。若いパーティントンは明るい黄色のワインを注ぐと、杯を高々と掲げた。「わが主人であられる気高きエレノア王妃の健康と幸せを願って。そして、わたしの旅が間もなく終わり、陛下のお望みがかなってロビン・フッドという名の強者を見つけることができるように」

それを聞くと、みなは目を丸くし、緑の服を着た二人の男はヒソヒソと何か話しはじめた。やがて、そのうち、パーティントンが今まで見た中でいちばん背が高くてがっしりしていると思われる男のほうが声をかけてきた。

「お小姓どの、なぜロビン・フッドを探しておられるのかな？　エレノア王妃はなにをお望みであられるのか？　ふざけた軽い気持ちではなく、理由があってたずねているのだ。なぜなら、その強者のことはいくぶん知っているのでな」

「ロビン・フッドどののことをご存じなのですか？　もしわたしがロビン・フッドどのを探すのに手を貸してくだされば、ロビン・フッドどののお役にも立つし、わが王妃さまも心からお喜びになられることでしょう」

すると、もう一人の、陽に灼けた顔に栗色の巻き毛を垂らしたハンサムな男が言った。「そなたは正直そうな顔をしている。それに、王妃さまは自由民には親切かつ誠実であられる。ゆえに、ここにいる友人と共に、そなたをロビン・フッドの元まで案内しようと思う。彼の居場所なら知っているのでな。しかし、これだけははっきり言っておくが、なにがあっても彼の身に危害が加わるようなことはあってはならない」

2　ライン地方産の白ぶどう酒。

「ご安心ください。決して不利益をもたらすようなことはありませぬ」リチャード・パーティントンは言った。「わたしは王妃さまから寛大な伝言を仰せつかってきたのです。ゆえに、ロビン・フッドどのの居場所をご存じなら、どうぞ案内してください」

二人の男はふたたび顔を見合わせた。背の高い方が言った。「どうやら危険なことではなさそうだ、ウィル」すると、もうひとりもうなずいた。そこで、二人は立ちあがり、背の高い方が言った。「小姓どの、そなたが言っていることにうそはなく、危害をもたらすこともないと見て取った。お望みの通り、ロビン・フッドのところまで案内いたそう」

そこで、パーティントンは勘定を払い、二人の男と共にさっそく出発した。

緑の大樹がひんやりとした影を落とし、ちらちらと光が差している中、ロビン・フッドと仲間たちはやわらかい草の上に寝そべり、アラン・ア・デールがハープをかき鳴らしながら歌を歌っていた。みな、ひと言もしゃべらず聴き惚れている。若いアランの歌は、なによりもすばらしい喜びのひとつだった。ところが、ふいに馬の足音が聞こえ、ほどなくリトル・ジョンとウィル・スタトレイが森の中から草地に姿を現わした。あいだに、乳白色の馬にまたがったリチャード・パーティントンがいる。三人がロビンのすわっているところまで進み出ていくのを、みな、まじろぎもせず見つめていた。というのも、若き小姓のように、華やかないでたちの者を目にしたことはなかったのだ。見たことがないほど高価な絹やビロードや金や宝石をまとっている。ロビン・フッドは立ちあがると、前へ出て小姓を歓迎した。パーティントンは馬から飛び降り、敬意を表して真紅（しんく）のビロードの帽子を脱ぐと、ロビンに挨拶（あいさつ）をした。

「ようこそ！」ロビンは大きな声で言った。「若きお方よ、よくいらした。そなたのような気品ある服に身を包んだ美しい若者が、このしがないシャーウッドの森へ、なぜいらした？」

すると、若いパーティントンは答えた。「わたしのまちがいでなければ、あなたさまはかの有名なロビン・フッドどのですね？　そして、ここにいらっしゃるのが無法者の仲間の方々かと。あなたさまに、気高きエレノア王妃からご挨拶の言葉をお預かりしております。王妃さまにあられましては、あなたさまと楽しそうな冒険の数々についてしょっちゅう耳にしておられまして、ぜひ一度お目に掛かりたいとおっしゃっているのです。そこで、もしロンドンにきてくださるなら、あらゆる力を尽くしてロビンどのをお守りし、無事にシャーウッドの森へお帰しすることを申し伝えよと、わたしめに命じられました。今から四日後にフィンスベリーで誉れ高きヘンリー国王陛下が大規模な弓試合を開かれ、イングランドじゅうの名高い射手たちが集まることになっております。王妃さまはぜひともロビン・フッドどのが競うようすをご覧になりたいとのこと。あなたさまならば、参加なされば、賞品を手にされることはほぼまちがいないだろうとわかっておられるからです。というわけで、わたしをこのご挨拶の伝言と共にここにお遣わしになったのです。さらにご厚意のしるしとして、王妃さまご自身の親指にはめられておりましたこの金の指輪を預かってまいりました。どうぞお納めくださいませ」

ロビン・フッドは頭をさげ、指輪を受け取ると、敬愛をこめてキスをしてから、小指にはめた。「この命と引き替えとでも、指輪は守りとおします。この指輪を手放すときは、この手が死によって冷たくなったときか、手首から切り落とされたときです。小姓どの、わたしは王妃さまのご命令通り、そなたと共にすぐさまロンドンへまいります。しかし、出発する前にこの森で最高のおもてなしをいたしましょう」

「いえ、それはご遠慮した方がいいでしょう。のんびりしている時間はないのです。すぐに用意をしていただけますか。もしごいっしょなさるお仲間がいらしたら、その方々も同じようにもてなすと伝えるよう、言いつかっております」

「たしかに、おっしゃるとおり。ゆっくりしている時間はないとのことでしたら、すぐさま用意いたしましょう。供の者に関しては、三人同行させたいと思います、右腕のリトル・ジョン、甥のウィル・スカーレット、それから吟遊詩人のアラン・ア・デールです。いいか、三人とも、すぐに用意をしてこい。準備ができ次第すぐに出発する。ウィル・スタトレイ、おれがいないあいだ、おまえが仲間をまとめるんだ」

リトル・ジョンとウィル・スカーレットとアラン・ア・デールは大喜びで飛ぶように走っていった。三人が用意をしているあいだに、ロビンも旅の支度をし、ふたたび四人が集まったときは、なかなか見事な眺めだった。ロビンは全身青い服に身を包み、リトル・ジョンとウィル・スカーレットは緑の服、そして、アラン・ア・デールは頭の帽子からつま先の尖った靴まですべて真紅だった。四人とも、帽子の下に、金の鋲のついた鉄の被いをつけ、上着の下には、梳毛のように細かく、どんな矢も通さない鎖かたびらを着こんでいた。全員の用意が整ったのを見ると、パーティントンはふたたび馬にまたがり、ロビンたちはみなと握手をして、出発した。

その夜、五人はレスターシアのメルトン・モーブレーに宿を取り、次の夜はノーサンプトンシアのケタリングに泊まった。翌日はベッドフォードの町、その次の日はハートフォードシアのセントオールバンズだった。そして、真夜中を過ぎたころに出発し、夏の穏やかな夜明けが訪れ、牧場に朝露が輝き、谷にうっすらと霧が漂って、小鳥たちが美しい声で歌い、生け垣のクモの巣が妖精の銀の衣のようにきらめいているあいだにどんどん進んだので、ようやくロンドンの町の城壁と塔が見えてきたときは、まだ夜が明けたばかりで、東の空が金色に光っていた。

エレノア王妃は私室で待っていた。開いた窓から金色に輝く朝日があふれんばかりに注ぎこんでいる。周囲に控えている女官たちが低い声でしゃべっている中、王妃ご自身は城壁の下の広大な庭からそよ風が運んでくる赤い薔薇の清らかな香りに包まれて、夢見心地ですわっていた。女官の一人が、小姓のリチャード・パーティントンと四人のお客人が下の中庭でお待ちですと告げると、エレノア王妃はうれしそうに立ちあがり、すぐさま部屋に通すようにと命じた。

ロビン・フッドとリトル・ジョンとウィル・スカーレットとアラン・ア・デールは王妃の私室に参上した。ロビンは王妃の御前にひざまずくと、胸の前で手を組み、持って回った言い方はせずに「ロビン・フッド、ここに参上いたしました。王妃さまがこいとおっしゃったので、そのとおりにしたのでございます。陛下の真の僕としてお仕えし、たとえわが血の最後の一滴まで流すことになろうともご命令に従う所存です」とだけ述べた。

エレノア王妃はにっこりとほほえみ、ロビンに立つように言った。そして、長旅の疲れを癒やすようにと四人をすわらせ、上等な食事とワインを持ってこさせて、ご自身の小姓たちに給仕をするよう命じた。四人が満腹になるまで食べると、王妃はさっそく彼らの愉快な冒険のことをいろいろ質問した。そこで、ロビンたちはこれまでのさまざまな冒険についてひとつひとつ話していった。ヒヤフォードの大僧正とリーのリチャード卿の話や、大僧正がシャーウッドの森で三日間過ごしたことを話すと、王妃と女官たちは何度も声をあげて笑った。あの太った大僧正が森で生活をし、ロビンや仲間たちとおもしろおかしく過ごしたようすを思い浮かべたのだろう。こうしてロビンたちが思いつくかぎりのことを話してしまうと、王妃はアラン・ア・デールに歌を歌うように頼んだ。アランの吟遊詩人としての名声は、ロンドンの宮廷にまで届いていたのだ。そこで、アランはすぐにハープを取りだし、軽やかに弦をはじいて、美しい音色に合わせて歌いはじめた。

おだやかな川、おだやかな川よ
澄んだ輝く水があふれ
ハコヤナギの葉を震わせて

ALLAN·A·DALE·SINGETH·BEFORE·OVR·GOOD·QVEEN·ELEANOR·

·MDCCCXXCIII·

アラン・ア・デール、エレノア王妃の前で歌う

風に揺れるユリのそばをすべるように流れゆく
浅瀬の小石の上で歌い
低く首を垂れた花にキスをして
かすめ飛ぶツバメの下で波打ち
そよ風の吹くところでは紫に染まる

おまえの胸に抱かれ永遠に漂い
すべるように流れに運ばれていく
悲しみや苦しみは決して追いつくことはない
おまえの輝けるおだやかな流れにのれば

ゆえにわたしのうずく心はおまえを求める
平安と休息を見いだすために
愛していても、天上の喜びはわたしのものだから
わたしの悩みはみな、消えるから

アランが歌っているあいだ、みなの目が彼に注がれ、物音ひとつしなかった。そして、アランが歌い終わったあとも、沈黙はしばし続いた。そんなふうにして時は過ぎ、フィンスベリー・フィールズでの弓の大試合が開かれる時間が近づいてきた。

日がさんさんとふりそそぐ夏の朝のフィンスベリー・フィールズは、実に華やかだった。牧場の端には、射手たちのための仮小屋が並び、国王陛下の従者たちは八十人ずつの隊に分けられ、それぞれの隊長が率いていた。緑の芝生(しばふ)の上には、王室付きの射手たち用の縞(しま)模様のテントが十ほど設置され、てっぺんで旗がやわらかい風にはためいている。旗は、それぞれの隊の隊長の色だ。真ん中のテントには、王の弓持ちである、かの有名なティーパスの黄色い旗が掲げられている。となりには、白い手のギルバートの青い旗が、そして反対側にはバッキンガムシアの若きクリフトンの血のように赤い旗がひらめいている。あとの七人の隊長も、いずれも名声高き者ばかりだった。ケントのアグバートやサウザンプトンのウィリアムもいる。しかし、最初に名前を挙げたティーパスがいちばん名を知られているだろう。テントからは、しゃべったり笑ったりする声が響いてくる。出たり入ったりする供の者たちは、蟻塚(ありづか)の蟻のようだった。エールやビールを持っている者もいれば、弓の弦（つる）や矢の束（たば）を持っている者もいる。射場の片側には、階段状にずらりと席が並び、北側の一段と高くなっている台座の上に国王陛下と王妃の席が設けてあった。華やかな色の日よけが張られ、赤や青や緑や白の絹の小旗が翻（ひるがえ）っている。両陛下の姿はまだ見えなかったが、ほかの席はすでに満席で、頭の上にまた頭が並んでいるようすに上まで目を走らせると、くらくらするほどだった。射手が矢を放つ地点から百五十メートル先に十の的が並び、それぞれ、その的を射る隊の色の旗が掲げられている。すべて用意は整い、あとは国王陛下と王妃のお出ましを待つばかりだった。

ついにラッパの音が高らかに響き、牧場に馬に乗った六人のラッパ手が入場してきた。手に持った銀のラッパには、金銀の凝った刺繍（ししゅう）がびっしり施されたビロードの旗が下がっている。そのうしろから、灰色に黒みがかったまだらの馬にまたがった国王陛下と、乳白色の小馬に乗った王妃が入ってきた。両側を歩く近衛兵（このえへい）の鉾槍（ほこやり）のピカピカに磨かれた刃に、太陽の光が反射している。そのうしろから、大勢の廷臣たちが入場してきた。ほどなく芝生の上は絹やビロードの鮮やかな色で溢（あふ）れかえり、羽根が揺れ、金が輝き、宝石や刀の柄（つか）がきらめいた。輝かしい夏の日に、実に堂々とした光景であった。

人々はいっせいに立ちあがり、歓声をあげた。その声は、コーンウォールの海岸を襲う嵐のように轟いた。あたかも、暗い波が岸に押しよせて、岩を乗りこえて砕け、うねりをあげてのぼっていくようだ。人々のうおっーという歓声に包まれ、ハンカチやスカーフがひらひらとひらめいている中を、国王陛下と王妃はしずしずと進み、馬から下りて、階段をあがり、台座の紫の絹と金銀の布できらびやかに飾られた玉座にすわった。

人々が静まると、ラッパの音が響きわたり、すぐさま射手たちが列になり、テントから出てきた。総勢八百名、世界広しといえど、これほど雄々しい勇者たちは見つからないだろう。射手たちは整然と入場すると、ヘンリー王と王妃のすわっている台座のまえに立った。ヘンリー王は自分の軍隊を誇らしげに見まわし、雄々しい兵士たちのようすに胸を熱くされた。それから、式部官のモーブレーのヒュー卿に、前へ出て試合のルールを説明するように命じた。そこで、ヒュー卿は台座のへりまで進み出て、射場の隅々まで届くようなよく響く声でみなに告げた。

それぞれ自分の隊の的に七本ずつ矢を射ること。それぞれの隊の八十名の中から成績の優れた三名が選ばれる。さらに、その三名が三本ずつ射て、いちばんよく射た者が一名選ばれる。次に、各隊から選ばれた一名がまた三本ずつ射て、いちばんの者が優勝、次の者が二位、その次の者が三位となる。そのほかの者たちにも、銀貨で八十ペンスが授けられる。優勝者には、金貨で五十ポンドと、金をちりばめた銀の角笛、それから金の矢筈(やはず)に白鳥の羽根の付いた矢が十本入った矢筒(やづつ)が、二位の者にはダラン・リーを走り回っている太った雄鹿(おじか)百頭を好きな時に狩れる権利、三位の者には、上等なライン・ワイン二樽(たる)が贈られる。

ヒュー卿がすべて説明し終わると、射手たちは弓を掲げて振り、大声でさけんだ。それから、それぞれの隊は向きを変え、自分たちの位置まで行進していった。

さて、試合が始まり、まず隊長たちがそれぞれの位置に立ち、矢を放って、次の者に場所を譲った。そうやって順々に射て、実に五千六百本の矢が放たれた。腕は確かな者ばかりなので、矢を射終わったあとの的はどれも、農場の犬にフンフンにおいをかがれて丸まったハリネズミの背のようだった。一周目には長い時間がかかり、ようやく終わると、審判たちが進み出て、じっくりと的を調べ、それぞれの隊から優秀な成績の三名を発表した。どっと歓声があがり、観衆たちはそれぞれ自分のひいきの射手の名を口々にさけびはじめた。しかし、十の新しい的が持ちこまれると、みなしんと静まりかえり、射手たちはふたたび位置についた。

二周目はさっきよりずっと早く終わった。それぞれの隊が九本ずつしか射ないからだ。的を外れた矢は一本もなかったが、白い手のギルバートの隊の的には、真ん中の小さな白点に五本の矢が突き刺さっており、そのうち三本がギルバートの手によるものだった。審判たちがふたたび進み出て、的を調べ、それぞれの隊でいちばん優れた射手の名を呼んだ。その中でも、白い手のギルバートが頭ひとつぬきんでていた。ここまで十本のうち六本を白点に当てていたからだ。しかし、ティーパスと若きクリフトンもすぐあとを追っていた。ほかの者たちも、二位や三位のチャンスはじゅうぶんにあった。

そして今、大歓声の響きわたる中、十人の勇者たちはそれぞれのテントにもどり、しばらく休んで、弦を取り替えた。次の最終試合では、一度のミスも許されない。疲れのせいで手が震えたり目がかすんだりすれば、終わりなのだ。
葉の生い茂る森が風にざわざわと揺れるように、低い話し声やざわめきが充ち満ちる中、エレノア王妃は国王陛下のほうを向いて言った。「この選ばれた者たちが、イングランドでもっとも優れた射手たちだと思われますか？」

「もちろんだ」王はほほえんで言った。「これまでの試合運びにすっかり満足していたのだ。「余が思うに、イングランドじゅうどころか、世界じゅうでもっとも優れた射手たちであろう」

「では、わたくしが、陛下の三人の兵たちよりも優れた射手を三人見つけたと申しましたら、どうなさいます？」

「余にできないことを成し遂げたと誉めるであろうな」王は笑った。「というのも、世界じゅうを探しても、ティーパスとギルバートとバッキンガムシアのクリフトンに匹敵するほどの射手が三人もいるとは思えぬからな」

「そういうことでしたら、わたくしは三人の強者を存じております。確かに、まだ出会ってからそんなに経っておりませんが、陛下が八百人の中から選んだ射手と闘わせることにためらいはございません。それどころか、まさに今日、ここで競わせたいのです。ただし、参加する者たちに特赦を与えるとお約束いただけるのならば、陛下の射手たちと試合をさせます」

それを聞くと、陛下は大笑いした。「実際、そなたは王妃にしてはずいぶんとおかしなことに興味を持つのだな。そなたの言う三人を連れてくるのなら、四十日間、自由に振る舞わせることを約束しよう。好きなところへ行き来するがよい。そのあいだは、髪の毛一本触れぬ。それどころか、もしその三人がわが兵士たちよりも優れた腕前をみせたなら、結果に従い賞品を与えよう。それにしても、ずいぶんと急にこうした武芸に興味を持ったところを見ると、なにかを賭けるつもりなのかな？」

じませんが、もし陛下がお望みでしたら、ぜひ陛下を喜ばして差し上げたいですわ。陛下は、陛下の兵士たちのためになにをお賭けになりますの？」

「まあ！」エレノア王妃はケラケラと笑った。「そういったことに関しては、何も存

すると、王は上機嫌で笑った。こうした楽しい戯れが大好きだったのだ。そこで、王は笑いながら言った。「ライン・ワインを十樽と、濃いエールを十樽、それから、鍛えられたスペイン産のイチイの弓を十張に、それと合う矢筒と矢をつけよう」まわりに立っていた者たちはほほえんだ。王が王妃に約束する賭けとしては、なかなか愉快だと思ったからだ。しかし、エレノア王妃は黙って頭を下げて答えた。「お受けいたします。陛下がおっしゃった物を持っていく場所に心当たりがありますので。さあ、だれかわたくしの味方をする者はありませぬか？」そして、王妃はまわりに立っている者たちを見まわしたが、ティーパスとギルバートとバッキンガムシアのクリフトンを相手に回し、王妃の側に賭けるものはだれもいなかった。王妃はもう一度言った。「だれか、この賭けでわたくしにつく者はおりませんの？　あなたはどう、ヒヤフォードの大僧正どの？」

「いえいえ」大僧正は慌てて言った。「僧服を身につけるものとして、そのようなことに参加するわけにはまいりませぬ。それに、陛下の兵士たちほどの射手など、どこ

にもおりませんから、お金を失うだけでございましょう」

「そなたにとっては、僧服を汚すことよりもお金のほうが大切なのではありませんか？」王妃はにっこりほほえんだ。それを聞いて、笑いが細波のように広がった。ヒヤフォードの大僧正が金を好きでたまらないことは、みなの知るところだからだ。次に王妃は、近くに立っていたロバート・リー卿のほうを見た。「そなたはお金なら有り余るほどあるゆえ、貴婦人のために危険な賭けをしてくださるでしょう？」

「喜んでお賭けしましょう」ロバート・リー卿は言った。「しかし、賭け金は一グロートにいたします。ティーパスとギルバートとクリフトンにかなう者はいませんから」

すると、王妃は陛下のほうを見て言った。「ロバート卿の助けはいりません。陛下のワインとビールと頑丈なイチイの弓に対して、宝石をちりばめたこの腰帯を賭けますわ。これならば、陛下のお賭けになったものよりも高価ですから」

「よし、いいだろう」王は言った。「すぐさまそなたの射手たちを呼べ。だが、テントから射手たちが出てきたようだ。まず彼らに射させ、勝った者たちを闘わせよう」

「それでよろしいですわ」王妃は言って、若いリチャード・パーティントンを呼びよせ、耳元でなにか囁いた。小姓はおじぎをすると、すぐにその場を離れ、牧場を越えて射場の反対側へいき、群衆の中に姿を消した。それを見て、両陛下のまわりにいる者たちはコソコソと耳打ちしあい、どういうことだろうといぶかった。王妃が、国王陛下の有名な射手たちに挑ませようとしているその三人の男というのは何者だろう?

するとと、十人の近衛兵の射手たちが位置につき、観客席は死んだように静まりかえった。射手たちがゆっくりと慎重に矢を放ち、深い静けさの中で矢が的に突き刺さる音だけが響く。そして、最後の矢が放たれると、大きな歓声があがった。その一矢はその歓声にふさわしいものだった。というのも、ギルバートはまたもや三本とも白点に命中させたからだ。ティーパスは二本を白点に当て、一本を白点のとなりの黒い輪に当てて二位、しかし、クリフトンは順位を下げ、代わりにサフォークのヒューバートが三位となった。二人とも、二本を白点に命中させたが、クリフトンの最後の一本が四番目の輪に当たったのに対し、ヒューバートの矢は三番目の輪に命中したからだ。

ギルバートのテントの射手たちは、のどが涸れるまで喜びの声をあげ、帽子を投げあげて、互いに握手をした。

そのどよめきと騒ぎのさなかに、五人の男たちがまっすぐ芝生を横切り、王の天幕までやってきた。先頭に立っているのはリチャード・パーティントンで、そこにいるほとんどの者たちが知っていたが、あとの四人は初めて見る顔だ。パーティントンの横には、青い服に身を包んだ男がいて、そのうしろに三人が続いている。二人は緑の服、もうひとりは真紅の服だ。その最後の男は、イチイの立派な弓を三本抱えている。二本は銀の凝った模様がちりばめられ、最後の一本は金の模様だった。五人が牧場をまっすぐ歩いてくるあいだ、王のテントから、伝令がギルバートとティーパスとヒューバートを呼びに走っていった。歓声がぴたりとやんだ。今から、なにかめったにお目にかかれないようなことが起こるのがわかったからだ。人々は立ちあがって、何が起こるのか見ようと身を乗り出した。

パーティントンに連れられ両陛下の前までやってくると、四人の男たちは王妃に向かって膝（ひざ）を曲げ、うやうやしく帽子を脱いだ。ヘンリー王は前に身を乗り出して、男たちをまじまじと眺めたが、ヒヤフォードの大僧正は彼らの顔を見たとたん、スズメバチに刺されたみたいに飛びあがった。そして、口を開いてなにか言おうとしたが、ふと顔をあげると、王妃が口元に笑みを浮かべて自分を見ているのに気づいて、なにも言わずにサクランボのように顔を赤くして、下唇をぎゅっと噛（か）んだ。

すると、王妃が身を乗り出して、はっきりとした声で言った。「ロックスリー[3]、わたくしは陛下と勝負することになり、そなたと二人の家来たちが陛下の三人の兵士たちに勝てるほうに賭けました。わたくしのために精一杯やってくれますね？」

「もちろんです」ロビン・フッドは答えた。「王妃さまのために精一杯やらせていただきます。もし負けましたら、二度と弦には触れぬと誓います」

リトル・ジョンは王妃の私室ではいくぶん決まり悪く感じていたのだが、ひとたび靴の底が緑の草を踏むと、いつものしたたかな強者にもどるのを感じた。そこで、ジョンは臆せず言った。「陛下の美しきお顔に恵みのあらんことを。あなたさまのために精一杯尽くさないなどと申す者がおりましたら、なにも言わず、そいつの脳天を殴りつけてやりますわ！」

「だまれ、リトル・ジョン！」ロビン・フッドは慌てて低い声でたしなめた。しかし、エレノア王妃がケラケラとお笑いになったので、テントには楽しげなさざめきが広がった。

しかし、ヒヤフォードの大僧正は笑わなかったし、ヘンリー王も笑わずに王妃のほうを向いてたずねた。「そなたが連れてきた者たちは何者なのだ？」

するとこれ以上黙っていられなくなった大僧正が口を挟んだ。「陛下、あの青服の男は中部地方でおたずね者になっている盗人でロビン・フッドなる者、背の高いがっしりした悪党はリトル・ジョンの名で知られております。そして、もう一人緑の服を着た男は、貴族から身を落としたウィル・スカーレットと申す者で、赤い服を着ているのは、北部の宿無し(やどな)しの吟遊詩人でアラン・ア・デールと呼ばれている者でございます」

それを聞いて、ヘンリー王は不快そうに眉(まゆ)をひそめ、王妃のほうにむき直り、鋭い口調で問いただした。「それはまことか？」

「はい」王妃はにっこりほほえんだ。「大僧正どのが申したことは、本当です。それどころか、大僧正どのは彼らをよくご存じでいらっしゃるはず。大僧正どのとお供の修道僧たちは、シャーウッドの森でロビン・フッドと三日間、おもしろおかしく過ごされたのですから。大僧正どのともあろうお方が、ご友人を裏切るようなまねをなさるとは、これっぽっちも思っておりません。でも、陛下、この者たちに四十日の安全を約束なさったことをお忘れになりませんように」

「余は約束は守る」王は、怒りを隠せない低い声で言った。「しかし、その四十日が過ぎたあと、そこのおたずね者は用心するのだな。やつが思うように物事が進むとは

3　ウォルター・スコット『アイヴァンホー』中のロビン・フッドの変名。

限らぬ」そして、シャーウッドの者たちのそばに立っている、自分の兵士たちのほうを見やった。今までの話を聞いて、驚いているようすだ。「ギルバート、そして、ティーパス、それからヒューバート、そなたたち三人と、この者たちを競わせることを約束してしまった。この悪党どもに勝てば、そなたたちの帽子を銀貨で満たしてやろう。負ければ、正々堂々と闘って得た賞品は、この者たちのものとなる。ゆえに、力を尽くして闘うのだ。勝てば、一生の喜びとなろうぞ。さあ、射場にいってこい」

王の三人の射手はきびすを返し、テントにもどった。ロビンたちはそれぞれ射手の立つ場所までいった。それから、弓に弦を張って用意をし、矢筒の矢に目を通して、いちばんよくできた、いい羽根のついたものを選んだ。

王の射手たちはテントにもどると、友人たちにこれまでのいきさつと、あの四人はかの有名なロビン・フッドと仲間たち、すなわちリトル・ジョンとウィル・スカーレットとアラン・ア・デールであることを話した。その知らせは、たちまちほかのテントの射手たちにも広がった。中部地方の有名な強者たちの名を知らぬ者は、いなかったのだ。知らせはさらに射手たちから試合を見にきていた人々に伝わり、ついに全員が立ちあがって、有名なおたずね者の顔をひと目見ようと首を伸ばした。

一人につき一つずつ、計六つの新しい的が設置されるとすぐに、ギルバートとティーパスとヒューバートがテントから出てきた。そして、ロビン・フッドとギルバートがコインを投げあげ、ギルバート側が先攻に決まった。そこで、ギルバートはサフォークのヒューバートを呼んだ。

ヒューバートは位置につくと、足をしっかりと踏みしめ、滑らかな矢を弓につがえた。そして、指先に息を吹きかけると、弦をゆっくりと引き絞って、矢を放った。ヒュンッ、と矢は飛んでいって、白点に突き刺さった。二本目も真ん中に当たったが、三本目は白点よりわずかに指の幅だけ外れ、黒い輪に突き刺さった。それを見て、人々は歓声をあげた。ヒューバートにとって、その日いちばんの出来だったのだ。

ロビンは笑って言った。「あれよりもいい矢を射なきゃならないとは、運が悪いな。さあ、ウィル、おまえの番だ。気を引き締めていけよ。シャーウッドの面目を潰すな」

そして、ウィル・スカーレットが自分の位置まで進み出た。しかし、用心しすぎたせいか、一本目は白点を外れ、白点から二番目の黒い輪に突き刺さった。それを見て、ロビンは唇を噛んだ。「ほらほら、そんなに長いあいだ弦を持つんじゃない。スワントホールドじいさんが『用心ばっかじゃ、牛乳がこぼれる』って言ってる話はしょっちゅうしただろう？」ウィル・スカーレットはこの言葉を心に留め、次の矢を放った。

今度は見事、真ん中に突き刺さった。三本目も、真ん中にぶすりと突き立った。しかし、この勝負では、ヒューバートのほうが勝り、観客は見知らぬ男をくだしたヒューバートに喝采を送った。

王は険しい顔をして王妃に言った。「そなたの射手たちがあの程度なら、そなたが賭けに勝つのは難しいであろうな」しかし、エレノア王妃はほほえんだだけだった。ロビン・フッドとリトル・ジョンがもっとすばらしい腕前を見せてくれることを期待していたのだ。

そして次にティーパスが位置についた。ティーパスも慎重にしすぎ、ウィル・スカーレットと同じミスを犯した。一本目は真ん中にあてたが、二本目は白点をそれ、黒い輪に当たった。しかし、三本目は運に恵まれ、真ん中のさらに中央にある黒い点に突き刺さったのだ。ロビン・フッドは言った。「今日いちばんのあたりだな。しかし、ティーパス、そなたのパンは焦げちまったようだ。リトル・ジョン、おまえの番だ」

そこで、リトル・ジョンは自分の位置まで進み出て、あっという間に三本を射た。そのあいだ、一度も弓を降ろさず、かかげたまま矢をつがえては放ったが、三本とも白点の、しかも中央の黒点すれすれのところを射貫いた。しかし、歓声はあがらなかった。今日いちばんの成績だったが、たとえかの有名なリトル・ジョンだとしても田舎から出てきた男に、ティーパスが負けるところをロンドンの人々は見たくなかったのだ。

そして、とうとう白い手のギルバートが位置につき、細心の注意を払って矢を放った。今度も、それまでの二回と同様、三本の矢を白点に命中させた。

「よくやったな、ギルバート」ロビン・フッドはギルバートの肩をたたいた。「おれがこれまで見た中でいちばん優れた射手の一人だってことはまちがいない。ぜひともおれたちのような自由で陽気な森林官になるといい。おまえさんのようなやつには、ロンドンの石畳と灰色の壁よりも、緑の森のほうが性に合ってるぞ」そう言いながら、ロビンは自分の位置について、矢筒から立派な丸矢を引き抜き、ためつすがめつしてから弓弦（ゆみづる）につがえた。

それを見て、王はひげの奥で呟（つぶや）いた。「どうか聖ユベールさま、あやつのひじを軽く押して、二番目の輪まで外させてくださったら、マッチングの近くのあなたさまの聖堂に指の幅三本分の太いろうそくを百六十本お供（そな）えいたします」しかし、聖ユベールの耳にはどうやら麻屑（あさくず）が詰まっていたらしい。王の祈りは、聖人の耳に届かなかった。

ロビンは気に入った三本の矢を選んだあと、弦をじっくりと調べていた。「ああ、そうとも」ロビンは近くに立って見ているギルバートに向かって言った。「ぜひともシャーウッドの森にくるといい」そして、弦を耳の位置まで引き絞った。「ロンドンじゃあ――」そして、矢を放った。「ミヤマガラスかコクマルガラスくらいしか射るものもないだろう。シャーウッドの森なら、イングランド一立派な雄鹿のあばらをくすぐれるぞ」そんなふうにしゃべりながら射たにもかかわらず、矢は中央の黒点から一センチも離れていないところに突き刺さった。

「なんと！」ギルバートはさけんだ。「あんな矢を射るとは、そなたは青い服を着た悪魔か？」

「ちがうさ」ロビンは笑いながら言った。「そこまでひどくないぞ」そして、次の矢を手に取り、弦につがえた。二本目も、中央の黒点のすぐ横に当たった。そして、三本目を放つと、一本目と二本目のあいだ、黒点の真ん真ん中に突き刺さった。三本の矢に付いた羽根が共に震え、遠くからだとあたかも一本の矢のように見えた。

観客席を低いざわめきが駆け巡った。ロンドンの人々が、これほどまでの腕前を目にしたのは初めてだったし、これから先、ロビン・フッドの時代が去ったあとも、もはや見ることは叶(かな)わぬだろう。だれもが王の射手たちの負けを認め、勇者ギルバートは、ロビン・フッドやリトル・ジョンのように弓を引けるようになることはとうてい望めないと、惜しみない拍手を送った。しかし、王は立腹し、心の中では自分の射手は彼らに敵わないことを認めつつも、どうしても受け入れられずに言った。「認めん！」王は、玉座のひじかけをぎゅっと握りしめた。「ギルバートはまだ負けておらぬ！　ギルバートとて、三本とも的の中心にあてたのだ。余は賭けには負けたが、ギルバートはまだ優勝を逃してはおらぬ。もう一度、矢を射てもらおう。その次も、ギルバートかおたずね者のロビン・フッドかどちらかに勝負がつくまで、何度でもだ。ヒュー卿、彼らにもう一勝負するように命じろ。どちらかが勝つまで続けるように言うのだ」王の怒りを見て取ったヒュー卿は、ひと言も言わずにすぐさま王の命令通り、ロビン・フッドたちが立っているところまで言って、王の言葉を伝えた。

「喜んでお受けします」ロビンは言った。「わが恵み深き陛下に楽しんでいただけるのなら、日が変わるまででも射つづけましょう。位置につけ、ギルバート、先に射るが良い」

そこで、ギルバートはふたたび位置についた。しかし、今回は、ふいにそよ風が吹きつけたために的の中心を外れ、麦わらの幅ほど外側に突き刺さった。

「そなたの卵は割れてしまったな、ギルバート」ロビンは笑いながら言うと、すぐさま矢を放ち、今度もまた、白点を貫いた。

それを見て、王は立ちあがり、ひと言も言わずに周囲の者をにらみつけた。楽しげな表情を浮かべているのを見られた者たちにとっては、不幸な日になっただろう。それから、両陛下は、廷臣たちを引きつれ、射場をあとにしたが、王の心は怒りで溢れかえっていた。

王が帰ったあと、近衛兵の射手たちはロビンとリトル・ジョンとウィルとアランのまわりに集まってきて、かの有名な男たちをひと目でもいいから見ようとした。そこへ、試合を見に来ていた者たちもどっと押しよせてきたので、ギルバートと話していたロビンたちはすっかり取り囲まれてしまった。リトル・ジョンはウィル・スカーレットに言った。「なんと、これじゃ、かわいそうに連中は生まれて初めておれたちみたいな森林官を見たのだと思われちまうだろうな。もしくは、先月、ノーウィッチの市で見たカンバーランドの巨人やウェールズの小人みたいな珍しい見ものでもいるのかと思われるかもしれんぞ」

しばらくすると、三人の審判が賞品をわたしにやってきた。審判長はロビンに向かって言った。「取り決めにより、一位の賞品はそなたのものとなる。ここに、銀の角笛と、十本の金の矢の入った矢筒、それから金貨五十ポンドを授けよう」そう言って、審判長は賞品をロビンに差しだした。そして、今度はリトル・ジョンのほうを向くと言った。「二位となったそなたには、ダラン・リーを駆け回っている立派な雄鹿百頭が与えられる。好きな時に、射るがよい」そして、最後にヒューバートのほうにむき直った。「強者たちに引けを取らぬ闘いをし、三位を守り抜いたそなたには、上等なワイン二樽が贈られる。樽はそなたの望むときに届けられる」そして、決勝に進んだ七人の王の射手たちの名前を呼ぶとそれぞれに銀貨十枚を授けた。

すると、ロビンが言った。「この銀の角笛は、今回の試合の記念としていただいて帰ろう。しかし、ギルバート、そなたは近衛兵随一の腕の持ち主だ。ゆえに、この金貨はそなたに贈りたいと思う。さあ、取ってくれ。本当ならこの十倍も贈りたいところだ。そなたは実に優れた、まことの勇者であるからな。さらに、決勝戦に進んだ十人の射手には、この金の矢を一本ずつ贈ろう。常に傍らに置き、孫たちに恵まれたあかつきには、かつては世界一の強者であったと語ってやるがいい」

それを聞くと、みなは歓声をあげた。ロビンにそんなふうに言ってもらえたのが、嬉しかったのだ。

すると、リトル・ジョンも言った。「なあ、ティーパスよ、おれは、おまえさんたちの審判の言ったダラン・リーの雄鹿などいらんよ。本当のこと言って、自分たちの国に帰れば、いくらでもいるからな。五十頭はおまえさんに、あとはそれぞれの隊に五頭ずつ贈ろう」

ふたたび歓声があがり、ぽんぽんと帽子が投げられた。そしてみな口々に、いまだかつてロビン・フッドと仲間たちほどすぐれた者たちがこの芝の上を歩いたことはないと言い合った。

そんなふうにみなが騒いでいる中、背の高い大柄な近衛兵が来て、ロビンの袖を引っぱった。「失礼、お耳に入れたいことがございます。大の男が同じ男に伝えるようなことではないように思うのですが。しかし、着飾った小姓のリチャード・パーティントンがあなたさまを探しておりますが、この群衆の中で見つけることができず、代わりに伝えるよう頼まれました。あなたさまもご存じの、ある貴婦人からの伝言だそうで、直接あなたさまにそっと伝えるようにとのこと。『ライオンが吠えている。そなたの首に気をつけよ』と」

「まことか?」ロビンははっとして言った。すぐに、王妃からの王の怒りを告げる伝言だとわかったからだ。「感謝いたす。そなたは、そなたが思っているよりははるかによいことをしてくれたのだ」そして、三人の仲間を呼びよせると、ほかの者には聞こえないように、ここから立ち去ったほうがいいことを伝えた。これ以上ロンドンの町の近くに留まっているのは、危険だろう。そこで、四人はぐずぐずせずに群衆のあいだを縫うように進んで、外へ抜け出した。そして、休む間もとらず、ロンドンの町を離れ、北へ向かったのだ。

こうして、エレノア王妃の御前での、かの有名な弓試合は終わった。この次は、ヘンリー王が四十日間はロビン・フッドに危害を加えぬという王妃との約束を破り、好き勝手に振る舞ったときの話に移ろう。

第二章 ロビン・フッドの追跡

こうしてロビン・フッドと仲間たちはフィンスベリー・フィールズの射場を出ると、ぐずぐずせずにまっすぐ故郷へ向けて出発した。それでよかったのだ。なぜなら、三、四マイルもいかないうちに、六人の近衛兵がまだ残っていた群衆をかきわけ、ロビンたちを捕らえにきたのだ。ヘンリー王が約束を破ったのは不当だが、すべてはヒヤフォードの大僧正の仕業だった。こういうことだったのだ。

王は射場をあとにすると、すぐさま私室にもどった。ヒヤフォードの大僧正とロバート・リー卿もいっしょだったが、王はひと言も声をかけずに下唇をぐっと噛んでいた。射場での出来事でひどくいら立っていたのだ。ついにヒヤフォードの大僧正が心苦しげに低い声で言った。「悲しいことでございます、陛下。あのような悪党のおたずね者をこのまま逃がしてしまうとは。やつがシャーウッドの森まで無事たどり着いたら最後、陛下と家来たちのことなど、なんとも思わなくなるでしょうから」

それを聞いて、王は顔をあげ、にがにがしげに大僧正をにらみつけた。「だから、なんだというのだ？　よいか、そのときがくれば、そなたの思い違いだと思い知らせてやる。四十日が過ぎたら、たとえシャーウッドの森の木を根こそぎ切り倒すことになろうとも、あのおたずね者を引っ捕らえてみせる。金も友人もないたかが貧しいならず者が、イングランド王の法の目をくぐることなどできると思うか？」

すると、大僧正はおもねるように言った。「失礼をお許しください、陛下。わたくしめの心にあるのは、イングランドの幸福と陛下のお望みが叶うことのみ。お恵み深き陛下がシャーウッドの木を一本残らず根こそぎにしたところで、何の役に立つでしょう？　ロビン・フッドが隠れるところなど、ほかにいくらでもあります。カノック・チェイスはシャーウッドからそう遠くありませんし、アーデンの森はカノック・チェイスからすぐでございます。それ以外にも、ノッティンガムやダービー、リンカーン、ヨークには森などいくらでもあります。その中で、屋根裏部屋のほこりとがらくたの中に隠れているネズミを見つけるがごとく、ロビン・フッドを捕らえられると思われているかもしれません。しかし、恵み深き陛下、一度森の中に足を踏み入れたら最後、やつは永遠に法の網から逃れることになります」

それを聞いて、王はいらだったように横のテーブルを指の先でたたいた。「余に何をしろと言うのだ、大僧正？　余が王妃に約束したのを聞いていなかったのか？　そなたのおしゃべりは、火の消えた炭にふいごで風を送るように無益だ」

大僧正は抜け目なく言った。「陛下のように明敏なお方にご助言しようなどとは、毛頭思っておりません。しかし、もしわたくしがイングランド王でしたら、このように考えます。確かに王妃とは、四十日間、イングランド一ずる賢いおたずね者を自由にさせると約束した。しかし、考えてもみよ！　今、そのおたずね者はわが手中にいるのだ。にもかかわらず、うかつにも承知してしまった約束に愚かにこだわりつづけるのか？　仮に王妃の命令通りにすると約束したとして、その命令が自らの命を絶てというものだったら？　それでも、目をつぶって、自分の剣の上に身を投げるのか？　わたくしなら、このように自分に問いかけます。さらに、こう自分に言い聞かせるでしょう。女性という者は、国の政治といった大きなことについては何も知らない。同じように、女性というものは思いつくと夢中になって、道ばたのヒナギクを摘んだあげく、香りが失せると、捨ててしまう。ゆえに、王妃がそのおたずね者を気に入ってらしたとしても、そんなものはすぐに消えて、忘れてしまわれるだろう。一方、自分はイングランド一の悪党をこの手に握っているのだ。なのに、手を広げて、指のあいだから逃がしてしまうのか？　わたくしがイングランド王ならば、陛下、このように考えます」王は、大僧正の道義に反する忠告に耳を貸してしまった。ややあって、王はロバート・リー卿に近衛兵を六人差し向け、ロビンと三人の男たちを逮捕するようにと命じたのだ。ロバート・リー卿は穏やかで高潔な騎士だったので、王が約束を破ったのを見て内心、嘆かわしく思ったが、口には出さなかった。王が、腸が煮えくりかえるような気持ちでいるのをわかっていたからだ。しかし、すぐに近衛兵を差し向けはせず、まず王妃の下へ赴き、何があったかを説明してロビンに危険を知らせるようにお願いをした。ロビン・フッドのためではなく、王の名誉をできるかぎり守りたいと思ったからだ。近衛兵たちが射場へいったときには、もうロビンたちがいなかったのはそういうわけだった。兵たちは獲物を取り逃がした。

すでに日も暮れかけたころ、ロビン・フッドとリトル・ジョンとウィルとアランは気分も軽く故郷への道を歩いていた。黄色い夕日は、太陽が沈むにつれ、みるみるうちに薔薇のような赤に変わった。影が長くなり、ついにたそがれの灰色と混じり合うと、黒々とした生け垣に挟まれた土埃の舞う街道は、白々と浮きあがって見えた。その道を四人は四つの影のように進み、大地を踏む足音と話し声だけが、静けさの中にくっきりと響いている。大きな丸い月が東の空に息せききって昇ってきたころには、バーネットのきらめく町の灯が見えてきた。ロンドンから十マイルか十二マイルほどきたことになる。小石だらけの道をおりていって、張りだした切り妻屋根のこぢんまりとした家々の前を歩いていく。やわらかな月光のさす扉の前に、町の人々や職人たちが家族と共にすわっていた。やがて、小さな村の外れまでくると、バラとスイカズラに埋もれた小さな宿屋が現われた。そのようすがすっかり気に入ったロビン・フッドは、足を止めて言った。「ここに一晩泊まることにしよう。ロンドンの町からはもう十分離れたからな。国王陛下の怒りもここまでは追ってこないだろう。それに、おれの目に狂いがなきゃ、うまい食事にありつけそうだ。どうだ？」

リトル・ジョンが言った。「実際のところ、お頭とおれの意見は、パンとエールみてえにぴったり合ってる。さあ、入りましょう」

すると、ウィル・スカーレットが言った。「叔父上のおっしゃるとおりにしたいと思いますが、宿をとる前にもう少し遠くまでいっておいたほうがいいようにも思います。しかし、叔父上がここがいいとお思いなら、わたしも賛成いたします」

そこで、四人は中に入り、いちばんいい料理を出すように頼んだ。すると、思ったとおりのすばらしい料理が出てきて、しかも、食べ物を流しこむための古いサック酒が二瓶添えられていた。料理を運んできたのは、この国のどこでも会えそうなふっくらした陽気な娘で、食べ物と飲み物が目の前にある時でもかわいらしい娘を見逃さないリトル・ジョンは、両手を腰にあてたポーズで娘を目で追い、娘がこちらを見るたびに片目をつぶった。娘が囀るような声で笑い、ちらちらと横目でリトル・ジョンを見ては、両頬にえくぼができるようすは、なかなかの眺めだった。リトル・ジョンは、いつだって娘たちの気を引くのだ。

「おいおい、リトル・ジョン」ロビンが言った。「あの娘のことは放っておいて、目の前の食い物に専念しろ。じゃないと、空きっ腹を抱えたまま旅をつづけることになるぞ。腹が減っては恋もできぬ、と言うだろう。耳を傾けておいたほうが身のためだぞ」

「いや、そんなのは、おれにとっちゃくだらねえ言い回しですよ。食い物と飲み物ばかりに夢中になって、聖人さまがありがたくも娘にお与えになったかわいらしい顔に見向きもしないで放っておくなんてやろうがいますかい？　ほら、かわいらしい娘さん、こっちへきて、ワインを注いでくれないか？　そしたら、おまえさんの健康を祈って乾杯しようじゃないか。聖ウィズオールドさまに貴族の夫を遣わしてくれるように祈ってやろう。おれの魂に賭けて、どんな上等なマスカットワインよりも、おまえさんの注いでくれた水のほうがいいぜ！」

それを聞いて、ほかの男たちは大きな声で笑った。娘は真っ赤になって下を向き、リトル・ジョンみたいにすてきな若者に会ったことはないわ、と思った。

そんなふうにして楽しい宴はつづいた。この宿屋が四人のように愉快な客を迎えたのは初めてだったが、いつまでも終わりがこないように思えた宴もついに終わり、四人はすっかり満腹になって、サック酒をちびちびやりながらくつろいでいた。するとそこへ、宿屋の亭主がやってきて、宿屋の前に王妃の使いだという若い従者がきていて、今すぐ青服の男に会って話したいことがあると言っていると伝えた。ロビンはぱっと立ちあがって、亭主についてこないように命じると、何事かと顔を見合わせているリトル・ジョンたちをおいて表へ急いだ。

ロビンが出ていくと、若いリチャード・パーティントンが馬にまたがったまま、白々とした月光を浴びて待っていた。

「どのような知らせを持ってらっしゃったのか、小姓どの？　悪い知らせではないと思いたいが？」

「いえ、そのことですが、悪い知らせでございます。国王陛下は、あのよこしまなヒヤフォードの大僧正にそそのかされ、すっかりあなたさまに腹をお立てになっておられます。フィンスベリー・フィールズの射場に兵たちを差し向けましたが、あなたさまが見つからなかったので、百人以上の兵をお集めになり、まさにこの街道からシャーウッドまで向かわせ、あなたさまを捕まえるか、森へもどれぬようにしようと考えておられます。ヒヤフォードの大僧正に兵たちを指揮する権限をお与えになりました。大僧正が何をたくらんでいるかは、おわかりでしょう。首を吊る縄と、死刑の前の懺悔です。騎馬兵たちが二隊、わたくしのすぐあとからこの街道をやってまいります。ですから、ただちに出発してください。ぐずぐずしていれば、今夜は冷たい地下牢で眠ることになりますぞ。以上が、王妃さまから預かってまいりました、お言葉です」

「リチャード・パーティントンどの、これで命を助けていただいたのは二度目。いつか相応しい時がきたあかつきには、必ずやロビン・フッドがこのご恩を忘れていないことを証明してみせましょう。ヒヤフォードの大僧正に関しては、ふたたびやつをシャーウッドの森の近くで捕まえることがあれば、目に物を見せてくれよう。王妃さまに、すぐさまここを離れるとお伝えください。この宿の亭主にはセントオールバンズに向かったと思わせることにいたします。しかし、街道に出たら、わたしは田舎へ向かい、仲間たちは反対へ向かわせます。そうすれば、たとえ片方が王の手に落ちたとしても、もう片方はうまく逃れられるかもしれません。街道から外れ、遠回りすれば、なんとか無事シャーウッドの森へたどり着けるでしょう。では、小姓どの、お別れだ」

「勇敢なるロビンどの、お気をつけて」パーティントンは言った。「無事に隠れ家へたどり着かれますよう」そして、二人は握手をし、若者は馬の首を返し、ロンドンへもどっていった。

ロビンが宿にもどると、リトル・ジョンたちが押し黙ったまま、すわっていた。亭主も、パーティントンが青服の男にどんな用事だったのだろうと、興味津々といったようすで待っている。「さあ、者ども、いくぞ！」ロビンは言った。「ここにいることはできん。追っ手が迫っているが、おれたちには太刀打ちできぬ。やつらの手に落ちてしまう前に出発し、セントオールバンズまで止まらずに進もう」そして、財布を取り出して、亭主に勘定を払い、宿屋をあとにした。

街道に出て町が見えなくなると、ロビンは足を止め、パーティントンと話したことを説明し、王の兵士たちがすぐそこまで迫っていることを伝えた。それから、ここで二手に分かれ、リトル・ジョンたち三人は東へ、ロビンは西へいき、本街道を避けて遠回りをしてシャーウッドまでもどることにしようと言った。「くれぐれも抜け目なく、北へ向かう街道には近づかぬようにな。ウィル・スカーレット、おまえが先導しろ。おまえは抜かりがないからな」そして、ロビンは三人の頰にキスをし、三人もキスを返した。こうして四人は、二手に分かれた。

　そんなに経たないうちに、二十人以上の兵士たちがバーネットの宿屋に馬で乗りつけた。そして、ひらりと馬からおりると、あっという間に宿屋を取り囲み、隊長と四人の兵士たちが、ロビンたちのいた部屋に踏みこんだ。しかし、部屋はもぬけの殻だった。王はふたたび失敗したのだ。

「やっぱり悪党だと思ってましたよ」兵士たちからだれを探しているか聞くと、亭主は言った。「しかし、青い服のならず者がすぐさまセントオールバンズにいくと言っているのを聞きました。今から急いでいけば、セントオールバンズへいく街道の途中でやつらを捕まえられるかもしれませんぜ」それを聞いて、隊長は亭主に厚く礼を述べると、家来たちを集めて、無駄骨になるとも知らずにセントオールバンズへ一直線に馬を走らせた。

　リトル・ジョンとウィル・スカーレットとアラン・ア・デールはバーネットの近くで街道を外れ、一度も足を止めずにいけるかぎり東へいき、エセックスのチェルムズフォードまできた。そこから、北へ向かい、ケンブリッジとリンカンシアを抜け、ゲーンズボロの町までいった。そこから、今度は西南に向かい、ついにシャーウッドの森の北の外れにたどり着いたのだ。道中一度たりとも近衛隊に出くわすことはなかった。無事に着いた時には八日が経っていたが、いつもの草地へいっても、ロビンはまだもどっていなかった。

なぜなら、ロビンはリトル・ジョンたちほど運に恵まれなかったのだ。

ロビンは北へ向かう街道を外れると、西へ向かい、エールズベリーを通って、オクスフォードシアの美しい町ウッドストックまできた。そこから、足を北へ向け、ウォリックの町まで長い距離を歩き、ついにスタッフォードシアのダッドレーまできた。そこまでくるのに七日が過ぎていたので、もう十分北まできただろうと思い、そこから東へ向かい、街道をさけて横道や草深い道を選んでリッチフィールドからアッシュビー＝ドゥ＝ラ＝ズーシュを通り、シャーウッドへ向かった。そして、スタントンという町まできたとき、ロビンは腹の底から笑いがこみ上げてくるのを感じた。すでに危険は去ったと思ったのだ。ふたたび森のぴりっとしたにおいが鼻腔をくすぐる。しかし、「コップを口に持っていくまでのわずかなあいだにもしくじりはたくさんある」ということを、ロビンは身をもって知ることになる。

王の兵たちはセントオールバンズで裏を掻かれたのを知ったが、あらゆるところをくまなく探してもロビンたちは見つからず、どうしたらいいのかわからなくなった。ほどなく、もうひとつの騎馬隊もやってきて、さらに三隊目も合流し、月に照らされた通りはどこも武器を持った兵たちで溢れかえった。さらに明け方までに、別の隊が町に到着した。この隊を率いているのは、ヒヤフォードの大僧正だった。ヒヤフォードの大僧正はロビン・フッドがまたもや追っ手の手をすり抜けたと知ると、即座に兵たちを集め、これからセントオールバンズにくる兵たちにすぐにあとに続くよう命令を残し、全速力で北へ向かった。四日目の夕方にはノッティンガムの町へ到着すると、すぐさま兵たちを六、七隊にわけ、辺り一帯すみずみにまで派遣して、シャーウッドの東から南から西まですべての街道や脇道を封じたのだ。ノッティンガムの長官も自分の家来たちを召集し、大僧正の隊に加わった。これまでのロビン・フッドに対する恨みを晴らす絶好の機会だと思ったからだ。ウィル・スカーレットとリトル・ジョンとアラン・ア・デールはわずかな差で国王の兵たちに出くわさずに東へ抜けることができた。彼らがその道を通ってシャーウッドの森に入ったまさに次の日、すべての道路は封鎖されたから、少しでも遅れていたら、大僧正の手に落ちていただろう。

しかし、そうしたことをロビンは何も知らなかった。スタントンを出て、楽しげに口笛を吹きながら、クモの巣から逃れた卵の黄身みたいに心軽やかに歩いていった。やがて、道を横切るように小川が流れているところに出た。広く浅い川が、きらめき軽やかな音をひびかせて、川底の金色の石の上を波立つように流れていく。ロビンはのどがかわいていたので、足を止めてひざまずき、手のひらに水を掬って飲みはじめた。街道の両側には、若木や低い木が絡み合った茂みがどこまでも続き、小鳥たちの歌が聞こえてくる。シャーウッドのことを思い、ロビンの胸は高鳴った。最後に森の空気を吸ってから、ずいぶん経った気がする。しかし、そのとき、なにかが耳元をヒュッとかすめ、ロビンは凍りついた。川底の砂利に突き刺さり、水が跳ね飛ぶ。ロビンはすぐさま立ちあがると、ひと跳びで小川を越え、まわりを見まわす間もなく頭から茂みに飛びこんだ。耳元をよこしまな音を立ててかすめていったのは、灰色のガチョウの羽根のついた矢だとわかっていたのだ。一瞬の遅れが死を意味する。茂みに隠れたあとも、六本の矢がロビンのまわりの枝を揺らし、そのうち一本が胴着を貫いた。頑丈な鎖かたびらを着ていなかったら、横腹に深く突き刺さっていただろう。同時に、街道の向こうから兵士たちが疾風のごとく馬を走らせてきた。そして、馬からひらりと飛び降りると、ロビンを追って茂みに突っこんだ。しかし、このあたりのことならロビンのほうがはるかに詳しい。ロビンはある時は這い、ある時はかがんで茂みを抜け、開けた場所に出ると一気に走りだした。やがて、追っ手がはるかうしろに遠のくと、最初の街道から八百歩ほど離れた別の道に出て、耳を澄ませた。七人の男たちが、獲物のにおいを失った猟犬のように茂みをあちこち叩いている。そこで、

勇者ロビン、危うく命拾いをする

革帯をぎゅっと締め直すと、シャーウッドめがけて東へ向かって走りだした。

しかし、三ファーロングもいかないうちに、いきなり崖っぷちに行き当たり、下の街道沿いの木陰で別の騎馬隊が休んでいるのが見えた。向こうは気づいていないのを見て取ると、ロビンは一瞬たりとも立ち止まらず、すぐさま向きを変え、今きたほうへ駆けもどった。谷の一隊へ突っこんでいくよりは、茂みを探している兵士たちから逃れるほうが、まだ可能性があると判断したのだ。そこで、全速力でもどり、うまく茂みを通りぬけたとき、七人の兵士たちが街道に出てきた。ロビンを見ると、兵士たちは隠れ場所から飛びだしてきた鹿を見つけた猟師のように大声でさけんだが、そのときにはすでに、ロビンは四分の一マイルほど先を、グレイハウンドのように疾走していた。そして、そのまま何マイルも走りつづけ、ダーウェント川を越えてマックワースの近くまでくると、ようやくスピードを落とし、背の高い草に隠れた生け垣の下のいちばんすずしいところに腰を下ろして、呼吸を整えた。

「わが魂に賭けて、ロビンよ、まさに危機一髪だったぞ。こんなのは初めてだ」ロビンは独りごちた。「あのいまわしい矢の羽根が耳をくすぐったのを確かに感じたからな。これだけ走りに走って、腹もぺこぺこだしのどもからからだ。今こそ、すぐさま肉とビールをお贈り下さるよう、聖ドゥンスタンさまに祈らなきゃな」

するど、まるで聖ドゥンスタンが祈りに応えたかのように街道の向こうから靴屋がとぼとぼとやってくるのが見えた。男はダービーのクィンスと言って、カークラングレイの近くに住む農夫に靴を届け、家に帰るところだった。手に持った袋には茹でた鶏が、腰にはビールの瓶がぶらさがっている。農夫が、頑丈な靴のお礼にくれたものだ。クィンスは正直な男だったが、頭の回転のほうはパンの練り粉みたいにもたもたしていたので、今も頭の中で「クィンス、おまえさんの靴は三シリング六ペンス半だよ、おまえさんの靴は三シリング六ペンス半だよ」と繰り返しながら歩いていた。それ以外のことは一切入りこむ余地がなく、言ってみれば、からっぽの壺の中で一粒の豆がカラカラ転がっているようなものだ。

「よう、友よ」クィンスが近くまでやってくると、ロビンは生け垣の下から声をかけた。「こんな天気のいい日に、ご機嫌でどこへお出かけだい？」

呼ばれたのに気づくと靴屋は足を止めて、上等な青い服を着た見知らぬ男を見ると、賢そうな口調で答えた。「こんにちは、ご立派なだんな。おいらはと言いますと、カークラングレイからの帰りなんで。そこでおいらの靴を売って、三シリング六ペンス半のお代をもらったんですよ。見たことがないくれえきれいな金で、正直に稼いだもんですよ、もちろんね。思い切って言わせてもらいますが、きれいなだんなさんはそんな生け垣の下なんかでなにをなさってるんです？」

ロビンは楽しげに答えた。「いやな、金色の小鳥の尾に塩をひとつまみ落とそうって寸法さ。[1]本当のことを言って、今日見た中で、おまえさんが初めてのまともなひよっこだよ」

それを聞くと、靴屋は目を見開き、板塀の節穴みたいにまん丸に口を開けた。「ああ、なんてこったい！ おいらは金色の鳥なんて見たことがねえ。本当にその生け垣ん中に、いるんですかい？ 教えてくだせえ、何羽くらいいるんです？ ぜひともおいらも見てみてえ」

「ああ、実際、カノックの王さまの猟場みたいにうじゃうじゃいるぜ」

「なんとまあ！」靴屋はすっかり驚いていた。「本当に鳥のきれいな尻尾に塩を落とせば、捕まえられるんですかい？」

「まあな。だが、とくべつな種類の塩なんだ。一クォートの月の光を木の皿で煮詰めて、やっとひとつまみだけ取れるんだからな。ところで、頭のいい兄弟、おまえさんの脇に下げてる袋とその瓶にはなにが入ってるんだい？」

それを聞いて、靴屋は袋と瓶を見下ろした。というのも、金の鳥のせいでほかのことはすっかり忘れてしまっていたので、鶏とビールのことを思い出すのにしばらくかかったのだ。「ああ、こっちの瓶には三月に作ったうめえビール、で、こっちの袋には太った鶏が入ってるんだ。今日、靴屋のクィンスはすげえごちそうをいただくってわけさ」

「どうだ、クィンス、そいつをおれに売ってくれる気はないか？　そんな耳に心地よい話を聞いちまうとさ。代わりに、おれの着ているこのすてきな青い服と十シリングをやるから、おまえさんの服と革のエプロンとビールと鶏を譲ってくれ。どうだい？」

「だめだよ、からかってるんでしょう。おいらの服なんて、お粗末だし継ぎだらけで、あんたのは立派ですげえきれいなのに」

「からかってなんかいないさ。ほら、上着を脱いじまいな。そうしたら、からかってるわけじゃないってわかるさ。なにしろ、その服を気に入っちまったんだ。それに、おれはケチじゃないからな。おまえさんの持ってるものをもらったらすぐさまここでいただこうって寸法だから、おまえさんもいっしょに食おうじゃないか」そう言うと、ロビンはさっさと胴着を脱ぎはじめた。ロビンが本気だとわかると、靴屋も服を脱いだ。ロビン・フッドの服はそれほど立派に見えたのだ。そして、互いに相手の服を着

1　なにかを「捕まえる」ことのたとえ。

ると、ロビンは正直な靴屋にピカピカの真新しい銀貨で十シリングを渡した。「これまでいろんな連中に会ってきたが、おまえさんみてえな正直な靴屋にはお目に掛かったことがない。さあ、友よ、ごちそうに取りかかろうぜ。太った鶏を食いたくて胃袋が騒いでるんだ」そこで、二人はすわって、もうれつな勢いでごちそうを詰めこみはじめた。食べ終わった時には、鶏の骨にはお情け程度の肉も残っていなかった。

ロビンはすっかり気持ちよくなって脚をぐっと伸ばした。「おまえさんの声のようすからすると、いい歌を一つか二つ知ってるだろう。頭の中を、牧場の子馬みたいに走り回ってるんじゃないか？　どうだ、おれのためにひとつ、外に放ってみてくれないか？」

「ああ、一つか二つなら知ってるよ。たいしたもんじゃないがね。ああ、たいしたもんじゃないが、喜んでひとつ、お聴かせしやしょう」そして、ビールをぐいと一口飲んでのどを湿らせると、こんなふうに歌いはじめた。

数多（あまた）ある喜びの中で、いちばん好きなもの
　それは、陽気なナンの歌
いちばん魂、動くのは

ジョッキがカチンと鳴る音さ
あとの喜びなんてさ、ぜんぶ捨ててやろうじゃないか
陽気なナンの歌さえありゃあ
でもさ――

靴屋はその先を歌えなかった。というのも、いきなり二人が座っているところに六人の騎兵が現われ、正直な職人をむんずと捕まえて立たせたからだ。おかげでもう少しで服が脱げそうになったほどだ。「さあ、捕まえたぞ！」隊の長らしき男が喜びの声をあげた。「とうとうお縄についたな、青服の悪党め！　聖ユベールさまが祝福されんことを！　おかげでおれたちは八十ポンドも金持ちになれるんだからな。ご親切なヒヤフォードの大僧正さまが、おまえを捕まえてきた隊にそれだけの褒美(ほうび)を約束しなさったのさ。ほう！　このずる賢い悪党め！　罪もないような顔をしやがって！　おまえのことはよく知ってるんだ、古狐(ふるぎつね)。すぐさまおまえをしょっぴいて、そのふさふさした尻尾をちょん切ってやるわ！」それを聞いて、気の毒な靴屋は青い目を、死んだ魚の目みたいに見開いてきょろきょろまわりを見まわした。口はと言えば、あ

らゆる言葉を飲みこんでしまったみたいにあんぐりと開いて、完全にしゃべる能力を失っている。

ロビンはロビンで、びっくりしたように口を開け、目を丸くしてその様子を見ていた。靴屋が本来の立場だったら、そうしたにちがいないからだ。「なんとまあ！ 自分がいったいどこにいるのか、わかんなくなっちまいそうだよ！ だんなさま方、こいつはいったいどういうことですかい？ この男は気のいい正直者でごぜえますよ」

「正直者だと？ 田舎者め。いいか、こいつはロビン・フッドっていうかの有名なおたずね者なんだ」

それを聞いて、靴屋はますます目を見開いて、口をあんぐりと開けた。かわいそうに頭の中が、脱殻してもみ殻と土埃が舞いあがったみたいに、すっかりぼやけてしまったのだ。しかも、ロビン・フッドのほうを見ると、自分だと思っていたそのままの姿をしているものだから、もしかしたらこっちの自分は本当に有名なおたずね者なのかもしれないぞと思いはじめた。靴屋はいぶかしみながらのろのろと言った。「おいらは本当にその男なのか？ そんな気がしてきたぞ。いや、違うぞ、クィンス、そいつは思い違いだ――だが――本当にそうか？ そうさ、おいらはロビン・フッドにちげえねえ！ だが、正直な職人からそんなすごい強者（つわもの）になれるなんて、思ったこともなかったぞ」

「なんと！」ロビン・フッドはさけんだ。「見なせえ！　だんな方がひどいあつかいをするから、かわいそうな若者の頭がすっかりやられちまったでねえか！　おいらはクィンスっていって、ダービーの靴屋なんで」

「そうなのかい？」クィンスは言った。「なら、やっぱりおいらは別のやつってことになる。つまりは、ロビン・フッドその人ってことかもしれねえ。おいらを連れてってくれ。いいかい、おまえさん方はこの森を歩いた中でいちばん強え男に手をかけたってことになるんだぞ」

「頭のおかしいふりをしようって魂胆だな」隊長は言った。「さあ、ジャイルズ、縄を持ってきて、こいつを後ろ手に縛りあげろ。タットベリーの町にいる大僧正さまんところへ連れていけば、こいつも正気にもどるだろうよ」そして、兵たちは靴屋を縛りあげ、農夫が市で買った子牛を連れ帰るように、縄をつかんで靴屋を引っ立てていった。彼らの後ろ姿が見えなくなると、ロビンは涙が頬を流れ落ちるまで笑いつづけた。正直な靴屋がひどい目にあわないことはわかっていたし、ロビン・フッドだといってクィンスが引っ立てられてきた時の大僧正の顔を想像せずにはいられなかったからだ。それからふたたび足を東に向け、右足からノッティンガムシアのシャーウッドの森へ向けて歩き出した。

　しかし、ロビン・フッドは、思っていたよりも多くの困難をくぐり抜けることになった。ロンドンからの旅は長く困難で、結局のところ、七日のあいだ、百四十マイル以上歩きつづけることになったのだ。シャーウッドにつくまで休まず旅を続けるつもりだったが、十マイルもいかないうちに、水量が徐々に減っていく川のように力が失われていくのを感じた。そこで、腰を下ろしてひと息つくことにしたが、足が疲れで鉛のように重く感じられ、頭ではこれ以上進むことはできないとわかっていた。それでも立ちあがり、少し進んだが、二、三マイルほどいったところでとうとうあきらめることにして、ちょうど現われた宿屋に入り、亭主に部屋を見せるように言った。まだ太陽が西に沈み始めたばかりだった。宿には三つしか部屋がなく、中でもいちばんみすぼらしい部屋を見せられたが、ロビンはもはや見かけなどどうでも良かった。今晩は小石の上でも寝られそうだったのだ。そこで、すぐさま服を脱いで、ベッドの中に潜(もぐ)りこみ、枕(まくら)に頭がつくかつかないかのうちに眠りに就いた。

　ロビンが眠ってからそんなにたたないうちに、丘の上から西の空にかけて大きな黒雲が垂れこめ、ぐんぐん高くなって、しまいには夜空にそびえる黒い山のように膨(ふく)らんだ。雲の下側でときおりどんよりとした赤い光がひらめき、ほどなく雷鳴の前兆のようなゴロゴロというぶきみな低い音が聞こえはじめた。そこへ、ノッティンガムの町から四人のがっしりした男たちが馬に乗ってやってきた。半径五マイルで宿屋はこしかなかったし、これからやってくる嵐につかまるのはごめんだ。馬を馬番に預けると、男たちは宿のいちばんいい部屋に収まった。床には新鮮な緑のイグサが敷きつめられ、宿賃もこの宿屋ではいちばん高い。男たちはまず貪るように夕食を腹に収めてから、亭主にすぐに部屋に案内するように命じた。ドロンフィールドの町からずっと休みなく馬を走らせてきたので、くたびれていたのだ。そして、ひとつのベッドに二人ずつ寝なければならないことにブツブツ文句を言ったものの、そうした不満もほかの不平も結局は眠りの静けさの中に飲みこまれていった。

そしてついに風が吹きはじめ、もうれつな勢いで宿を通りすぎ、ドアや雨戸をガタガタと揺らした。雨のにおいが運ばれてきて、すべてを土埃と落葉で包みこんだ。まるでその風が運んできたかのように、いきなりドアが開き、エメット小修道院の修道僧が入ってきた。つやのある柔らかな僧衣や上等なロザリオから身分の高い修道僧だと分かる。修道僧は亭主を呼んで、自分の乗ってきたラバを厩に連れていってたっぷり餌をやるように指示をし、この宿屋でいちばん上等な食事を用意するようにと言った。ほどなく牛の胃袋とタマネギのいかにもおいしそうな煮込みにまるまるとした蒸し団子をつけたものが、上等なマームジ酒一瓶と共に並べられ、修道僧はすっかり元気を取りもどして上機嫌でごちそうを腹に詰めこみはじめた。あっという間に、料理は消え、皿の真ん中に飢えたネズミ一匹の命もつなげないほど少しの肉汁が残るだけとなった。

　そのあいだに、とうとう嵐がやってきた。ふたたび強風が吹いてきて、それと共に大粒の雨が降りはじめた。と思う間もなく、雨は大降りとなり、百の小さな手が叩いているかのように窓をガタガタと震わせた。稲妻のひらめきに雨粒が一粒一粒にいたるまで浮かびあがり、割れるような雷鳴が響きわたる。あたかも聖スイシンが天上の地面で大きな水樽（みずだる）を転がしているかのようだ。女たちが悲鳴をあげ、バーで陽気に騒いでいた男たちが腰に腕を回し、落ち着かせようとした。

　修道僧は宿屋の亭主に部屋に案内するよう命じ、靴屋と同じベッドで寝なければならないと聞くと、おおいに機嫌を損（そこ）ねたが、どうしようもなかった。靴屋と寝るか、ベッドがないままか、どちらかしかないのだ。そこで、修道僧はろうそくを受け取ると、今では遠のいた雷のように低い声でブツブツ言いながら、部屋まで歩いていった。そして、寝ているロビンの上に明かりを掲げ、頭のてっぺんから足のつま先までじろじろ見た。そして、汚いひげを生（は）やした粗野な男ではなく、なかなか見つからないような清潔な若い男なのを見て取ると、少し機嫌を直し、僧衣を脱いで、ベッドに潜りこんだ。ロビンはブツブツ寝言を言ったものの、場所を空けた。ロビンはここ何日なかったような、深い眠りの中にいたに違いない。そうでなければ、修道僧のような輩(やから)がすぐそばにきたというのに、黙って眠っていたはずはない。修道僧にしてみても、眠っている男の正体がロビン・フッドだと知れば、マムシと寝たほうがましだと思っただろう。

こうして夜は心地よく更けていった。しかし、朝の最初の光が差しこむと、ロビンはパッと目を開け、反対側に顔を向けた。そして、口をあんぐりと開け、目を丸くした。というのも、すぐ横に、頭をつるつるに剃(そ)った男が寝ていたのだ。もちろん聖職についている者に違いない。ロビンは思いきり自分をつねってまちがいなく目を覚ましているのを確かめると、ベッドの上で起きあがった。傍(かたわ)らの男は、住(す)み処(か)であるエメット小修道院でなんの心配もなく安全に眠っているかのように、気持ちよさそうにまどろんでいる。「さてと、いったいどうして夜のあいだにおれのベッドにやってきたんだ?」ロビンは独りごちた。そして、相手を起こさないようにそっと起きあがると、部屋を見まわして、壁の近くのベンチに僧衣がかけてあるのを見つけた。ロビンは頭を傾けて僧衣を見て、それから僧を見て、ゆっくりと片目をつぶった。「ブラザーよ、おまえさんの名前がなんだか知らないが、こうやって勝手におれのベッドを借りたんだから、こっちも勝手におまえさんの服を借りるとするよ」そして、すぐさま僧衣を着たが、代わりに靴屋の服は残しておいてやった。それから、朝の爽やかな空気の中へ出ていくと、厩番が目を覚まし、緑色のネズミを見たように目を見開いた。エメットの修道僧が早起きをするなんて、信じられなかったのだ。しかし、そんな考えはおくびにも出さず、厩からラバを出してきましょうかとたずねた。

「そうしてくれたまえ、息子よ」ラバのことなど何も知らなかったが、ロビンは答えた。「すぐに連れてきてもらえるかね。遅れてしまっているので、急がねばならぬのだ」

厩番はすぐにラバを連れてきたので、ロビンはラバにまたがると、大喜びで出発した。

さて、修道僧はどうしたかと言えば、目を覚ますと、当然のことながらかんかんになった。というのも、上等な柔らかい僧衣と、それといっしょに金貨十ポンドの入った財布が消え、つぎはぎの服と革のエプロンしか残っていなかったのだ。修道僧は怒り狂って、とても聖職者とは思えないののしりの言葉を吐いたが、なにを言ったところでどうしようもなく、宿屋の亭主にも手の貸しようがなかった。しかも、その朝、大切な用事があったので、エメット小修道院にもどらないわけにもいかず、靴屋の服を着るか裸で旅を続けるかどちらかしかない。仕方なしに、修道僧は靴屋の服を着ると、怒りもさめやらぬまま、ダービーシアじゅうの靴屋に仕返しをしてやると誓いつつ、徒歩で出発した。しかし、不運はそこで終わらず、そんなにいかないうちに近衛兵たちに捕まって、タットベリーの町のヒヤフォードの大僧正のもとへうむを言わさず連れていかれたのだ。自分は本当は修道僧なのだと言って、剃った頭を見せたところで無駄だった。もちろん、彼こそほかならぬロビン・フッドだと思われたからだ。

そのころ、ロビンは上機嫌でラバを走らせていた。途中、二隊の近衛兵たちをやり過ごし、ついにシャーウッドの森が近づいてきたときには、胸の中で心臓が躍りはじめた。そのまま東へ進み、木陰の道へ入ると、そこに高貴な騎士が佇（たたず）んでいた。ロビンはすぐさまラバを止め、背中から飛び降りた。「なんと、ここでお目にかかれるとは、リーのリチャード卿。今日という日に、だれよりもお目にかかりたかったのはほかならぬあなたさまなのですから！」それから、これまでのいきさつをすべて話し、ようやくシャーウッドの森の近くまでこられて、やっとほっとしていると言った。ところが、ロビンが話しおわると、リチャード卿は悲しげに首を振った。「ロビン、そなたはこれまでにない大きな危険に見舞われようとしている。この先、あらゆる道という道を、ノッティンガムの長官の家来たちがふさいでおり、くまなく調べたあとでなければだれ一人、小径（こみち）ひとつ通さぬのだ。このわたしもたった今、そこを通り抜けてきたところだ。だから、よくわかっている。そなたの前には長官の家来が、うしろには近衛兵たちがいる。どちらへいっても望みはない。今ごろ、そなたの変装のことも知っているだろうから、捕まえてやろうと待ち伏せしているはずだ。わたしの城と中にあるものはすべてそなたのものだと思っているが、なにをしたところで無駄であろう。国王と長官の兵たちを相手に持ちこたえることはできぬ」そう言うと、リチャード卿は頭を垂れて、考えこんだ。ロビンは、猟犬の吠え声がすぐうしろに迫り、巣穴が土でふさがれ、どこにも隠れることのできない狐のように心が沈むのを感じた。すると、リチャード卿が再び口を開いた。「そなたにできることはただひとつ、そう、ひとつだけだ。ロンドンへもどって、エレノア王妃のお慈悲にすがるのだ。共にわたしの城へいこう。その僧服を捨て、わたしの家臣と同じ服を身につけよ。わたしは急いで供の一隊を連れ、ロンドンへ向かうから、彼らの中に紛れるがよい。そして、なんとか王妃さまにお目にかかれる場所まで連れていくから、王妃さまとお話しするのだ。そなたの唯一の望みは、シャーウッドの森にもどること。あそこならば、そなたを捕まえられる者はいない。シャーウッドへもどるには、この方法しかない」そこで、ロビンはリーのリチャード卿の言葉に従い、城へ向かった。騎士の助言こそ賢明であり、生き延びる唯一の可能性だとわかったからだった。

エレノア王妃は、美しい薔薇の咲き乱れる宮殿の庭を、六人の女官を連れて散歩していた。女官たちは楽しそうにおしゃべりに興じている。と、突然、塀の向こう側から男が現われ、塀の上に飛びあがった後、庭の草むらに軽やかに飛び降りたのだ。女官たちはかん高い悲鳴をあげたが、男は王妃の御前まで走っていって、ひざまずいた。ロビン・フッドだった。

「なんと、なぜここに⁉」王妃は大きな声をあげた。「怒り狂ったライオンの口に自ら飛びこんできたというのですか？　ああ、かわいそうに！　国王陛下にここにいるのが見つかれば、本当に命はないのですよ。陛下が国じゅうを探し回っているのは知っているでしょう？」

「はい。陛下がわたしのことを探しておられることは、よく知っております。だからこそ、ここに参ったのです。国王陛下が王妃さまに約束なされたことをお守りになれば、わたしの命が危険にさらされることもないからです。それに、王妃さまのお優しさと慈(いつく)しみ深きお心のことはよく存じておりますゆえ、この命を王妃さまの恵み深いお手にゆだねたいと思って参りました」

「そなたの言いたいことはわかりました。わたしを暗に責めていることも。とうぜんでしょう。わたしはやるべきことをやらなかったのですから。危険から逃れるために、もうひとつの危険に飛びこんでくるところから見ても、そなたがどれほど追いつめられているか、わかります。もう一度、そなたに手を貸すことを約束しましょう。そなたを無事シャーウッドの森に帰せるよう力を尽くします。わたしがもどってくるまで、ここで待っていてください」そう言って、王妃はロビンを薔薇園に残し、姿を消した。

長い時間が経ったあと、ようやくもどってきた王妃は、ロバート・リー卿を連れていた。王妃の頰は火照っていて、目は輝いている。激しい議論を闘わせてきたようだ。すると、ロバート卿がロビンの前まで進み出て、冷ややかな口調で言った。「慈悲深き国王陛下はおまえに対する怒りを和らげ、今一度、無事にロンドンを離れられるようにすると約束してくださった。それだけでなく、三日以内に小姓を一人遣わし、おまえが帰る途中で捕らえられたりしないか見届けてくださるそうだ。そなたの守護聖人に感謝するがよい。高貴なるエレノア王妃さまが友人でいてくださったことを。王妃さまの説得がなければ、今ごろおまえは死んでいただろう。今回のことで、この二つを学ぶがよい。一つ目は、もっと正直になること。二つ目は、むこうみずにあちこちを歩きまわらぬこと。おまえのようなやつは、当面は逃れられるかもしれんが、最後にはかならずや穴に落ちる。おまえは怒ったライオンの口にその頭を突っこんだのに、奇跡的に逃れた。二度と同じことをするな」そう言って、リー卿はきびすを返し、ロビンを残して去っていった。

その後三日のあいだ、ロビンは王妃の住まいにとどまり、三日目に国王の小姓であるエドワード・カニンガムがくると、彼に連れられ北のシャーウッドへ向けて出発した。途中、何度かロンドンにもどる近衛兵たちとすれ違ったが、彼らに止められることはなかった。そしてついに、ロビンたちは木々の生い茂ったすばらしい森にたどり着いたのだ。

こうして、ロビン・フッドがロンドンの有名な弓試合に出かけた冒険は幕を閉じる。次は、ヒヤフォードの大僧正とノッティンガムの長官がまたもやロビンを捕まえようとしたときの話をしよう。さらに、獅子心王リチャードがシャーウッドの森の奥深くまでロビン・フッドを訪ねてきた物語もお聞かせしよう。

第八部

ロビン・フッド、シャーウッドの森でギズボーンのガイに出くわし、かの有名な戦いがくりひろげられる。リトル・ジョンが、三人の兄弟を助けようとしてノッティンガムの長官の手に落ちたいきさつ。善き獅子心王リチャードがノッティンガムシアにきて、シャーウッドの森のロビン・フッドをたずねた物語。

第一章　ロビン・フッドとギズボーンのガイ

弓の大試合のあとかなり長いあいだ、ロビンはロバート・リー卿（きょう）の助言に従い、あまりむこうみずにあちこちへ出かけなかった。（たいていの人が思うような意味での）正直者になったとは言えないかもしれないが、シャーウッドからあまり離れず、無事にすぐ帰れるところまでしかいかないよう気をつけていた。

そのあいだに、大きな変化が起こった。ヘンリー王が亡くなり、リチャード王がさまざまな試練を経た後、彼にふさわしい王座を手に入れたのだ。リチャード王の冒険は、ロビン・フッドに負けず劣らず血湧き肉躍るものだった。しかし、大いなる変化が訪れたにもかかわらず、シャーウッドの木陰までやってくる者はいなかった。森では、ロビン・フッドと仲間たちがこれまで通り陽気な暮らしを送り、狩りをしたり、宴を開いたり、歌ったり、森の競技に興じたりしていたのだ。外の世界の争いに、ロビンたちが煩わされることはほとんどなかった。

ある夏の日、爽やかで輝かしい夜明けが訪れ、小鳥たちがいっせいに歌を歌いはじめると、そのあまりの騒々しさにロビン・フッドは目を覚まし、もぞもぞして寝返りを打ってから、起きあがった。リトル・ジョンも仲間たちもみな目を覚ますと、朝食を取り、それぞれの仕事をするためにあちこちへ出かけていった。

ロビン・フッドとリトル・ジョンは森の小径を歩いていった。まわりでは、木の葉がそよ風に吹かれて震え、踊るようにきらめき、木漏れ日を落としている。ロビン・フッドは言った。「リトル・ジョン、今日みたいな陽気な朝には、血が巡って血管がむずむずするぞ。どうだ、冒険を探しにいかないか。それぞれの責任においてってやつだ」

「ぜひともいきましょう！」リトル・ジョンは言った。「これまでもそうやって、面白い目にあってきましたからね。さあ、ここに道が二つあります。お頭(かしら)は右へ、おれは左へいって、なにか面白いことに出くわすまでまっすぐいくっていうのはどうです？」

「いい考えだ。では、ここで別れよう。だが、リトル・ジョン、面倒に巻きこまれないよう気をつけるんだぞ。おまえの身になにか起こるようなことには、なってほしくないからな」

「そんなことをおっしゃるとはね！　お頭のほうがよっぽどとんでもない目にあってると思いますがね」

　それを聞いて、ロビン・フッドは笑った。「なんだと、リトル・ジョン、おまえこそ、その石頭のせいで、面倒に巻きこまれたときはいつも最高の目にあってるじゃないか。まあ、今回はどっちが面白いことに出合えるか、やってみよう」そう言って、ロビン・フッドとリトル・ジョンと手のひらをパチンと合わせ、それぞれの道を歩きはじめた。ほどなく、生(お)い茂る木で互いの姿は見えなくなった。

　ロビン・フッドがのんびりと歩いていくと、やがて広々とした森の道が現われた。上を見ると、木々の枝が絡(から)み合い、揺らめいている葉が薄くなっているところは陽の光が透けて金色に輝いている。足元に目をやれば、木の陰に守られ、やわらかくて

ロビンとリトル・ジョン、冒険を求めにいく

湿った土が広がっている。この心地よい場所で、ロビン・フッドはこれまで出合ったこともないような危険な冒険に出くわすことになるのだ。ロビンが何も考えずに小鳥の歌に耳を傾けながら進んでいくと、枝を大きく広げたオークの木の、苔に覆われた根の上に、男がすわっていた。どうやら、こちらには気づいていないようすだ。そこで、ロビンは足を止め、男のことをしばらく観察した。というのも、それくらい奇妙なかっこうをしていたのだ。あんな男は見たことがない。なにしろ、頭から足まで毛のついた馬の皮で覆われているのだ。頭には、やはり馬の皮で作った頭巾をかぶっているので、顔は見えない上、頭巾には、ウサギのようなピンと立った耳がついている。上着も馬の皮で、両脚まで毛の生えた馬の皮ですっぽり覆われていた。傍らには、重たそうな幅広の剣と、

鋭く尖った両刃の短剣が置いてある。なめらかな矢の入った矢筒を肩にかけ、木の幹に頑丈なイチイの弓が立てかけてあるのも見えた。

それだけ見て取ると、ロビンはふたたび歩き出した。「やあ、友よ。そこにすわっているおまえさんはだれだい？　身につけてる、そりゃなんなんだ？　誓って、そんななりをしたやつを見るのは初めてだ。なにかおそろしいことをやらかしたか、もしくは、おれにうしろ暗いところがあれば、地獄からニコラス王のところへすぐこいっていう知らせを持ってきたにちがいないと思ったところだ」

それを聞いても、男はひと言も答えず、頭巾を脱いだ。ひそめた眉と鷲鼻と落ち着きのない黒い目が現われた。鷹を思わせる風貌だ、とロビンは思った。しかし、それ以外にも、男の顔のしわや、薄い残酷そうな唇や、鋭い目つきには、肌がぞわぞわとするものがあった。

「おい、悪党、きさまは何者だ？」ようやく男は険しい声でたずねた。

「おいおい」ロビンは陽気に言った。「すごむなよ、兄弟。そんなとげとげしいしゃべり方をするとは、今朝、酢とイラクサの飯でも食ったのか？」

「おれのしゃべり方が気に入らねえなら、さっさとここから立ち去るんだな。おれのやることも、しゃべり方と同じだからな」男は荒々しく言った。

「いやだね、おれはおまえさんのしゃべり方が気に入ったんだ」ロビンは男の目の前にしゃがんだ。「実にかわいらしい顔をしてるじゃねえか、それに、おまえさんのしゃべり方は、これまで聞いただれよりも気が利(き)いてて陽気だぜ」

男はなにも言わず、憎しみのこもったおそろしい目でロビンをにらみつけた。のど元に飛びかかる寸前の、猛犬の目みたいだ。ロビンは、なんの邪気もない目を見開いてその視線を受け止めたが、相手の瞳(ひとみ)には笑いの影すらなく、口元もぴくりとも動かなかった。こうして二人は長いあいだにらみ合っていたが、とうとう見知らぬ男が沈黙を破って言った。「きさまの名前は？」

「ほう、ようやっとしゃべってくれたな。もしかしておれの姿を見たせいで、しゃべれなくなっちまったんじゃないかと心配していたんだ。で、おれの名前だが、いろいろあるんでな。思うに、そっちから先に名乗るっていうのはどうだ？　っていうのも、この辺じゃ、おまえさんのほうが知られてない顔だからな。おきれいなだんなさん、どうしてまた、そんなお上品な服をお召しになってるんだい？」

すると、男はしゃがれた短い笑い声をあげた。「オーディンの悪魔の骨にかけて、てめえは実に厚かましい男だよ。どうしてとっくに殴り倒してないのか、自分でもわからねえ。っていうのも、ほんの二日前、ノッティンガムの町の外れで、ある男を今のおまえの半分もしゃべる前に串刺しにしたばかりなんだ。いいか、まぬけめ、この服は寒さを防ぐために着てるんだよ。それに、鋼鉄の鎧とほとんど同じくらい剣をはねっかえしてくれるんでな。おれの名前だが、別に隠すつもりもねえ。おれは、ギズボーンのガイっていうんだ。てめえも聞いたことくらい、あるだろう。ヒヤフォードシアの森からきたんだ。あそこの大僧正の土地からな。おれはおたずね者で、今は話すことはできねえが、これまで手段を選ばず生きてきた。ちょっと前に、大僧正に呼びつけられてな、ノッティンガムの長官の頼みを聞きゃあ、おれの罪を許して、さらに二百ポンドをやろうって言われたんだ。そこで、すぐさまノッティンガムの町へきて、愛する長官さまにお会いしたってわけさ。その長官の頼みっていうのは、なんだったと思う？　なんと、シャーウッドの森へいって、おれと同じおたずね者のロビン・フッドってやろうをひっとらえ、生きたままでも死体でもいいから長官のところへ連れてこいってことだったのさ。このあたりには、その剛胆な男と対決できるやつはいないらしいな。だから、わざわざヒヤフォードシアからこんなところまで呼び出されたってわけだ。むかしからのことわざでも『毒をもって毒を制す』って言うだろ？　そいつを殺すってことについちゃ、なんの呵責も感じねえからな。もらうのが二百ポンドの半分だったとしても、実の弟だって殺してやらあ」

ロビンは黙って聞いていたが、そのうち胃の中の食べ物がせりあがってくるのを感じた。ギズボーンのガイのことなら、よく知っていた。ガイがヒヤフォードシアで犯した数々の殺人についてはすべて、耳にしたことがある。彼の悪行は、国じゅうに知れわたっていた。その男が目の前にいることに激しい嫌悪感を抱きながらも、ロビンは冷静を保った。ロビンには、目的があったのだ。「確かに、おまえさんのやさしい振る舞いについちゃ、聞いたことがあるよ。世界広しといえども、ロビン・フッドが会いたがるとすりゃあ、だれよりもおまえさんだろうな」

それを聞くと、ギズボーンのガイは大笑いした。「実際、ロビン・フッドみてえなふてえおたずね者が、ギズボーンのガイっておたずね者と対面するなんて、考えるだけでおもしれえじゃないか。まあ、今回はロビン・フッドにとっちゃあ、不運な出会いになるだろうがな。ギズボーンのガイと出くわした日が、やつがこの世とおさらばする日になるんだから」

「だが、やさしい陽気な友よ、ひょっとしてそのロビン・フッドのほうが強いかもしれないとは思わないのかい？　おれはロビン・フッドのことをよく知ってるが、このへんじゃ、いちばんの強者だってうわさだぜ」

「このへんじゃ、いちばんかもしれねえがな。いいか、おまえの豚小屋だけが世界じゃねえ。命を賭けたっていい、おれのほうが強いってな。やつがおたずね者だと⁉ 聞いたところじゃ、最初にこの森へやってきたときをのぞきゃあ、一度だって人を殺したことなどないって言うじゃないか。弓の名人だって話だがな。いつだって、弓を手にしてやつと対戦してやらあ」

「確かに彼は弓の名人だって話だ。だが、おれたちノッティンガムシアの男は、長弓にかけちゃ、かなりの腕前なんだ。このおれだって、取るに足らない男だが、喜んでおまえさんと一勝負するぜ」

それを聞くと、ギズボーンのガイは驚いたようにロビンを見て、それから森じゅうに響きわたるような声で大笑いした。「なんと、そんな大口を叩くとは、おまえは実に図々しいやつだな。おまえの根性が気に入ったよ。おれにそんな態度を取るやつは、めったにいねえからな。的を用意しろ。おまえと一勝負といこうじゃないか」

「おいおい、この辺じゃ、的を射るなんて、赤ん坊だけさ。おまえさんのために、ノッティンガム式の的を用意してやろう」そう言って、ロビンはすぐそばにあったハシバミの茂みに入っていって、親指の幅の二倍ほどの長さの枝を切り落とした。それから、樹皮をむき、先を尖らせて、オークの樹の前の地面に突き刺した。そして、八十歩歩くと、ちょうどガイがすわっている木の横までもどってきた。「あれが、ノッティンガムの男の的だ。さあ、本物の射手なら、あの木の枝を真っ二つにしてみろ」

ギズボーンのガイは立ちあがった。「なんだと！　悪魔だって、あんな的に当てることはできねえ」

「さあ、どうだろうな」ロビンは陽気に言った。「だが、やってみなきゃ、わからないぜ」

それを聞いて、ギズボーンのガイは眉をひそめてロビンを見たが、相変わらずなんの他意もないような顔をしているので、言葉を飲みこみ、黙ったまま弓に弦を張った。そして、二回矢を放ったが、最初の矢は親指から小指までの長さほど、二番目の矢はたっぷり手のひらの幅ほど、外れた。

ロビンは大笑いした。「なるほどね、悪魔本人にもあの的には当てられないようだな。おまえさんの剣の腕前が、弓矢と変わらないようだったら、ロビン・フッドに勝つことはできないぜ」

それを聞くと、ギズボーンのガイはおそろしい目でロビンをにらみつけた。「ずいぶんと陽気な舌を持ってるようだな、悪党め。だが、あんまり好き勝手にさせない方がいいぞ。おれにちょん切られたくなければな」

ロビン・フッドはひと言も言わずに弓に弦を張ると、位置についた。だが、心の中は怒りと憎しみで震えていた。ロビンは二回、矢を放った。最初の矢は、枝から二センチほどそれたが、二本目は見事命中し、枝は真っ二つに裂けた。そして、ガイにひと言も言う間を与えず、弓を放り出してさけんだ。「見たか、血にまみれた悪人め！自分が弓のことなどろくに知らないことを思い知ったか！　おまえが陽の光を見るのも今日が最後だ。このよき地をさんざん汚しやがって、このけだものめ！　今日こそ、聖母マリアのお望みによりおまえは死ぬんだ。いいか、おれこそがロビン・フッドだ」そう言って、ロビンがひき抜いた剣に陽の光がきらりと反射した。

ギズボーンのガイは一瞬、ほうけたようにロビンを見つめたが、驚きはすぐに怒りに変わった。「きさまがロビン・フッドなのか？　ここで会ったが百年目だ！　懺悔の祈りをするんだな。おれにやられたあとじゃ、間に合わねえからな」そして、ガイも剣を抜いた。

そして、シャーウッドの森がいまだかつて見たことがない、激しい戦いが始まった。どちらも、相手が死ぬか自分が死ぬかの、容赦ない戦いだとわかっていたからだ。前へうしろへと二人は戦い、まわりの緑の草は二人のかかとに踏みつぶされた。一度ならず、ロビン・フッドは剣の切っ先にやわらかい肉を感じ、地面には真っ赤な血が飛び散ったが、一滴としてロビンの血管から流れたものはなかった。ようやくギズボーンのガイは猛烈な突きをくわえたが、ロビンは軽々とうしろに飛びのいた。が、根に足を取られ、仰向けにひっくり返ってしまった。「聖母マリアよ、助けたまえ！」ロビンは呟き、ガイが邪悪な笑みを浮かべて躍りかかった。ギズボーンのガイは力をこめて大きな剣でロビンを突いた。が、ロビンは素手でそれを受け止め、手のひらに傷を負いながらも切っ先をわずかにそらした。ガイの剣は深々と地面に突き刺さった。次の一打を浴びるまえに、ロビンはぱっと跳ね起き、剣を構えた。ギズボーンのガイは、黒雲のような絶望に満たされ、傷ついた鷹のように必死になってまわりを見まわした。ガイの力が失われていくのを見ると、ロビンはすかさず前へ出て、ガイの利き腕の下に稲妻のような逆手打ちを食らわせた。ガイの手から剣が落ち、ガイはよろめいてうしろにさがった。立ち直る間も与えず、ロビンの剣がガイの体を貫いた。ガイはかん高い悲鳴をあげて、両手を高くあげてぐるりと回ると、ばったりと草の上に倒れ伏した。

ロビン・フッドは剣をぬぐうと、鞘にしまい、ギズボーンのガイが転がっているところまでいって、腕を組んで見下ろした。「若く血の気が多かったとき、あの森林官を殺して以来、初めて人を殺めたことになる。今でも、あの森林官の命を奪ったことを思うと後悔の念が湧きあがるが、こいつを殺したのは、この美しい国を荒らす猪

ロビン・フッド、ギズボーンのガイを殺す

を退治したかのように喜ばしい。ノッティンガムの長官め、こんなやつを送りこんでくるとは。ひとつこいつの服を着て、長官どのにお目にかかり、仕返しができないか試してみるとするか」

そして、ロビン・フッドはガイの馬の皮の服をはぎ取り、血だらけのまま身につけた。それから、ガイの剣と短剣を下げ、自分の剣と二本の弓も持つと、正体がばれないよう馬の皮の頭巾を目深にかぶって、東のノッティンガムの町へ向けて出発した。街道を歩いていくと、男も女も子どもたちもすぐさま身を隠した。ギズボーンのガイの名前とおそろしい悪行の数々は、国のすみずみまで知れわたっていたのだ。

さて、次は、そのあいだにリトル・ジョンがどんな冒険に出合ったのかを、お話ししよう。

リトル・ジョンは森の小径をどんどん歩いていって、ついに森の外れまでやってきた。あちらこちらに大麦や小麦の畑と緑の牧場が広がり、太陽の光を浴びてほほえんでいる。そんなふうにして街道まで出ると、りんごのねじれた幹が立ち並ぶむこうに小さなわらぶき小屋があるのが見えた。家の前では、花が咲き誇っている。そのとき、だれかが嘆き悲しんでいる声がしたような気がして、リトル・ジョンははっと足を止めた。耳を澄ませると、小屋のほうから聞こえてくるようだ。そこで、そちらへ足を向け、小さなドアを押し開けて、中へ入っていった。すると、冷え切った暖炉の石の上に白髪の女がすわり、体を前後にゆらしながら激しく泣いていた。

女の悲しみを目にして、リトル・ジョンは気の毒になり、そちらへいって、そっと肩をなでながら、泣かないで、どういうわけか話してみるようにと言った。もしかしたら、手を貸せるかもしれない。それを聞いても、気の毒な女は首を振るだけだった。しかし、リトル・ジョンの優しい言葉にいくぶん慰められたのか、しばらくすると、ぽつりぽつりと何があったのか話しはじめた。それによると、女にはノッティンガムシアじゅうを見まわしてもなかなかいないような背の高い立派な息子が三人いたのに、その朝、三人とも連れていかれて、首を吊（つ）られることになってしまった。というのも、食べる物にもこと欠き、とうとう昨日の月夜にいちばん上の息子が森に入って、牝鹿（めじか）を一頭殺したのだ。しかし、国王の森林官が草の上に落ちた血の跡をつけてこの小屋までやってきて、鹿の肉があるのを見つけてしまった。長男は自分一人でやったと言ったのにもかかわらず、次男と三男が頑として口を閉ざしているので、三人とも連れていかれてしまったという。その際、森林官たちが、最近頻発している鹿の密猟をとめるために、長官は最初に捕まった犯人を吊るし首にするつもりだと話しているのを、女は聞いてしまった。息子たちはノッティンガムの町の近くの〈王の頭亭〉に連れていかれること、そこには長官が泊まっていて、ロビン・フッドを探しにシャーウッドへ送りこんだ男がもどってくるのを待っていることも、女は聞いていた。

リトル・ジョンはときおり悲しげに首を振りながら、女の話を最後まで聞くと、言った。「なんということだ。ひどい話だな。その、ロビン・フッドを探しにシャーウッドへ向かったってやつは何者だ？　なぜロビン・フッドを探しにいった？　だが、その話はあとだ。ロビン・フッドがここにいてくれれば、助言を仰げたんだが。だが、三人の命を救いたいなら、今からロビン・フッドを呼びにいく時間はないだろう。いいかい、この緑の服の代わりに、おれが着られるような服はないかね？　変装もしないでいって、われらが長官どのにとっ捕まっちまったら、おまえさんの息子たちよりも早く吊るされることになるからな」

女は、二年前に死んだ亭主の服がいくつかあると言って、持ってきたので、リトル・ジョンは緑の服を脱いで代わりにそれを着た。それから、梳いていない羊毛でかつらと偽ひげを作って、もともとの茶色い髪とひげを隠し、死んだ夫のものだったという大きな背高帽をかぶると、片手に棒を、もう片方の手に弓を持って、大急ぎで長官の泊まっている宿へ向かった。

王の顔を描いた看板を掲げた、その心地のよい宿屋は、ノッティンガムの町の一マイルかそこら先の、シャーウッドの森の南の外れからそんなに遠くないところにあった。今朝、晴れ空が広がったときから、宿屋は上を下への大騒ぎだった。というのも、長官と二十人ほどの家臣がやってきて、ギズボーンのガイがもどってくるのを待っていたからだ。厨房(ちゅうぼう)には、料理を作るジュウジュウ、ガチャガチャという音が響き、地下室からはワインやビールの樽(たる)をたたく音が聞こえてくる。長官は、宿いちばんのごちそうを楽しんでおり、家来たちはドアのまえのベンチでエールをがぶがぶと飲んだり、枝を広げたオークの木陰に寝っ転がって、しゃべったり冗談を言って笑ったりしている。そのまわりでは、一行の馬たちが大きな音を立てて足を踏みならし、尻尾(しっぽ)を振り回していた。そこへ、国王の森林官が未亡人の三人の息子たちを引っぱってきた。両手をうしろに縛りあげられ、首を一本の縄で繋(つな)がれている。三人はそのまま長官が食事をしている部屋まで引っ立てられ、がたがた震えながら長官の目のまえに立った。長官は顔をしかめて、三人をじろりと見た。

長官は怒りに声を荒らげて言った。「国王陛下(へいか)の鹿を密猟していたのか？　おまえたちのことはさっさと片づけてやろう。百姓(ひゃくしょう)がカラスどもを畑から追っ払うために捕まえた三羽を吊るすのと同じだ。この美しいノッティンガムの土地で、これ以上おまえたちのような悪党を肥え太らせるわけにはいかん。長いあいだ我慢してきたが、今度こそ一掃してくれるわ！　まずはおまえたち三人からだ」

気の毒な若者の一人がなにか言おうと口を開けたが、長官は一喝して黙らせ、食事が終わったらこの件について処理するから、今は三人を連れていくようにと森林官に命じた。三人の哀（あわ）れな若者は外に連れ出され、絶望して頭（こうべ）を垂れて待っていた。やがて長官は出てくると、家来たちを呼び集めた。「この三人の悪党は、すぐさま絞首（こうしゅ）刑（けい）に処す。だが、ここではだめだ。すばらしい宿に不運を呼びこむわけにはいかん。森のほうまで連れていって、シャーウッドの木に吊るしてやれ。シャーウッドの卑（いや）しいおたずね者どもに、わたしに捕まえられたらどういう目にあうか、知らしめてやるのだ」そう言って、長官が馬にまたがると、武器を持った家来たちも馬に乗り、森のほうへ向かって出発した。かわいそうな息子たちはその真ん中を、森林官に見張られて徒歩で引っ立てられていった。こうしてついに、処刑場までやってくると、家来たちは三人の首に縄を巻き、縄の先をそこに生えていたオークの大木の枝にひっかけた。三人は膝（ひざ）を突いて大声で慈悲を求めたが、長官はバカにしたように笑っただけだった。

「本当なら、告解のための神父が必要だが、ここにはいないから、自分たちの罪を背負って死出の旅に出るんだな。行商人が町へ入るように天国の門を通してくださるよう、せいぜい聖ペトロさまにでも祈りを捧げろ」

そうこうしているあいだに、一人の老人がやってきて、杖に寄りかかって一部始終を見ていた。白い髪とひげはくるくると巻いて、老人の力ではとても引けそうにないイチイの弓を背負っている。長官は三人をオークの木に吊るすよう命じようとまわりを見まわし、この老人に気づいた。長官は老人に手招きして言った。「神父さん、こちらへ。お話があるんです」そこで、リトル・ジョン（もちろん、その老人はリトル・ジョンだった）は、前へ進み出た。長官は、妙に見覚えのある顔だと思いながらも言った。「不思議じゃ。前にも会ったことがあるような気がする。お名前はなんとおっしゃるのか？」

「長官どの」リトル・ジョンは老人のようにしわがれた声で答えた。「わたくしめは、ジャイルズ・ホブルと申す者でございます」

「ジャイルズ・ホブル、ジャイルズ・ホブル」長官はブツブツと呟いて、頭の中をひっくり返し、それと同じ名前を探そうとした。「聞いたことのない名前だな。だが、そんなことはどうでもよい。今日のような晴れた日に六ペンスを稼ぐつもりはないか？」

「もちろんでございます」リトル・ジョンは答えた。「六ペンスを正直に稼げるというときに、それをみすみす捨ててしまうほど、ふところに余裕はございませんので。して、どんな仕事でございましょう？」

「それはだな、ここにいる三人の男は、なんとしてでも首を吊るさねばならぬのだが、そなたがやってくれれば、一人につき二ペンスずつやろう。自分の家来を死刑執行人にはしたくないのでな。やってくれるか？」

「本当のところ、これまで一度もやったことはございませんが、簡単に六ペンスを稼げるとあっては、やるしかないでしょうな。しかしながら、閣下、この悪党どもは告解はしたんですか？」

「いいや」長官は笑いながら言った。「しとらん。だが、そなたが気になるというのなら、そっちもやってくれてかまわぬ。だが、急いでくれ。早いところ、宿に帰らなければならないからな」

そこで、リトル・ジョンは三人の若者が震えながら立っているところまでいくと、一人目の頰に顔を近づけ、懺悔を聞いているようなふりをして耳元で囁いた。「いいか、手の縄が切れたのを感じても、じっとしてるんだぞ。おれがかつらとひげを投げ捨てたのを見たら、首にかけられた縄を外して、森へ逃げこむんだ」そして、こっそり若者の手をしばっている縄を切った。それから、二番目の若者のところへいって、同じことを言い、手の縄を切った。三人目にも同じようにしたが、うまくやったので、馬の上で笑っている長官も家来たちもまったく気づかなかった。

それから、リトル・ジョンは長官のほうに向き直った。「どうか、閣下、この弓に弦を張らせていただけませんか？　こやつらがあの世へ旅立つ手助けをしてやりたいと思います。木からぶらんとぶら下がったら、あばらの下を射貫いてやろうと」

「かまわん。だが、さっきも言ったとおり、急いでくれ」

リトル・ジョンは足の甲に弓の先端をのせると、手早く弦を張ったので、見ていた者たちは、老人の力に驚いた。それから、リトル・ジョンは矢筒からなめらかな矢を一本取り、弓につがえた。それから、うしろにだれもいないのを確認すると、いきなり羊毛のかつらとひげをかなぐり捨て、大声でさけんだ。「逃げろ！」三人の若者はすばやく首から縄を外すと、弓から放たれた矢のように森の中へ逃げこんだ。リトル・ジョンもグレイハウンド犬のように木々が覆い隠してくれるところまで走っていった。突然のことに、長官と家来たちはあぜんとしてその後ろ姿を見つめていた。しかし、長官ははっとわれに返って、大声でさけんだ。「やつを追え！」ようやく自分がだれと話していたのかを、なぜ見覚えがあるような気がしたのかを、悟ったのだ。

長官の声を聞いて、彼らに捕まるより先に森までたどり着けないとわかると、リトル・ジョンは足を止めて、後ろに向き直り、弓を構えた。「下がれ！　一歩でも前に出るか、弦に指をかけるかすれば、命がないぞ！」

　それを聞いて、長官の家来たちは家畜みたいにぴたりと足を止めた。というのも、リトル・ジョンはその言葉通りの腕前で、逆らえば本当に命がなくなるとよくわかっていたからだ。長官は家来たちをどなりつけ、臆病者（おくびょうもの）めとののしって、前へ進むよう命令したが、無駄だった。全員一センチたりとも前へ出ずに、立ち尽くしたまま、リトル・ジョンが視線は動かさずにじりじりと森のほうへ下がっていくのをただ見ている。しかし長官は、目の前でにっくき敵が指のあいだからすり抜けていくのを見て、怒りのあまり頭がぐるぐる回って何が何だかわからなくなった。そしていきなり、馬の首を回すと、拍車をかけ、ハイヨ！　とさけんだ。そして、あぶみを踏ん張って立ちあがったかと思うと、リトル・ジョンへ向かって疾風（しっぷう）のごとく走りだしたのだ。リトル・ジョンは弓を構え、灰色のガチョウの羽根の矢を頬まで引き絞った。しかし、なんと不運なことに、矢を放つ前に長いあいだ彼に仕（つか）えてきた弓が折れてしまったのだ。矢がぽとりと足元に落ちたのを見た家来たちはさけび声をあげ、主を追いかけるように走りだした。しかし、先頭にいた長官が、リトル・ジョンが森へ逃げこむ寸前に追いつき、前へ身を乗りだして渾身の一撃を繰り出した。リトル・ジョンはすかさず頭を引っこめたが、長官の手の中で剣がくるりと回り、刃の平らな部分がリトル・ジョンの頭に命中した。リトル・ジョンは意識を失ってどうと倒れた。

「やったぞ」長官は言った。やってきた家来たちが見ると、リトル・ジョンは死んではいなかった。「慌てて殺さずにすんでよかった。こやつのような下劣な盗人は、ただ殺してしまうくらいなら、五百ポンド払ったって、絞首刑にしたほうがいいからな。ウィリアム、あそこの泉から水を汲んできて、こいつの頭にかけろ」

ウィリアムが言われたとおりにすると、ほどなくリトル・ジョンは目を開き、殴られた衝撃でぼうっとしたまま、まわりをきょろきょろ見まわした。家来たちはリトル・ジョンを後ろ手に縛り、馬の背に後ろ向きにのせると、馬の腹の下で両足も縛った。そして、大喜びで笑いながら〈王の頭亭〉へもどっていった。そのあいだに、未亡人の三人の息子は無事逃げおおせ、森の中に隠れた。

ノッティンガムの長官はふたたび宿に落ち着くと、ついに数年越しの望みを果たした喜びで、心を躍らせた。あのリトル・ジョンを捕らえたのだ。「明日こそ、このならず者をノッティンガムの町の城門の真ん前にある絞首台の木にぶら下げてやる。ようやく積年の恨みを果たすのだ」長官は独りごち、カナリーワインをたっぷり一口のどに流しこんだ。しかし、あたかもワインといっしょに考えも飲みこんだかのように、首を振り、慌てて杯を置いた。「千ポンドかけても、今度はぜったいにやつを逃すわけにはいかん。だが、やつの主があの野蛮なギズボーンのガイの手を逃れれば、なにをするかわからんぞ。なにしろ、世界一ずる賢い悪党だからな、あのロビン・フッドという男は」そして、長官は急いで椅子を引くと、宿を出て、家来たちを呼び集めた。「これ以上、あのならず者の刑は待てぬ。すぐさま実行するのだ。やつが図々しくも法を破り、三人の田舎者を救ったまさにあの木に吊るしてやろう。すぐに用意をしろ」

そこで、リトル・ジョンはふたたび馬に後ろ向きにのせられ、家来の一人が手綱を引き、ほかの者たちがまわりを取り囲んで、密猟者たちを吊るすはずだった木へ向かった。馬具や鎧をガチャガチャ鳴らしながら街道をもどって、例の木のところまでくると、家来の一人が長官に言った。「閣下、あっちからくる男は、閣下がおたずね者のロビン・フッドを捕らえるために送りこんだギズボーンのガイではありませぬか？」

それを聞いて、長官は額に手をかざし、目を凝らした。「確かにまちがいない。やつだ。天の恵みじゃ。まさにわれらがならず者を縛り首にしようというときに、あの男が盗人の頭をあの世へ送ったとは！」

リトル・ジョンはそれを聞いて、顔をあげ、心がぼろぼろに崩れていくのを感じた。男の服は血まみれだった上に、ロビンの角笛と弓と剣を持っているのが見えたからだ。「やったぞ！」ギズボーンのガイに変装したロビン・フッドが近づいていくと、長官はさけんだ。「森では首尾よく事が運んだのか？　服が血だらけではないか！」

「この服がお嫌なら、目をつぶっていてくだせえ」ロビンは、ギズボーンのガイのしわがれた声を真似して言った。「もちろん、この服についた血は、このあたりの森をうろついてるなかでもいちばんの悪党のものさ。今日、この手で始末してやったんだ。こっちも無傷ってわけにはいかなかったがね」

すると、リトル・ジョンが長官の手に落ちてからはじめて口を開いた。「血にまみれたよこしまな人でなしめ！　おまえのことなら知ってるぞ、ギズボーンのガイ！　このへんじゃあ、おまえのことを知らないやつはいないからな。だれもが、おまえの血と強奪にまみれた数々の悪行を呪ってるんだ。おまえのようなやつの手で、あの並ぶ者のいない優しい方の心臓が止められてしまったのか？　おまえはまさに、臆病者のノッティンガムの長官にぴったりの道具だな。さあ、喜んで死のうじゃないか。どういう死に方でも構わん。もはや命があったとしても、何の意味もないからな！」リトル・ジョンの陽に灼けた頰を塩辛い涙がぼろぼろと流れ落ちた。

ノッティンガムの長官は大喜びで手を叩いた。「ギズボーンのガイよ、おまえの言ったことが本当なら、これまでおまえがやってきたことのなかで、まさに最高の仕事となるだろう」

「今、言ったことはもちろん本当さ。おれは嘘なんかつかねえ」ロビンは相変わらずギズボーンのガイの声色で言った。「ほら見ろ、こいつはまちがいなくロビン・フッドの剣だろう？　やつが自分からこいつをギズボーンのガイにくれると思うか？」

長官は大声で笑った。「最高の日だ！　大物のおたずね者が死に、その右腕の悪党もわが手に落ちたのだからな！　ギズボーンのガイよ、なんでも好きなものを言ってみろ、ほうびとして取らせよう」

「なら、一味の頭を殺したついでに、そいつの手下もこの手で殺させてくれ。こいつの命をおれにくれ、長官閣下」

「おろか者め！　望めば、莫大な金だって手に入るというのに。こやつを引き渡すのは、気が進まぬが、約束は約束だからな。おまえにやろう」

「そりゃあ、ありがてえ。感謝しますぜ。じゃあ、そのならず者を馬から下ろして、あそこの木の前に立たせてくれ。そしたら、豚を串刺しにする方法をご覧にいれますよ」

それを聞いて、長官の家来たちの中には首を振る者もいた。リトル・ジョンが吊るされようがどうでもよかったが、無残に殺されるのは見たくなかったのだ。しかし、長官は大きな声で命令を下し、ガイの言うとおり、リトル・ジョンを馬から下ろして、木の前に立たせるように言った。

そのあいだ、ロビン・フッドは自分とギズボーンのガイの弓の両方に弦を張ったが、それに気づいた者はいなかった。そして、リトル・ジョンが木の前に立つと、ギズボーンのガイの鋭い両刃の短剣をひき抜いた。「下がれ、下がれ！」ロビンはどなった。「せっかくのお楽しみをせっつくつもりか、不作法なやろうどもめ！　下がれと言ってるんだ！　もっとだ！」そこで、家来たちは言われたとおりうしろに下がり、ほとんどの者は顔を背(そむ)けた。これから起こることを見たくなかったのだ。

「きやがれ！」リトル・ジョンはさけんだ。「おれの心臓はここだ。愛する主人を殺したのと同じ手で殺されるとは、おあつらえ向きだ！　おまえのやり口なら、よく知ってるぞ、ギズボーンのガイ！」

「静かにしろ、リトル・ジョン」ロビンは低い声で言った。「おまえは二回も、おれを知ってると言ったが、ぜんぜんわかってないじゃないか。この獣(けもの)の皮に隠れているのがだれか、わからないのか？　おまえの目の前に、おれの弓と矢が剣といっしょに転がってる。おれが手の縛めを切ったら、すぐに拾え。いくぞ！　さあ、今だ！」そう言って、ロビンは縄を切り、リトル・ジョンは目にも止まらぬ速さで飛びだしていって、弓と矢と剣を拾った。同時にロビン・フッドも馬の皮の頭巾をかなぐりとり、ギズボーンのガイの弓にかかりのついた矢をつがえてさけんだ。「下がれ！　最初に弓の弦に手を触れた者は、死ぬぞ！　おまえの寄こした男は殺したぞ、長官。次は自分の番にならないよう気をつけるんだな」そして、リトル・ジョンが武器を構えたのを確かめると、唇に角笛をあて、三度高々と吹き鳴らした。

ノッティンガムの長官は、ギズボーンのガイの頭巾の下の顔を見て、角笛の音を聞くと、もはや命運も尽きたと思った。「ロビン・フッドか！」長官はそれだけ言うと、馬の首を返し、もうもうと土埃を舞いあげて走り去った。自分たちの主人が命からがら逃げていくのを見て、家来たちもこれ以上ぐずぐずしていても無駄だと悟り、拍車をかけ、全速力で長官のあとを追った。しかし、どんなに急いだところで、矢の速さをしのげるわけもない。リトル・ジョンのさけび声と共にビーンという弦音が響き、長官が猛スピードでノッティンガムの町の城門をくぐり抜けたときには、灰色のガチョウの羽根のついた矢が、長官のおしりにぶすりと突き刺さっていた。羽根の抜け替わる途中のスズメの尾そっくりに。それから一カ月間、哀れな長官は手に入るかぎりいちばんやわらかいクッションにしかすわることができなかった。

こうして長官と二十人の家来たちはほうほうの体で逃げ去ったので、ウィル・スタトレイが十人ほどの仲間を引き連れて森から飛びだしてきたときには、敵の姿はなく、長官と家来たちははるか遠く、見えるのは街道に立ちこめる嵐のような土埃だけだった。

ロビンたちが森へもどると、未亡人の三人の息子たちがリトル・ジョンに駆け寄って、手にキスをした。しかし、もはや森の中を自由に歩きまわるわけにはいかない。そこで、三人は、まず母親に無事に逃げられたことを告げてから、もどってきて、ロビンたちの仲間に加わることになった。

こうして、ロビン・フッドとリトル・ジョンの身に降りかかった最大の冒険は終わった。さて次は、獅子心王リチャードがシャーウッドの森にロビンを訪ねてきたときの物語をお話ししよう。

第二章　リチャード王、シャーウッドの森にくる

ロビン・フッドとリトル・ジョンの身に降りかかった胸の躍るような冒険から二カ月もたたないうちに、ノッティンガムシアじゅうが熱気と興奮に包まれた。というのも、獅子心王リチャードがイングランドを巡幸途中にノッティンガムの町にもいらっしゃるのではないかという期待が高まったからだ。使者たちが長官と王のあいだを行き来し、ついに陛下がノッティンガムに長官の賓客としてお寄りになる日が決まった。

おかげでますます忙しさに拍車が掛かった。みながあちこちへ走り回り、ハンマーの振り下ろされる音やわあわあとしゃべる声がそこらじゅうで聞かれた。リチャード王が通る道には大きなアーチが建てられ、絹の紋章旗や色とりどりのリボンが飾られた。町の市役所もてんてこ舞いだった。というのも、ここで、王とお供の貴族たちを迎える大晩餐会が催されることになったからだ。町でもよりすぐりの大工たちが、テーブルの上座に王と長官がすわる御座をしつらえた。

王がいらっしゃる日など永遠に訪れないかに思えたが、とうとうその時はやってきた。石畳の通りに明るい陽の光が降りそそぎ、人波がうねるようにそわそわとしているのが感じられる。通りの両側には、町やまわりの田舎からきた人々が、箱の中の身欠きニシンのようにぎゅうぎゅう詰めになって立っているので、長官の家来たちは両手に鉾槍を持ち、王が馬を進める場所を確保するために群衆を押し返そうとしていた。

「おい、おれさまを押すとは何様だ！」がっしりした大柄な修道僧が大声でどなった。「肘でぐいぐい押してきやがって。フォウンテン修道院の聖母さまの名にかけて、もっと敬意を払わねえなら、てめえの頭をぶったたくぞ。たとえてめえが、長官の家来だろうとな」

それを聞いて、群衆のあちこちに紛れこんでいる緑の服を着た背の高い男たちからどっと笑い声があがった。しかし、中でも上位の者らしい男が修道僧を肘でつついて言った。「静かにしろ、タック。ここにくる前に、その舌をおとなしくさせると約束したはずだぞ」

「そうですがね」僧はブツブツと言った。「まさか、おれのかわいそうなつま先を森の中のドングリみてえに踏みつけるやつがいるとは思わなかったもんでね」

　ところが、そのとき、そんな言い争いもすべてぴたりと収まった。というのも、通りの向こうから角笛の澄んだ音が響いてきたからだ。人々はいっせいに首を伸ばし、音が聞こえてきたほうを眺め、ますます前へ出ようと押し合いへし合いした。すると、きらびやかな服に身を包んだ男たちが、姿を現わした。乾いた草に燃え広がる火のように、人々の歓声が通りの両わきを駆け抜けた。

　ビロードと金糸織の服に身を包んだ二十八人の式部官たちが、馬に乗って進んできた。頭上に雪のように白い羽根を揺らし、それぞれ手に銀の長いラッパを持って吹き鳴らしている。ラッパから下がっているビロードと金糸織の重そうな長旗には、王家の紋章がついていた。式部官の次は、百人の騎士たちが二列になってやってきた。みな、かぶと以外、鎧(よろい)で身を固めている。手には長槍(ながやり)を持ち、先端で色や図案もさまざまな槍旗(そうき)が翻(ひるがえ)っている。傍(かたわ)らには、上等な絹とビロードの服を着た小姓(こしょう)が、主人のかぶとを持って従っている。かぶとの長い羽根飾りがふわふわと揺れている。ノッティンガム始まって以来の、輝かしい光景だ。堂々たる軍馬にまたがって行進してくる騎士たちの鎧は、日光を反射して目もくらむような輝きを放ち、武器や鎖かたびらのぶつかる音が響く。そのうしろからやってくるのは、貴族や領主たちだ。絹や金糸織の式服に身を包み、首に金の鎖をかけ、帯では宝石が輝いている。さらにそのうしろから、ふたたび槍や鉾槍を持った兵士たちの隊列が、馬に乗っている二人を囲むようにしてやってきた。ひとりは、官服を着たノッティンガムの長官だ。もうひとりは、長官より頭ひとつ背が高く、上等だが飾り気のない服を着て、太い重そうな鎖を首にかけている。髪とひげは金糸のよう、目は夏の空のように真っ青だ。馬を進めながら、右に左に挨拶(あいさつ)をすると、どっと歓声が沸き起こった。リチャード王その人だったのだ。

すると、歓声やどよめきの中から、一段と大きな声が響きわたった。「われらが慈悲深きリチャード王に、聖人さまの恵みあれ！　そして、わがフォウンテン修道院の聖母さまの恵みのあらんことを！」リチャード王は声がしたほうへ顔を向け、背の高いがっしりした修道士が最前列に足をふんばり、群衆を押し戻しているのを見た。

「なんと！」王は笑いながら言った。「ノッティンガムシアには、余(よ)が見たことのないような背の高い修道僧がいるのじゃな。もし天が耳を閉ざして祈りを聞き入れなかったとしても、余の上には恵みがあるであろうな。なにしろ、あそこにいる男になら、聖ペテロの石像だろうと、耳を傾けるであろうから。彼のような兵の軍隊を持ちたいものじゃ」

しかし、長官は答えることができなかった。それどころか、頬(ほお)からみるみる血の気が引き、落馬しそうになって鞍頭にしがみつかなければならなかった。というのも、大声を上げた男を見て、タック修道僧だと気づいたからだ。しかも、そのうしろにはロビン・フッドとリトル・ジョン、ウィル・スカーレットやウィル・スタトレイ、アラン・ア・デールらの顔も見える。

「どうした?」王は驚いてたずねた。「具合が悪いのか? 顔が真っ青だぞ」

「いいえ、陛下。ふいに痛みが走りましただけで、すぐに回復いたします」そう言ったのは、ロビン・フッドが自分のことなどつゆほども怖れず、ノッティンガムの町にきたことを王に知られたくなかったからだ。

こうして王は、初秋の晴れた午後にノッティンガムの町へ入った。ロビン・フッドと陽気な仲間たちは、王が自分たちの町にきたのをだれよりも喜んでいた。

日が暮れて、ノッティンガムの市役所の大晩餐会が始まり、ワインが盛大に振る舞われた。千本のろうそくの光が食卓を照らし、美装を凝らした領主や貴族や騎士や従者たちがずらりと並んでいる。上座の、金糸織の布で飾られた玉座には、リチャード王がノッティンガムの長官と並んですわっていた。

王は笑いながら長官に言った。「このあたりのシャーウッドの森で暮らしているおたずね者のロビン・フッドと仲間たちの話をずいぶんと耳にしたぞ。彼らのことについて、知っていたら話してくれぬか？　そなたは一度ならず、彼らと駆け引きを演じたそうではないか」

それを聞いて、ノッティンガムの長官は下を向いて顔を曇らせ、その場に居合わせたヒヤフォードの大僧正も下唇を噛んだ。長官は口を開いた。「あのような悪党どもについては、この地でもっとも不遜な犯罪者ということ以外、たいしてお話しできることもございません」

すると、パレスチナの戦いにも同行した王の大のお気に入りの若きリーのヘンリー卿が言った。「陛下、よろしいでしょうか。パレスチナにいっておりましたとき、父から何度か手紙をもらいましたが、ほとんどがそのロビン・フッドなる者の話でございました。陛下がよろしければ、そのおたずね者の冒険談をいたしましょう」

王は笑ってヘンリー卿に話すようにと言った。そこで、ヘンリー卿は、リーのリチャード卿がヒヤフォードの大僧正から金を借り、ロビン・フッドに助けられた顚末を話した。王も同席した人々も何度も大きな笑い声をあげ、哀れな大僧正は、嫌な思い出を掘り返され、恥ずかしさで顔をサクランボのように真っ赤にしていた。リーのヘンリー卿が話し終わって、王が陽気な物語を楽しんだようすを見ると、ほかの者た

ち も次々とロビン・フッドと陽気な仲間たちの話を始めた。
「わが剣の柄にかけて、それほど大胆不敵な悪党の話を聞いたのは初めてじゃ。この剣をわが手に引きうけ、長官、そなたができなかったことをしようではないか。つまり、やつらを森から追い出すのだ」

その夜、王はノッティンガム滞在中に特別に用意された部屋で、リーのヘンリー卿と二人の騎士、それからノッティンガムシアの三人の貴族とくつろいでいた。しかし、王の頭はまだロビン・フッドのことでいっぱいだった。「はてさて、例のおたずね者のロビン・フッドとやらに会えるのなら、喜んで百ポンド払うのだが。シャーウッドの森でやつがどう暮らしているか、見たいものだ」

すると、ビンガムのヒューバート卿が笑いながら言った。「陛下がそのようなお望みをお持ちなら、かなえるのはさして難しくはありませぬ。陛下が百ポンドを失ってもいいとおっしゃるなら、その男に会わせるだけでなく、シャーウッドの森で宴を共にできるように計らいましょう」

「なんと、ヒューバート卿。それはすばらしい。だが、どうやってロビン・フッドに引き合わせてもらえるのだ？」王は言った。

「つまり、こういうことでございます。陛下とここにいるわれわれは、七人の黒衣の托鉢僧に扮装し、陛下には僧衣の下に百ポンド入った財布をぶらさげていただきます。そうして、明日、ここからマンスフィールドの町まで馬を進めましたら、その日が終わる前には、まちがいなくロビン・フッドに出くわし、食事を共にすることとなりましょう」

「そなたの案を気に入ったぞ、ヒューバート卿」王は楽しそうに言った。「では、明日さっそく効き目があるかどうか試してみよう」

そういうわけで、次の朝早く、長官が君主に挨拶するために部屋まで出向くと、王は前の晩の話をして、これから冒険に出かけるのだと言った。しかし、それを聞くと、長官は拳を額に押しあてて言った。「なんと！　陛下にそのようなとんでもない提案をするとは！　慈悲深き国王陛下、陛下はご自分がなにをなさろうとしているのか、ご存じないのです！　陛下が会いにいこうとなさっている悪党は、陛下にも陛下の法にもこれっぽっちも敬意を払っていないのですぞ！」

「しかし、余が聞いたところでは、そのロビン・フッドとやらは、一度法を犯してからは、人は殺してないのであろう？　あのギズボーンのガイは例外だが、世の正直者はみな、やつが死んで感謝しているはずだ」

「確かにそうでございますが」長官は言いよどんだ。「しかしながら、陛下——」

王は長官の言葉を遮って言った。「ならば、なぜやつに会うのを怖れねばならぬのだ？　余はやつに何もしていないのだぞ？　ならば、なんの危険もないではないか。そなたもいっしょにくるか？」

「まさか！」長官は慌てて言った。「とんでもない」

黒衣の修道僧が着る僧衣が七着届けられたので、王と供の者たちはさっそく身につけ、王は自ら百ポンドの金貨の入った財布を僧衣の下にさげると、戸口まで連れてこられたラバにまたがった。王は長官にこの件については黙っておれと命じ、シャーウッドに向けて出発した。

冗談を言ったり笑ったりしながらラバを進め、一行は開けた土地までやってきた。刈り入れがすんだばかりのなにもない畑のあいだを抜けると、だんだんと木々が多くなり、やがて木々の生い茂った森の中に入っていった。だれにも会わないまま、森の中を数マイル進むと、ニューステッド修道院にほど近い街道に行き当たった。

リチャード王は言った。「聖マルティヌスにかけて、このような大切なことを忘れるとは、余は大間抜けじゃ。こうした場所にくるのに、のどを潤すものを何も持ってこなかったとは。五十ポンド払ってでも、渇きを癒やすものがほしい」

王がそう言うか言わないかのうちに、茂みから背の高い男がぬっと姿を現わした。

黄色い髪とひげを生やし、楽しげな青い瞳をしている。男は王の手綱に手をかけて言った。「そういうことなら、修道僧どの、キリスト教徒として、ぜひその取引に応じさせていただきましょう。おれたちは、すぐそこで宿をやってるんだ。たっぷりのワインだけじゃなく、あなたさまの食道をくすぐるようなごちそうを用意しようじゃありませんか」そう言って、男は唇に指を当て、鋭い口笛を吹き鳴らした。すると、すぐさま街道の両わきの茂みや枝がガサガサと揺れて、緑の服を着た肩幅の広い男たちが六十人ほど飛びだしてきた。

「なんと、そなたらは何者じゃ？　ならず者の悪党めが。わしらのような僧に敬意を払わぬのか？」

「これっぽっちもな」ロビン・フッドは言った。そう、男はもちろん、ロビンだったのだ。「それどころか、あんたらのような金持ちの修道僧の高潔さなど、指ぬきの中に落としたところで、女房は指の先にも感じないさ。おれの名前だが、ロビン・フッドだ。聞いたことくらいはあるだろうな」

「なんと！」リチャード王はさけんだ。「ずうずうしい悪党にて、法破りの男だな。おまえのことならしょっちゅう耳にしている。わしと供の者たちをこのまま静かにとおしてもらおうか」

「そいつは無理かもしれないな」ロビンは言った。「あんたらのような聖なる方々を、空きっ腹を抱えたまま行かせるわけにはいかないだろ。それに、ワインをのどに流しこむためにあれだけの金を払おうって言うくらいだから、財布にはわれらが宿の勘定を払うのにじゅうぶんな金が入ってるにちがいない。財布を見せてくれ、修道士どの。でないと、その僧服をはぎ取って探さなけりゃ、ならないからな」

「乱暴はよせ」王はぴしゃりと言った。「これが財布じゃ。その代わり、わしらにはその汚らわしい手で触れるでないぞ」

「ほほう、ずいぶんと偉そうな物言いだな。そんな口を利くとは、イングランド王か何かのつもりか？　さあ、ウィル、財布の中身を調べろ」

ウィル・スカーレットは財布を受け取って、中の金を数えた。ロビンは五十ポンドを取り、残りの五十ポンドは財布にもどすようにと言った。そして、財布を王に返すと言った。「ほらよ、修道僧どの。半分は返そう。さっき祈りを捧げていた聖マルティヌスさまに感謝するんだな。おれみたいな親切な泥棒につかまったおかげで、身ぐるみ剝がされないで済んだんだ。だが、その頭巾は取ってもらおうか。あんたの顔を拝みたいんでね」

「断る」王は後ずさりした。「頭巾を取るわけにはいかぬのだ。われわれ七人は、丸一日顔を見せぬという誓いを立てているのでな」

「そういうことなら、そのままにしておけ。あんたらの誓いを破らせる気はないからな」

そして、ロビンは手下を七人呼びよせ、ラバを引いていくように命じた。こうして、一行は森の奥深くへ向かい、やがて一本の大樹のある開けた草地へやってきた。

さて、その朝、リトル・ジョンも六十人の仲間を引きつれ、あわよくば金持ちの客人を連れ帰ろうと街道まで出かけていた。ノッティンガムシアに王の一行がやってきているようなときには、膨らんだ財布を持った者たちが街道を行き来しているのだ。リトル・ジョンたちは留守にしていたが、タックをはじめ四十人ばかりが大樹の下でくつろいでいた。ロビンがもどってくるのを見ると、タックたちはぱっと立ちあがって、一行を迎えた。

リチャード王はラバから降りると、まわりをきょろきょろ見まわした。「ほほう、そなたはずいぶんと立派な若者たちを従えておるのだな、ロビン。リチャード王も、このような護衛がほしいと思うであろうな」

「これで全員ではないぞ」ロビンは誇らしげに言った。「あと六十人ほどが、おれの右腕のリトル・ジョンと仕事に出かけているんだ。リチャード王の話だが、あの方のためなら水みたいに血を流す覚悟だ。そうじゃないやつなど、ここにはいない。あんた方みたいに教会に仕(つか)えてる連中にはわからんだろうが、おれたちは心からリチャード王のことを愛してるんだ。なにしろ勇敢でらっしゃるからな、おれたちと同じさ」

そこへ、タックが慌ただしげにやってきて言った。「ようこそ、神父どの。このようなむさ苦しい場所に、お仲間をお迎えできるとはありがたい。本当のところ、ここにいるならず者どもは、このタックさまが熱心に祈りを捧げてやってなきゃ、ひどい目にあってるところだ」そう言って、タックはいたずらっぽく片目をつぶり、舌で頰の内側をぐいと押した。

「この頭のおかしい神父は何者だ?」王は厳しい声で問いただしたが、頭巾の下ではにやにやしていた。

それを聞いて、タックはゆっくりとまわりを見まわした。「おい、いいか。おれさまのことを気が短(みじけ)えなんて、一度と言わせねえぞ。頭がおかしいなどと抜かすやろうがいるっていうのに、まだぶん殴っちゃいないんだからな。いいか、おれの名前はタック修道僧だ。おれこそが聖なるタックさまさ」

「おいおい、タック。それくらいにしとけ。口を閉じて、ワインを持ってこい。こちらの神父さま方はのどが渇いてらっしゃるんだ。たっぷりと支払っていただいてるからな。最高級のものをごちそうしないと」

タックは話を遮られてむっとしたが、それでもすぐにロビンの命令に従ったので、ほどなく大きな樽が運ばれてきて、客人たちとロビンの杯にワインが注がれた。ロビンは杯を掲げて言った。「待て！　おれが誓いの言葉を述べるまで少々待ってほしい。名声高きリチャード王に乾杯。王の敵が全員、打ち負かされんことを！」

そして、王の健康を願い、王その人を含め全員が杯を傾けた。「思うに、そなたは自分の破滅を願って乾杯したことになるのではないか？」

「ちがうね」ロビンは陽気に言った。「おれたちシャーウッドの森の住人は、あんた方のような聖職者よりもよほどリチャード王に忠実なのさ。王のためならこの生活を捨てたっていい。あんた方は、修道院にぬくぬくと収まってるだけだ」

それを聞いて、王は笑った。「リチャード王の幸福は、そなたが思っているよりもわしにとっても大切かもしれぬぞ。だが、この話はもうよい。われわれはたっぷりと支払ったのだから、なにか面白いものを見せてもらえぬか？　そなたたちはすばらしい射手だと聞いているぞ。ぜひともこの目で見たいものだ」

「喜んでお見せしよう。客人にはいつも、喜んで武芸を披露しているのだ。スワントホールドじいさんは、『鳥かごのムクドリには最上の物を与えるべし』と言っているからな。あんた方はまさにかごのムクドリだ。おい、おまえたち、草地の外れに的を用意しろ！」

　何人かが言われたとおり走っていくと、タックは偽修道僧のひとりに向かって言った。「お頭の言ったことを聞いたか？」そして、茶目っ気たっぷりに片目をつぶった。「お頭はつまらねえ格言を思いつくたびに、スワントホールドじいさんとか言う、だれだかわからんやつが言ったことにするんだ。それで気の毒な男は、お頭の脳みそから出てきた訳のわからんがらくたやらぼろ布やらを背負って歩きまわる羽目になるのさ」ロビンには聞こえないような低い声だったが、さっき話を中断されたことでまだむかむかしていたのだ。

　そうこうしているあいだに、百二十歩離れたところに的が設置された。花と葉を輪に編んだもので、幅は五十センチほどあり、太い木の幹の前に立てられた杭にかけられている。「よし。なかなかいい的じゃないか。それぞれ三本ずつ射ることにしよう。一本でも外した者は、ウィル・スカーレットに一発殴られることになる」

「聞いたかい！」タックはさけんだ。「なんだい、まるで陽気な娘っこにやさしく触れられるのと、お頭のでかい甥っ子からの一発を同じみてえに。お頭は、まちがいなく命中させられるからな。だから、ウィルの一発を食らう心配もないってわけだ」

最初に、ドンカスターのデイヴィッドが射て、三本とも花輪の内側にあてた。「よくやった、デイヴィッド！」ロビンはさけんだ。「耳が一日じゅうカッカするはめにならずにすんだな」次は粉屋のミッジだったが、ミッジの矢も三本とも輪の内側に突き刺さった。次は、鋳掛屋（いかけや）のワットだったが、悲しいかな、一本だけ、指の幅二本ほどそれてしまった。

「さあ、こっちへこい」ウィル・スカーレットがやさしげな声で呼んだ。「おまえさんにすぐさま借りを返さなきゃな」そこで、鋳掛屋のワットはウィル・スカーレットの前まで進み出て、すでに耳がガンガン鳴っているみたいに顔をしかめ、ぎゅっと目をつぶった。ウィル・スカーレットはそでをまくりあげ、つま先に体重をかけて、思いっきり腕をぶうんと振って力任せにワットを叩（たた）いた。「うへっ」ウィルの手のひらで頭を叩かれると、ワットの大きな体がどうっと倒れ、かかとが頭より高く上がった。市（いち）で棍棒（こんぼう）投げの選手がまんまと木の像を落としたときのようだ。鋳掛屋は体を起こすと、耳をこすって、目の前で星が踊っているかのように目をぱちくりさせた。それを見て、仲間たちは森じゅうに響きわたるような声で笑った。リチャード王も、頬を涙が流れ落ちるまで笑っていた。こうして、男たちは次々と矢を放ち、ある者は罰を逃（のが）れ、あるものは一発食らって地面にぶっ倒れた。そして、ついにロビンの出番となった。みなは静まりかえって、ロビンが弓を射るのを見つめた。一本目は、花輪がかけられている杭にあたり、かけらが跳ね飛んだ。二本目も、それから二センチと離れていないところに突き刺さった。「誓って、彼をわが近衛兵(このえへい)にできるなら、千ポンド払ってもいい」リチャード王は囁(ささや)いた。そして、ロビンは三本目を放った。ところが、なんということだろう！　矢についている羽根がずれていたために、矢は大きくそれて、花輪の二センチ外側に突き刺さったのだ。

それを見て、どっと笑い声があがった。草の上にすわっている男たちは転げ回って、大笑いした。というのも、彼らのお頭が的を外したのを見たのは、初めてだったのだ。ロビンは腹立たしげに弓を地面へ投げつけた。「信じられん！　あの矢の羽根は曲がっていたんだ。矢を放つときに、感じたのに。ちゃんとした矢を寄こせ。そうすれば、あの杭を真っ二つにしてみせる」

それを聞くと、男たちはますます大きな声で笑った。「だめです、叔父上(おじうえ)」ウィル・スカーレットがいつものやさしげな声で言った。「ちゃんと正々堂々と勝負して、的を外したんですから。あの矢は、ほかのに比べたってちっとも悪くはありませんでしたよ。さあ、こちらへ。叔父上に借りを返さなければ」

「ほら、お頭」タックが大声でさけんだ。「おれからも祝福を捧げますよ。お頭は、ウィル・スカーレットとのやさしい触れあいを大盤振る舞いしてきたんだ。お頭だって、お頭の分をもらわねえと」

「いや、ちがうぞ」ロビンは陽気に言った。「ここでは、おれは王だ。王に手を挙げる家来はいまい。とはいえ、われらが偉大なリチャード王でさえ、法王には黙って従うだろう。許しの秘蹟のために、ちょいと殴られることだってあるかもしれん。ゆえに、おれもここにいる修道僧どのに従うことにしよう。いちばん位の高い修道僧どのから、罰を受けることにするよ」そう言って、ロビンは王のほうに向き直った。「どうか、神父どの、その聖なる御手でおれに罰を与えてくれませんか？」

「喜んで」リチャード王はほくほくしながら言うと、立ちあがった。「そなたには、財布を五十ポンド分軽くされた借りもあるからな。みなの者、場所を空けよ」

「もしおれを倒すことができたら、五十ポンドをまるまる返そうじゃないか。だが、神父どの、偉そうなことを言っておいて、この背中を草につけることができなかったら、残りの金も一ファージング残らずいただきますよ」

「いいだろう。喜んで受けよう」そして、王は袖をまくりあげた。仲間たちは驚いてその腕を見たが、ロビンは両足を大きく広げて踏ん張り、にやにやしながら相手の一発を待った。王は大きく腕を振りかぶり、バランスを取ると、雷のような一発を振り下ろした。ロビンはたまらず、頭から草の上にひっくりかえった。なにしろ石塀(いしべい)ですら倒すような一打だったのだ。どれだけ仲間たちが笑ったことか！　みな、しまいには脇腹(わきばら)が痛くなるまで笑い転げた。こんな一発にはお目にかかったことがなかったのだ。ロビンはと言えば、体を起こして、雲から落ちて、見たこともない場所に降りたったみたいにきょろきょろまわりを見まわした。そして、しばらくすると、まだ笑っている手下たちを見ながら、指先でおそるおそる耳に触れ、そっとなで回した。

「ウィル・スカーレット、この男に五十ポンド数えて返してやれ。もうやつもやつの金もたくさんだ。まったく疫病(えきびょう)にでも取りつかれちまえ！　ウィル、おまえから罰を食らっとくべきだったよ。やつのせいで、一生耳が聞こえなくなりそうだ」

相変わらず仲間たちが大笑いしている中で、ウィル・スカーレットは五十ポンドを数え、王はそれを財布にもどした。「礼を言うぞ。もしそっちの耳も殴ってほしくなったら、わしのところへくるがいい。ただで一発さしあげよう」

王は上機嫌で言った。ところが、王が言い終わるか言い終わらないかのうちに、大勢の声が聞こえ、木々のあいだからリトル・ジョンが六十人の仲間たちと飛びだしてきた。真ん中にいるのは、リーのリチャード卿だ。彼らはこちらへ向かって走ってくると、リチャード卿が大声で言った。「急げ、友よ。仲間たちを集めて、わたしと

陽気なロビン、とんでもない取引をする

いっしょにくるのだ。リチャード王が今朝ノッティンガムの町を出て、森へそなたを探しにこられる。どうやっていらっしゃるのかは知らぬが、わたしの耳までそのうわさが届いたのだ。まちがいない。急いで仲間たちをみな連れて、わがリー城へまいれ。危険が去るまで、身を潜(ひそ)めるのだ。そこにいる者たちは、何者だ？」

「いやいや」ロビンは立ちあがった。「ニューステッド修道院の近くの街道からいらっしゃった、おだやかな客人であられる。名前は存じあげぬが、たった今、このならず者どもの力任せの一発と懇意になったところですよ。そのおかげで、耳が聞こえなくなった上、五十ポンドを失いましたがね」

リチャード卿は、背の高い修道士をじっと見た。修道士はぐっと胸を張ると、騎士を見つめ返した。すると、リチャード卿の頬からみるみる血の気が引いた。自分の目の前にいるのが、だれだかわかったのだ。リチャード卿はすぐさま馬から飛び降りると、修道僧の前に膝(ひざ)をついた。リチャード卿が自分の正体を悟(さと)ったのを見ると、王は頭巾をはねのけた。ロビンたちは王の顔を見て、同じくすぐに王その人だとわかった。ここにいる者は一人残らず、あのノッティンガムの群衆と共に、長官と並んで馬を進めていた王を見ていたからだ。みな、何も言えずに、いっせいに膝をついた。すると、王は険しい顔でまわりを見まわし、最後にふたたびリーのリチャード卿を見やると、厳しい声で言った。

「どういうことだ、リチャード卿？　余の邪魔をするとは、いったいどういうことなのだ？　しかも、そなたのリー城にこやつらをかくまおうとするとは。イングランド一有名なおたずね者どもの隠れ家にするつもりなのか？」

リチャード卿は顔をあげ、王を見て答えた。「陛下の怒りを招くようなことをするつもりは毛頭ございません。しかし、ロビン・フッドと彼の仲間たちが危険な目にあうのをみすみす許すよりは、陛下のお怒りをこの身に受ける方を選びます。なぜなら、彼らは命の恩人であるのみならず、わが名誉をはじめすべてを救ってくれたからです。にもかかわらず、彼が助けを必要としているときに見捨てることができましょうか？」

騎士が最後まで言い終わらぬうちに、王のそばに立っていた偽修道僧の一人が前へ進み出て、リチャード卿の横にひざまずき、頭巾をはねのけた。リーの若きヘンリー卿だった。ヘンリー卿は、父の手をつかむと言った。「陛下の前に膝を突いておりますのは、リチャード国王陛下につくし、パレスチナの戦いで陛下のお命を救った者でございます。しかしながら、そのわたしも父と同じく、高貴なるおたずね者のロビン・フッドどのをかくまいたいと存じます。たとえそれで陛下のお怒りを招くことになりましょうとも、父の名誉と幸福は、自分の名誉と幸福と同じように大切なのでございます」

リチャード王は二人のひざまずいている騎士を代わる代わるに見比べた。やがて、険しい表情がゆるみ、唇の端が笑みでヒクヒクとした。「リチャード卿よ、そなたは勇敢にも言いたいことを述べたが、それでそなたの不利になることはない。そなたの息子も、物言いも行いも勇敢なところはそなたにそっくりだ。彼が申したとおり、彼は余の命を助けてくれた。従って、そなたの息子のためにも、今回のそなたの行いはややいきすぎていたものの、許してつかわそう。さあ、顔をあげよ。今日は、余から罰を受けることはない。今日のような楽しい日を、このようなことでだいなしにするのでは、残念だからな」

みなが立ちあがると、王はロビン・フッドを呼びよせた。「さてと、そなたの耳はそろそろ余の話を聞けそうか？」

「陛下のお言葉を聞けなくなるときは、この命がなくなったときです。さきほどの陛下の一発でございますが、わたくしは多くの罪を犯しておりますものの、あれで帳消しにして頂けるのでは」

「ほう、そう思うか？」王はいくぶん声を荒らげて言った。「よいか、三つのもの、すなわち、余の慈悲深さ、森の住人への好意、それからそなたが誓った忠実がなければ、そなたの耳は余に殴られただけではすまず、今ごろ何も聞くことができなくなっていたかも知れぬ。そなたの罪を、そのように軽々しく口にするでないぞ、ロビン。顔をあげよ。そなたの危険は去った。そなたと仲間たちには、余から恩赦をつかわす。とはいえ、これまでと同じように森の中を自由にうろつくのを許すわけにはいかぬ。先ほどの、余に仕えると言ったその言葉を信じ、そなたをロンドンへ連れていくことにする。大胆不敵なリトル・ジョンと、そなたの甥のウィル・スカーレット、吟遊詩(ぎんゆう)人のアラン・ア・デールも連れていこう。残りの者たちについては、一人ひとり名前を控え、森林官に任命する。今のまま法を破って鹿(しか)を狩るのでなく、法の名の下(もと)にシャーウッドの森の鹿を守ってもらったほうがよいからな。さあ、では宴の用意をいたせ。そなたがこの森の中でどのように暮らしているか、この目で見たいのだ」

そこでロビンは仲間たちに盛大な宴の準備をさせた。すぐに大きな火がたかれ、赤々とあたりを照らし、肉のあぶるにおいが漂った。そのあいだに、王はアラン・ア・デールの歌を聴(き)きたいと言い、伝言を聞いたアランがさっそくハープを持ってやってきた。

アランが軽くハープをかき鳴らすと、みなはたちまち静まりかえった。

ああ、娘よ、どこへいっていたのだ？
娘よ、わが娘よ、
今日、おまえはどこへいっていたのだ？
ええ、わたしは川岸へいっていたの
広い川に灰色の水が流れ
重たい流れの上に灰色の雲が垂れこめ
風がかん高いため息をついていたわ

娘よ、そこで何を見たのだ？
娘よ、わが娘よ、
今日、おまえは何を見たのだ？
ええ、わたしは舟がこっちへくるのを見たの
イグサがザワザワと震え
水がごぼごぼと流れていき、
風がかん高いため息をついていたわ

娘よ、舟にはだれが乗っていたのだ?
娘よ、わが娘よ、
今日、舟にはだれが乗っていたのだ?
ええ、全身白ずくめで
顔が青白く光っていて
夜の星のように鋭い光を放つ目をしたひとが
風がかん高いため息をついていたわ

娘よ、その男はなんと言ったのだ?
娘よ、わが娘よ、
今日、その男はおまえになんと言ったのだ?
ええ、なにも言わなかったわ、だけど
三度、わたしの唇にキスをしたの
わたしの心はこのうえない喜びにぎゅっと縮んで
風がかん高いため息をついていたわ

娘よ、なぜそんなに冷たいのだ？
娘よ、わが娘よ、
なぜおまえはそんなに冷たく、真っ青なのだ？
しかし、娘は何も答えず
頭(こうべ)を垂れて、背をまっすぐ伸ばしてすわっていた
娘の心臓は止まり、顔は死者のもの
そして、風がかん高いため息をついていた

みな、黙って聴(き)き惚(ほ)れていた。アラン・ア・デールが歌い終わると、リチャード王はため息をついた。「わが命に賭(か)けて、そなたは心を震わせるような甘くすばらしい声の持ち主だ。しかし、そなたのような強者(つわもの)の唇がこのような悲しみに溢(あふ)れた曲を歌うとは。このような悲しい題材よりも、愛や戦いについて歌ってほしいものだ。それに、よくわからぬところもある。いったいどういう意味なのだ？」

「わたしにもわかりません」アラン・ア・デールは首を振った。「わたしはよく、自分でも意味のわからない歌を歌うのです」

「なるほど。まあよい。これだけは言っておこう、アラン。これからは、余が言ったようなもの、すなわち愛や戦いの歌を歌うようにせよ。実のところ、そなたはブロンデルよりも美しい声をしている。これまでは、彼こそがイングランド一の優(すぐ)れた吟遊詩人だと思っていたのだが」

そこへ、ロビンの手下の一人が進み出て、宴の用意ができたと告げた。そこで、ロビン・フッドはリチャード王と家臣たちを連れ、宴の場所へ案内した。やわらかい緑の草の上に、真っ白いリネンが広げられ、ごちそうが並んでいる。リチャード王は腰を下ろし、存分に食べ、飲んだ。そして、このようなすばらしいごちそうを食べたのは初めてだと、断言した。

その夜、リチャード王は、シャーウッドの緑の葉のベッドで眠り、翌朝早く、ノッティンガムの町にもどった。ロビン・フッドと仲間たちもみな、王のあとに従った。かの有名なおたずね者たちが堂々と街道を歩いて町へやってきたのを見て、ハチの巣をつついたような騒ぎになったのは、想像がつくだろう。長官はと言えば、ロビン・フッドが王のお気に入りとなった姿を見て、なんと言えばいいのか、どこを見てよいのかわからず、苛(いら)立(だ)ちのあまり苦々しい気持ちでいっぱいだった。

翌日、王はノッティンガムの町を出発した。ロビン・フッドとリトル・ジョンとウィル・スカーレットとアラン・ア・デールは、仲間たちと握手をし、頬にキスをして、みなに会いにシャーウッドの森へしょっちゅうもどると約束した。そして、馬にまたがると、王の行列のあとについてロンドンへ向かったのだった。

こうしてロビン・フッドの楽しい冒険は幕を閉じる。というのも、約束はしたものの、ロビンがふたたびシャーウッドの森を目にするのは、数年先になるからだ。リトル・ジョンは一、二年宮廷で暮らした後、ノッティンガムシアにもどり、シャーウッドの森が見える場所で真っ当な生活を送った。そして、イングランド一の棒使いとして名声を博した。ウィル・スカーレットはしばらくして後、父の執事を殺したために追われた故郷に帰った。森に残った仲間たちは、王家付きの森林官としての義務を守った。しかし、ロビン・フッドとアラン・ア・デールは長いあいだ森に帰ることはなかったのだ。それはこういうわけだった。

ロビンは名射手として名を轟（とどろ）かせ、王のお気に入りとなって、あっという間に近衛兵の長の地位までのぼりつめた。そして最後には、ロビンの忠誠心に報（むく）い、王はロビンにハンティングドン伯爵（はくしゃく）の地位を与えた。ロビンは王について数々の戦いに出向くことになり、シャーウッドの森に帰るような時間を一日たりとも取ることはできなかった。アラン・ア・デールと妻の美しいエレンは、ロビン・フッドに従い、さまざまな苦楽を共にした。

あらゆるものには終わりが訪れる。しかし、かの有名なシャーウッドの森のロビン・フッドと仲間たちのように運に恵まれた終わりを迎えることができた者はいないだろう。

エピローグ

さて、親愛なる友よ、これまでずっと共に楽しい冒険の物語を楽しんできたが、これから先もぜひごいっしょしようとは言えない。お望みなら、ここで別れの挨拶(あいさつ)をして、手を離して頂いてかまわない。なぜなら、このあとは、いろいろなことが終わりを迎え、消えてしまった喜びや楽しみがふたたび歩き出すことはないということを、語らねばならないからだ。長々と語るつもりはない。強者(つわもの)だったロビン・フッドが、ハンティングドン伯としてではなく、手に弓を持ち、緑の森に思いを馳(は)せて、まさに強者として生涯を閉じた物語を駆け足で語ろうと思う。

リチャード王が獅子心王(ししんおう)の名にふさわしく戦場で命を落としたことは、だれもが知っているだろう。それからしばらくして、ハンティングドン伯――われわれはむかし通りロビン・フッドと呼ぼう――は外国にいる理由もなくなり、イングランドにもどることとなった。アラン・ア・デールと妻の美しいエレンもいっしょだ。二人は、シャーウッドの森を離れてからずっとロビンの屋敷のことなど一切を取り仕切ってきたのだ。

ロビンたちがふたたびイングランドの土を踏んだのは、春だった。シャーウッドの森を自由気ままに、足取りも軽く歩きまわっていたころのように、木々は緑の葉をつけ、小鳥たちが楽しげに囀っている。そうした春の喜びに溢れた情景を目にし、耳にするにつれ、ロビンは森の生活を思いだし、ふたたびシャーウッドの森をひと目見たいという思いにとりつかれた。そこで、ロビンはすぐさまジョン王のもとへ赴き、ノッティンガムの町へもどるために短い休暇を願い出た。王は町へいってもどってくる許しは与えたが、シャーウッドの森には三日以上留まらぬように命じた。ロビン・フッドとアラン・ア・デールはすぐさまノッティンガムシアのシャーウッドの森へ向けて出発した。

最初の夜、ロビンたちはノッティンガムの町の宿に泊まったが、長官の下へ挨拶にはいかなかった。長官が、ロビン・フッドに対して苦々しい思いを抱いているのはわかっていたし、ロビンが出世したところで恨みが減じることはなかったからだ。翌日は、朝早く馬にまたがって、森へ向けて出発した。街道を進んでいくと、目に入るものすべてが、小枝や小石にいたるまで馴染み深く感じられた。向こうに見えるのは、むかししょっちゅう日暮れどきにリトル・ジョンと歩いていた小径だし、こちらの、今ではイバラが生い茂っている場所は、タック修道僧を探しにいった街道だ。

「アラン、ほら！　あそこのブナの木の傷を見ろ。あれは、おまえの矢が立派な雄鹿を射損じたときに、矢が樹の皮をかすめたときのものだ。あの日は、嵐に捕まって、古い農家でひと晩、過ごさなきゃならなかったんだよな。陽気な娘が三人いただろう」

このような具合で、ロビンたちはむかし懐かしい話をしながらゆっくりと馬を進めていった。むかしのことだが、あらためて思い出すとすみずみまで記憶がよみがえってきて、ついこの間のことのようにも思える。そしてとうとう、あの広々とした草地までやってきた。緑の大樹が枝を広げている。何年ものあいだ、ここで暮らしていたのだ。二人とも、言葉が見つからぬまましばし木の下に佇んだ。ロビンはまわりのよく見知ったものを眺めた。むかしと何も変わらないが、同時に大きく変わってしまった。というのも、むかしはここを大勢の仲間たちが行き来していたのに、今では人気もなく静まりかえっている。そのうち、森や草地や空がすべて、塩辛い涙でぼやけ、いっしょくたになった。（自分の右手の指のように）見慣れたものを眺めるにつれ、ロビンの胸に抑えきれないほどの切なる想いがせりあがり、もはや涙をこらえることはできなかった。

朝、宿を出るときに、ロビンはむかしの角笛を肩にかけてきていた。思い出にせき立てられるように、もう一度角笛を吹きたいという思いに駆られ、ロビンは笛を唇に当てると、吹き鳴らした。「プォーーーー、プォーーーー」澄んだ美しい音が森の小径を駆け抜けていく。そして、葉の生い茂った木陰から、かすかなこだまがもどってきた。「プォーーーー、プォーーーー、プォーーーー」そして、だんだんとかすかになり、消えた。

さて、その朝、偶然にもリトル・ジョンが山の裾(すそ)あたりを歩いていた。考え事をしながら歩を進めていくと、はるか遠くから澄んだ角笛のかすかな音が聞こえてくるではないか。心臓を矢で射貫(いぬ)かれた雄鹿のように、その音が耳へ届いたとたん、リトル・ジョンは跳びあがった。体中の血が一気に集まって頬(ほお)がカアッと熱くなり、リトル・ジョンは首を傾けて、耳を澄ませた。するとやはり、か細いがはっきりと角笛の音が聞こえる。リトル・ジョンはこみあげてくる懐かしさに喜びとも悲しみともつかないさけび声をあげると、頭を下げ、茂みにとびこんだ。そして、森を駆け抜ける猪(いのしし)さながらに、葉や枝などものともせずボキボキと折りながら突き進み、イバラやサンザシのとげが肌に刺さり、服を引き裂くのも構わずに、ただひたすらにあの森の草地にたどり着くことだけを思って、いちばんの近道を走り続けた。角笛の音がそこから聞こえてきたのはまちがいないと思っていたのだ。そして、ついに森の中から飛び出すと、折れた木の枝がふりそそぐ中を一瞬たりともためらわず、ロビンに駆け寄って足元に身を投げ出した。そして、お頭の膝に抱きつくと、全身を震わせて、泣きに泣いたのだった。ロビンもアラン・ア・デールも言葉を失って、滝のような涙を流しながらリトル・ジョンを見つめた。

そうやって三人が立ち尽くしていると、七人の森林官が草地に駆けこんできて、ロビンを見るなり喜びの声をあげた。先頭にいたのは、ウィル・スタトレイだった。しばらくして、さらに四人が息を切らせて駆けこんできたが、そのうち二人はウィル・スカーロックと粉屋のミッジだった。みな、ロビンの角笛の音を聞きつけてやってきたのだ。みなはロビンに駆け寄って、声をあげて泣きながら服にキスをした。

しばらくして、ロビンは涙で曇った目でまわりを見まわし、かすれた声で言った。

「もう二度と、この愛する森を離れぬと誓うぞ。あまりにも長いあいだ、ここから、そしておまえたちから離れていたからな。今から、ハンティングドン伯ロバートの名を捨て、ふたたび、ただのロビン・フッドにもどろう」それを聞くと、みなは歓声をあげ、喜びの握手を交わした。

ロビン・フッドがもどってきて、ふたたびシャーウッドの森で暮らしはじめたというわさは、野火のようにあっという間に国じゅうに広がった。すると、七日と経たないうちに、ほとんどすべての仲間たちがロビンの元にもどってきた。しかし、その知らせがジョン王の耳に入ると、王は怒り狂い、ロビン・フッドを生死を問わずふたたび自分の元へ連れもどすまでは決してこの身を休めることはないとおごそかに誓いを立てた。そして、ウィリアム・デールという騎士が宮廷に呼ばれた。ウィリアム・デール卿は、マンスフィールドの町の近くで森林官の長をしていたので、シャーウッドの森に詳しかったのだ。そこで、ジョン王はウィリアム卿に兵たちを連れて、すぐさまロビン・フッドを探しにいくように命じた。さらに、王家の紋章入りの指輪も授け、長官に見せ、ロビンの捜索に長官の兵たちも加えよと言った。こうしてウィリアム卿と長官は王の命令に従って、ロビン・フッドの捜索を始めたが、七日間森じゅうを探し回っても、ロビンは見つからなかった。

さて、ロビン・フッドがむかしのように平和を愛していたら、これまでの企てがみなそうだったように、今回のこともあいまいなままうやむやになっていただろう。

しかし、リチャード王の下で何年ものあいだ、戦いに赴いていたロビンはむかしとは変わってしまっていた。このように、王の兵たちに追われて、猟犬に追われた狐のように逃げ回るのは、誇りが許さなかったのだ。そしてついに、ロビン・フッドと仲間たちはウィリアム卿と長官の兵たちを森で迎え撃ち、血で血を洗う戦いが始まった。この戦いで最初に命を落としたのは、ノッティンガムの長官だった。十本も矢を射ないうちに、頭に矢を受け、馬から落ちてしまったのだ。その日、長官よりも優れた男たちが大勢、地面に横たわることになった。しかし、とうとうウィリアム・デール卿は、大勢の兵を失い、自身も傷を負ったため、退却を余儀なくされ、森から去っていった。しかし、何十人もの仲間たちが、美しい森の枝の下に固くなって横たわったまま、残された。

ロビン・フッドは正々堂々と敵を退けたが、大勢の者たちの命が失われたことが頭から離れず、思い悩んだあげくに高熱に冒された。三日のあいだ、ロビンは熱に浮かされ、闘ったが、ついに屈することとなった。そして四日目の朝、ロビンはリトル・ジョンを呼んで、熱がさがらないので、ヨークシアのカークリーズにほど近い女子修道院の院長をしている従姉のもとにいこうと思うと告げた。女院長は治療の術に長けており、腕の血管をひらいて、少量の血を取って、病を治してくれるという。ロビンはリトル・ジョンに旅の途中で助けが必要になるかもしれないから、いっしょに

死神は花を刈る

きてほしいと頼んだ。そこで、二人は仲間たちに別れを告げ、ロビンは自分がもどるまでウィル・スタトレイに頭をつとめるように命じた。こうして、二人はいそがずゆっくりと旅をして、カークリーズの女子修道院までやってきた。

ロビンは、かつてその従姉にさまざまな形で手を貸していた。従姉が今の院長の地位に就いたのも、ロビンがリチャード王の寵愛（ちょうあい）を受けていたからだ。しかし、感謝の心ほど簡単に忘れ去られるものはない。カークリーズの女院長は、従弟（いとこ）のハンティングドン伯が爵位を捨て、ふたたびシャーウッドの森にもどったことを聞いて、心底腹を立てており、ロビンのせいで、従姉である自分にも王の怒りが及ぶのではないかと怖（おそ）れていた。なので、ロビンがやってきて、治療を施してほしいと言うと、従姉は密（ひそ）かに策略を立て、ロビンを陥れることで、敵方の機嫌を取ろうと考えた。しかし、それはおくびにも出さず、いかにも親しげにロビンを受け入れ、石のらせん階段をあがって、高い円塔のいちばん上の部屋に案内したが、リトル・ジョンのことは入れなかった。

気の毒なリトル・ジョンは、修道院に背を向け、主人を女の手に託したままもどるしかなかった。しかし、修道院の中には入れなくても、ジョンはそこから離れようとしなかった。主人のいる家から追い出された忠犬のように、修道院の近くの小さな草地に横になり、ロビンの寝ている場所をじっと見張りつづけた。

修道女たちがロビン・フッドを塔の一番上の部屋に運ぶと、院長は全員を部屋から下がらせ、これから血を取るかのように細い縄でロビンの腕を縛った。それから、実際に血を取ったが、切ったのは、皮膚のすぐ下の静脈ではなく、心臓から真っ赤な血が流れてくる動脈だった。しかし、ロビンはそれに気づかなかった。そこまで勢いよく血が流れ出ていなかったので、問題があるとは思わなかったのだ。

女院長はまちがった処置を施すと、従弟をそのまま残して部屋を出て、鍵を掛けた。一日じゅう、ロビンの腕から血が流れ続け、ロビンはあらゆる手を尽くしても、それを止めることはできなかった。何度も助けを呼んだが、だれも来はしなかった。従姉の裏切りで、リトル・ジョンは声の届かないところにいたからだ。こうして血はどんどん流れ続け、ロビンは生きる力が失われていくのを感じた。なんとか立ちあがり、手のひらを壁について体を支え、ふらふらしながらも角笛のところまでいって、三度吹き鳴らした。熱で体が弱っているせいで、弱々しい音しか出なかったが、草地に横たわっていたリトル・ジョンはそれを聞きつけ、恐怖で胸が張り裂けそうになりながら、修道院に向かって走っていった。そして、ドアをバンバンたたき、大声で入れろとどなったが、鉄の鋲（びょう）が打たれ、かんぬきのかけられたオークの大扉に守られた修道女たちは、リトル・ジョンに立ち去るように命じた。

リトル・ジョンは主人の命を案じ、悲しみと恐怖で狂いそうだった。死にものぐるいでまわりを見まわすと、三人がかりでも持ちあげられそうもない重たそうな石臼（いしうす）が目に入った。

リトル・ジョンは三歩前へ出て、かがむと、地面にめりこんでいた石臼をぐいと持ちあげた。そして、重さでよろめきながらも、前へ進み出て、臼を大扉に投げつけた。ドアが破れ、怯（おび）えた修道女たちが悲鳴をあげて飛びだしてきた。リトル・ジョンはひと言も言わずにずかずかと中に入り、石のらせん階段を駆けあがって、主人のいる部屋までいくと、ここにも鍵が掛かっていたので、肩でぐいと押した。錠（じょう）は氷のように砕け散った。

中に入ると、愛する主人が灰色の石壁に寄りかかっていた。顔はすっかり血の気が引き、首が前後にふらふらと揺れているのを一目見るなり、リトル・ジョンは主人への愛といたわりと悲しみでどうにかなりそうになりながら、さけび声をあげて突進し、ロビンを腕にかき抱いた。そして、子どもを抱える母親のようにベッドへ運んでいって、そっと横たえた。

すると、女院長が慌てて部屋にやってきた。自分がしでかしたことに恐れをなし、リトル・ジョンやほかの仲間たちの報復を案じた女院長は、うまく包帯を巻いて出血を止めた。そのあいだ、リトル・ジョンはおそろしい形相でそばに立っていたが、処置がすむや否やすぐに出ていくように命じ、女院長は真っ青になって震えながら、部屋を出ていった。女院長が出ていくと、リトル・ジョンはロビンに励ましの言葉をかけ、笑ってみせたり、子どもならともかく大の大人はちょっとばかり血がなくなったくらいじゃ死なないと言ったりした。「なあに、七日もありゃあ、また前みたいに堂々と森を歩き回れますよ」

しかし、ロビンは首を振って、横たわったまま弱々しく笑った。「おれの大事なリトル・ジョンよ。おまえのやさしく素朴な心に神の恵みがあるように。大事な友よ、おれたちはもう二度と、いっしょに森を歩くことはないだろう」

「そんなことありません！」リトル・ジョンは大きな声を張りあげた。「何度でも言いますよ、まったく、これ以上ひどいことなんか、ぜったいに起きるもんか！　おれがそばについてるじゃありませんか？　お頭に指一本触れたやつは」リトル・ジョンは言葉に詰まって、それ以上何も言えなかった。そして、ようやくかすれた低い声でつづけた。「今日のせいで、お頭の身に何かあったら、聖ジョージさまに誓って、この院の棟木（むなぎ）で真っ赤な雄鶏（おんどり）を鳴かせてやる。裂け目という裂け目から熱い炎を送りこみ——」ジョンは歯ぎしりをした。「修道女どもに目に物見せてやるわ！」

しかし、ロビン・フッドは、リトル・ジョンの陽に灼（や）けたごつごつした手を白い両手で包みこみ、小さな低い声で、たとえ復讐（ふくしゅう）のためでも女に危害を与えることなど考えてはならぬと命じた。ロビンに諭（さと）され、ついにリトル・ジョンは息を詰まらせながらも、何があっても修道院に危害を及ぼすようなことはしないと約束した。沈黙が訪れ、リトル・ジョンはロビン・フッドの手を握りしめたまま、ときおりのどにこみあげてくる塊（かたまり）を飲みこみながら、じっと窓の外を見つめてすわっていた。やがて太陽がゆっくりと西に沈み、空が真っ赤に燃えあがった。すると、ロビン・フッドは弱々しい声でつっかえつっかえ、もう一度森を見たいから体を起こしてほしいと頼んだ。リトル・ジョンは言われたとおりロビンを抱え、ロビンは友の肩に頭をもたせかけた。ロビンは目を見開いてじっと森を見つめた。そのあいだ、リトル・ジョンはうなだれて、熱い涙で胸を濡らしていた。別れの時が近いのが、わかったのだ。しばらくして、ロビン・フッドは自分の頑丈な弓に弦を張り、矢筒からきれいでなめらかな矢を一本取り出すように頼んだ。リトル・ジョンは、ロビンを動かさないように支えたまま、言われたとおりに弦を張った。ロビンはいとおしそうに弓を握ると、弓の感触にかすかにほほえんだ。そして、弦の、指の先が知りつくしている場所に矢をつがえた。「リトル・ジョン、わが大切な友、リトル・ジョンよ。世界のだれよりも愛した男よ、どうかこの矢の落ちたところにおれの墓を作ってくれ。顔は東に向け、墓には常に緑を絶やさぬよう、くたびれた骨の休息が邪魔されぬよう、計らってくれ」

そう言い終わると、ロビンはいきなりすっと体を起こした。昔の力がもどってきたかのように、ロビンは耳元まできりきりと弦を引き絞り、開いた窓へ矢を放った。矢が飛んでくと、弓を持った手がゆっくりと膝の上までさがり、同時に体も元通りリトル・ジョンの腕の中に沈んだ。しかし、その体からは、羽根のついた矢が飛んでいったかのように、なにかが飛び去っていたのだった。

しばらくのあいだ、リトル・ジョンは身じろぎもせずすわっていた。が、ほどなく、そっとロビンの体を横たえ、胸の上で手を組ませて、顔を布で覆った。そして、きび

ロビン、最後の矢を射る

すを返すと、何も言わず、声すら漏らさずに、部屋をあとにした。

急な階段を降りていくと、女院長と修道女たちがきたので、リトル・ジョンは低い声を震わせて言った。「あの部屋に近づこうものなら、石の上に石ひとつ残らぬよう、この建物をばらばらにしてやる。おれの言葉を心に刻んでおけ。おれは本気だからな」そして、修道女たちを残し、去っていった。修道女たちが見ていると、リトル・ジョンはあっという間に草地を越え、薄闇の中を通り抜けて、森に飲みこまれた。

翌朝、灰色の空が東の方から少しずつ明るくなるころ、リトル・ジョンと六人の仲間たちが足早に女子修道院までやってきた。修道院はもぬけの殻だった。修道女たちは、リトル・ジョンの言葉を恐れ、隠れていたのだ。男たちが石の階段を駆けあがると、ほどなくおうおうと泣く声が響いてきた。しばらくして、泣き声が途絶え、石の床を擦るような足音がして、男たちが重い遺体を抱えて急ならせん階段を降りてきた。そして、扉をくぐると、夜明けの暗い草地から、嘆き悲しむ声がわき起こった。暗闇に隠れていた大勢の仲間たちが、いっせいに悲しみの声をあげたのだった。

こうしてロビン・フッドは、ヨークシアのカークリーズの女子修道院で生涯を終えた。彼の破滅のもとになった者たちへも、慈悲の心を失うことはなく、生涯、道を誤った者へ情けを忘れず、弱い者への哀れみを持ちつづけたのだ。

ロビンの仲間たちはあちこちへ散らばったが、そのあと大きな不幸が訪れることはなかった。というのも、次のノッティンガムの長官は情け深い男で、また、前の長官のように彼らのことを知らなかった。仲間たちはばらばらになって国のあちこちに散り、静かで平和な暮らしを送った。そして、こうした物語を子どもたちやそのまた子どもたちに語り伝えたのだった。

カークリーズの古い石碑には次のような文字が刻まれている。

ここの小さな石の下に
ロバート・ハンティングドン伯が眠る
彼ほどの射手（いて）はおらず
人々は彼をロビン・フッドと呼んだ
彼と仲間たちのようなおたずね者は
二度とイングランドには現われぬであろう
一二四七年十二月二十四日

さあ、友よ、わたしたちもここでお別れせねばならない。愉快な旅は終わったのだ。

この、ロビン・フッドの墓の前で別れ、それぞれの道をいくことにしよう。

解説

三辺律子

ロビン・フッドという名前を聞いたことのない読者は、本国イギリスから遠く離れた日本でも、ほとんどいないだろう。富める者から盗み、貧しい者に施す義賊であることや、弓の名人であること、シャーウッドの森を住みかとしていることなどは、よく知られていると思う。しかし、物語自体は読んだことがないという方は、案外多いのではないか。

そんな方にぜひ読んでいただきたいのが、ハワード・パイルによる本書『ロビン・フッドの愉快な冒険』だ。

ロビン・フッドの物語は主に、語るような曲調を持つ物語詩「バラッド」によって伝えられてきた。つまり、同じ口承文芸である昔話と同様に、時代や場所や歌い手によってさまざまな物語が生み出され、さまざまなバージョンで語られてきたのだ。勢い、中には物語としては完成度の低いものもあれば、つじつまが合わない設定やエピソードも少なくない。例えば、あるバージョンでは、ロビン・フッドはヨーマン（ジェントリーと小作人の中間に位置する独立自営農民を指すが、これについては後に詳しく述べる）だが、別のバージョンでは貴族の出自とされている。また、時代も、エドワード一世の治世下（一二八三—八五）だったり、リチャード一世からジョン王の時代（一一八九—一二一六）だったり、さまざまだ。

一方で、長い年月を生きのびてきたものには、人々を魅了し、心から楽しませる力が確かに備わっている。

そんな数あるバージョンの中から取捨選択し、筋のとおったひとつの物語としてまとめあげたのが、ハワード・パイルの『ロビン・フッドの愉快な冒険』なのだ。一八八三年に出版されて以来、百三十年以上も読み継がれていることから考えても、パイルがロビン・フッド伝説の大きな魅力をすくいあげることに成功したのはまちがいない。

ハワード・パイルは、一八五三年三月五日、アメリカ、デラウェア州のウィルミントン郊外で生まれた。そう、パイルはアメリカ人なのだ。そんな彼が、なぜイギリスの伝承を物語化することに成功したのか。理由のひとつに、母親の存在が挙げられる。

パイル家はプロテスタントの一派である厳格なクエーカー教徒の一族で、父親のウィリアムは毛皮商人として一財を成していた。母親のマーガレットも地元出身の教養ある女性で、家にはシェイクスピアからディケンズ、ホーソーンまでさまざまな本があったという。教育熱心だったマーガレットは、ハワードの才能にいち早く気づき、文学や芸術に抱いていた野心を息子に託した。パイル自身、ヒッコリーの薪がパチパチと燃える暖かい図書室で母親にさまざまな本を読み聞かせてもらった経験を、懐かしんで回想している。

つまり、わたしが本と絵が好きなのは、母の教えのおかげなのだ。このふたつが嫌いだったときなど、思いだせない。おそらく、あのときに形作られた好みの傾向が、今のわたしの仕事につながっているのだろう。[1]（筆者訳）

このころに読んだ中の一冊、トーマス・パーシィ[2]のバラッド集『イギリス古詩拾遺』（*Reliques of Ancient English Poetry*, 1765）を、後にパイルは母親にたのんでニューヨークに送ってもらっている。ニューヨークでイラストレーターとして認められ、次のステップとしてイラストと物語の結合という自身のモットーを実現しようとしたとき、まず彼の頭に浮かんだのが、この本だった。そして、第一作として、幼少期から繰り返し読み、彼の血肉ともなっていたロビン・フッドの伝承を選んだのだ。

ここまで読んで、ハワード・パイルがイラストレーターとしてスタートしていたことに、驚いた読者もいるかもしれない。本書にも収められた数々のイラストは、すべてパイル本人の手によるものだ。本書の挿絵のようなペン画から水彩画まで、生涯三〇〇〇点以上のイラスト・絵画を残している。

パイルは、早くから母親の与える絵本等に親しみ、母親の購読していたロンドンの絵入り週刊誌「パンチ」[3]の、中世や初期ルネサンスの芸術を手本としたラファエル前派に強い影響を受けた。その後、家業が傾くが、イラスト・絵画への関心は薄れず、フィラデルフィアの美術学校に進学する（経済的にパリへの留学はあきらめざるを得

1 Pyle, Howard, "when I was a Little boy," *Woman's Home Companion*, 1912.
2 一七二九―一八一一。詩人、アイルランドのドロモア主教。
3 風刺を得意とし、『クマのプーさん』のA・A・ミルン、『虚栄の市』のサッカレーなどが寄稿。『不思議の国のアリス』の挿絵で有名なジョン・テニエルも毎週作品を掲載していた。

なかった）。そして基礎を学んだ後、一八七六年、二十三歳のときにニューヨークへ旅立つ。最初こそは、作品を売り込んでは断られる日々を送っていたが、一八七八年にハーパーズ・ウィークリー誌に「沖合の難破船」という作品が掲載されてからは、とんとん拍子に仕事が舞い込むようになる。

　パイルの成功は、当時、テレビはもちろん写真もまだなく、イラストがほぼ唯一の視覚情報だったことと切り離せない。一八八五年にアメリカで刊行された新聞・雑誌は三三〇〇種類だったが、それが一九〇〇年には五五〇〇種類に増加したという。これはまるまるパイルの全盛期と重なる。さらに、物語の作家としての才能も持ち合わせていたパイルはとうぜん、ひっぱりだこになり、『ロビン・フッドの愉快な冒険』を皮切りに、子どものためのフェアリーテール（昔話）や詩を集めた『こしょうと塩』（一八八六）や『不思議な時計』（一八八八）、少年オットーを通して中世という過酷な時代を描いた『銀のうでのオットー』（一八八八）など次々に児童書を発表する。これらのラインナップからも、パイルの創作のほとんどが、子ども時代にむさぼるように読んだイギリスのフェアリーテールや伝承から生まれたことがわかる。建国からまだ一世紀しか経っていなかったアメリカには、民話や伝承はほとんど存在しなかったことを考えれば（ネイティヴ・アメリカンの神話・民話が「発見」されるのはもっと後のことだ）、自然のなりゆきだろう。パイル自身の子ども時代の幸福な記憶に加え、イラストと物語の結合という目標を果たすうえで、児童文学というイラストと馴染みやすい分野が選ばれたのもまた、自然な流れだったと思われる。イラストは、単なる物語の添え物ではなく、ストーリーを視覚化するものでなければならない、という信念を持ったパイルの作品は、子どもたちに熱狂的に迎えられた。

このように精力的に作品を生み出す一方で、パイルは後進の教育にも力を尽くし、フィラデルフィアのドレクセル美術学校やサイエンス＆インダストリーでイラストレーションを指導、一九〇〇年にはウィルミントンで私塾を設立して、次々と若手を育てあげた。中には、オリーブ・ラッシュ[4]やN・C・ワイエス[5]、ジェシー・ウィル

4　一八七三－一九六六。婦人向け雑誌のイラストからスタート、後に中国やネイティヴ・アメリカンのアートにも関心を広げ、ニューメキシコ州のプエブロ・インディアンのアーティスト育成に尽力した。

5　一八八二－一九四五。『宝島』などの挿絵で活躍。アメリカの代表的リアリズム画家アンドリュー・ワイエスの父。

コックス・スミスなど、後世に名を残した芸術家たちがいる。[6]

さて、パイルをこれほどまでに魅了したロビン・フッド伝説とは、どんなものなのか。

ロビン・フッドの名が初めて文学に登場するのは、ウィリアム・ラングランドの宗教詩『農夫ピアズの夢』（一三七七ごろ）だというのは、一致した見方だ。

'I don't know perfectly my Our Father as the priest sings it; I know rhymes of Robin Hood and Randolf Earl of Chester,

（司祭が歌うほど、主の祈りは完璧じゃないが、ロビン・フッドとチェスター伯爵ランドルフの詩なら知っている）

（The Vision of Piers the Plowman より）

つまり、十四世紀の後半には、ロビン・フッド伝説はすでに広く語られていたことがわかる。

ここで、そもそもロビン・フッドとは実在の人物だったのか？と疑問に思われる読者もいるだろう。

この問題については、それこそ数えきれないほどの文学研究者、歴史学者、はたまた文化人類学者や神話学者にいたるまでが、さまざまな説を発表してきた。ロビン・フッド研究者として知られるJ・C・ホウルトやデイヴィット・クルックといった面々が、十三世紀の財務府大記録簿や巡回裁判記録などを調べあげてロビン・フッドの正体を暴こうとする一方、妖精ロビン・グッドフェローや植物の神と結びつけるなど、あくまで架空の存在だと考える人々もいる。だが、さまざまな研究者たちが最後には認めているように、どの説にも決定的な証拠はなく、少なくとも現時点では、ロビン・フッドを実在の人物として特定するのは不可能だ。

さて、このホウルトは、ロビン・フッドのモデルらしき人物として十三世紀初めの巡回裁判の記録に記されているロバート・フッドという男を挙げている（『ロビン・

6　一八六三—一九三五。キングスリーの『水の子』など主に児童書の挿絵で活躍。

フッド　中世のアウトロー』有光秀行訳、みすず書房)。さらに、ロビン・フッドの物語でくりかえし描かれる、州長官の悪事や、大僧院の蓄財・高利貸し、御猟林法(王家の森での猟の禁止)といったテーマから、ロビン・フッド伝説の起源を十三世紀だと考えた。また、ロビン・フッドのバラッドの聴衆は、それまで言われていたように支配階級に不満を持つ農民たちではなく、ジェントリー階級(下級に位置する領主層。貴族ではないが、共に上流階級を構成する)だったと主張している。貴族やジェントリーたちが、吟遊詩人を館に招き、やがて「彼らを通じて、大広間から市場やタヴァン(酒場)やイン(宿屋)」などへ伝播していったというわけだ。
これに対し、ホウルトの挙げているようなテーマは十三世紀に限るものではないとして、伝説の起源を十四世紀初期だとする反論もある。同時期に、国の課す税に不満を訴えるバラッドが存在していたことなどから、ロビン・フッドのバラッドもまた、当時の民衆の不満を代弁したものだという主張だ。またこのころ、フォルヴィル家のようなジェントリー階級の者たちが武装集団を結成し、略奪を行ったり、逮捕された囚人を救出したり、無法のかぎりをつくしていた。彼らを一種の民衆のヒーローとしてとらえ、ロビン・フッドと仲間たちと重ねる見方もある。

こうした議論の貴重な資料となっているのが、現存する印刷されたテクストだ。

もともと口承されてきたロビン・フッド伝説だが、いくつか印刷されたテクスト——バラッドの写本が発見されている。まとまった最古の資料として広く知られているのは、十五世紀半ばに成立したとされる中世バラッド『ロビン・フッドの武勲(*a Gest of Robyn Hode*)』だ(印刷されたのは、十五世紀終わりから十六世紀)。これは、いくつもの物語を集め、叙事詩としての長さを持つ一編の詩に仕立て上げたもので、四行からなる「連」が四五六にもなる大作である。その長さや整った文体から、プロの吟遊詩人たちの手によるものだと考えられている。

ほかに有名な写本といえば、シュロプシァの民家で燃やされる直前に発見されたものがあり、これを収録したのが、前述したパイルの愛読書、トーマス・パーシィの『イギリス古詩拾遺』だ。一部はパーシィの創作とはいえ、イギリスのバラッドの貴重な資料であり、ロマン主義運動の引き金となって、ワーズワースとコールリッジの『抒情民謡集』や、ウォルター・スコットの『スコットランド辺境歌謡集』などを生み出した。ここに、『オッターバーンの戦い』や『アーサー王の死』、『若きクロウデスリ』などとともに、『ロビン・フッド、その死』や『ロビン・フッドとギズボーンのガイ』、『ロビン・フッドと短衣の托鉢修道士』といった数多くのロビン・フッドの物語が収められている。

この短衣の托鉢修道士は、本書にも登場する愛すべきタック修道僧のモデルだが、今でこそロビン・フッドの一味の中でも有名なタック修道僧は、実は最古の『ロビン・フッドの武勲』には、まだ登場していない。そしてもうひとり、『武勲』に登場しない有名な人物がいる。ロビン・フッドの恋人と言われるマリアンだ。マリアンの登場は、春の訪れを祝う五月祭（メーデー）と密接に結びついている。

五月祭は、文字通り五月に行われる民衆の祭で、森から切り出した大木を花やリボンで飾り（＝五月柱（メイポール））、そのまわりでダンスをして祝う。これが、有名なモリス・ダンスだ。ほかにも余興として、弓技、舞台劇などが行われたが、その定番のひとつが「ロビン・フッド劇」だった。十六世紀ごろには、ロビンとマリアンのロマンスは人気の演目となり、陽気でコミカルなタックも欠かせないキャラクターとなっていく。五月祭とロビン・フッドの物語との関連を詳説した上野美子は、その証拠として、ベン・ジョンソン[7]の人気を博した仮面劇『ジプシーの変身』（一六二一）に出てくる、「マリアンとタックはモリス・ダンスには欠かせない」というセリフを紹介している

(『ロビン・フッド伝説』上野美子、研究社)。

こうしてロビン・フッドの物語は、さまざまな伝承や風習をとりこみ、その時々の社会情勢や聴き手(王侯貴族からジェントリー、ヨーマン、農民たちまで)の思想や嗜好を反映しつつ、あるときは口承で、あるときはブロードサイド・バラッド(瓦版の形で出版されたバラッド)のような書かれた物語や詩として、伝えられていく。例えば、今ではロビン・フッドの物語にはほぼ必ず登場すると言ってもいい三度の角笛の合図や、矢の落ちた場所に葬ってくれという最期の言葉は、十八世紀になって初めて加わった要素なのだ。

こうした山のようにあるバージョンの中から、パイルはエピソードを選び取り、ときに異なるエピソード同士を結びつけ、うまくひとつの物語にまとめあげた。例えば、騎士が祭で殺されかけた若者を助ける話は、騎士を、借金を返しにいくリチャード卿に、若者を、ドンカスターのデイヴィットにすることで、もともと別の話をひとつの話に仕立てている。リトル・ジョンが右腕になった経緯や、タック修道僧に川を渡し

7 一五七二—一六三七。劇作家、詩人。

てもらう話、リチャード卿を救う話や、アラン・ア・デールとエレンの物語といった有名なエピソードがぞんぶんに活用されているが、そんななか、パイルが使わなかったエピソードがある。マリアンの登場するものだ。マリアンについては、プロローグで一度出てくるだけで（「ロビンは口笛を吹きながら、恋人のマリアンの輝く瞳のことを考えていた。このような季節には、若者は、おのずと心から愛する娘のことを考えるものなのだ」）、その後は一切登場しない。

単に、児童向けということで、恋愛の要素を排したのかもしれない。しかし、ロビン・フッドと仲間たちのまさに「愉快な」日々を読むにつれ、この生活こそが、パイルをとらえ、彼が描きたいと思ったものなのではないかという思いが強くなる。ブクブクと泡立つエール、こんがりとあぶられた鹿肉、ふかふかした苔に覆われた地面に躍る木漏れ日、早朝の森にひびく小鳥たちの声。あるいは、六尺棒の戦い、弓の試合、アラン・ア・デールの美しい歌や、タックやリトル・ジョンの陽気な歌。本作のロビン・フッドも、多くの既存の物語にあるように一度はハンティンドン伯爵となるが、パイルはその数十年間にはほとんど触れず、ロビンが愛するシャーウッドの森の生活にもどってきてから、ふたたび物語を始めるのだ。

これは、多くのロビン・フッド物語の基となっている『ロビン・フッドの武勲』の精神にも呼応している。

But me lyke well your seryse,
I come agayne full soone,
And shote at the donne dere,
As I am wonte to done.（四一七連）

（けれど、陛下に仕えるのがいやになれば
またすぐにここにもどり
褐色の鹿を撃ち
今のような暮らしをします）

ロビン・フッドは森の暮らしを心から愛していたのだ。そして、おそらくパイルも。

ただし、『ロビン・フッドの武勲』でロビン・フッドが暮らすのは、バーンズデイルの森である。南ヨークシアの北西にあるこの森は当時からそんなに大きくなく、現在では「見る影もない」（『森のイングランド』川崎寿彦、平凡社）。ここが舞台に選ばれたのは、グレード・ノーザン・ロードと呼ばれる幹線道路が通っていること、また大僧院のあるヨーク市に近かったからではないかと思われる。しかし、やがて舞台は南へ下り、シャーウッドの森へと移る。ノッティンガムシアの四分の一を占めていた広大な森は、よこしまな長官と戦う義賊にとって最高の住みかだっただろう。ノッティンガムシアの森が転じてシャーウッドと呼ばれるようになったかつての御猟林は、その後、炭田採鉱のために大半が採伐され、現在では四二三・二ヘクタールほどの広さだという。ロビン・フッドが根元に長々と寝そべっていたというオークの木も健在で、今も多くの観光客が訪れている。

いずれにせよ、ロビン・フッドと緑の森は切っても切り離せない。ロビン・フッドにとっては、森の生活こそまさに本来の暮らしであり、森は彼のアイデンティティそのものなのだ。

このように森で陽気な生活を送るロビン・フッドとその仲間を、本書では「強者（つわもの）」と表現しているが、パイルが使っている元の言葉は「yeoman（ヨーマン）」だ。最古の『ロビン・フッドの武勲』でも、ロビンはヨーマンとされており、パイルもそれにのっとったと考えられる。ヨーマンは、例えば、

イギリス史上で、ジェントリーと小作農の間に位置する階級で、独立自営の自由な農民。（中略）15世紀頃より登場した。一般には土地保有者であったが、同時に王家や貴族の従者、番卒、部下をいうこともあった。年収40シリングをあげる自由な土地をもち、武器所持の特権を認められている者と定義されることもある。中世以降のヨーマンリーは、一般にもっぱら耕作に従事していた（後略）。
（『ブリタニカ国際大百科事典　小項目事典』）

などと定義されている。だが、耕作する土地を持たず御猟林で暮らし、鹿を狩るという当時の重罪を犯していたおたずね者のロビンに、この定義は当てはまらないように思える。先にも登場したホウルトは、この言葉は定義するのが容易ではないとして、

この単語ひとつを説明するために数十ページを費やしている（『ロビン・フッド』）。ホウルトの著書以外でも、辞書から研究書までさまざまな本のページをめくってみて明らかになるのは、「ヨーマン」の意味が時代や研究者によっても変化するということだ。浮かび上がってくるのは、独立自営農民であったり、貴族やジェントリーに仕える奉公人であったり、あるときはえり抜きの射手として国王に仕え、またあるときは略奪者集団となって囚人を解放することもあった多様な「ヨーマン」の姿だ。単純に、身分や職業を指す言葉ではないのである。

ゆえに、パイルが、「あんたのイチイの弓と矢の腕が六尺棒とたいして変わらねえなら、おれの国じゃ、ヨーマンとはとうてい呼べん」と書くとき、または、「イングランドじゅうを見まわしても、ノッティンガムシアのヨーマンたちほどの長弓の名手はいない」と語るとき、意味しているのは、例えばホウルトが数十ページを費やして語っているヨーマンの「イメージ」なのだ。yeoman から派生した「ヨーマンリー（yeomanry）」という言葉が、ヨーマンの階層を表わすと同時に、ヨーマンたる状態を指すのに使われることから考えても、パイルが（辞書にあるような）独立自営農民という意味でロビン・フッドたちをヨーマンと呼んでいないのは明らかだ。

そう考えると、『ロビン・フッドのゆかいな冒険』（村山知義／村山亜土訳、岩波少年文庫）で「野武士」という訳語を当てていたのも、うなずける。しかし、村山版から半世紀近くたとうとしている今、パイルの「ヨーマン」から立ちのぼるイメージを表わす訳語として、本書では「強者（つわもの）」という言葉を選んだ。文字通り、肉体的にも精神的にも強い者であり、また音が「兵（つわもの）」とも響きあうと考えたからだ。

この強者たちの暮らしぶりこそが、筆者自身、この物語の最大の魅力だと思っている。単に弱きを助け、強きを挫くのみならず、たぐいまれなる弓や棒の技を披露し、とんちを働かせ、自分たちもちゃっかり潤いつつ、いばったり不正を働いたりしている者に一泡吹かす。いざというときには、危険も顧みずに仲間のために戦うが、ふだんは、頭（かしら）さえ、失敗すれば茶化される。そして、おいしそうな食べ物の数々……！

なにかと窮屈な現代日本に暮らしていると、シャーウッドの青々とした森がよけい青く見えやしないだろうか。本書は、まさに中世の人々が嬉々として吟遊詩人の歌に耳を傾けていたときのような、物語を味わうという根源的な楽しみを与えてくれるのだ。

ハワード・パイル年譜

一八五三年
三月五日、デラウェア州ウィルミントンで誕生。父は毛皮商人のウィリアム・パイル、母はマーガレット・チャーチマン・パイル。両親とも地元の出身者で、先祖は代々クエーカー教徒。

一八六九年　一六歳
フィラデルフィアのヴァン・デア・バイレン下で絵画の勉強を始め、三年間通う。両親は息子が学者になることを望んでいたが、絵画への情熱を知って、支援を決める。フィラデルフィアには、汽車で四〇分かけて通学したという。

一八七一―七二年　一八―一九歳
父の毛皮貿易の仕事を手伝う。たまに絵や文章をかくことも続ける。一時的にウィルミントンの劇団にも入団したらしい。そうしたところで、物語の語り手としての力が養われたのかもしれない。

一八七六年　二三歳
ヴァージニア州シンコティーグ島へいき、毎年開かれる「ポニースイム」（アサティーグ島の野生のポニーを集め、海を渡らせて隣のシンコティーグ島まで大移動させる毎年恒例の行事）の絵を描き、スクリブナー誌に掲載される。一〇月にニューヨーク市へ。

一八七七年　二四歳

アート・スチューデンツ・リーグの夜学でデッサンを学びながら、プロとしての画家のキャリアを本格的にスタートさせる。最初、スクリブナー社のローズウェル・スミスは、パイルの美声を聞いて、教会の聖歌隊に入ることを勧めたという（もちろん、パイルは断った）。ハーパーズ・ウィークリーとセント・ニコラス（子ども向けの雑誌）にイラストや物語が徐々に掲載されるようになる。

一八七八年　二五歳

パイル一人の名義の初めての作品「沖合の難破船」をハーパーズ・ウィークリー誌にて発表。その後、六月に「フィラデルフィア・カーニバル1778」をハーパーズ・ニュー・マンスリー・マガジンにて発表。

一八七九年　二六歳

キャリアを確立させ、ウィルミントンへもどる。ニューヨークの出版社との仕事は継続。

一八八一年　二八歳

アン・プールと結婚。『ヤンキー・ドゥードゥル』『シャロットの女』にて、カラーのイラストを担当。

一八八二年　二九歳

長男セラーズ誕生。

一八八三年　　三〇歳
フランクリン通りにアトリエをひらく。『ロビン・フッドの愉快な冒険』をチャールズ・スクリブナース・サンズから発表。

一八八五年　　三二歳
『Within the Capses』（冒険小説）発表。

一八八六年　　三三歳
長女フィービー誕生。『こしょうと塩』発表。

一八八八年　　三五歳
『不思議な時計』『銀のうでのオットー』発表。

一八八九年　　三六歳
長男のセラーズが亡くなる。パイルはジャマイカにいた。次男のテオドア誕生。

一八九一年　　三八歳
三男ハワード誕生。『鉄人』発表。

一八九四年　　四一歳
次女エレノア誕生。フィラデルフィアのドレクセル美術学校で教えはじめる。

一八九五年　　四二歳
四男ゴッドフリー誕生。『たそがれの国』『月のうしろの庭園』を発表。

一八九八年　　四五歳
ドレクセルの生徒たちを集め、夏のあいだチャッズ・フォードで授業を行う。

一九〇〇年　　四七歳
ドレクセルをやめ、故郷のウィルミントンでの私塾設立を目指す。

一九〇二年　　四九歳
『アーサー王と騎士の物語』発表。

一九〇三年　五〇歳
チャッズ・フォードでの最後のセッションを終える。『人間の拒絶したもの』（小説）発表。パイルが学校や私塾を通じて育てた学生は一〇〇人を超えるとも言われる。彼らが後に、近代イラストレーションの黄金時代を築く。

一九〇四年　五一歳
ニューヨークで教えはじめる。

一九〇五年　五二歳
マクルーア誌のアート・エディターとなる。『円卓の騎士の物語』を発表。ミネソタ・ステイト・キャピタルに「ナッシュビルの戦闘」（壁画）。

一九〇七年　五四歳
ナショナル・アカデミー・オブ・デザイン（ニューヨークの美術学校）の会員に選出。ウィンスロー・ホーマーやマーク・トウェインなどの知遇を得る。『盗まれた宝物』『ランスロット卿と戦友の物語』発表。

一九〇八年　五五歳
ニューヨークのマクベス・ギャラリーで個展。

一九一〇年　五七歳
イタリアへ旅行。ローマに到着するも都市の汚さに辟易とし、すぐにフィレンツェへ移る。『聖杯とアーサー王の死の物語』を発表。

一九一一年　五八歳
一一月九日、腎臓病のためフィレンツェで死去。

訳者あとがき

いきなり私事で恐縮だが、本書は父の愛読書だ。家には岩波書店の箱入りのハードカバーがあり、子どものころからくりかえし読んだのを覚えている。大人になって実家を出るときに、自分のものだと思っている本をまとめて新しい住まいに運ぼうとしたのだが、それを見た父に、この本(と『たのしい川べ』)は「おれのだ」と言われ、しぶしぶ返した。そのあと、どうしてもハードカバーの「愛蔵版」がほしくて、わざわざ古書店で購入したものが、現在、手元にある。

そういえば、小さいころ、寝るまえによくこの本を読んでもらっていた。ロビン・フッドとタック修道僧の川での攻防や、ヒヤフォードの大僧正を招いてのシャーウッドの森の宴の話などが父のお気に入りで、何度聞いたかわからない。鹿肉へのあこがれを抱いたのも、このときだ(後に初めて食べたときは、ちょっとがっかりした。今では日本でもおいしい鹿肉が増えて、とてもうれしい)。

今から思い返してみると、この本の持っていた独特の「語りの文体」が、読み聞かせにぴったりだったのだと思う。著者のハワード・パイル自身、子どものころ何度もロビン・フッドの物語を読み聞かせてもらい、バラッドの文体が体にしみついていたのだろう。ゆえに、本作はすべて、吟遊詩人の口上を思わせる、各物語の紹介から始まる。

バラッドについては、解説でも触れたが、口承文芸のひとつであり、むかしの出来事や物語を曲にのせて語る詩である。内容は英雄の活躍やロマンス、風刺などが多く、ロビン・フッド伝承も代表的な題材のひとつだった。こうした詩や曲を作り、国じゅうを巡って語り聞かせたのが吟遊詩人であり、活躍したのは主に十世紀から十五世紀だ。ちなみにその後、十八世紀に「ブロードサイド・バラッド」（瓦版の形で流通したバラッド）が発見・出版されるようになると、ロマン主義の民族意識の高まりや中世への憧れとも相まって、多くの詩人たちがこぞって模倣詩（文学的バラッド）を創作した。コールリッジの『老水夫の物語』（一七九八）などは、その代表と言っていいだろう。

本は貴重品で、そもそもほとんどの者が字を読めなかった時代、吟遊詩人の語る物語は数少ない娯楽であり、貴重な情報源だった。映像を見る場合とちがい、聴衆は耳から聴いたものを、想像力を駆使して、頭の中で再生しなくてはならない。リフレインが多かったのも、そうした再生を助ける意味もあったのだ。目に浮かぶように風景を描写し、顔かたちや衣服を細かに説明する。複雑な心理描写は避けて、エピソードの連なりで聴衆をひきつける必要があったろうし、武勇、忠誠、強さ、勇気など、はっきりとしたテーマが語られることが多くなる。さらに、意外な展開やあっとおどろく結末なども、欠かせない。ちょっとでも退屈すれば、聴衆は去ってしまうのだから。

こうしたバラッドの要素が生かされた本書が、一級のエンターテインメントとなっているのはとうぜんといえばとうぜんなのだ。また、ある意味でバラッドの聴衆と同様、まったく「忖度」しない子ども読者をひきつけたのも、うなずける。だからこそ、パイルの描いたこの本は、百年以上たった今も、児童文学として確固たる地位を築いているのだ。

とはいえ、複雑な描写がないということは、複雑なことが描かれていないということと、同義ではない。むしろよけいな描写がないぶん、読み手が想像力をはばたかせる余地は大きくなる。子どものころ、シャーウッドの森の宴に出た料理や飲み物や、青猪亭の雰囲気や、弓試合や棒試合のようすを、あれこれ想像するのは楽しくてしょうがなかった（そういえば、大きくなったらアーチェリーを習おうと思っていたのに！）。また、ロビン・フッドとリトル・ジョンのあいだの強い信頼に胸を熱くしたり、強欲なヒヤフォードの大僧正が思いのほかシャーウッドの森での日々を楽しんだり、その後、また裏切って王に入れ知恵をしたりするさまを読み、その心の動きに興味を覚えたりした。大出世を遂げたロビン・フッドがすべてを捨てて、最後シャーウッドの森へ帰ったことに、深い満足感を味わったのも、よく覚えている（なぜ満足するのかを、子どものわたしは言語化することはできなかったが）。にもかかわらず、ロビン・フッドが戦いを選び、あのような最期を遂げなければならなかったのは、ショックだったし、いつまでも変わらないものなどないのだと思い知らされた。そもそもゆうに七百年以上も語り継がれてきた物語が基なのだ。義賊であること、仲間との結束、自由気ままな暮らし、緑の森の自然など、むかしから人々をひきつけてきたものが、たっぷりと詰めこまれている。

これこそ、物語の醍醐味だと考えている——想像して、愉しむこと。物語を読んでいるあいだは、日常のことを一時、忘れて、別の世界にいくことができる。ふだんの生活では出会えなかったり、心のうちまでは知り得なかったりする人や、国や、世界をかいま見ることができる。ずっと「日常」に閉じこめられているだけだと、つまらない、物足りない、つらい、もったいない、退屈――そんなふうに思う方にぜひ、一度シャーウッドの森を訪れてほしい。

ロビン・フッドの愉快な冒険

著者　ハワード・パイル
訳者　三辺律子

2019年7月20日　初版第1刷発行

発行者　田邉浩司
印刷　萩原印刷
製本　ナショナル製本

発行所　株式会社光文社
〒112-8011東京都文京区音羽1-16-6
電話　03（5395）8162（編集部）
03（5395）8116（書籍販売部）
03（5395）8125（業務部）
www.kobunsha.com

ISBN978-4-334-75405-1 Printed in Japan

いま、息をしている言葉で、もういちど古典を

長い年月をかけて世界中で読み継がれてきたのが古典です。奥の深い味わいある作品ばかりがそろっており、この「古典の森」に分け入ることは人生のもっとも大きな喜びであることに異論のある人はいないはずです。しかしながら、こんなに豊饒で魅力に満ちた古典を、なぜわたしたちはこれほどまで疎んじてきたのでしょうか。

ひとつには古臭い教養主義からの逃走だったのかもしれません。真面目に文学や思想を論じることは、ある種の権威化であるという思いから、その呪縛から逃れるために、教養そのものを否定しすぎてしまったのではないでしょうか。

いま、時代は大きな転換期を迎えています。まれに見るスピードで歴史が動いていくのを多くの人々が実感していると思います。

こんな時わたしたちを支え、導いてくれるものが古典なのです。「いま、息をしている言葉で」——光文社の古典新訳文庫は、さまよえる現代人の心の奥底まで届くような言葉で、古典を現代に蘇らせることを意図して創刊されました。気取らず、自由に、心の赴くままに、気軽に手に取って楽しめる古典作品を、新訳という光のもとに読者に届けていくこと。それがこの文庫の使命だとわたしたちは考えています。

このシリーズについてのご意見、ご感想、ご要望をハガキ、手紙、メール等で翻訳編集部までお寄せください。今後の企画の参考にさせていただきます。
メール　info@kotensinyaku.jp